U0533939

宋词选 下

【插图本】

刘乃昌
朱德才
选注

人民文学出版社

岳飞《满江红》(怒发冲冠)

岳飞

岳飞(1103—1142),字鹏举,汤阴(今属河南)人。著名爱国将领。宣和四年从军至宗泽帐前。南渡后,力主北伐,屡建战功,官至枢密副使,后为秦桧以"莫须有"罪名杀害。著有《岳武穆集》,词仅存三首,因精忠报国、慷慨激昂而广为流传。

小 重 山[1]

昨夜寒蛩不住鸣[2]。惊回千里梦,已三更。起来独自绕阶行。人悄悄,帘外月胧明。　　白首为功名。旧山松竹老,阻归程[3]。欲将心事付瑶琴,知音少,弦断有谁听[4]?

〔1〕词写中夜梦回、月下绕阶之情思。"功名"三句,"心事"所在,词眼所在。词人为之一生奋斗者,乃驱金复国之大业;但白发早生,壮志难酬,人也就欲归不能,有负家乡松竹。此种孤愤心境,有谁理解?读此词,当知岳飞不惟有"怒发冲冠"式的高昂激壮,亦有其一曲瑶琴知音少式的低回蕴藉。但两者殊途同归,同归于一片"精忠报国"之心。

〔2〕蛩(qióng穷):蟋蟀。

〔3〕"旧山"二句:故乡松竹已老,人却因功业不就,归程受阻。

〔4〕"知音"二句:据《吕氏春秋·本味》载,春秋时伯牙善鼓琴,唯钟子期为其知音。钟子期死,"伯牙破琴绝弦,终身不复鼓琴。"词人借以慨叹"心事"无人理解。

满 江 红[1]

怒发冲冠[2],凭栏处、潇潇雨歇。抬望眼,仰天长啸,壮怀激烈。三十功名尘与土,八千里路云和月[3]。莫等闲、白了少年头[4],空悲切。　　靖康耻[5],犹未雪;臣子恨,何时灭。驾长车踏破,贺兰山缺[6]。壮志饥餐胡虏肉,笑谈渴饮匈奴血[7]。待从头、收拾旧山河,朝天阙[8]。

〔1〕此岳飞千古传诵之作。词写"壮怀激烈"。上片继"怒发冲冠""仰天长啸"形态昂愤之后,于"三十"诸句或回视半生,或展望前程,或期许未来,略作回旋顿挫,为下片留出馀地。下片乃直抒胸臆:雪耻消恨,气吞骄虏,重整乾坤,朝阙报捷,大气磅礴,声震河岳。清人陈廷焯《云韶集》评曰:"何等气概!何等志向!千载下读之,凛凛有生气焉。'莫等闲'二语,当为千古箴铭。"

〔2〕怒发冲冠:形容愤怒之极。此用《史记·廉颇蔺相如列传》语:"相如因持璧却立,倚柱,怒发上冲冠。"

〔3〕"三十"二句:回顾半生功业微小,展念前程路遥任重。尘与土,喻微不足道。云和月,谓披星戴月,喻辛劳艰难。

〔4〕等闲:轻易。

〔5〕靖康耻:指北宋灭亡的奇耻大辱。宋钦宗靖康元年(1126)冬,金兵陷开封,次年俘二帝北去,北宋灭亡。

〔6〕贺兰山:在今宁夏回族自治区西北部,此代指边塞关山。

〔7〕胡虏、匈奴:都借指金兵。

〔8〕朝天阙:朝拜皇帝。天阙,宫门外有双阙,因称帝王所居为天阙,也指朝廷。

岳飞

满 江 红

登黄鹤楼有感[1]

遥望中原,荒烟外,许多城郭。想当年,花遮柳护,凤楼龙阁。万岁山前珠翠绕[2],蓬壶殿里笙歌作[3]。到而今、铁骑满郊畿,风尘恶[4]。　　兵安在?膏锋锷[5];民安在?填沟壑[6]。叹江山如故,千村寥落。何日请缨提锐旅[7],一鞭直指清河洛[8]。却归来、再续汉阳游,骑黄鹤[9]。

[1] 绍兴三年(1133),金人傀儡刘豫占领襄阳诸州。次年,岳飞出兵,迅速收复襄阳诸州。驻节鄂州(今湖北武汉武昌区),并奏请进兵向中原,光复故土。词当作于此时。此词岳飞手迹犹存,见近人徐用仪编《五千年来中华民族爱国魂》。黄鹤楼故址在武昌西黄鹤矶上。或谓因仙人子安乘黄鹤过此而得名(《南齐书·州郡志》),或谓费文祎登仙,曾驾黄鹤憩此,故名(《太平寰宇记·武昌府》)。唐诗人崔颢《黄鹤楼》诗:"昔人已乘黄鹤去,此地空馀黄鹤楼。"词以登楼"遥望中原",领起无限感慨。"想当年"以下忆昔:凤阁龙楼,珠翠笙歌,一派繁华升平气象。"到而今"以下叹今:中原沦陷,生灵涂炭,一片荒凉萧条情景。但抚今追昔,并不沉溺于感伤,而是唤起请缨壮志,直待兵发故都。一结呼应题面,充满必胜信念,与前首《满江红》"待从头、收拾旧山河,朝天阙",同一机杼。

[2] 万岁山:即艮岳,在汴京城东北。宋徽宗政和年间所造。洪迈《容斋三笔》谓万岁山"周十馀里,最高一峰九十尺,亭堂楼阁不可弹计。"

[3] 蓬壶殿:当为汴京殿名。蓬壶,本指传说中的蓬莱仙山。

〔4〕"到而今"二句:谓京都为金兵占领,时势险恶。铁骑,此指金兵。郊畿(jī击),指京城四周地区。风尘,借指战乱。杜甫《赠别贺兰铦》:"国步初返正,乾坤尚风尘。"

〔5〕"兵安在"二句:谓兵士血染敌人剑锋。膏,滋润。锷,刀剑之刃。

〔6〕"民安在"二句:谓百姓填尸沟壑之中。

〔7〕请缨:犹言请战。典出《汉书·终军传》记终军向汉武帝"自请愿受长缨,必羁南越王而致之阙下。"缨,绳索。锐旅:精锐之师。

〔8〕清河洛:澄清河洛之水,谓收复中原。河洛,黄河、洛水,代指中原。

〔9〕"却归来"二句:谓待中原光复,将驾鹤归来,以续今日之游。汉阳,今湖北武汉一带。

孙道绚

孙道绚,中原人,号冲虚居士,生活于南北宋之交。她是黄铢之母,盛年居孀,能文有词。有赵万里辑本《冲虚居士词》,存词八首。

滴滴金

梅[1]

月光飞入林前屋。风策策[2],度庭竹。夜半江城击柝声[3],动寒梢栖宿[4]。　　等闲老去年华促,只有江梅伴幽独。梦绕夷门旧家山,恨惊回难续[5]。

〔1〕词当是靖康乱后、流寓江南孀居时作。题曰"梅",但词的主体并不咏梅,只是托梅以寄幽独乡思。上片纯是描摹环境气氛,月照林屋,风动庭竹,柝声惊飞栖禽。此以动写静,旨在烘托"幽独"心境。老去幽独谁伴?唯江边寒梅。结拍点明乡思,悽恻深婉。梦还家山,已自堪悲,何况梦回难续。

〔2〕策策:象声词,此指风摇庭竹声。

〔3〕击柝声:敲打梆子声。柝(tuò拓):打更用的梆子。

〔4〕动:惊动。寒梢栖宿:指梅花。

〔5〕"梦绕"二句:梦还故乡,恨被惊醒,乡梦难续。夷门,战国时大梁的东门。北宋时大梁称汴京。

李石

李石(1108—?),字知几,资阳磐石(今四川资中北)人。绍兴二十一年进士。历官都官员外郎、成都路转运判官。淳熙二年放罢。有《方舟集》,自《永乐大典》中辑出,存词三十九首。

临 江 仙

佳 人[1]

烟柳疏疏人悄悄,画楼风外吹笙。倚栏闻唤小红声。熏香临欲睡[2],玉漏已三更[3]。　　坐待不来来又去,一方明月中庭。粉墙东畔小桥横。起来花影下,扇子扑飞萤[4]。

〔1〕 词以"佳人"为题,描摹佳人月夜念人情态。通篇除"坐待不来来又去"一句写其心理外,馀从画楼吹笙到唤婢熏床欲眠,从凝目墙东小桥到花下扇扑流萤,皆以人物动作表现其特定情思。清新自然,明快隽永,略无此类词常见的感伤意味。

〔2〕 熏香:古时富家女子常熏被就寝。

〔3〕 玉漏:玉制的计时器。唐诗人苏味道《正月十五日》诗:"金吾不禁夜,玉漏莫相催。"

〔4〕 "扇子"句:化用杜牧《秋夕》诗:"银烛秋光冷画屏,轻罗小扇扑流萤。"

康与之

康与之,字伯可,号顺庵,洛阳(今属河南)人。生卒年不详。南渡初年,上《中兴十策》,有名于时。后媚附秦桧,为秦门十客之一,官军器监丞。桧死,编管岭外。词风婉丽,甚谐音律。著有《顺庵乐府》五卷,不传。今有赵万里辑本,存词三十八首。

菩萨蛮令

金陵怀古[1]

龙蟠虎踞金陵郡,古来六代豪华盛[2]。缥凤不来游,台空江自流[3]。　　下临全楚地,包举中原势[4]。可惜草连天,晴郊狐兔眠[5]。

[1] 金陵即今之南京。南渡之初,朝廷有定都之争。主战者大率主张定都金陵,以利北伐;主和者则主张定都临安,以避敌锋。康词即由此而发。金陵虎踞龙蟠,就古而言,六代之都;就今而言,有包举中原之势。无奈朝廷偏安临安,遂使凤凰台空,狐卧兔眠,一片荒芜,令人扼腕。词上下片构思相同,均先振起,又都止于浩叹,欲抑先扬,题曰"怀古",实是"伤今"。

[2]"龙蟠"二句:金陵地势险要,气象雄伟,古来为六代之都城。龙蟠虎踞,诸葛亮尝谓孙权:"秣陵(金陵)地形,钟山龙蟠,石城虎踞,真帝王之都也。"(《金陵图经》)六代,指三国时代之吴国及其后的东晋、宋、齐、梁、陈共六朝,

皆建都于金陵。

〔3〕"缥凤"二句:化用李白《登陵凤凰台》"凤凰台上凤凰游,凤去台空江自流"字面,谓昔盛今衰,即王安石《桂枝香·金陵怀古》"六朝旧事随流水"之意。缥凤,淡青色的凤鸟。凤凰台,故址在今南京花盝冈。

〔4〕"下临"二句:谓金陵为北伐中原的战略要地。全楚地,泛指长江中游地区,古时为楚国占领。唐人刘长卿《长沙馆中与郭夏对雨》:"云横全楚地。"

〔5〕"可惜"二句:伤今。衰草连天,狐卧兔眠,萧索荒凉。

长 相 思

游 西 湖[1]

南高峰,北高峰[2],一片湖光烟霭中,春来愁杀侬[3]。
郎意浓,妾意浓,油壁车轻郎马骢,相逢九里松[4]。

〔1〕西湖即指当日临安(今杭州)西湖。词写游湖有感,触景生情,不胜春来人空之叹。上片点出"春愁",下片回忆初逢之乐,亦旨在反衬今日人孤形单之悲。词善用叠字叠句,语言自然流畅,富有民歌风味。清人冯金伯《词苑萃编》谓此词"词意婉约,当与林和靖并佳"(指林逋《长相思》〔吴山青〕词)。

〔2〕南高峰:在杭州烟霞岭西北。北高峰:在杭州灵隐寺后,与南高峰遥遥相对,俱为游览胜地。

〔3〕侬:古时吴人自称,即我。

〔4〕"油壁"二句:化用苏小小情事。《苏小小歌》:"妾乘油壁车,郎骑青骢马;何处结同心?西陵松柏下。"油壁车,以油涂饰车壁的车。九里松,钱塘

八景之一,为葛岭至灵隐、天竺的一段路。据《西湖游览志》:"唐刺史袁仁敬守杭,植松以达灵隐,凡九里,左右各三行。"

黄公度

黄公度(1109—1156),字师宪,莆田(今属福建)人。绍兴八年进士第一,签书平海军节度判官。为秦桧所诬,罢归。桧死,复起,仕至尚书考功员外郎。有《知稼翁词》,存词十五首。

青玉案[1]

邻鸡不管离怀苦,又还是、催人去。回首高城音信阻[2]。霜桥月馆,水村烟市,总是思君处。　　裛残别袖燕支雨,谩留得、愁千缕[3]。欲倩归鸿分付与。鸿飞不住,倚栏无语,独立长天暮。

[1] 词作于泉幕(掌管税收的幕僚,实指度支判官)任满,赴京改官之时。汲古阁本《知稼翁词》载有其子黄沃按语云:"公之初登第也,赵丞相鼎延见款密,别后以书来往。秦益公(秦桧)闻而憾之。及泉幕任满,始以故事召赴行在。公虽知非当路意,而迫于君命,不敢俟驾,故寓意此词。"由此可见,词貌似伤离惜别,实寄仕途未卜之忧。词以回顾鸡鸣晨景开笔,以下征途旅程,处处念君;泪痕引人愁思,鸿雁不捎归书,唯凭栏凝望,写来婉曲缠绵。陈廷焯《白雨斋词话》谓黄词"气和音雅,得味外味","泂风雅之正声,温韦之真脉。"当指此类词而言。

[2] "回首"句:唐人欧阳詹《初发太原途中寄太原所思》:"高城已不见,况复城中人。"

[3] "裛残"二句:伊人泪痕引起愁思千缕。裛(yì益),沾湿。燕支雨,即胭脂雨,指带有脂粉的泪水。

韩元吉

韩元吉(1118—1187),字无咎,号南涧,许昌(今属河南)人。南渡后寓居信州,官至吏部尚书。主抗金,与张孝祥、范成大、陆游、辛弃疾诸人多有唱和,词风略近稼轩。著有《南涧诗馀》,存词八十馀首。

霜天晓角

蛾眉亭[1]

倚天绝壁,直下江千尺。天际两蛾凝黛,愁与恨,几时极[2]。　　怒潮风正急,酒醒闻塞笛[3]。试问谪仙何处?青山外,远烟碧[4]。

〔1〕蛾眉亭在当涂县北牛渚山绝壁之上。山北突入江中,名牛渚矶,因盛产采石,东吴时改名采石矶。牛渚山前有东、西二梁山(亦名天门山)夹江对峙。采石矶形势险要,自古为江防要塞。绍兴三十一年(1161),虞允文即在此大败金兵,史称采石之役。词题咏山水,仰视俯瞰,由近而远,既雄伟壮丽,又浩茫广漠。更寓情于景,"两蛾凝黛""酒醒塞笛",实谓心中之愁、家国之悲。结处即地怀古,遥念谪仙,亦暗含古今沧桑之慨。元人吴师道激赏此词,称"未有能继之者"(《吴礼部词话》)。

〔2〕"天际"三句:夹江对峙的东西梁山宛若凝愁含恨的眉黛,愁恨无有尽时。《安徽通志》:"二梁山夹江对峙,如蛾眉然。"

〔3〕 塞笛：即指羌笛，此喻边声。时南宋北金以江淮为界。时人杨万里《初入淮河四绝句》其一即云："船离洪泽岸头沙，人到淮河意不佳；何必桑乾方是远，中流以北即天涯。"故韩词暗含家国之悲。

〔4〕 "试问"三句：缅怀唐代大诗人李白。谪仙李白病死当涂（世有李白采石矶乘醉泛舟，捉月溺水而死的传说），初葬采矶，后改葬当涂县东南之青山。李白尝有《夜半牛渚怀古》《望天门山》诸篇题咏此间山水。

好 事 近

汴京赐宴，闻教坊乐有感〔1〕

凝碧旧池头，一听管弦凄切〔2〕。多少梨园声在，总不堪华发〔3〕。　　杏花无处避春愁，也傍野烟发〔4〕。惟有御沟声断，似知人呜咽。

〔1〕 乾道九年（1173）二月，礼部尚书韩元吉奉诏赴金贺万春节（金主完颜雍生辰），行至金人辖下的北宋故都汴京（金人称南京），金人设宴款待，宴上闻教坊旧乐，怆然有感，赋此词。（按：陆游有《得韩无咎书寄使虏时宴东都驿中所作小阕》诗，可资参阅）教坊乐，原北宋宫廷乐队所奏的音乐。词充满黍离之悲和故国之思。上阕以古喻今，唐失长安，犹得回銮；而宋陷汴京，光复何日？古今对照，沉痛自是深进一层。下阕托物传情，杏花生愁，御沟呜咽，折射垂老遗民内心哀怨，用笔空灵而意蕴深厚。

〔2〕 "凝碧"二句：写汴京宴上，闻乐感伤。凝碧池，在唐洛阳禁苑内，此借指汴京。据计有功《唐诗纪事》载，安禄山破洛阳，"大会凝碧池。梨园弟子欷歔泣下。乐工雷海青掷乐器西向大恸，贼支解于试马殿。王维时拘于菩提

寺,有诗曰:'万户伤心生野烟,百官何日再朝天？秋槐叶落深宫里,凝碧池头奏管弦。'"

〔3〕"多少"二句:谓梨园声依旧,但人因不堪国愁,已经白头。梨园,唐时宫廷内授乐之所。据《新唐书·礼乐志》,唐玄宗选乐工三百人,宫女数百人,教习乐曲于梨园,号"皇帝梨园子弟"。唐诗人白居易《长恨歌》:"梨园弟子白发新。"

〔4〕"杏花"二句:谓杏花含愁而傍野烟开放。诗意略同杜甫《春望》:"感时花溅泪,恨别鸟惊心。"野烟,语本王维《凝碧池》诗:"万户伤心生野烟。"

六 州 歌 头

桃 花 [1]

东风着意,先上小桃枝[2]。红粉腻,娇如醉,依朱扉[3]。记年时,隐映新妆面[4],临水岸,春将半,云日暖,斜桥转,夹城西。草软莎平[5],跋马垂杨渡[6],玉勒争嘶[7]。认蛾眉凝笑[8],脸薄拂燕支[9]。绣户曾窥,恨依依。　共携手处,香如雾,红随步[10],怨春迟。消瘦损,凭谁问？只花知,泪空垂。旧日堂前燕[11],和烟雨,又双飞。人自老,春长好,梦佳期。前度刘郎,几许风流地,花也应悲。但茫茫暮霭,目断武陵溪[12],往事难追。

〔1〕题曰"桃花",但非纯乎咏桃,实是叙事抒情。然又无需追考本事,一如周邦彦之《瑞龙吟》(章台路),"不过桃花人面,旧曲翻新耳。"(周济《宋四家词选》)以二十八字绝句,曼衍成一百四十三字长调,风情婉媚,文采绮丽,足见

作者驾驭慢词的功力。上片"记年时"十二句,回忆初遇惊艳场景,实是崔护《题都城南庄》"去年今日此门中,人面桃花相映红"诗意及其情恋本事的艺术再创造,一结再访不遇之惆怅。下片写旧地重游之感伤,实即崔诗"人面不知何处去"诗意,唯景象已非"桃花依旧笑春风",而是桃花飘零,落红遍地,这就益增燕双人单之悲。词虽叙事抒情,但通篇无不绾合桃花题面。

〔2〕小桃:有两义:一指桃花的一种品种,正月即开花,见陆游《老学庵笔记》。一即泛指一般桃花。"东风先上"云云,总是初春景象。

〔3〕"红粉"三句:以人拟花,以花衬人。朱扉,红色的门。

〔4〕"隐映"句:谓桃花人面交相辉映。

〔5〕莎(suō缩):莎草,即香附子草,大面积连生时,软而平。

〔6〕跋马:驰马。

〔7〕玉勒:精致的马络头,代指马。

〔8〕蛾眉:代指美女,即崔诗中之"人面",本词之"新妆面"。

〔9〕燕支:即胭脂。

〔10〕"香如雾"二句:谓桃瓣纷落,残红遍地。

〔11〕"旧日"句:暗用刘禹锡《乌衣巷》诗句:"旧时王谢堂前燕。"

〔12〕前度刘郎、武陵溪:从字面上看,前者本自刘禹锡《再游玄都观》诗序和"桃花净尽菜花开""前度刘郎今又来"诗句;后者本自陶渊明《桃花源记》,谓渔父误入桃花源、出后复觅无迹事。但从内涵看,皆兼含刘晨遇仙事。后即用以指仙道生活或男女间情爱事,此用后意。参证宋代词人方君遇《风流子》词:"桃源今何在,刘郎去,应念瘦损香肌。"

朱淑真

朱淑真,生卒年不详,号幽栖居士,钱塘(今浙江杭州)人。幼聪慧,善诗词书画,才华出众而婚姻不幸,悲愁伤感,忧郁而终。后人辑其诗词为《断肠诗》和《断肠词》,存词约三十首,多悲郁凄凉之作。

谒金门

春 半[1]

春已半,触目此情无限[2]。十二栏干闲倚遍,愁来天不管。　　好是风和日暖,输与莺莺燕燕[3]。满院落花帘不卷,断肠芳草远。

〔1〕词写思妇伤春,怀念往昔情侣,侧面反映出词人婚事之不幸。怨上天不管,羡莺燕双双,以寻常语度入音律,然皆天生好语。结拍呼应篇首,满院花落,而所思却远在芳草天涯,怎不令人为之断肠。

〔2〕"春已半"二句:化用李煜《清平乐》词:"别来春半,触目柔肠断。"

〔3〕"好是"二句:谓大好春光尽让成双的莺燕占得,用以反衬自身孤单寂寞。诗人《恨春五首》之二:"莺莺燕燕休相笑,试与单栖各自知。"

减字木兰花

春　　怨[1]

独行独坐,独唱独酬还独卧[2]。伫立伤神,无奈春寒着摸人[3]。　　此情谁见,泪洗残妆无一半[4]。愁病相仍[5],剔尽寒灯眠不成。

〔1〕词写春夜难寐之情。一起连用五个"独"字,表现其行坐不宁、孤寂落寞的举止形态,颇具特色。下片以泪洗脸,愁病相续,彻夜无眠,而总以"此情谁见"提唱,依然突出一个"独"字、一个"怨"字。

〔2〕独唱独酬:自作诗,自唱和。

〔3〕着摸:撩惹。杨万里《和王司法雨中惠诗》:"无那春愁着莫人。"用法同此。

〔4〕"泪洗"句:谓泪水洗去脸上大半脂粉。

〔5〕愁病相仍:愁与病相续不断。

眼　儿　媚[1]

迟迟春日弄轻柔[2],花径暗香流。清明过了,不堪回首,云锁朱楼。　　午窗睡起莺声巧,何处唤春愁?绿杨影里,海棠亭畔,红杏梢头[3]。

朱淑真《清平乐》(恼烟撩露)

〔1〕词写春愁,但以美景烘托。下片莺声唤起春愁,妙在以莺在何处提问,绿杨影里?海棠亭畔?抑或红杏梢头?以答作收,依然呈现一幅幅春日好景。于莺声流动中,于清新婉丽中,托出一缕淡淡春愁。

〔2〕迟迟:和舒貌。《诗经·七月》:"春日迟迟。"轻柔,谓柳枝轻柔。

〔3〕红杏梢头:宋祁《木兰花》词:"红杏枝头春意闹。"

蝶恋花

送春[1]

楼外垂杨千万缕,欲系青春[2],少住春还去。犹自风前飘柳絮,随春且看归何处?绿满山川闻杜宇,便作无情,莫也愁人苦[3]。把酒问春春不语,黄昏却下潇潇雨[4]。

〔1〕题曰"送春",实是惜春,并隐含珍惜自我青春之意。通篇托物传情。上片先是希望千缕柳丝留春,继之,请万点柳絮随春。拟人兼想象,情痴意新。下片写杜宇哀鸣送春,词人把酒问春,春无语,结以潇潇暮雨作答,耐人省味,不胜悽惋。

〔2〕青春:春天。

〔3〕"绿满"三句:杜宇即便无情,却也因人愁春去而作哀鸣之声。杜宇,也称子规鸟,鸣声凄厉。

〔4〕"把酒"二句:唐人韩偓《春尽日》:"把酒送春惆怅在。"宋人王灼《点绛唇》词:"试来把酒留春住,问春无语,帘卷西山雨。"

清 平 乐

夏 日 游 湖[1]

恼烟撩露[2],留我须臾住。携手藕花湖上路,一霎黄梅细雨。　娇痴不怕人猜,和衣睡倒人怀。最是分携时候,归来懒傍妆台。

〔1〕词记叙夏日游湖与情侣幽会情景。氛围迷蒙幽静,描叙生动大胆,语言平易浅显。"娇痴"句,或谓与李清照《浣溪沙》"眼波才动被人猜"相较,"便太纵矣"(徐士俊评语,见明人卓人月编《古今词统》),或谓:"易安'眼波才动被人猜',矜持得妙;淑真'娇痴不怕人猜',放诞得妙。均善于言情。"

〔2〕恼烟撩露:即含烟带露。欧阳修《少年游》词:"恼烟撩雾,拼醉倚西风。"恼、撩,取其恼人撩人之意。

菩 萨 蛮[1]

山亭水榭秋方半[2],凤帏寂寞无人伴。愁闷一番新,双蛾只旧颦[3]。　起来临绣户,时有疏萤度。多谢月相怜,今宵不忍圆。

〔1〕词写秋夜寂寞相思之苦。上片结拍两句,"新""旧"互映,相反相成,别见情趣。"新"者,愁情与日俱增;"旧"者,愁眉不展如昔;两者共归对情侣的殷切思念。下片结拍尤佳:不恨月缺人单,却谢明月有情,怜人孤栖,不忍今宵独圆。痴人痴语,无理而妙,兴味良多。

〔2〕秋方半:秋天过半,则时在中秋。

〔3〕双蛾颦:双眉紧皱不展。

张抡

张抡,生卒年不详,字才甫,号莲社居士,开封(今属河南)人。曾历靖康之变,绍兴、淳熙年间在世,曾官宁武军承宣使,知阁门事,兼客省四方馆事。著有《莲社词》一卷,存词百馀首,多为组词,间有断句残篇。

烛影摇红

上元有怀[1]

双阙中天[2],凤楼十二春寒浅[3]。去年元夜奉宸游,曾侍瑶池宴[4]。玉殿珠帘尽卷,拥群仙、蓬壶阆苑[5]。五云深处[6],万烛光中,揭天丝管[7]。　　驰隙流年,恍如一瞬星霜换[8]。今宵谁念泣孤臣,回首长安远。可是尘缘未断[9],漫惆怅、华胥梦短[10]。满怀幽恨,数点寒灯,几声归雁。

[1] 词抚今追昔,一吐家国之悲。上片忆故都上元盛况:凤楼龙阁,纵情欢宴;千殿珠帘高卷,万烛与月争辉,急管繁弦声震云天;一派繁华承平气象。下片叹今,故都沦丧,往事如梦,不堪回首。孤臣幽恨谁诉?唯有寒灯为伴,唯闻归雁哀鸣。寒灯数点与万烛灿烂,归雁几声与丝管振天,一凄惋,一华艳,形成鲜明而强烈的对照。故明人沈际飞评曰:"前段追忆徽朝,后直指目前,哀乐各至。"(《草堂诗馀正集》)

〔2〕双阙:宫门两侧之楼观。中天:状宫门楼观之高耸。

〔3〕凤楼十二:概言宫廷内楼阁重叠无数。鲍照《代陈思王京洛篇》:"凤楼十二重,四户八绮窗。"寒浅:指微微春寒。

〔4〕"去年"二句:昔日元夜曾侍奉皇帝宴游。宸(chén辰),本意北极星所在,引申为帝位,皇帝。瑶池,西王母所居,代指皇宫。

〔5〕"拥群仙"句:谓后妃宫女盛妆簇拥,俨然仙境。蓬壶,一名蓬莱,传说中海上三神山之一。阆(làng浪)苑,亦仙境,西王母居处。

〔6〕五云:呈五彩的祥瑞之云,代指帝王居处。李白《侍从宜春园奉诏赋……听新莺百啭歌》:"是时君王在镐京,五云垂晖耀紫清。"

〔7〕揭天丝管:谓乐声震天。丝管,指管弦乐。揭,举。

〔8〕"驰隙"二句:谓年华飞快流逝。驰隙,如白驹过隙,一闪而过,形容短暂迅速。星霜,星一年一周转,霜每年因时而降,故以星霜指年岁。

〔9〕可是:只是。尘缘:佛家语,指世俗之念。此谓家国之思。

〔10〕华胥梦短:好梦不长,指昔日上元盛况。华胥梦,用黄帝梦游华胥国事,即指梦,或理想之梦。

赵彦端

赵彦端(1121—1175),字德庄,号介庵,鄱阳(今属江西)人,魏王赵廷美七世孙。绍兴八年进士,官至直宝文阁知建宁府,终左司郎官。著有《介庵词》,存词一百五十七首。

点绛唇

途中逢管倅[1]

憔悴天涯[2],故人相遇情如故。别离何遽[3],忍唱阳关句[4]？　　我是行人,更送行人去。愁无据[5],寒蝉鸣处,回首斜阳暮。

〔1〕管倅,指管姓友人,生平仕履不详。倅(cuì脆),副职,宋时称州郡通判为倅。此为送别友人词。他乡遇故知,分外相亲。无奈旋聚旋别,令人不堪悲歌《阳关》;况客中送客,益增其悲。末尾两句以景结情,寓无限离愁于夕阳西下、寒蝉哀鸣声中,深得含蓄蕴藉之旨。

〔2〕憔悴:此指处境困顿。天涯:指遥远的异乡。

〔3〕遽:迅速,仓促。

〔4〕阳关:曲名,即指王维所作《阳关曲》——《送元二使安西》,世谓送别之歌。

〔5〕无据:无端,此有无边无际之意。

姚宽

姚宽(？—1162)，字令威，号西溪，嵊(今属浙江)人。以荫补官，历官权尚书户部员外郎、枢密院编修官。著有《西溪乐府》，今存词五首。

生查子[1]

郎如陌上尘，妾似堤边絮。相见两悠扬，踪迹无寻处。酒面扑春风，泪眼零秋雨。过了别离时，还解相思否？

[1] 此惜别词，代女子立言。词以用喻见长，语意浅显，颇具民歌风情。上片以"陌上尘"和"堤边絮"分喻情郎和自身，谓聚也偶然，散也匆匆，今后再难相见。下片春风扑面喻醉颜，秋雨洒落喻泪眼，写饯宴伤别。结拍袒露忧思，心忧男方别后不再相忆。

袁去华

袁去华,字宣卿,奉新(今属江西)人。生卒年不详。绍兴十五年进士。曾任善化、石首知县。著有《袁宣卿词》一卷,存词九十八首。

水调歌头

定王台[1]

雄跨洞庭野,楚望古湘州[2]。何王台殿,危基百尺自西刘[3]。尚想霓旌千骑[4],依约入云歌吹[5],屈指几经秋。叹息繁华地,兴废两悠悠。　　登临处,乔木老[6],大江流。书生报国无地,空白九分头[7]。一夜寒生关塞,万里云埋陵阙[8],耿耿恨难休。徙倚霜风里[9],落日伴人愁。

〔1〕定王台,在今湖南长沙市。相传为西汉景帝之子定王刘发所建。词怀古,但重在叹今。词以定王台的地理形势、历史由来发端,"尚想"两句,想象当年霓旌歌舞的繁华场景,为"兴废"之叹铺垫。下片"登临"三句承上"兴废"而来,伤古中隐含悲今,一笔两意。以下主在悲今:关塞生寒,陵阙云埋,曲笔传情;报国无路,头白九分,直抒忧愤;最终归于独伴霜风落日,苍茫悲凉。陈振孙《直斋书录题解》卷十八谓当时著名爱国词人张孝祥激赏此词,"为书之"。

〔2〕"雄跨"二句:谓定王台雄踞洞庭湖之滨和古湘州地界。楚,今湖北一带古为楚国之领地。望,唐宋时州、郡、县等行政区域有畿、赤、望、紧若干等级名目,湘州即今之长沙,时为楚地之望郡,故楚望即指湘州。

〔3〕"何王"二句:以问答句式说明定王台的历史由来。危基百尺,指定王台的台基高大坚实如故。西刘,指西汉定王刘发。

〔4〕霓旌:如霓虹一般的彩旗。

〔5〕歌吹:歌声和鼓吹声。杜牧《题扬州禅智寺》:"谁知竹西路,歌吹是扬州。"

〔6〕乔木:高大的树木。

〔7〕"书生"二句:化用陈与义《巴丘书事》诗:"腐儒空白九分头。"

〔8〕"一夜"二句:上句暗示金人南侵,破关夺塞。下句象征金人占领京都,北宋王朝宣告灭亡。陵阙,皇帝陵墓。

〔9〕徙倚:站立。霜风:秋风。

瑞 鹤 仙[1]

郊原初过雨。见败叶零乱,风定犹舞。斜阳挂深树,映浓愁浅黛,遥山媚妩[2]。来时旧路,尚岩花、娇黄半吐[3]。到而今唯有,溪边流水,见人如故。　　无语。邮亭深静[4],下马还寻,旧曾题处[5]。无聊倦旅,伤离恨,最愁苦。纵收香藏镜[6],他年重到,人面桃花在否[7]?念沉沉、小阁幽窗,有时梦去。

〔1〕词写访艳不遇之惆怅。词以郊原雨后景色切入。败叶舞空,冷漠萧索;而远山媚妩,则暗暗逗出怀人情思。旧日来时,黄花流水在目,今日至此,唯见流水相亲,隐寓景异人非。下片邮亭寻觅旧踪,即承上文意脉,点明人去楼空之离愁。以下思量今后,纵有情来访,恐亦桃花依旧,而人面杳然矣。是以结云:欲待幽窗探艳,唯托诸魂梦。通篇深婉细密,为词人婉约词风代表作之一。

〔2〕"映浓愁"二句:远山青色时浓时淡,一似佳人眉黛含愁呈媚。
〔3〕"尚岩花"句:旧时尚见岩间黄花蓓蕾初展。
〔4〕邮亭:驿站,古时投寄文书人员住宿之所。
〔5〕旧曾题处:指昔日留下翰墨之处。
〔6〕收香藏镜:谓情爱专注,恪守前盟。收香,据《晋书·贾充传》,贾充有女贾午,窃其父御赐奇香赠韩寿,后来二人结为夫妇。藏镜,用破镜重圆事。南朝陈亡后,驸马徐德言与妻乐昌公主各持半镜以别,后终得破镜重圆。事见孟棨《本事诗·情感》。
〔7〕人面桃花:唐人崔护于长安城南邂逅一女子,一见钟情,次年故地重游,桃花依旧,而人面杳然,作《题都城南庄》诗。事见孟棨《本事诗·情感》。此即指词人所思之人。

剑 器 近[1]

夜来雨,赖倩得、东风吹住。海棠正妖娆处,且留取。
悄庭户,试细听、莺啼燕语。分明共人愁绪,怕春去。
佳树,翠阴初转午[2]。重帘未卷,乍睡起、寂寞看风絮[3]。
偷弹清泪寄烟波,见江头故人,为言憔悴如许[4]。彩笺无
数,去却寒暄,到了浑无定据[5]。断肠落日千山暮。

〔1〕《剑器近》为词人由宋教坊《剑器曲》而改制的新曲。词分三叠,前两叠字句声韵皆同,称"双拽头"。词写思妇怀念远人,而从惜春渐次引入。上片从视觉写海棠妖娆留春,中片从听觉写莺燕啼鸣挽春,两者又自然融入思妇惜春情思。下片时转晌午,地承中片"悄庭户",正面抒写思妇兰闺寂寞怀远之情。寄泪烟波,想象动人,情深意痴;对方虽彩笺频至,却归期终无定准;遥对落日千山,令人断肠无限。通篇写来婉曲尽情,用笔命意不无新意。

〔2〕"翠阴"句:树影随日移动,刚过正午。

〔3〕风絮:风中柳絮。

〔4〕"偷弹"三句:请江水捎去为那人憔悴的一片幽衷。可与词人《安公子》"独立东风弹泪眼,寄烟波东去"参看。

〔5〕"彩笺"三句:对方来信虽问寒问暖,但归期却无定准。去却,除却。到了,指直到书信末了。定据,定准。

安 公 子[1]

弱柳丝千缕[2],嫩黄匀遍鸦啼处。寒入罗衣春尚浅,过一番风雨。问燕子来时,绿水桥边路。曾画楼、见个人人否[3]?料静掩云窗,尘满哀弦危柱[4]。　庾信愁如许[5],为谁都着眉端聚?独立东风弹泪眼,寄烟波东去[6]。念永昼春闲,人倦如何度?闲傍枕、百啭黄莺语。唤觉来厌厌,残照依然花坞[7]。

〔1〕上阕《剑器近》为思妇怀远,本阕为行人怀远,仿佛姐妹篇。词开篇四句,初春景象,但隐含春归人不归之憾,是以下文自然引向怀人之思。"问燕"三句曲笔传情,轻灵有致。更想象伊人云窗孤坐,尘满琴瑟;既行人念伊,亦伊人思我,一笔两到。下片自抒怀抱。寄泪东归,语意新奇。昼永人倦,却又被莺呼起,情之无奈,如在目前。结以景收,与篇首遥相呼应,但时光推移,已是花坞残照矣。

〔2〕弱柳:犹言新柳,故下句以"嫩黄匀遍"形容之。

〔3〕"问燕子"三句:意同欧阳修《蝶恋花》词:"泪眼倚楼频独语,双燕来时,陌上相逢否?"人人,人儿,宋时方言俗语。

〔4〕"尘满"句:尘满绿琴,谓无绪抚琴已久。柱,系弦之支柱。弦、柱,代指弦乐器。

〔5〕"庾信"句:北朝诗人庾信曾作《愁赋》,今失传。宋叶廷珪《海录碎事》卷九《愁乐门》引十句,中有"谁知一寸心,乃有万斛愁"云云。

〔6〕"独立"二句:可与《剑器近》词"偷弹清泪寄烟波"互参。

〔7〕"念永昼"五句:可与贺铸《薄幸》词同读:"正春浓酒暖,人闲昼永无聊赖。厌厌睡起,犹有花梢日在。"厌厌,即恹恹,精神不振貌。花坞,花圃。

陆淞

陆淞,字子逸,号云溪,山阴(今浙江绍兴)人。生卒年不详,陆佃之孙,陆游之兄。曾知辰州。晚以疾废,卜筑于秀野,放傲人生。今存词二首。

瑞鹤仙[1]

脸霞红印枕,睡觉来、冠儿还是不整。屏间麝煤冷[2],但眉峰压翠,泪珠弹粉[3]。堂深昼永,燕交飞、风帘露井[4]。恨无人,与说相思,近日带围宽尽[5]。　　重省[6]。残灯朱幌,淡月纱窗,那时风景。阳台路迥,云雨梦[7],便无准。待归来,先指花梢教看[8],却把心期细问[9]。问因循过了青春[10],怎生意稳[11]。

〔1〕据宋人陈鹄《耆旧续闻》卷十,此词是陆淞为歌姬盼盼而作。"南渡初,南班宗子寓居会稽,为近属士家最盛,园亭甲于浙东,一时座客皆骚人墨士,陆子逸尝预焉。士有侍姬盼盼者,色艺殊绝,公每属焉。一日宴客,偶睡,不预捧觞之列。陆因问之,士即呼至,其枕痕犹在脸。公为赋《瑞鹤仙》,有'脸霞红印枕'之句,一时盛传之,逮今为雅唱。后盼盼亦归陆氏。"其实,即便本事属实,也不必胶柱鼓瑟,但谓女子睡起怀人即可。上片写女子睡起情状。脸霞冠斜,眉颦泪垂,绘其愁态。屏间画冷,双燕于飞,衬托其心境之孤凄。一结点明人渐清减,相思使然。下片承"相思"意脉,忆昔欢聚情景,坦言别后思念。结处盼归,以花开花落为喻,问情侣何忍青春虚度,情意细密哀怨。

〔2〕"屏间"句:谓屏风上的画呈凄冷景象。麝煤:墨的别名,此借指屏风

上的水墨画。

〔3〕"但眉峰"二句:眉峰紧皱,犹如青山横卧;泪珠弹洒,冲落脸上脂粉。

〔4〕交飞:并飞。

〔5〕带围宽尽:衣带宽到尽处,指人日见消瘦。

〔6〕重省(xǐng 醒):重新回忆。

〔7〕阳台云雨:用楚王梦会神女事,指男女欢爱。迥:远。

〔8〕花梢教看:谓教看枝头花开花落,结合下文,喻青春易逝。

〔9〕心期:谓两心期许。

〔10〕因循:迟延。

〔11〕意稳:心安。

陆游

陆游(1125—1210),字务观,号放翁,越州山阴(今浙江绍兴)人。孝宗隆兴初,赐进士出身,一生主战。历任枢密院编修、镇江通判、隆兴通判,以力说张浚用兵罢归。后入蜀八年,得以亲临南郑前线。奉诏东归后,游宦于福建、江西、浙江、临安等地。晚年退居家乡山阴,但始终心念复国大业。为"中兴四大诗人"之一,南宋第一爱国诗人。也善词,著有《放翁词》,存词一百三十余首,多激昂慷慨爱国词章,但风格多样,不拘一格。

钗 头 凤[1]

红酥手[2],黄縢酒[3],满城春色宫墙柳。东风恶,欢情薄。一怀愁绪,几年离索[4]。错,错,错! 春如旧,人空瘦,泪痕红浥鲛绡透[5]。桃花落,闲池阁。山盟虽在,锦书难托[6]。莫,莫,莫[7]!

〔1〕词作于绍兴二十五年(1155),时陆游三十一岁。陆游与妻唐琬感情甚笃,但迫于母命而离异。此后陆再娶,唐改适,各未见面。是年春,陆游独游沈园,邂逅唐琬夫妇。唐琬遣致酒肴,陆游不胜感慨,作此词,并题于园壁。唐氏殁后,陆游曾二至沈园,先后作律诗一首和七绝二首,足见对唐氏感情弥深。本事见宋人周密《齐东野语》、陈鹄《耆旧续闻》、刘克庄《诗话续集》诸书。词上片忆昔,下片伤今,两相对照。发端三句回忆当年游园,色泽明丽,情意欢洽。

"东风恶",曲笔道出婚姻悲剧由来,意贯全篇。"一怀"以下,直抒婚变后的孤独落寞。下片返回眼前沈园邂逅场景。"满城春色"和满怀情意虽然"如旧",但一嫁一娶,人事全非,万难更改,故人空瘦,泪徒洒,书难托,唯见可恶"东风"吹落桃花,闲冷池阁。三个"莫"字,应上三个"错"字,呼天抢地,千般悔恨,而又万般无奈。

〔2〕红酥手:谓伊人之手红润柔软。

〔3〕黄縢(téng 腾)酒:即黄封酒,一种官酿的美酒。苏轼《岐亭五首》(之三):"为我取黄封,亲拆官泥赤。"宋人施元之注:"京师官法酒,以黄纸或黄罗绢封幂瓶口,名黄封酒。"

〔4〕离索:离群索居,生活寂寞孤独。

〔5〕浥(yì 溢):润湿,泪染脸上胭脂,故说"红浥"。鲛绡:古代传说中南海鲛人(即美人鱼)所织的丝绢,后即指丝织手帕。

〔6〕锦书:用窦滔妻苏蕙织锦字回文事,泛指书信。

〔7〕莫:犹云罢了,谓无可奈何。按:俞平伯先生《唐宋词选释》谓"'错莫'本是连绵字……有寥落、落寞之义。本篇将它拆开,在两片分作结句,似亦含有这种意思。"

水 调 歌 头

多 景 楼[1]

江左占形胜,最数古徐州[2]。连山如画,佳处缥渺着危楼。鼓角临风悲壮,烽火连空明灭,往事忆孙刘[3]。千里曜戈甲,万灶宿貔貅[4]。　　露沾草,风落木,岁方秋。使君宏放[5],谈笑洗尽古今愁。不见襄阳登览,磨灭游人

陆游《卜算子》(驿外断桥边)

无数,遗恨黯难收。叔子独千载,名与汉江流〔6〕。

〔1〕多景楼:在镇江北固山上,"下临长江,淮南草木可数。"(陆游《入蜀记》)词作于隆兴二年(1164)秋,时陆游在镇江通判任上。镇江自古为军事要冲,三国时孙权曾建都于此。及南宋初年,以长淮为界,南宋北金对峙,镇江已成前线重镇。故陆游登楼,感慨良多,作此词。词从楼的形胜、高峻切入,上片以怀古为主,"鼓角"五句追怀孙、刘二家合兵破曹事:鼓角悲壮,烽火明灭,千里戈甲,万灶生烟,声色俱壮。怀古为咏今,过变三短句略作顿挫,"使君"以下霍然重振,盛赞知府方滋宏放谈笑之风采,更以立抗金复国之万世奇勋相期,写来豪迈深沉。

〔2〕"江左"二句:谓镇江占江东形势之胜。江左,江东。古徐州,指镇江。徐州为古九州之一,东晋南渡后,徐州寄治扬州,再移镇江,称南徐州。

〔3〕孙刘:指三国时代的孙权和刘备,两家曾于镇江联合抗曹。

〔4〕"万灶"句:谓军营密布。苏轼《次韵穆父尚书……引满醉吟》诗:"野宿貔貅万灶烟。"貔貅(píxiū 皮休),古书上说的一种猛兽,通常喻兵士。

〔5〕使君:谓镇江知府方滋(字务德,桐庐人)。张孝祥《题陆务观多景楼长句》:"甘露多景楼,天下胜处,废以为优婆塞(佛徒)之居,不知几年。桐庐方公尹京口(镇江),政成暇日,领客来游,慨然太息。寺僧识公意,阅月楼成,陆务观赋《水调》歌之,张安国(张孝祥字安国)书而刻之岩石。"宏放:心胸广阔,不羁小节。

〔6〕"不见"五句:以羊祜比拟方滋,期许方滋为国建功立业。羊祜,字叔子,西晋名将,镇守襄阳,卓有政绩。据《晋书·羊祜传》,羊祜乐山水,常登岘山,曾慨然太息谓左右曰:"自有宇宙,便有此山。由来贤达胜士,登此远望,如我与卿者多矣!皆湮没无闻,使人悲伤。如百岁后有知,魂魄犹应登此山也。"后"襄阳百姓于岘山羊祜平生游憩之所,建碑立庙,岁时飨祭焉。望其碑者,莫不流涕,杜预因名为'堕泪碑'。"汉江,即汉水,流经襄阳。

鹧 鸪 天[1]

家住苍烟落照间,丝毫尘事不相关。斟残玉瀣行穿竹[2],卷罢黄庭卧看山[3]。　贪啸傲[4],任衰残,不妨随处一开颜。元知造物心肠别[5],老却英雄似等闲!

〔1〕 词作于乾道二年(1166),诗人四十二岁。是年春,陆游因"力说张浚用兵"而罢归家乡山阴。词写隐居生涯中的矛盾心态。词共八句,前六句或赋居处之幽谧,或歌生活之闲适,或咏随遇而安之人生态度,一派旷达飘逸。煞拍二句始翻出胸中一段郁懑,貌怨"造物"无情,实恨朝廷不以"老却英雄"为念。

〔2〕 斟残:犹言倒尽。玉瀣(xiè 泄):酒名。明人冯时化《酒史》卷上:"隋炀帝造玉瀣酒,十年不败。"后泛指美酒。

〔3〕 黄庭:道经名。《云笈七签》有《黄庭内景经》《黄庭外景经》《黄庭遁甲缘身经》,俱为道家谈养生之书。卷罢:陆游所读《黄庭》当为卷轴装,边读边卷,卷罢即谓读罢一卷。

〔4〕 啸傲:吟啸自适,不受羁绊。陶渊明《饮酒》(之七):"啸傲东轩下,聊复得此生。"

〔5〕 元知:原知。造物:主宰人事的大自然,犹谓苍天、上天。

陆游

秋 波 媚

七月十六日晚登高兴亭望长安南山[1]

秋到边城角声哀,烽火照高台。悲歌击筑[2],凭高酹酒[3],此兴悠哉! 多情谁似南山月,特地暮云开。灞桥烟柳[4],曲江池馆[5],应待人来。

〔1〕词作于乾道八年(1172),诗人四十八岁,在南郑(汉中)的四川宣抚使幕中任职。南郑地处抗金前线,诗人登高,北望长安,壮心勃发,作此词。高兴亭,在南郑西北,正对南山。南山即终南山,横亘陕西南部,主峰在长安之南。角声悲壮,烽火熊熊,此边城特有景象,词即由此导入诗人击筑畅饮的豪兴壮志。下片承此复国豪"兴",遥望南山,神驰月下长安。想象中烟柳弄姿,池馆生辉,似殷切待我大军早日光复故都。通篇慷慨激昂,神思飞越,充满胜利信念。

〔2〕悲歌击筑:荆轲将入秦刺秦王,燕太子丹率众送至易水上,有高渐离击筑,荆轲和而作歌,激越悲壮。事见《战国策·燕策》。筑,古时的一种乐器。

〔3〕酹(lèi类)酒:以酒洒地,表示祭奠,此有祈祷天祐之意。

〔4〕灞桥:在长安之东的灞水上。灞上多柳,古人多于此折柳送别。

〔5〕曲江:曲江池,位于长安东南,为唐时的名胜地。

汉　宫　春

初自南郑来成都作[1]

羽箭雕弓,忆呼鹰古垒,截虎平川[2]。吹笳暮归野帐,雪压青毡。淋漓醉墨,看龙蛇、飞落蛮笺[3]。人误许,诗情将略,一时才气超然。　　何事又作南来,看重阳药市[4],元夕灯山[5]。花时万人乐处[6],欹帽垂鞭[7]。闻歌感旧,尚时时流涕尊前。君记取:封侯事在[8],功名不信由天!

〔1〕词作于乾道九年(1173)春,诗人四十九岁。四川宣抚使王炎奉诏返京,陆游也改派为成都府安抚司参议官。乍离南郑前线,南来成都,抑郁不快,作此词。上片即回忆令人终生难忘的南郑军事生涯:白日挽弓呼鹰,刺虎平川,夜晚龙蛇飞动,醉墨青帐;气概非凡。"人误许"三句以"诗情将略"总挽前文,自谦中露自豪。下片抒发返成都之忧愤。劈头发问"何事南来",不满之情溢于辞表。人谓"药市""灯山""花市",万人皆乐,但诗人闻歌感旧,涕泪尊前,唯我独悲,此亦"众人皆醉我独醒"(《楚辞·渔父》)之意。煞拍三句,再次高扬:人定胜天,遥应上片结句,组成此词激昂豪壮的主旋律。

〔2〕"羽箭"三句:忆白昼狩猎壮举。呼鹰,呼叫猛鹰逐取猎物。陆游《忽忽》诗:"呼鹰古庙秋。"自注:"南郑汉高帝庙,予从戎时,多猎其下。"截虎,截断虎的去路以猎杀。陆游于《三月十七日夜醉中作》诸诗,屡有猎虎壮举的描述。

〔3〕"淋漓"二句:忆夜晚草书豪兴。龙蛇,形容笔势飞动。陆游《冬夜》

诗:"起提一笔扫疋纸,入卷飒飒奔龙蛇。"蛮笺,一种四川制作的纸,亦称蜀笺。按:陆游好草书,有《草书歌》诸篇专赋草书艺术:"提笔四顾天地窄,忽然挥扫不自知。风云入怀天借力。神龙战野昏雾腥,奇鬼摧山太阴黑。"

〔4〕重阳药市:陆游《老学庵笔记》卷六:"成都药市以玉局观为盛,用九月九日。"

〔5〕元夕灯山:据《岁时广记》引《岁时杂记》,称"成都府灯山或过于阙前",足见其元宵灯山盛况。灯山,聚各色花灯为鳌背神山形状,俗称灯山。

〔6〕花时:百花逢时盛开,指成都春天的花会,百花毕聚,人观如潮。

〔7〕欹帽垂鞭:歪斜帽巾,信马缓行(不用鞭打)。

〔8〕封侯事:《后汉书·班超传》谓班超少时投笔从戎,有"立功异域,以取封侯"之志。后果如愿,封定远侯。此指抗金复国、建功立业事。

渔 家 傲

寄 仲 高[1]

东望山阴何处是[2]?往来一万三千里。写得家书空满纸,流清泪,书回已是明年事。　　寄语红桥桥下水[3],扁舟何日寻兄弟?行遍天涯真老矣,愁无寐,鬓丝几缕茶烟里[4]。

〔1〕仲高,陆游堂兄,字开之,长陆游十二岁,词翰俱妙,但政治上依附秦桧,桧死后罢归,卒于淳熙元年。陆游与他政见不合,但兄弟私谊尚笃。淳熙二年(1175),陆游在成都始得仲高死讯,有《闻仲高从兄讣》诗。由此当知,此词作于淳熙二年前,时诗人在蜀任。词的上片写怀乡。一起点出蜀中与故乡相距

万里,为下文伏笔。是以虽浥泪作书,但路遥时久,此情何堪?"书回已是明年事",用语平易自然而命意甚新,既呼应故乡万里,更突出诗人远游思家情切。下片由怀乡而转入思亲题意,"寄语"二句设想之辞,不落窠臼,颇具诗情画意。因欲归无计,故"行遍"句再申远宦之苦,结处深进一步,抒发进退维谷,年华虚度之慨。

〔2〕 山阴:今浙江绍兴,为陆游故乡。

〔3〕 红桥:在山阴西郊,一称虹桥。陆游《反远游》诗:"行歌西郭红桥路,烂醉东关白塔秋。"

〔4〕 "鬓丝"句:谓于闲散中虚度年华。此化用杜牧《题禅院》诗意:"今日鬓丝禅榻畔,茶烟轻飏落花风。"鬓丝,谓鬓发有白丝。

双 头 莲

呈 范 至 能[1]

华鬓星星,惊壮志成虚,此身如寄[2]。萧条病骥[3],向暗里消尽,当年豪气。梦断故国山川,隔重重烟水。身万里,旧社凋零[4],青门俊游谁记[5]? 尽道锦里繁华,叹官闲昼永,柴荆添睡[6]。清愁自醉,念此际付与,何人心事。纵有楚柁吴樯[7],知何时东逝? 空怅望,鲙美菰香,秋风又起[8]。

〔1〕 词作于淳熙三年(1176),陆游五十二岁。范至能,即南宋著名诗人范成大。时范成大帅成都兼四川制置使,陆游为制置使司参议官,居成都。《宋史·陆游传》称"以文字交,不拘礼法,人讥其颓放,因自号放翁。"词即作于

是年秋病后免官时。词呈诗友兼上司,衰颓中不无牢骚寓焉。词的上片紧扣"老""病"二字着笔,壮志成虚,豪气消尽,惊叹中隐含愤懑与无奈。由此遂生返乡之念,但身远万里,旧友星散,俊侣谁记?换头写"官闲昼永"、唯睡唯醉的无聊处境,心事欲诉无人,秋风中不禁归思涌动。"空怅望"遥应上文"梦断",抒欲归不能之痛。

〔2〕如寄:飘泊无依,没有归宿。陆游是年免官,在成都领祠禄,故有此感慨。

〔3〕病骥:病马。诗人自喻。诗人是年作《和范待制秋兴》,亦有"身如病骥惟思卧,谁许能空万马群?"

〔4〕旧社:旧日社友。指当日临安文酒之会中人。

〔5〕青门:汉时长安城门,借指临安都城。俊游:犹言俊侣、胜侣,指当日共游的才俊之士。按:陆游于绍兴三十二年(1162)任枢密院编修官,兼编类圣政所检讨官,与范成大、周必大等人同官,常诗酒唱和。旧社、俊游云云,当指此而言。

〔6〕柴荆:犹言柴门,指寒士居所。

〔7〕楚柁吴樯:指回东南家乡去的船只。杜甫《秋风二首》第一首:"吴樯楚柁牵百丈,暖向成都寒未还。"陆游《秋思》:"吴樯楚柁动归思。"

〔8〕"鲙美"二句:晋人张翰见秋风起,因思吴中菰脍,弃官返乡。事见《晋书·张翰传》,此用其事,表示思归。鲙(kuài筷),细切的鱼肉,此指鲈鱼鲙。菰,菰菜,俗称茭白,生于水边。其实如米,称雕胡米,可作饭。

夜　游　宫

记梦寄师伯浑[1]

雪晓清笳乱起,梦游处、不知何地。铁骑无声望似水。想关河:雁门西,青海际[2]。　　睡觉寒灯里[3],漏声断、月斜窗纸。自许封侯在万里[4]。有谁知:鬓虽残,心未死。

　　〔1〕 师伯浑:师浑甫字伯浑,四川眉山人,擅诗文,隐居不仕。乾道九年(1173)与陆游结识。陆游称以"天下伟人"(《师伯浑文集序》)。四年后,伯浑卒。由此可知,此词当作于此四年间。时词人在蜀中。词上片记梦,于梦境中抒发爱国理想。笳声四起,铁骑似水,无限肃穆壮阔。下片梦醒,寒灯漏断,残月临窗,一派冷清凄凉。梦中王师直达边境,梦后空许万里封侯;两者鲜明对照,以理想之宏伟,反衬现实之无奈。结三句悲壮苍凉,与辛稼轩《永遇乐》结拍"凭谁问,廉颇老矣,尚能饭否?"同一心境。

　　〔2〕 雁门:雁门关,在今山西代县西北。青海:青海湖,在今青海东北部。此承上"关河",泛指西北边陲。

　　〔3〕 睡觉(jué决):睡醒。

　　〔4〕 封侯万里:用班超投笔从戎,立志封侯异域事。

鹊　桥　仙

夜　闻　杜　鹃[1]

茅檐人静,蓬窗灯暗[2],春晚连江风雨。林莺巢燕总无声,但月夜常啼杜宇[3]。　　催成清泪,惊残孤梦[4],又拣深枝飞去。故山犹自不堪听,况半世飘然羁旅[5]。

　　〔1〕 据词意,当为蜀中所作。词由夜闻杜鹃而兴去国离乡之悲,更委婉表达出壮志难酬之愤,故陈廷焯《白雨斋词话》称此词"借物寓言"。上片前四

句为铺垫之笔,着意渲染杜鹃哀鸣的凄清氛围,结句点明月夜闻鹃。下片写闻鹃有感。先是惊梦催泪,继以半世飘零之叹,"故山"句衬垫有力。

〔2〕蓬窗:犹言陋窗。蓬,蓬蒿,一种野草。

〔3〕"林莺"二句:以晚春莺燕之无声,烘托月夜杜鹃之哀鸣。杜宇,即杜鹃,亦名子规鸟。传说为蜀地望帝精魂所化,常夜啼,啼声凄厉,能动人归思,故又称思归鸟。秦观《忆王孙》词:"杜宇声声不忍闻。"

〔4〕"催成"二句:谓杜鹃啼声摧落征人眼泪,惊破游子乡梦。

〔5〕"故山"二句:谓故乡闻鹃犹自不堪,何况半生飘零,游宦在异乡。故山,故乡。半世,陆游四十六岁入蜀,五十四岁出川东归,故有此语。羁旅,行役在外。

南 乡 子[1]

归梦寄吴樯[2],水驿江程去路长。想见芳洲初系缆[3],斜阳,烟树参差认武昌[4]。　　愁鬓点新霜,曾是朝衣染御香[5]。重到故乡交旧少,凄凉,却恐他乡胜故乡[6]。

〔1〕词作于淳熙五年(1178),诗人五十四岁,奉诏东归,秋至武昌,词为舟近武昌时作。写怀乡之情。起句寄梦吴樯,点明归思殷切,而去路犹长。"想见"三句,想象武昌泊舟情景。上片描写东归航程,下片抒发复杂心态:年迈回朝,前途未卜;重返故乡,怕是故交零落,"他乡胜故乡",袭用杜诗而出以新意:心忧归乡后寂寞孤凄。

〔2〕吴樯:指归吴即归家的船只。

〔3〕芳洲:指鹦鹉洲,在武昌东北长江中。崔颢《黄鹤楼》诗:"晴川历历汉阳树,芳草萋萋鹦鹉洲。"缆:系船的绳索。

〔4〕参差(cēncī 岑疵,岑读第一声):此指高低起伏貌。

〔5〕"曾是"句:谓曾为朝官。陆游被荐入朝,初为枢密院编修,故有此语。语出贾至《早朝大明宫呈两省僚友》:"剑珮声随玉墀步,衣冠身惹御炉香。"

〔6〕"重到"三句:怕重到故乡,因故交零落而倍感寂寞。结句出自杜甫《得舍弟消息》:"乱后谁归得,他乡胜故乡。"意谓兵乱不止,欲归无计,唯暂居他乡。

鹊 桥 仙[1]

一竿风月,一蓑烟雨,家在钓台西住[2]。卖鱼生怕近城门,况肯到红尘深处[3]。　　潮生理棹,潮平系缆,潮落浩歌归去。时人错把比严光,我自是无名渔父[4]。

〔1〕淳熙十三年至十五年(1186—1188),诗人权知严州(今浙江建德)军州事,词当作于此时,即诗人六十二岁至六十四岁期间。词以渔父自况,既厌弃名利,复不图清高虚名。上下片艺术构思相同,均以前三句描叙渔父生涯,后二句抒发渔父心境,而上下片的叙事和抒情,又有自然延续和层进之势。

〔2〕钓台:即严子陵钓台,在桐庐县西南,下临富春江,有东西二台,台上有严子陵祠。

〔3〕"卖鱼"二句:谓不愿追名逐利。红尘,借指名利场所。

〔4〕"时人"二句:谓不图清高虚名。严光,字子陵,少有高名,曾与汉光武刘秀同游学。刘秀即位,屡诏不仕,隐居富春山耕渔自乐,名倾朝野。事见《后汉书·严光传》。此谓严光不无沽名钓誉之嫌。

诉　衷　情[1]

当年万里觅封侯[2],匹马戍梁州[3]。关河梦断何处？尘暗旧貂裘[4]。　　胡未灭,鬓先秋,泪空流。此生谁料,心在天山[5],身老沧洲[6]。

〔1〕 词当为词人淳熙十六年(1189)罢官家居后所作。开笔回忆当年从军觅侯豪举,雄姿英发。次二句调转现实,梦断关河,唯见貂裘尘封。此一层对照,化雄壮为悲凉。下片结拍"心在天山,身老沧洲",又一层对照,但从中犹可隐窥词人"烈士暮年,壮心不已"之意。

〔2〕 万里觅封侯:用班超事,此指为国建功立业。

〔3〕 梁州:古陕西汉中一带。此特指南郑。陆游于乾道八年(1172)曾至南郑前线度过一段豪迈热烈的军事生涯。

〔4〕 "尘暗"句:《战国策·秦策》载,苏秦游说秦王不成,生活潦倒,所穿貂裘破旧不堪。此喻甲胄尘封,不能立功边陲。

〔5〕 天山:即祁连山,在今青海省东北部与甘肃省西部一带,汉代名将霍去病曾立功于此。此借指边防前线。

〔6〕 沧洲:犹言江湖,古人常喻隐者所居。

好　事　近[1]

秋晓上莲峰[2],高蹑倚天青壁。谁与放翁为伴？有天坛轻策[3]。　铿然忽变赤龙飞[4],雷雨四山黑。谈笑做成丰岁,笑禅龛柳栗[5]。

〔1〕词人有《好事近》六首,皆作游仙语,此第四首,写词人神游华山。词人独立山巅,无以为伴,唯天坛藤杖。下片即由藤杖生发。藤杖化龙本系神话,但想象赤龙播雨,田禾丰收,则分明是词人情有独钟,而词格也由此得以升华。

〔2〕莲峰:指华山。《太平御览》引《华山记》:"山顶有池,生千叶莲花,因曰华山。"又称:"山有三峰。"注:"谓莲花、毛女、松桧也。"李白《古风》第十九首:"西上莲花峰。"

〔3〕天坛:山名,即河南王屋山绝顶,传说为轩辕祈天所。唐司马承祯修道于此。宋人叶梦得《避暑录话》:"余往自许昌归,得天坛藤杖数十,外圆。"策:杖,此即指藤杖。

〔4〕忽变赤龙飞:据晋人葛洪《神仙传》,壶公以一竹杖给费长房,费骑竹杖还家后,竹杖化为青龙。

〔5〕"谈笑"二句:同是持杖,一能化龙降雨,造福人间,一却与世无济。禅龛(kān 刊),供奉佛像的小阁子,此泛指禅房。柳栗,木名,可作杖,后借为杖的代称。贾岛《送空公往金州》:"七百里山水,手中柳栗粗。"

谢　池　春[1]

壮岁从戎[2],曾是气吞残虏[3]。阵云高、狼烟夜举[4]。朱颜青鬓,拥雕弓西戍。笑儒冠自来多误[5]。　功名梦断,却泛扁舟吴楚[6]。漫悲歌、伤怀吊古。烟波无际,望秦关何处[7]?叹流年又成虚度。

〔1〕词当作于晚年罢居山阴时期。悲复国壮志难酬,叹人生年华虚度,此陆游诗词屡见主题,且至老犹是。词上片五句回忆当年从戎南郑的军事生涯,雄姿英概,慷慨豪迈。结拍化用杜诗,意绪陡落千丈。着一"笑"字,自嘲自遣。下片承"儒冠多误",写今日老来生活处境,于闲谈中见悲愤。结处不忘中原故土,复归沉痛。

〔2〕壮岁从戎:指乾道八年(1172)四十八岁从军南郑。

〔3〕残虏:对金兵的蔑称。

〔4〕狼烟:战时报警的烟火。因用狼粪为燃料,故有是称。

〔5〕"笑儒冠"句:谓书生迂阔,不善处世,自来多误。语出杜甫《奉赠韦左丞丈二十二韵》:"纨绔不饿死,儒冠多误身。"

〔6〕吴楚:指古时吴、楚二国的领地,此借指诗人家乡山阴一带。

〔7〕秦关:即函谷关,在今河南灵宝市西,是秦国的东关,故亦称秦关。此借指为金人占领的中原地区。

卜 算 子

咏 梅^[1]

驿外断桥边,寂寞开无主。已是黄昏独自愁,更着风和雨^[2]。 无意苦争春,一任群芳妒^[3]。零落成泥碾作尘,只有香如故^[4]。

〔1〕此词作年不详。或谓乾道八年(1172)冬,陆游调离南郑前线,心境抑郁而壮志如故,次年作此词,有《言怀》可资参证:"兰碎作香尘,竹裂成直纹,炎火炽昆冈,美玉不受焚。"此词咏梅明志,遗貌取神,孤芳自赏,傲然卓立。上

片写梅"愁",不用一直笔,全凭环境气氛烘托映衬。驿外断桥,烘托其寂寞孤单;风雨黄昏,映衬其凄苦愁思。下片咏梅品,起二句以"群芳"反衬,突出梅"无意争春"之高洁本性。"零落"句七字三意,层层推进,"只有"句勾转,力挽千钧,显现梅花不幸命运和坚贞操守。

〔2〕着:诗词中常见多义词,此作添、加讲。

〔3〕群芳:习惯上指桃、李之类。

〔4〕"零落"二句:谓梅花形可灭,神与品格永在。

范成大

范成大(1126—1193),字致能,号石湖居士,平江吴县(今属江苏苏州)人。绍兴二十四年进士,历知处州、静江府兼广西经略安抚使、四川制置使、礼部尚书、参知政事。乾道六年使金,坚强不屈,全节而归,为朝野一致称誉。晚年退居石湖。以诗著称,为南宋"中兴四大诗人"之一,并有田园诗人之称。亦工词,著有《石湖词》,存词百馀首。

眼 儿 媚

萍乡道中乍晴,卧舆中困甚,小憩柳塘[1]。

酣酣日脚紫烟浮[2],妍暖破轻裘[3]。困人天色,醉人花气,午梦扶头[4]。 春慵恰似春塘水[5],一片縠纹愁[6]。溶溶泄泄[7],东风无力,欲皱还休[8]。

〔1〕乾道九年(1173)春,范成大赴桂林静江府任,途经萍乡(今属江西),作此词。舆(yú鱼),轿。憩(qì气),休息。词写春慵。上片写春慵之由来:春雨乍晴,日暖人乏,为下文铺垫作势。下片即承"困""醉"二字,似写景,亦比兴,妙在描摹只可意会、难以言传的对"春慵"的心理感受:东风吹拂春水,欲皱还休,生动贴切,曲尽其妙。清人王闿运《湘绮楼评词》:"自然移情,不可言说,绮语中仙语也。"

〔2〕酣酣:此处形容紫烟色泽之浓。日脚:穿过云隙下射的日光。
〔3〕妍暖:春暖景美。轻裘:薄袄。
〔4〕扶头:扶头酒,一种烈性的酒,也可形容醉态,此言午梦似醉。
〔5〕春慵:春日慵懒情态。
〔6〕縠(hú弧)纹:如皱纱般的细细水纹。
〔7〕溶溶泄泄(yì易):水缓缓晃动的样子。
〔8〕"东风"二句:化用冯延巳《谒金门》词意:"风乍起,吹皱一池春水。"

满 江 红

清江风帆甚快,与客剧饮,歌之〔1〕。

千古东流,声卷地、云涛如屋〔2〕。横浩渺、樯竿十丈,不胜帆腹〔3〕。夜雨翻江春浦涨,船头鼓急风初熟〔4〕。似当年、呼禹乱黄川,飞梭速〔5〕。　　击楫誓,空警俗〔6〕;休拊髀,都生肉〔7〕。任炎天冰海〔8〕,一杯相属〔9〕。荻笋菱芽新入馔〔10〕,鹍弦凤吹能翻曲〔11〕。笑人间、何处似尊前,添银烛。

〔1〕乾道九年(1173)春,范成大赴桂林静江府任所,舟行清江,风顺船快,与友人畅饮有感,作此词。清江,江西赣江的支脉,代指赣江。词的上片着力渲染江水浩渺汹涌的气势,即具体描绘词序"风帆甚快"四字。结处由眼前舟行赣江想及当年北渡黄河情景。下片发端四句的深沉感慨即由此生发而来。"任炎天"以下纯就词序"与客剧饮"着笔,"剧饮"者,以酒浇愁,但词人放笔写来,却十分狂逸洒脱,而人们正不难从其狂放神态中去领略其内心之悲愤。

〔2〕"声卷地"句:涛声震撼大地,浪涌似叠起高屋。

〔3〕"横浩渺"二句:江水浩渺,风急帆张,十丈高樯似难承受其力。帆腹,受满风力腹部开张的船帆。语出苏轼《八月七日初入赣,过惶恐滩》诗:"长风送客添帆腹。"

〔4〕风初熟:风向刚刚定准。风初起时方向不定,后渐渐定准,称"风熟"。语出苏轼《金山梦中作》诗:"夜半潮来风又熟。"

〔5〕"似当年"二句:谓舟行飞速,一似当年北渡黄河情景。按:乾道六年(1170),范成大出使金国,曾北渡黄河。当年使金,不屈不挠,完节而返,深以自豪。禹,上古君主,曾治洪水为民造福。乱,横渡。黄川,黄河。飞梭速,谓舟行神速似飞梭。

〔6〕"击楫"二句:自谓击楫而誓,空自骇世惊俗。此用东晋祖逖中流击楫事。祖逖渡江北伐符秦,中流击楫而誓:"不能清中原而复济者,有如大江。"事见《晋书·祖逖传》。后用以比喻收复失地的决心。

〔7〕"休拊髀"二句:刘备寄栖刘表幕下,见髀肉复生,因慨然流涕谓刘表曰:"吾常身不离鞍,髀肉皆消,今不复骑,髀里肉生。日月若驰,老将至矣,而功业不建,是以悲耳。"事见《三国志·蜀志·先主传》。髀(bì 必),大腿。拊(fǔ 俯),拍。

〔8〕炎天冰海:谓天南海北。以气候之冷热代指北方和南方,冰海,隐指当年出使北金。炎天,隐指眼下出守桂林。

〔9〕一杯相属:谓与客人相互劝饮。

〔10〕荻笋:芦荻的幼芽,因似竹笋,故名。蒌:蒌蒿,一作葳蕤,可作食用,也可供药用。这两种植物又可作鱼羹的调料。馔(zhuàn 篆):食物,食用。

〔11〕鹍(kūn 昆)弦:指琵琶乐器。鹍,鹍鸡,类鹤,其筋可作琵琶弦。凤吹:指箫。《列仙传》称春秋时萧史善吹箫,能吹奏出凤鸣之声。

鹧 鸪 天[1]

休舞银貂小契丹[2],满堂宾客尽关山[3]。从今嫋嫋盈盈处,谁复端端正正看[4]? 模泪易,写愁难[5],潇湘江上竹枝斑[6]。碧云日暮无书寄,寥落烟中一雁寒[7]。

〔1〕词作于淳熙二年(1175)正月,范成大离桂林赴成都任职,僚属饯行,诗人作此词以表依依惜别之情。上片写别宴。宴前歌舞正盛,劈头却曰"休舞",意在唤出离情。"宾客尽关山",客中送客,举座黯然,此其一。从此宦迹天涯,再不能与诸君共赏番家歌舞,此其二。下片起三句写别时心态,离愁难书。结拍想象别后旅思,"寥落"句亦兴亦比,以景传情,意境深永。

〔2〕银貂:白色貂裘,舞服。小契丹:少数民族契丹族的一种歌舞。诗人《次韵宗伟阅番舞》结联云:"绣靴画鼓留花住,剩舞春风小契丹。"

〔3〕"满堂"句:谓座上诸君尽是他乡之客。王勃《滕王阁序》:"关山难越,谁悲失路之人;萍水相逢,尽是他乡之客。"

〔4〕"从今"二句:眼前歌舞虽好,别后谁看?嫋嫋盈盈,体态轻盈,舞姿美好。嫋嫋,同"袅袅"。

〔5〕模、写:互文同义,描摹,表现。

〔6〕"潇湘"句:相传舜南巡死于苍梧之野,舜妃娥皇与女英追至湘江边,洒泪湘竹,竹上呈现泪痕斑斑,世称斑竹、泪竹、湘妃竹。词人借以表示别时之哀痛。

〔7〕"碧云"二句:写旅途中寂寞心态:不见友人书信,唯愁对寒烟孤雁。碧云日暮,化用江淹《拟休上人怨别》:"日暮碧云合,佳人殊未来。"

水 调 歌 头[1]

细数十年事,十处过中秋[2]。今年新梦,忽到黄鹤旧山头[3]。老子个中不浅,此会天教重见,今古一南楼[4]。星汉淡无色,玉镜独空浮[5]。　　敛秦烟,收楚雾,熨江流[6]。关河离合,南北依旧照清愁[7]。想见姮娥冷眼,应笑归来霜鬓,空敝黑貂裘[8]。酹酒问蟾兔,肯去伴沧洲[9]?

〔1〕据范成大《吴船录》,淳熙四年(1177),诗人由川东归过鄂州(在湖北),中秋夜,州官邀游南楼,宴饮赏月有感,作此词。上阕由年来宦迹无常,切入眼前鄂州南楼。即地怀古,忆及当年庾亮秋夜登楼,今古同此盛会,不禁豪情四溢,顿将"十处过中秋"愁态一扫而空。结处勾转赏月题面,下片承此意脉,紧扣秋月抒怀:月照清愁,生南北分裂之忧;姮娥笑我白发敝裘,发功业不就之叹;举杯邀月,相伴沧洲,则一派洒脱放逸情怀。作者同时写有《鄂州南楼》诗,可参读。

〔2〕"细数"二句:谓宦迹无常。据作者《吴船录》,词人自乾道元年至淳熙四年(1165—1177),十二年间在十处度过中秋。词中"十年",是约举成数。

〔3〕黄鹤山:在鄂州城内,相传有仙乘鹤过此,故名。山上有南楼,可供赏览。

〔4〕"老子"三句:叹赏古今南楼,同此月夜盛会。东晋庾亮守鄂时,秋夜曾登南楼,与僚属吟咏谈笑,意气风发曰:"老子于此处兴复不浅。"见《世说新语·容止》。词人袭用此语。此会,即指庾亮当年南楼之会。

〔5〕玉镜:指明月。

〔6〕"敛秦烟"三句:远望大江南北情景。秦、楚,古时秦、楚辖地,借以分指大江南北两地。熨,形容江水似熨平后的一匹白练。诗人《晚步吴故城下》有"熨练涵空涨水寒"之句。

〔7〕"关河"二句:谓南北山河分裂。离合,偏义复词,强调"离"。

〔8〕"想见"三句:想象嫦娥笑我白发东归,空损貂裘,壮志不酬。姮娥,传说中的月里嫦娥。空敝黑貂裘:《战国策·秦策》谓苏秦游说秦王不成,而所穿黑貂皮衣却已破败不堪。

〔9〕"酹酒"二句:邀月相伴沧洲。酾(shī失)酒,斟酒。蟾兔,指月。传

说月中有蟾蜍和玉兔。沧洲,泛指隐居之地,此指诗人故乡苏州。

蝶　恋　花[1]

春涨一篙添水面[2],芳草鹅儿,绿满微风岸[3]。画舫夷犹湾百转,横塘塔近依前远[4]。　　江国多寒农事晚,村北村南,谷雨才耕遍[5]。秀麦连冈桑叶贱[6],看看尝面收新蚕[7]。

〔1〕 词写春日行舟所见田园风光。上片自然景色:春水新涨,鹅戏芳草,绿满两岸,清新明净而又生机盎然。横塘塔似近又远,正衬托出河水百转千回,舟行景观真切。下片放眼田野,麦苗抽穗,桑叶稀疏,令人想及"尝面收新蚕",丰收在望的欣喜之情溢于辞表。作者善作田园诗,但田园词不多,故弥足珍贵。

〔2〕 一篙:言水深一篙。添水面:春水新涨,河面添宽。

〔3〕 "绿满"句:王安石《泊船瓜洲》:"春风又绿江南岸。"

〔4〕 "画舫"二句:河水千回百转,横塘塔看时近行时远。画舫,彩船。夷犹,犹豫迟疑,此谓舟行悠缓,以便着意观赏。横塘,位于苏州西南十里。塘旁有横山,山下有横塘寺,山上有朱塔耸立。范成大有《横塘》诗。

〔5〕 谷雨:我国古代二十四节气之一。江南农谚:"清明浸种,谷雨下秧。"

〔6〕 秀麦:抽穗扬花的麦子。桑叶贱:其时蚕眠,桑叶稀疏价低。

〔7〕 看看:即将。面:指炒面。江南农家于割麦前,取新麦少许,炒干研碎而食,曰"尝新"。苏轼《浣溪沙》"捋青捣䴬软饥肠",正是写此。

南 柯 子[1]

怅望梅花驿[2],凝情杜若洲[3]。香云低处有高楼,可惜高楼不近木兰舟。　　缄素双鱼远[4],题红叶片秋[5]。欲凭江水寄离愁,江已东流那肯更西流。

〔1〕 词写传统别离意绪,但自见特色。上片从游子着眼,下片就思妇落笔,两者相互激射映衬。驿梅、杜若、双鱼、红叶,皆象征书信、音讯,但两人相隔千里,欲寄不能。上片"香云"两句,由"凝情怅望"神思恍惚而生,"香云高楼"无非海市蜃楼,但足见游子相思情深。下片"欲凭"两句,拟求江水寄愁,却又怨煞江水东流,活脱痴妇神态。"高楼"临江,"江水"呼应"木兰舟",词意一脉贯穿。用事虽多,但多从虚处落笔,是以颇具空灵蕴藉意味。

〔2〕 梅花驿:用陆凯《赠范晔》"折梅逢驿使,寄与陇头人"诗意,谓期盼伊人送来信息。

〔3〕 杜若洲:用《楚辞·九歌·湘君》"采芳洲兮杜若,将以遗兮下女"诗意,谓欲采杜若以寄伊人。杜若,一种芳草,此表信息。

〔4〕 缄素双鱼:即尺素,指书信。事见汉乐府《饮马长城窟行》:"客从远方来,遗我双鲤鱼。呼儿烹鲤鱼,中有尺素书。"

〔5〕 "题红"句:用唐人红叶题诗事,见范摅《云溪友议》。此亦借指书信。

鹊 桥 仙

七 夕[1]

双星良辰[2],耕慵织懒,应被群仙相妒。娟娟月姊满眉颦,更无奈、风姨吹雨[3]。　　相逢草草,争如休见[4],重搅别离心绪。新欢不抵旧愁多,倒添了、新愁归去。

〔1〕咏七夕双星之作甚多,若无新见深意,难以立足诗苑。此词上片写七夕之夜,佳期将至,其新在于以"群仙相妒"巧为渲染,突出双星鹊会弥足珍贵。下片既不顺此意脉写双星相聚之乐,也不泛笔离别之悲,却深进一层写其悲剧心态:与其见后新添愁绪,愁上加愁,争如此生休见。诗人以口语、俗语入词,写来质朴无华,自然流畅。

〔2〕双星:指牛郎星与织女星。七夕之夜,双星鹊桥相会,也称双星节。

〔3〕"娟娟"二句:承上文意脉,写月姊风姨相妒情态。月姊愁眉,可参阅李商隐《嫦娥》诗意:"嫦娥应悔偷灵药,碧海青天夜夜心。"娟娟,明媚美好貌。姊(zǐ子),姐。风姨吹雨,风姨因妒双星相会,竟兴起满天风雨。风姨,风神,据《博异志》,风神为青年女性。

〔4〕争如:宋人口语,犹言"怎如"。

秦 楼 月[1]

楼阴缺,栏杆影卧东厢月;东厢月,一天风露,杏花如雪。

隔烟催漏金虬咽[2]，罗帏暗淡灯花结[3]；灯花结，片时春梦，江南天阔[4]。

〔1〕词人有《秦楼月》五首，写春闺念远之情。前四首分别以一日之中的朝、昼、暮、夜四时为序，此为第四首，写来最是含蓄空灵，婉曲隽永。通篇不用直赋之笔，上片写室外之景，月斜花影，清谧幽悄，与思妇孤寂落寞心境和谐一致。下片转笔写室内之人，则借漏声哽咽、灯花暗淡传情。春梦片刻，人行千里，但江南天阔，人在何方？俞陛云《唐五代两宋词选释》谓"不言愁而愁随梦远矣"。

〔2〕金虬（qiú求）：即铜龙。古时以漏壶计时，置铜龙于漏壶下，水自龙口缓缓滴出。李商隐《深宫》："金殿销香闭绮栊，玉壶传点咽铜龙。"

〔3〕灯花结：灯蕊结花导致烛光聚敛而显得昏暗。按：旧俗相传，灯烛结花是吉祥有喜的征兆。

〔4〕"片时"两句：化用唐诗人岑参《春梦》诗句："枕上片时春梦中，行尽江南数千里。"

鹧　鸪　天[1]

嫩绿重重看得成，曲阑幽槛小红英[2]。酴醿架上蜂儿闹[3]，杨柳行间燕子轻。　　春婉娩[4]，客飘零，残花浅酒片时清。一杯且买明朝事，送了斜阳月又生。

〔1〕词咏春抒怀，由春色将暮而兴游子飘零之慨。上片咏春景，前二句静景，后两句动景，动静交错，一幅花木幽深、蜂飞燕翔晚春图。下片伤春，自抒客乡情怀，但"一杯且买明朝事"，杯酒遣时，于岁月易逝的感伤中，流露出旷逸

豁达的胸怀。

〔2〕"嫩绿"二句:写"绿肥红瘦"的暮春景色。王安石《咏石榴花》:"浓绿万枝红一点,动人春色不须多。"

〔3〕酴醾(túmí屠迷):也作"荼䕷",一种落叶小灌木,花白色,有香气。酴醾开花,春色将尽。

〔4〕婉娩:本意形容女子柔顺。《礼记·内则》:"女子十年不出,姆教婉娩听从。"此形容天气温和。欧阳修《渔家傲》:"三月清明天婉娩。"

霜 天 晓 角

梅[1]

晚晴风歇,一夜春威折[2]。脉脉花疏天淡,云来去,数枝雪。　　胜绝,愁亦绝,此情谁共说?惟有两行低雁,知人倚、画楼月。

〔1〕词咏梅寄怀。上片咏梅,遗貌摄神。地下数枝疏淡梅花,映衬以天上几缕飘浮白云,化静为动,含情脉脉,益增其潇洒清逸之丰采。过变两句承上启下,由咏物而抒怀,不明言"愁绝",却以此情谁说一问打住,反倒增添愁的深度与力度。结处月下独倚画楼情态,惟两行飞雁得见得知,益见伊人愁思之深长。通篇多从虚处着笔,富空灵蕴藉韵致。

〔2〕春威:指春寒的威力。温庭筠《阳春曲》:"霏霏雾雨杏花天,帘外春威着罗幕。"

杨万里

杨万里(1127—1206),字廷秀,号诚斋,吉州吉水(今属江西)人。绍兴二十四年进士。历官广东提点刑狱、秘书监、江东转运副使,因事得罪宰辅,改知赣州,遂辞官而归。后两召皆辞。晚年曾拒为韩侂胄南园作记。创作以诗为主,是南宋"中兴四大诗人"之一,创"诚斋体"。著有《诚斋集》。于词偶有染指,不足十首,但也灵动风趣似诗。

好事近

七月十三日夜登万花川谷望月作[1]

月未到诚斋[2],先到万花川谷。不是诚斋无月,隔一庭修竹。　　如今才是十三夜,月色已如玉。未是秋光奇艳,看十五十六。

〔1〕万花川谷乃作者的花圃名,因花卉繁多而得名。词咏月,但不落窠臼,别具神韵。上片不正面咏月,而是以物托月,写月光下的花圃、修竹、书斋;或清朗如洗,或疏淡朦胧,或幽光微明,三处月色各异,浓淡有致。下片前二句正面咏月,以美玉为喻。后二句一笔宕开,欲看人间"奇艳"月色,犹待十五、十六之夜。既以月托月,更启迪读者想象,由今宵现实之月而想象日后未来之月。

〔2〕诚斋:作者书斋名。张浚勉以"正心诚意"之字,诗人深受启迪,自题书斋名曰"诚斋",人因称诚斋先生。

昭 君 怨

赋 松 上 鸥

晚饮诚斋,忽有一鸥来泊松上,已而复去,感而赋之[1]。

偶听松梢扑鹿[2],知是沙鸥来宿。稚子莫喧哗,恐惊他。

俄顷忽然飞去,飞去不知何处?我已乞归休,报沙鸥[3]。

〔1〕词借鸥抒怀,抒发摒弃仕禄、愿与鸥盟的心态。词一赋到底,生动简朴,情意深挚。闻声知鸥,堪谓灵犀相通;莫喧恐惊,珍爱之情如见。下片两言"飞去",对空兴叹,惋惜无限。结拍直陈胸臆,深致心与鸥盟的诚意。

〔2〕扑鹿:象声词,指沙鸥拍翅声。

〔3〕"我已"二句:谓我已致仕,愿与鸥鸟结盟同游。乞归休,已向皇帝请求致仕,即辞官退休。报沙鸥,报知沙鸥,我已全无机心,愿与鸥盟。《列子·黄帝》:"海上之人有好沤(鸥)者,每旦之海上从沤鸟游,沤鸟之至者百住而不止。其父曰:'吾闻沤鸟皆从汝游,汝取来,吾玩之。'明日之海上,沤鸟舞而不下也。"作者《次日醉归》诗:"机心久已尽,犹有不下鸥。田父亦外我,我老谁与游?"亦用此事,可参读。

杨万里

昭 君 怨

咏 荷 上 雨[1]

午梦扁舟花底,香满西湖烟水。急雨打篷声[2],梦初惊。却是池荷跳雨,散了真珠还聚。聚作水银窝,泛清波。

〔1〕诚斋词一如其诗,善摄稍纵即逝之景,善写事物灵动之态。词咏"荷上雨",上片从午梦着笔,写其梦中所见、所闻、所感,而归穴于雨惊梦回,点出池荷跳雨。下片正面描绘荷上之雨滴,以"真珠""水银"作喻,忽聚忽散,状荷雨之溜圆、晶莹、流动,曲尽其妙。

〔2〕篷:指船篷。

严蕊

严蕊,字幼芳,天台(今属浙江)营妓,与著名道学家朱熹、台州知府唐仲友(字与正)同时。周密《齐东野语》(卷二十)称其"善琴弈歌舞,丝竹书画,色艺冠一时。间作诗词,有新语,颇通古今,善逢迎,四方闻其名,有不远千里而登门者"。今存词三首。

卜算子[1]

不是爱风尘,似被前缘误[2]。花落花开自有时,总赖东君主[3]。 去也终须去,住也如何住[4]。若得山花插满头,莫问奴归处[5]。

[1] 周密《齐东野语》卷二十载此词本事,略谓:台州知府唐仲友(字与正)赏识严蕊才艺。朱熹至台州,以人告唐、严有私情,系严蕊于狱。二月之间,或诱劝,或杖刑,但严蕊终不诬证。后朱熹改官,岳霖继任主事,"怜其病瘁,命之作词自陈,蕊略不构思,即口占《卜算子》"。遂"即日判令从良"。由此可知,严蕊为人颇有骨气。此词虽呈上官,以求开脱,有申辩,有祈求,更有对风尘生涯的厌弃,和对自由生活的向往,但写来却含蓄委婉而不失分寸,充分显示出她的才华和人品。

[2] "不是"二句:谓沦落风尘非自身选择,似由前生命运注定。

[3] "花落"二句:花的命运全凭司春之神作主。东君,司春之神,此隐指上官岳霖。

〔4〕"去也"二句:谓终须脱离风尘烟花生涯。

〔5〕"若得"二句:向往到山野农村过自由生活。按:据周密《齐东野语》,严蕊出狱脱籍后,"宗室近属纳为小妇,以终身焉"。

张孝祥

张孝祥(1132—1170),字安国,号于湖居士,历阳乌江(今安徽和县)人。绍兴二十四年进士。历仕秘书省正字、建康留守,因主北伐而被免职。后以荆南湖北路安抚使请祠,病退芜湖,卒时年仅三十八岁。为人豪迈,工词,清旷飘逸,追踪苏轼。著有《于湖居士集》《于湖词》,存词八十馀首。

念 奴 娇[1]

风帆更起,望一天秋色,离愁无数。明日重阳尊酒里,谁与黄花为主[2]?别岸风烟,孤舟灯火,今夕知何处?不如江月,照伊清夜同去[3]。　　船过采石江边,望夫山下,酹水应怀古[4]。德耀归来,虽富贵、忍弃平生荆布[5]!默想音容,遥怜儿女,独立衡皋暮[6]。桐乡君子,念予憔悴如许[7]!

〔1〕词写作者爱情悲剧,约作于绍兴二十六年九月重阳节前。少年时,词人与祖居桐城的李氏同居,情意甚笃,且生得一子名同之。但形格势禁,无以正式成婚,无奈以归山学道为名,于建康遣返李氏。作者不仅作此词送别,日后更有数篇思念李氏之作。词一起点明送别离愁。明日黄花谁主?今夕船泊何处?情意缱绻而悲凉。结拍以人不如月,欲伴不能,隐痛无限。换头设想李氏舟行已情怀,从而引出自身负咎心态;而遥望去舟之际,更祈桐乡君子鉴谅。通篇顾怜与负咎互织,情意真切与隐约其辞交融,有动人心弦的艺术感染力。

〔2〕"明日"二句:明日重阳佳节,你我却就此永别,再无团圆之期。黄花,喻李氏。李璟《浣溪沙》:"风里落花谁是主。"

〔3〕"不如"二句:恨人不如月,不能伴伊同去。化用张先《江南柳》:"愿身能似月亭亭,千里伴君行。"

〔4〕"船过"三句:设想李氏触景怀古念人。采石,即采石矶,在安徽当涂县西牛渚山下。望夫山,靠近采石矶。传说昔有人往楚,数年未还,其妻登山眺望,乃化为石。酌水,取水而饮。

〔5〕"德耀"二句:自言遣返李氏的负咎心态。德耀,东汉贤妻孟光字德耀,一作德曜,每举案齐眉以敬夫用膳。此喻李氏。荆布,荆钗布裙,贫家妇女装束,孟光常荆钗布裙。又,据《南史·范云传》,江祏与范云之女约为婚姻,后祏显贵,范云曰:"荆布之室,理隔华盛。"主动退却婚事。此借谓实不忍弃而无奈遣返之心理。

〔6〕"默想"三句:遥望去舟,思念李氏母子。衡皋,长有香草的水边高地。衡,通"蘅",杜蘅,香草名。

〔7〕"桐乡"二句:祈桐乡君子谅鉴遣返之无奈。桐乡,安徽桐城之古称。即李氏祖居及其今日遣返之地。

水 调 歌 头

闻采石战胜[1]

雪洗虏尘静,风约楚云留[2]。何人为写悲壮,吹角古城楼?湖海平生豪气,关塞如今风景,剪烛看吴钩[3]。剩喜然犀处,骇浪与天浮[4]。　　忆当年,周与谢,富春秋。小乔初嫁,香囊未解,勋业故优游[5]。赤壁矶头落照,肥水桥边衰草,渺渺唤人愁〔6〕。我欲乘风去,击楫誓中流〔7〕。

〔1〕绍兴三十一年(1161),金兵大举南侵,十一月,虞允文督建康诸军大败金兵于采石矶(在今安徽马鞍山),词人闻讯作此词。上片起结以形象生动之笔描叙采石大捷,中间"湖海"三句,借古事古语自抒报国情怀。下片托历史人物盛赞虞允文指挥有方,功勋卓著。"赤壁"两句,怀古伤今。一结再次振起,以克敌复国为己任。词高唱凯歌,自抒豪情,基调激扬奔放,然间杂中原依旧之愤,是以壮中含悲,豪中带郁。

〔2〕"雪洗"二句:采石大捷,惜我身滞楚地,不克前往。时词人正往返于宣城、芜湖(古属楚地)一带。

〔3〕"湖海"三句:自抒报国情怀。湖海豪气,谓平生自负有陈登的豪气壮怀。《三国志·陈登传》载,许汜谓"陈元龙(登)湖海之士,豪气不除"。"关塞如今风景",暗用《世说新语·言语》新亭对泣事。周颐哀叹中原沉沦,谓"风景不殊,正自有山河之异"。剪烛看吴钩,杜甫《后出塞》:"少年别有赠,含笑看吴钩。"李贺《南园》:"男儿何不带吴钩,收取关山五十州。"吴钩,古时吴地所制一种有名的弯形宝刀。

〔4〕"剩喜"二句:采石大捷,场景雄壮激烈,令人欣喜。剩喜,犹甚喜。然犀处,指采石矶。《晋书·温峤传》载,温峤奉命平乱,"至牛渚矶(即采石矶),水深不可测,世云其下多怪物,峤遂燃犀角而照之,须臾见水族覆火,奇形异状。"此以水中群怪喻金兵,以然(通"燃")犀照妖喻抗金胜利。

〔5〕"忆当年"六句:以周瑜和谢玄相许,盛赞虞允文取得采石之役的胜利。周瑜赤壁破曹时,年三十四岁;谢玄指挥肥水之战时,年四十一岁,故云"富春秋"(年富力强)。小乔初嫁:苏轼《念奴娇》词:"遥想公瑾当年,小乔初嫁了,雄姿英发。"香囊未解,《晋书·谢玄传》称谢玄"少好佩紫罗香囊"。此处不必拘泥周、谢指挥作战及其初娶小乔和爱佩香囊时的年龄是否相符,词人旨在借以烘托周、谢,并颂扬时年五十有二的虞允文颇有周、谢风流儒雅之馀风。勋业故优游,谓于从容不迫间建立不朽功业。

张孝祥《六州歌头》（长淮望断）

〔6〕"赤壁"三句:遥想当年古战场上,而今已是夕阳残照、衰草一片,令人生愁。暗谓虞允文辈罕见,古英雄后继乏人。

〔7〕"我欲"二句:承上"湖海"三句意脉,再申誓死复国的凌云壮志。《南史·宗悫传》载,宗悫少时有"乘长风破万里浪"之愿。《晋书·祖逖传》谓祖逖北伐渡江,中流击楫而誓:"不能清中原而复济者,有如大江。"

六 州 歌 头〔1〕

长淮望断,关塞莽然平〔2〕。征尘暗,霜风劲,悄边声。黯销凝〔3〕。追想当年事,殆天数,非人力,洙泗上,弦歌地,亦膻腥〔4〕。隔水毡乡,落日牛羊下,区脱纵横〔5〕。看名王宵猎,骑火一川明。笳鼓悲鸣,遣人惊〔6〕。　　念腰间箭,匣中剑,空埃蠹,竟何成! 时易失,心徒壮,岁将零〔7〕。渺神京〔8〕。干羽方怀远〔9〕,静烽燧〔10〕,且休兵。冠盖使,纷驰骛,若为情〔11〕。闻道中原遗老,常南望、翠葆霓旌〔12〕。使行人到此,忠愤气填膺,有泪如倾。

〔1〕绍兴三十一年(1161),金主亮南侵大败,宋金暂息战事,仍以淮水为界。继之,抗金统帅张浚知建康兼行宫留守。次年初春,词人赴张浚幕府,据《朝野遗记》称:"张安国在建康留守席上赋此阕,魏公(张浚)为罢席而入。"足见此词声情之激越,影响之强烈。词的上片以"望断"二字领起,描述宋金两方对峙态势。淮南边防"平"而"悄",足见无险可守和战备松弛。淮北一线则"区脱""宵猎""骑火""笳鼓",一派临战器张气势。两岸对比鲜明。中间插入"追想"六句,遥忆当年靖康之耻,旨在强化现实国忧。下片继以三层对照,令人触目惊心:爱国志士请缨无门;临安朝廷休兵主和;中原遗老南望王师。通篇无论

叙事、议论、绘景、抒情,皆以一腔"忠愤"之气融会贯通。"淋漓痛快,笔饱墨酣,读之令人起舞。"(陈廷焯《白雨斋词话》)

〔2〕"长淮"二句:谓远望淮南边界,一派莽莽平野。按:据宋金绍兴和议,双方以淮河中流为界。莽然,草木茂盛貌。

〔3〕黯销凝:黯然销魂,凝神沉思。

〔4〕"追想"六句:遥忆北宋灭亡事。殆,大概。洙、泗,洙水、泗水,流经山东曲阜,代指孔圣人所在地。弦歌地,指圣人讲学施教的场所,古人讲学常伴以弦歌。《史记·孔子世家》谓《诗经》"三百五篇,孔子皆弦歌之"。亦膻腥,亦为金人所占领。膻腥代指吃牛羊肉的金人。

〔5〕"隔水"三句:遥望淮水以北金人占领区情景。毡乡,指金人居处。金人帐篷用毡毛制成。落日牛羊下,语本《诗经·王风·君子于役》:"日之夕矣,羊牛下来。"此指淮河以北已成金人的游牧之乡。区(oū 呕)脱,土室。汉时匈奴筑此用以侦察敌情。此指金兵哨所。

〔6〕"看名王"四句:写敌军宵猎情景。名王,泛指金兵中的贵族将领。宵猎,夜间打猎。古人常以此炫耀武力。遣,使,令。

〔7〕"念腰间"七句:谓爱国志士岁月空逝,报国无路。埃蠹(dù 杜),长期闲置,致使弓箭和宝剑尘蒙虫蛀。岁将零,年岁已晚。

〔8〕渺神京:谓故都渺远,光复无期。神京,指北宋都城开封。

〔9〕"干羽"句:用礼乐文化安抚金人,实是向金廷屈辱求和。干羽,木盾和雉尾,古时舞具,显现礼乐文化。《尚书·大禹谟》:"舞干羽于两阶。"

〔10〕静烽燧:烽火不举,谓无战事。

〔11〕"冠盖使"三句:据绍兴和议,宋廷屡派使臣赴金贺正旦,贺金主生辰,或办理交割岁币银绢等事宜。冠盖使,即指赴金使臣。驰骛(wù 务),奔走。若为情,何以为情,犹言怎好意思。

〔12〕翠葆霓旌:以鸟羽为饰的车盖和虹霓般鲜艳的彩旗,指帝王车驾,此代指北伐的王师。

水调歌头

泛 湘 江[1]

濯足夜滩急,晞发北风凉[2]。吴山楚泽行遍[3],只欠到潇湘[4]。买得扁舟归去,此事天公付我,六月下沧浪[5]。蝉蜕尘埃外,蝶梦水云乡[6]。　　制荷衣,纫兰佩,把琼芳[7]。湘妃起舞一笑,抚琴奏清商[8]。唤起九歌忠愤,拂拭三闾文字,还与日争光[9]。莫遣儿辈觉,此乐未渠央[10]。

〔1〕乾道元年(1165),词人出知静江府(治所在今广西桂林),兼广南西路经略安抚使。次年六月落职北归,途经湖南湘江,作此词。湘江与伟大诗人屈原关联甚密,故此词多化用屈语,借颂屈而自抒怀抱。"六月下沧浪",点明泛舟时地。"濯足"两句,行舟形态;"蝉蜕"两句,自适心境。下片由花草物饰、湘妃抚琴,而引发屈子的伟大人格和光辉诗篇,字字颂屈,句句抒怀,一无罢官落职之悲,全然超然物外,神醉于忘世之乐。湘江,在湖南。屈原放逐,便流落在湘水、沅水一带,后自沉汨罗江。

〔2〕"濯足"二句:泛舟形态。濯(zhuó浊)足,洗足。《楚辞·渔父》:"沧浪之水浊兮,可以濯我足。"晞(xī西)发,晒干头发。《楚辞·少司命》:"晞女发兮阳之阿。"濯足、晞发,均谓高洁。陆云《九愍·纡思》:"朝弹冠以晞发,夕振裳而濯足。"北风凉,《诗经·邶风》:"北风其凉。"

〔3〕吴山楚泽:泛指南方山水。

〔4〕潇湘:潇水、湘水,在湖南境内,于永州合流,合流后称湘江。

〔5〕 沧浪:水名,在湖北境内。《楚辞·渔父》中有《沧浪歌》,此借指湘江。

〔6〕 "蝉蜕"二句:谓旷逸自适心境。蝉蜕尘埃外,《史记·屈原贾生列传》:"蝉蜕于浊秽,以浮游尘埃之外。"赞屈原不同流合污,词人引以自喻。蝶梦水云乡,《庄子·齐物论》:"昔者庄周梦为胡蝶,栩栩然胡蝶也。"词人借以喻己放浪江湖的自适心态。

〔7〕 "制荷衣"三句:以花草为饰,喻志行高洁。语本《楚辞》。《离骚》:"制芰荷以为衣,集芙蓉以为裳。""纫秋兰以为佩。"《九歌·东皇太一》:"瑶席兮玉瑱,盍将把兮琼芳。"

〔8〕 "湘妃"二句:想象湘水女神抚琴起舞。湘妃,传说中的湘水女神,即《楚辞·九歌》中的湘君、湘夫人。或谓即殉情于湘水的舜妃娥皇和女英。清商,清商曲,古乐曲,音调悲哀。

〔9〕 "唤起"三句:赞美屈原的人品和诗作。三闾,指屈原,他曾为三闾大夫。《史记·屈原贾生列传》:"忠而被谤,能无怨乎?屈平之作《离骚》,盖自怨生也。……推其志也,虽与日月争光可也。"

〔10〕 "莫遣"二句:谓莫让儿辈影响我的泛舟之乐。此化用王羲之语意:"年在桑榆,自然至此,正赖丝竹陶写,恒恐儿辈觉,损欣乐之趣。"(《世说新语·言语》)未渠央,未遽尽。

念 奴 娇

过 洞 庭[1]

洞庭青草[2],近中秋、更无一点风色。玉鉴琼田三万顷[3],着我扁舟一叶。素月分辉,明河共影[4],表里俱澄澈。悠然心会,妙处难与君说。　　应念岭表经年[5],孤光自照[6],肝胆皆冰雪。短发萧疏襟袖冷[7],稳泛沧溟空阔[8]。尽挹西江,细斟北斗,万象为宾客[9]。扣舷独啸,不知今夕何夕[10]。

〔1〕宋孝宗乾道二年(1166),词人于静江府任落职北归,八月经湖南洞庭,作此词。词即景抒情。景乃秋夜月下洞庭美景;情乃超尘越世、坦荡高洁情怀。开篇四句描叙月下泛舟,湖面平静、晶莹、宽广。"素月"三句,月下洞庭,一派空明清景。"悠然"两句束上启下,由景而情。"孤光"两句,呼应上片"素月"一联。至此,舟中之我,月下之湖,"表里俱澄澈",交融合一。人虽老去,泛舟"沧溟空阔"豪兴不减。以下挹北斗,饮西江,邀万象,超然独往,想象奇幻,神韵放逸,"飘飘有凌云之气,觉东坡《水调》犹有尘心。"(王闿运《湘绮楼词选》)诗咏洞庭,佳作叠出,而词咏洞庭,则以此篇为最。且以其风格颇近苏轼,亦可与苏轼《水调》中秋词比美。

〔2〕青草:青草湖,在湖南岳阳西南,与洞庭湖相连。

〔3〕玉鉴琼田:形容月下洞庭湖面澄明晶莹。鉴,镜。琼,美玉。

〔4〕明河:指银河。

〔5〕岭表:亦称岭外,指五岭以南,包括广东广西地区。此指广西桂林,作者曾任静江府。经年,经历年馀。

〔6〕孤光:此指月光。

〔7〕萧疏:此指头发稀疏。

〔8〕沧溟:本指大海,此借谓广阔的洞庭湖。

〔9〕"尽挹"三句:想象中以北斗为杯,以西江之水为酒,邀宇宙万物为客。《九歌·东君》:"援北斗兮酌桂浆。"挹(yì义),舀,酌取。

〔10〕"扣舷"二句:化用苏轼语。《前赤壁赋》:"于是饮酒乐甚,扣舷而歌之。"《水调歌头》词:"把酒问青天,不知天上宫阙,今夕是何年。"

水 调 歌 头

金 山 观 月[1]

江山自雄丽,风露与高寒。寄声月姊,借我玉鉴此中看[2]。幽壑鱼龙悲啸[3],倒影星辰摇动,海气夜漫漫[4]。涌起白银阙,危驻紫金山[5]。　　表独立[6],飞霞佩[7],切云冠[8]。漱冰濯雪[9],眇视万里一毫端[10]。回首三山何处,闻道群仙笑我,要我欲俱还[11]。挥手从此去,翳凤更骖鸾[12]。

〔1〕金山:在江苏镇江。宋时位于长江江心,因山下沙涨,遂与南岸相接。山上有著名古刹金山寺。乾道三年(1167)三月中旬,词人舟过金山,登山观月,作此词。词咏金山月景以抒怀。"幽壑"三句,俯视月下江景。"涌起"两句,正面咏月。下片抒怀,从衣饰神态到眇视万里,乃至群仙相邀仙去,纯乎对月想象,展现其飘飘欲仙的风韵和心境。此亦东坡词赋"我欲乘风归去"(《水调歌头》)、"飘飘乎如遗世独立,羽化而登仙"(《前赤壁赋》)之意。陈应行《于湖先生雅词序》谓其词"泠然洒然,真非烟火食人辞语。予虽不识荆,然其潇散出尘之姿,自然如神之笔,迈往凌云之气,犹可以想见也"。当指此类作品。

〔2〕"寄声"二句:向明月借镜观景。玉鉴,玉镜。

〔3〕幽壑鱼龙:指藏于深水的鱼龙。

〔4〕海气:指江面水气。

〔5〕"涌起"两句:谓明月高挂金山上空。白银阙,月中宫阙,即指明月。危驻,高驻。紫金山,指金山。

〔6〕表独立:屹然独立。表,特出。《楚辞·九歌·山鬼》:"表独立兮山之上。"

〔7〕飞霞珮:以飞霞为珮。韩愈《调张籍》:"乞君飞霞珮,与我高颉颃。"

〔8〕切云冠:古时一种高冠的名称。《楚辞·涉江》:"冠切云之崔嵬。"

〔9〕漱冰濯雪:谓浸润在如冰雪般皎洁月光中。

〔10〕"眇视"句:谓月光下万里以外的景物也明晰可辨。眇视,细视。毫端,形容细微之至。

〔11〕"回首"三句:神山群仙邀我仙去。三山,谓蓬莱、方丈、瀛洲,传说渤海中的三座神山。要,同"邀"。

〔12〕"挥手"两句:谓从此告别人间而从此仙去。李白《送友人》:"挥手自兹去。"翳(yì义)凤,用凤羽作华盖(帝王或贵族车上所用的伞盖)。骖鸾,用鸾鸟驾车。

雨 中 花 慢〔1〕

一叶凌波,十里驭风,烟鬟雾鬓萧萧〔2〕。认得兰皋琼珮,水馆冰绡〔3〕。秋霁明霞乍吐,曙凉宿霭初消〔4〕。恨微颦不语,少进还收,伫立超遥〔5〕。　　神交冉冉,愁思盈盈,断魂欲遣谁招〔6〕?犹自待、青鸾传信,乌鹊成桥〔7〕。怅望胎仙琴叠,忍看翡翠兰苕〔8〕。梦回人远,红云一片,天际笙箫〔9〕。

〔1〕词作于乾道三年(1167)秋,时作者知潭州(今湖南长沙)。孝祥长子同之偕其叔孝仲来湘探视,父子相见,追忆同之母李氏,作此词,抒发旧情未断却今生难见之痛。词托诸梦境,托想旧时情侣李氏为高洁水神。词一起即为

梦中水神画像:冰绡琼珮,凌波驭风翩然而来,却以"认得"二字冠领,虚中含实。"秋雾"二句,衬托人与情。收拍绘其举止神态,若即若离,虚实相间。下片自抒梦中心曲。"**断魂谁招**?"一篇主旨。"犹自待"句推进一层,以其一往情深而有所期盼也。曰"怅望"、曰"忍看",虚幻难及,情趋沉郁。结处梦醒,红云笙箫,人已远去。虽生离,犹死别,托诸梦幻,以虚见实,写来哀婉动人。

〔2〕"一叶"三句:谓水上女神凌波驭风而来。凌波,曹植《洛神赋》:"凌波微步,罗袜生尘。"

〔3〕"认得"二句:依稀认识水神(即旧日情侣)的服饰。琼珮,玉珮,暗用江边解珮事。《列仙传》:"江妃二女游于江滨,逢郑交甫,遂解珮与之。交甫受珮而去,数十步,怀中无珮,女亦不见。"后亦用以表示旧欢难寻,此即用其意。水馆冰绡,传说为水中鲛人所织的丝织品。

〔4〕"秋雾"二句:烘托女神之美,也可理解为象征乍见情侣时喜悦的心情。

〔5〕伫(zhù注)立:久立。超遥:遥远貌。

〔6〕"断魂"句:实谓谁能助我寻回受损而失去的爱情。

〔7〕"犹自待"二句:犹待团聚有时。青鸾,神鸟,传说为西王母的使者。李商隐《无题》:"蓬山此去无多路,青鸟殷勤为探看。"乌鹊成桥,用传说中七夕之夜乌鹊为桥使牛郎织女得以一年一会事。

〔8〕"怅望"二句:谓人仙两境,相聚无望。胎仙琴叠,出自道家语:"琴心三叠儛胎仙。"(《云笈七签·上清黄庭内景经》)胎仙,即胎灵大神。儛,同"舞"。因李氏归山学道,故有此语。翡翠兰苕(tiáo条),语出晋人郭璞《游仙诗》之三:"翡翠戏兰苕,容色更相鲜。"因写梦中女神,故有此语。翡翠,又名翠雀,一种羽毛极艳丽可作饰品的鸟。兰苕,均为草名。

〔9〕"梦回"三句:梦醒情景,笙箫声动,女神乘红云而去。

西 江 月

黄 陵 庙[1]

满载一船明月,平铺千里秋江[2]。波神留我看斜阳,唤起鳞鳞细浪。　　明日风回更好[3],今朝露宿何妨。水晶宫里奏霓裳[4],准拟岳阳楼上[5]。

〔1〕 词作于乾道四年(1168)秋,词人离官潭州(今湖南长沙),赴湖北荆州(今江陵)任所,途经黄陵庙,作此词。黄陵庙,在湖南湘阴县北的黄陵山。相传山上有舜妃娥皇、女英之庙,世称黄陵庙。一本题作"阻风三峰下",辞句有小异。词人与友人黄子默书云:"某离长沙且十日,尚在黄陵庙下,波臣风伯亦善戏矣。"词不描叙舟行风阻之不快,反以其特有的放达心怀,诙谐情趣,笑谓"波臣风伯善戏",殷勤留我,观赏狂风巨浪过后的美妙景色,不惟眼看晚霞鳞波,犹似耳闻水府《霓裳》,令人陶醉。结处推开一层,想象明朝风回舟轻,人至岳阳楼头,景色将更雄伟壮丽。

〔2〕 "满载"二句:描写阻风前一路舟行之美好景色。
〔3〕 风回:风转方向,指顺风。
〔4〕 霓裳:即唐代流行的舞曲《霓裳羽衣曲》,此喻江涛声。
〔5〕 岳阳楼:在湖南岳阳,唐宋时游览胜地。

浣 溪 沙

荆州约马举先登城楼观塞[1]

霜日明霄水蘸空[2],鸣鞘声里绣旗红[3],淡烟衰草有无中。　　万里中原烽火北[4],一尊浊酒戍楼东[5],酒阑挥泪向悲风。

[1] 词作于乾道四年(1168),时词人知荆南府(今湖北江陵县)兼湖北路安抚使。马举先,其人不详。塞,指边防要塞,时荆州地处南宋前线。上片绘景,明丽壮阔中隐含苍茫迷蒙之象,而以"鸣鞘"句切词题"观塞"。下片观塞有感,遥望中原,举杯挥泪,国忧无限。此系小令词,然与《六州歌头》诸长调,同为爱国佳制。

[2] "霜日"句:晴空万里,水天相接。明霄,明朗的天空。

[3] "鸣鞘(shāo 稍)"句:红旗挥动,战马奔驰,鞭声响亮。鞘,鞭梢。鸣鞘,指挥动马鞭声。绣旗,绣有物象的军旗。

[4] "万里"句:谓万里中原远在烽火以北,指中原沦陷。

[5] "一尊"句:言在荆州城楼以酒浇愁。

张孝祥

水调歌头

过岳阳楼作[1]

湖海倦游客,江汉有归舟。西风千里,送我今夜岳阳楼。日落君山云气[2],春到沅湘草木[3],远思渺难收。徙倚栏干久[4],缺月挂帘钩。　　雄三楚,吞七泽,隘九州[5]。人间好处,何处更似此楼头?欲吊沉累无所[6],但有渔儿樵子,哀此写离忧[7]。回首叫虞舜,杜若满芳洲[8]。

〔1〕 词作于乾道五年(1169)三月,时词人请祠侍亲获准,离荆州(今湖北江陵)任所,泛舟东归,又过岳阳楼,作此词。起笔点明行踪,交代题面:倦游东归而过岳阳。"日落"两句,远眺之景。由日落而月上,足见凭栏之久,"远思"之悠长。换头转笔岳阳楼的地理形势,"迁客骚人,多会于此"(范仲淹《岳阳楼记》),足以触发人间古今悲喜之情。"欲吊"以下,即顺其意脉,遥承上文"远思",凭吊屈子忠魂,其间自不无自身数遭罢黜之愤。

〔2〕 君山:在洞庭湖中,又名洞庭山、湘山。黄庭坚《雨中登岳阳楼望君山》:"未到江南先一笑,岳阳楼上对君山。"

〔3〕 沅湘:湖南境内的沅水、湘水。

〔4〕 徙(xǐ喜)倚:留连徘徊。

〔5〕 "雄三楚"三句:描写岳阳楼的地理形势和雄伟的气魄。三楚,战国时,楚地有西楚、东楚、南楚之称。七泽,泛指楚地湖泽。司马相如《子虚赋》:"楚有七泽。"隘,关隘险要之处。九州,指中国。

〔6〕 沉累:指沉江而死的屈原,无罪而死曰"累"。屈原负屈自沉汨罗江

而死,故曰沉累,也称湘累。

〔7〕 离忧:《史记·屈原列传》谓屈原"忧愁幽思而作《离骚》。离骚者,犹离忧也。"

〔8〕 "回首"二句:请虞舜采香草以寄深情。虞舜,古代传说中的帝王。杜甫《同诸公登慈恩寺塔》:"回首叫虞舜,苍梧云正愁。"杜若,香草名。《楚辞·九歌·湘君》:"采芳洲兮杜若,将以遗兮下女。"

赵长卿

赵长卿,宋王朝宗室,自号仙源居士,家居南丰(今属江西),不慕荣华。工词,有《惜香乐府》九卷,存词三百馀首。其中按春、夏、秋、冬四景,编为六卷。风格以婉丽为主。

临 江 仙

暮 春[1]

过尽征鸿来尽燕,故园消息茫然[2]。一春憔悴有谁怜?怀家寒食夜,中酒落花天[3]。　　见说江头春浪渺,殷勤欲送归船。别来此处最萦牵[4]。短篷南浦雨[5],疏柳断桥烟[6]。

[1] 此暮春思归之作。以景开笔,然鸿去燕来,已寓词人客居思归之情。上片结联寒食思家,对花醉酒,虚实相映,哀丽隽永。下片转笔写归。春水有情送归船,扬起;"别来"句打住,见得不忍遽离之情;结联却又设想人已在舟,烟雨过断桥,见得已踏上归途。词善寓情于景,写欲归难舍之矛盾心态,起伏有致。

[2] 故园:此指江西故园。

[3] "中酒"句:杜牧《睦州四韵》:"残春杜陵客,中酒落花前。"中(zhòng众)酒,醉酒。

[4] 此处:指都城临安,即杭州。

〔5〕 短篷:矮篷,代指船。南浦:泛指送别处。

〔6〕 断桥:在杭州西湖东北,与白堤相连。此处之断桥,泛指残破之桥,不必坐实理解。

王炎

王炎(1138—1218),字晦叔,号双溪,婺源(今属江西)人。乾道五年进士。张栻帅江陵,应邀入幕府。后官至军器监,中奉大夫,封婺源县男。有《双溪诗馀》,存词五十二首。

南柯子[1]

山冥云阴重,天寒雨意浓。数枝幽艳湿啼红[2]。莫为惜花惆怅,对东风。 蓑笠朝朝出,沟塍处处通[3]。人间辛苦是三农[4]。要得一犁水足[5],望年丰。

〔1〕《南柯子》即《南歌子》。词写春雨欲至的欢欣。起笔三句描摹春雨欲至景象,"数枝"句贴切生动。"莫为"两句,一扫历来骚人墨客风雨惜花的惆怅之情,为下文铺垫。下片即从终年辛劳的农民着笔,他们不解惜花伤春,唯切盼春雨充沛,耕播及时,丰收有望。词直白而少含蓄,但情感质朴健康,弥足珍贵。

〔2〕"数枝"句:状饱含浓重水气之花,如少女含泪娇啼。

〔3〕"蓑笠"二句:写农民冒雨劳作情景。蓑笠,蓑衣笠帽,农家雨具,代指农民。沟塍(chéng呈),沟渠。

〔4〕三农:指三季农事:春耕、夏耘、秋收。

〔5〕一犁:即一梨雨,指耕种时之及时雨。苏舜钦《田家诗》:"山边夜半一犁雨,田父高歌待收获。"

辛弃疾

辛弃疾(1140—1207),字幼安,号稼轩居士,历城(今山东济南)人。幼随祖父辛赞,辛赞仕于金。绍兴三十一年,稼轩率部起义,归义军耿京,为掌书记。次年南归,初任江阴签判、建康通判,知滁州。继之,在湖北、江西、湖南、福建、浙江,任提点刑狱、转运使、安抚使诸职。其间曾上《美芹十论》《九议》,力陈复国方略。晚年,韩侂胄力主北伐,稼轩遂出知镇江府,积极谋划军事。其一生三仕三罢,先后落职乡居近二十年。著有《稼轩长短句》,存词六百四十馀首,数量居两宋词人之首。其词遥承苏词,与苏轼齐名,或称苏辛豪放词派,对后世有深远影响。

满 江 红

题 冷 泉 亭[1]

直节堂堂,看夹道冠缨拱立[2]。渐翠谷、群仙东下,珮环声急[3]。谁信天峰飞堕地,傍湖千丈开青壁[4]。是当年、玉斧削方壶,无人识[5]。 山木润,琅玕湿[6]。秋露下,琼珠滴[7]。向危亭横跨,玉渊澄碧[8]。醉舞且摇鸾凤影,浩歌莫遣鱼龙泣[9]。恨此中、风物本吾家,今为客〔10〕。

〔1〕词作于乾道六年至七年（1170—1171）间，时稼轩在京师任司农寺主簿。冷泉亭在西湖灵隐寺西南飞来峰下的深水潭中。据《临安志》，此亭为唐刺史元藇所建，白居易任刺史时，曾作《冷泉亭记》，并刻石于亭上。宋时，移至飞来峰对岸。词以景抒情。主旨在结韵，思"吾家"即思吾国，北客之思乡与志士之爱国融为一体。咏景，并不直赋冷泉亭，而是撒开笔墨，着意渲染周围环境：夹道古杉，翠谷泉声，千丈青壁，葱茏山木，琅玕绿竹，琼珠碧潭，依次写来，给人以曲径通幽、胜景沓来之感，不写危亭，而危亭自在其中。词境清幽神奇，富浪漫色彩。

〔2〕"直节"二句：古杉昂然挺拔，似官员夹道拱立。直节，劲直挺拔貌，指杉树。苏辙因其堂前高杉八株，取堂名为"直节堂"。冠缨，代指衣冠楚楚的士大夫。缨，帽带。拱立，拱手而立。

〔3〕"渐翠谷"二句：翠谷泉声优美，如仙女珮环玎琮有声。渐为领字，此有渐渐深入之意。

〔4〕"谁信"二句：千丈青壁，傍湖而立，谁信此峰竟由天外飞来。天峰飞堕，据《临安志》引《舆地志》，传说东晋时，有天竺（今印度）僧慧理见此山曰："此是中天竺国灵鹫山之小岭，不知何年飞来。"因称之为"飞来峰"。

〔5〕"是当年"二句：谓飞来峰系神仙玉斧削就，今人难以识其来历。方壶，神话传说中的仙山，是渤海之东五座仙山之一，见《列子·汤问》。

〔6〕"山木"二句：言泉水滋润山间草木。琅玕（lánggān 郎甘），原指青色美玉，此借指绿竹。

〔7〕"秋露"二句：谓泉水冷如秋露，洁似玉珠。

〔8〕"向危亭"二句：横渡潭水，人至危亭。危亭，高亭，指冷泉亭。玉渊澄碧，潭水（冷泉）碧绿清澈。

〔9〕"醉舞"二句：写词人乘醉高歌起舞。鸾凤，传说中的两种神鸟，常喻骚雅清高之士。浩歌，放声高歌。鱼龙泣，谓水中鱼龙为之动情。

〔10〕"恨此"二句：因眼前风物而动思乡之情。风物本吾家，谓冷泉景色

与故乡济南风光相似。济南素有"泉城"之誉,尤以趵突泉闻名海内。此外,南有千佛山,北有大明湖,足与冷泉一带湖光山色比美。或谓两句针对飞来峰,"本吾家"者,批驳由天竺飞来谬说,亦可通。

木兰花慢

滁州送范倅[1]

老来情味减,对别酒,怯流年[2]。况屈指中秋,十分好月,不照人圆[3]。无情水、都不管,共西风、只管送归船[4]。秋晚莼鲈江上,夜深儿女灯前[5]。　　征衫便好去朝天,玉殿正思贤[6]。想夜半承明,留教视草;却遣筹边[7]。长安故人问我,道愁肠殢酒只依然[8]。目断秋霄落雁,醉来时响空弦[9]。

〔1〕词作于乾道八年(1172),时稼轩知滁州(今属安徽)。范倅(cuì翠),指范昂。倅乃副职之称。范昂任滁州通判,助稼轩政事。是年秋,任满,奉诏返京。稼轩作此词送行。词既依依惜别,又倍加勖勉,更藉以抒发胸中一段抑郁不平之气。上片惜别,从对酒感时写入,以下撇开现实,纯从想象着笔,层层推进。人未成行,却先想出中秋月圆人散之悲。继之,又怨江水江风合力送舟,有理无情。"秋晚"联承上"归船"而来,既文思跳宕,又一气流贯,奇佳。下片"长安"以下托为问答,语淡愁浓;结韵忧谗畏讥,尤觉勃郁深沉。

〔2〕"老来"三句:稼轩三十三岁而自谓"老来",一则古人常好叹老嗟卑,二则针对年少立业而言,今已过"而立"之年,而复国功业未就,是以称"老"。

〔3〕"十分"二句:谓月圆而人离。

〔4〕"无情水"二句:怨江水西风无情,送友人之舟迅速远去。

〔5〕"秋晚"二句:设想友人水行生涯和抵家后的天伦之乐。莼鲈(chún lú 淳庐),莼羹和鱼脍,均为江南特产。《世说新语·识鉴篇》谓西晋张翰在洛阳为官,见秋风起,因思吴中菰菜羹、鲈鱼脍,遂弃官南归,云:"人生贵得适意耳,何能羁宦千里以要名爵。"作者借言范昂返乡。夜深儿女灯前,化用黄庭坚《寄叔父夷仲》诗:"弓刀陌上望行色,儿女灯前语夜深。"

〔6〕"征衫"二句:谓友人面君,朝廷急需人才。好去,好生前去,居者安慰行者之辞,此含勖勉意。玉殿,代指朝廷。

〔7〕"想夜半"三句:悬想友人来日为朝廷重用情景。承明,汉宫中设承明庐,以供文学侍臣值班和起草文稿。此以汉喻宋。视草,起草诏书。筹边,筹划边境事务。

〔8〕"长安"二句:谓故人问讯,但言我以酒浇愁,依然如故。长安,借指京都临安。殢(tì 替)酒,沉溺于酒。秦观《梦扬州》词:"殢酒困花,十载因谁淹留。"

〔9〕"目断"二句:遥望秋空雁坠,醉里犹闻空弦回响。《战国策·楚策》谓更赢与魏王立京台下仰见飞鸟,更赢言能"引弓虚发而射鸟"。时有雁自东来,遂引弓虚发而下之。魏王询其故,答曰:此箭伤未愈之孤雁,闻弓声而欲高飞,致使伤口迸裂,应声而下。稼轩借以自喻忧谗畏讥心理。或谓稼轩醉里引弓,念念不忘杀敌复国之志。

水 龙 吟

登建康赏心亭[1]

楚天千里清秋,水随天去秋无际[2]。遥岑远目,献愁供恨,玉簪螺髻[3]。落日楼头,断鸿声里,江南游子[4]。把吴钩看了,栏干拍遍,无人会,登临意[5]。　　休说鲈鱼堪脍,尽西风、季鹰归未[6]？求田问舍,怕应羞见,刘郎才气[7]。可惜流年,忧愁风雨,树犹如此[8]！倩何人、唤取红巾翠袖,揾英雄泪[9]？

〔1〕词作于淳熙元年(1174)秋,时稼轩再返建康,任江东安抚使参议官。赏心亭,北宋丁谓创建,位于建康下水门上,下临秦淮河,为当时游览胜地。此稼轩早期名篇,风格豪而不放,壮中见悲,沉郁顿挫。上片以山水起势,雄浑不失清丽。献愁供恨,倒卷之笔,迫近题旨。"落日"七句,一气呵成,在阔大苍凉的背景上,凸现一位孤寂爱国者之形象。下片抒壮志难酬之悲,不用直笔,三个故实或反用,或正取,或半语缩住,一波三折,一唱三叹。结处揾泪无人,遥应上片"无人会,登临意",慷慨呜咽中,别具深婉之致。谭献《谭评词辨》:"裂竹之声,何尝不潜气内转。"

〔2〕"楚天"二句:水天相接,一派秋色。楚天,战国时楚国占有南方大片土地,此泛指南方天空。

〔3〕"遥岑"三句:群山风流多姿,但引人愁恨而已。遥岑远目,纵目远山。玉簪螺髻,群山秀丽如美人头上碧色玉簪和螺形发髻。

〔4〕江南游子:作者自谓。词人家在北地,今宦游江南。

〔5〕"把吴钩"四句:写壮志难酬而又无人理解的感慨。吴钩,古代吴国所制弯形宝刀,此泛指刀剑。

〔6〕"休说"三句:反用张翰(字季鹰)弃官南归事。脍(kuài快),细切的鱼片、肉片。

〔7〕"求田"三句:《三国志·陈登传》载,刘备谓许汜:"君有国士之名,今天下大乱,帝王失所,望君忧国忘家,有救世之意;而君求田问舍,言无可采……"求田问舍,买田置房。刘郎才气,指刘备的胸怀、气魄。

〔8〕"可惜"三句:叹事业未就,年华虚度。《世说新语·言语》载,晋朝桓温北伐,途经金城,见当年手植柳树已有十围之粗,感慨曰:"木犹如此,人何

以堪?"辛词仅用上句,而下句语意自在其中。

〔9〕倩(qiàn欠):请。红巾翠袖:借指歌舞女子。揾(wèn问):擦,揩拭。

太 常 引

建康中秋夜为吕叔潜赋[1]

一轮秋影转金波,飞镜又重磨[2]。把酒问姮娥:被白发欺人奈何[3]! 乘风好去,长空万里,直下看山河。斫去桂婆娑,人道是、清光更多[4]。

〔1〕词作于淳熙元年(1174)中秋,时稼轩再官建康。吕叔潜,名大虬,是当时一位文人,馀不详。词为友人而赋,然也自吐悲愤,自抒豪情。全词紧扣秋月着笔,充满奇思异想,基调奋发乐观。一起咏月,飞镜系天,秋影流波。继之,把酒问月,"白发欺人"之叹,隐寄壮志未酬鬓先斑之恨。下片霍然振起,乘风凌空,俯瞰山河,寓鹏飞万里之志,勉友亦自勉。结拍奔月斫桂,意在铲除奸邪,重振乾坤。周济云:"所指甚多,不止秦桧一人。"(《宋四家词选》)

〔2〕"一轮"二句:明月皎洁,似飞镜重磨。秋影,指秋月。金波,金色的月光。《汉书·礼乐志·郊祀歌·天门》:"月穆穆以金波。"谓月光清明柔和,如金色流波。飞镜,喻月。

〔3〕姮(héng恒)娥:月里嫦娥,代指明月。白发欺人,薛能《春日使府寓怀》:"青春背我堂堂去,白发欺人故故(屡屡)生。"

〔4〕"斫(zhuó浊)去"二句:化用杜甫《一百五日夜对月》诗:"斫却月中桂,清光应更多。"斫,砍。桂婆娑,桂枝飘舞。神话传说谓月宫有桂树,又有吴刚伐桂之说。

菩 萨 蛮

金陵赏心亭为叶丞相赋[1]

青山欲共高人语,联翩万马来无数[2]。烟雨却低回,望来终不来[3]。　　人言头上发,总向愁中白。拍手笑沙鸥,一身都是愁[4]。

〔1〕词作于淳熙二年(1175)春,时稼轩在建康安抚使参议官任上。叶丞相,指叶衡,字梦锡,婺州金华人。著名抗金人物,与稼轩关系较密。淳熙元年,叶任建康安抚使,稼轩再宦建康,即出于他的引荐。冬,叶赴京,先后任参知政事、右丞相兼枢密使。淳熙二年春,稼轩先后为叶赋词三首,此其一。词借青山托意,沙鸥传情;仰慕友人,亦自抒情怀。上片以拟人手法写山:一似万马奔腾,联翩而驰;又如低首徘徊,欲前却止。或壮或秀,或气宇轩昂,或妩媚绰约,总出以动态之美。下片借水上沙鸥起兴,寓庄于谐,颇具生活情致。虽议论入词,却妙趣横生,开朗乐观。

〔2〕"青山"二句:青山联翩而来,似欲与高人相语。高人,指叶衡。联翩,轻快飞动,接连不断。

〔3〕"烟雨"二句:烟雨遮山,青山若隐若现,似徘徊迟疑,欲来又止。

〔4〕"人言"四句:谓白发与愁无关,人应开朗乐观。白居易《白鹭》诗:"人生四十未衰,我为愁多白发垂。何故水边双白鹭,无愁头上也垂丝。"杨万里《有叹》诗:"君道愁多头易白,鹭丝从小鬓成丝。"

菩 萨 蛮

书江西造口壁[1]

郁孤台下清江水,中间多少行人泪[2]。西北望长安,可怜无数山[3]。　　青山遮不住,毕竟东流去[4]。江晚正愁余,山深闻鹧鸪[5]。

〔1〕词作于淳熙二、三年(1175—1176)间,时稼轩在江西提点刑狱使任上。造口,即皂口,在今江西省万安县西南。皂口有皂口溪,溪水流入赣江。时稼轩驻节赣州,常经皂口。据宋人罗大经《鹤林玉露》云:"南渡之初(指建炎三年,即公元1129年),虏人追隆祐太后御舟至造口,不及而返,幼安自此起兴。"此说与史载隆祐的逃亡路线不尽相符,而金兵在追击隆祐的过程中,大肆骚扰赣西一带,却是事实。文学创作自可有一定灵活性。词起二句写水,由水而泪,翻出一段国耻民辱伤心史实。次二句写山,暗用李勉"望阙"情意,拳拳之心,深深自见。下片山水合写。前两句羡江流勇决,叹水去人不去,似扬抑抑。后两句江晚闻深山鸟鸣,寓国愁于乡愁,意境益孤凄勃郁。此词"忠愤之气,拂拂指端"(卓人月《词统》),又"借水怨山"(周济《宋四家词选》),力求深婉,有含蓄蕴藉式的悲壮之美。

〔2〕"郁孤"二句:言滚滚清江水,饱含当年流亡者的血泪。郁孤台,在今赣州西北,因其郁然孤峙而得名。《赣州府志》载,唐李勉为赣州刺史时,曾登台北望长安,表示忠于朝廷,因改名为"望阙台"。清江,江西袁江与赣江合流处,旧称清江,这里指赣江。赣江由南而北经赣州市,过郁孤台下,至皂口(造口),流入鄱阳湖。行人,指当年在金人骚扰下奔走流亡者。

〔3〕"西北"二句:遥望西北故都,无奈群山遮目。此即用李勉望阙之意。长安,借指北宋故都汴京。可怜,可惜。

〔4〕"青山"二句:羡江流勇决,不受群山遮拦,叹人不如水,难以北去。或谓以江水奔逝喻国势陵夷,难以收拾。

〔5〕"江晚"二句:正愁江晚,又闻深山鸟鸣,愁上添愁。愁余,使我愁苦。闻鹧鸪,传说鹧鸪飞必向南,而不北往,且鸣声凄切,易触动羁旅之愁。北宋张咏《闻鹧鸪》诗:"画中曾见曲中闻,不是伤情即断魂。北客南来心未稳,数声相对在前村。"

摸 鱼 儿

观潮上叶丞相[1]

望飞来、半空鸥鹭,须臾动地鼙鼓[2]。截江组练驱山去,鏖战未收貔虎[3]。朝又暮。悄惯得、吴儿不怕蛟龙怒,风波平步[4]。看红旆惊飞,跳鱼直上,蹙踏浪花舞[5]。凭谁问,万里长鲸吞吐,人间儿戏千弩[6]。滔天力倦知何事,白马素车东去[7]。堪恨处:人道是、属镂怨愤终千古,功名自误[8]。谩教得陶朱,五湖西子,一舸弄烟雨[9]。

〔1〕词作于淳熙三年(1176)秋,时稼轩由江西提点刑狱改官京西路转运判官,赴任途中经临安述职,值钱塘观潮,作此词上叶丞相。苏轼《催试官考较戏作》:"八月十八潮,壮观天下无。"叶丞相,即叶衡。时叶衡已罢相。沿用旧职,以示敬重。古之惯例如此。词上片写观潮,重在描绘。写江潮由远而近,初起而大至,比喻新巧,想象奇妙,穷姿极态,蔚为壮观。赋吴儿弄潮,则于惊涛骇

浪中龙腾鱼跃,既惊心动魄,又美不胜收,以江潮排空之势,衬托吴儿弄潮之壮威。下片写潮去有感,重在抒情议论。潮生潮落,非人力能左右,暗寓宦海沉浮。白马素车悄悄逗出子胥冤魂,属镂之愤,乃为叶衡罢相鸣不平。范蠡泛舟,则是对叶相罢归金华的劝慰。

〔2〕"望飞来"二句:写江潮远来疾至的宏伟气势。上句重在形态,形容江潮白浪由远处铺地盖天而来;下句重在声响,形容江潮骤至,如战鼓齐擂,声撼大地。潘阆《酒泉子》:"来疑沧海尽成空,万面鼓声中。"鼙(pí皮)鼓,古代军中进击时所用的战鼓。

〔3〕"截江"二句:写江潮大至的奇景壮观。截江,横截江面。组练,"组甲披练"的简称,分别指军士所服的两种衣甲。《左传·襄公三年》:"使邓寥率组甲三百,被练三千以侵吴。"苏轼曾用以形容钱塘怒潮:"鹍鹏水击三千里,组练长驱十万夫。"(《催试官考较戏作》)此以队队白色衣甲军士,喻层层巨潮相逐而至。驱山,驱赶白色的浪山波峰。鏖(áo 熬)战,激战,酣战。貔(pí 皮)虎,喻勇猛之士。谓江潮汹涌翻滚,如勇士激战未休。貔,似熊的一种猛兽。

〔4〕"朝又暮"三句:写吴儿弄潮如平地闲步。朝又暮,指日夜与水为戏。悄,也作"消",直也,浑也。吴儿,此指江浙一带弄潮的青少年。

〔5〕"看红旆"三句:吴儿挥旗踏浪,如鱼跃水面。据南宋末年周密《武林旧事》记载:"吴儿善泅者数百,皆披发文身,手持十幅大彩旗,争先鼓勇,溯迎而上,出入于鲸波万仞中,腾身百变,而旗尾略不沾湿。"潘阆咏钱塘词也谓:"弄潮儿向涛头立,手把红旗旗不湿。"(酒泉子)红旆(pèi 配),红旗。蹙(cù促),踢,踩。

〔6〕"凭谁问"三句:谓怒潮汹涌,岂是人力所能遏制。长鲸吞吐,喻潮水浩大,如长鲸口中喷出,威力无比。儿戏千弩,千弩射潮,如同儿戏。据《宋史·河渠志》载,吴越王钱镠筑江堤,为阻潮水冲击,命数百士卒用强弓射潮。弩(nǔ 努),弩弓,一种利用机械力量射箭的弓。

〔7〕"滔天"二句:言连天怒潮力倦难支,缓缓东归。白马素车,白色马车,喻江潮。枚乘《七发》形容曲江波涛:"其少进也,浩浩溰溰(一片洁白貌),如素车白马帷盖之张。"又:传说伍子胥死后,人们"时见子胥乘素车白马在潮头之中,因立庙以祠焉"(《太平广记》)。

〔8〕"堪恨处"三句:谓伍子胥忠而见谗,遗恨千古。属镂怨愤,《史记·吴太伯世家》载:春秋吴越交战时,吴王夫差不纳相国元老伍子胥的忠告,接受越王勾践的假降,更赐属镂剑命伍子胥自刎,子胥死后又被弃尸江中。未几,越果灭吴。又,传说伍子胥冤魂不散,年年驱水作潮。后人因尊为"潮神",设庙祭之。按:词人显然为伍子胥鸣不平,否定"功名自误"之说。

〔9〕"谩教得"三句:谓范蠡汲取伍子胥教训,助越灭吴后,即隐身自退。谩教得,空教得。陶朱,即陶朱公。范蠡为越国大夫,曾施美人计献西施于吴王夫差。助越灭吴后,自言"大名之下,难以久居,且勾践为人,可与同患,难与处安。"遂装其珠宝,浮海而去。后定居于陶(今山东菏泽市定陶区),经商致富,自称陶朱公。(《史记·越王勾践世家》)西子,即西施。范蠡曾以其献吴。功成,传说范携西施泛舟五湖。五湖,古代吴越地区的湖泊,其说不一。舸(gě葛),大船。弄烟雨,玩赏湖上云水迷蒙景色。

念 奴 娇

书 东 流 村 壁〔1〕

野棠花落〔2〕,又匆匆过了,清明时节。划地东风欺客梦,一夜云屏寒怯〔3〕。曲岸持觞,垂杨系马,此地曾经别〔4〕。楼空人去,旧游飞燕能说〔5〕。　　闻道绮陌东头,行人曾见,帘底纤纤月〔6〕。旧恨春江流不断,新恨云山千叠〔7〕。料得明朝,尊前重见,镜里花难折〔8〕。也应惊问:近来多少华发〔9〕?

〔1〕词作于淳熙五年(1178),时稼轩在隆兴(今江西南昌市)任上奉诏

入京,途经东流,作此词。东流,旧县名,在今安徽省南部,后与至德县合为东至县。东流县地处长江水边,稼轩由江西发舟,顺流而下,至此泊驻,抚今追昔,感慨系之。按:词中情事可能发生在乾道元年至三年(1165—1167),时稼轩江阴签判任满,曾漫游吴楚一带。词念昔怀人,缠绵婉曲。发端五句铺垫之笔,由客梦带出回忆。"曲岸"以下,由水滨离别而楼去人空,到燕说旧事,情景交融,写尽万千惆怅。下片"闻道""料得"云云,皆想象文字,旨为"旧恨"两句出力。"旧恨"两句语工情浓。或谓此两句以比兴寄托,有二帝北狩、君国沧桑之恨。

〔2〕野棠:野生海棠,色白,二月开花。

〔3〕"划(chǎn产)地"二句:东风惊醒客梦,云屏送来春寒。划地,宋元词曲习用语,无端,平白无故地。欺客梦,犹言惊客梦。云屏,画有云山之类的屏风,也称云母屏风。寒怯,怯寒,怕冷。

〔4〕"曲岸"三句:回忆当年和伊人在此分别情景。持觞(shāng伤),举起酒杯。

〔5〕"楼空"二句:人去楼空,唯楼头飞燕能说旧日情事。此化用苏轼《永遇乐·夜宿燕子楼》词意:"燕子楼空,佳人何在?空锁楼中燕。"

〔6〕"闻道"三句:闻说有人曾见伊人行踪。此化用苏轼《江城子》词意:"门外行人,立马看弓弯。"绮陌,繁华的街市。帘底,帘儿底下。李清照《永遇乐》:"不如向帘儿底下,听人笑语。"纤纤月,纤细之月,喻美人之足,即指美人。刘过《沁园春》咏美人足:"似一钩新月,浅碧笼云。"按:或谓此喻美人之眉,或谓此喻美人姿容,然就上文"帘底"一语看,当喻美人足为宜。又,或谓此江楼帘底见月,乃水边实景。

〔7〕"旧恨"二句:谓旧恨未断,新恨相继。语从秦、苏诗词脱化而来。秦观《江城子》词:"便做春江都是泪,流不尽,许多愁。"苏轼《书王定国所藏烟江叠嶂图》:"江上愁心千叠山,浮空积翠如云烟。"

〔8〕"料得"三句:言即便明日尊前重逢,怕也欢梦难继。镜里花难折,如镜中之花,可望不可折,虚幻之象。

〔9〕"也应"二句:言如再相逢,伊人也当有惊于词人白发频生。

水调歌头

舟次扬州,和杨济翁、周显先韵[1]。

落日塞尘起,胡骑猎清秋[2]。汉家组练十万,列舰耸层楼[3]。谁道投鞭飞渡,忆昔鸣髇血污,风雨佛狸愁[4]。季子正年少,匹马黑貂裘[5]。　　今老矣,搔白首,过扬州[6]。倦游欲去江上,手种橘千头[7]。二客东南名胜,万卷诗书事业,尝试与君谋[8]。莫射南山虎,直觅富民侯[9]。

〔1〕词作于淳熙五年(1178),稼轩由大理寺少卿调任湖北转运副使,赴任途中泊驻扬州作此词。按:扬州为当时长江北岸军事重镇。绍兴三十一年(1161),金主完颜亮大举南侵,一度占领扬州,后被南宋虞允文率部在采石矶一战击溃,完颜亮也为部属所杀。稼轩过此,抚今追昔,感慨尤深。次,停留。杨济翁,即杨炎正,诗人杨万里的族弟,年五十二始登进士第。在扬州与稼轩会晤时,曾同舟过镇江,登多景楼,作《水调歌头》一阕,抒发请缨无门之慨。稼轩作此词以和。周显先,未详其人。词以今昔对比抒发愤懑之情。上片展开十七年前历史图卷:金兵南猎,气焰嚣张;宋军北拒,舟师列江;最后以敌酋兵败身亡告终。歇拍自我画像,英姿飒爽。下片转向现实抒情。自隆兴和议以来,爱国志士年华虚度,请缨无门。词中白首之叹,归隐之思,盖源于此。结拍作反语,讥刺现实,入木三分。

〔2〕"落日"二句:言金人大举来犯,即指绍兴三十一年金兵南侵事。猎,行猎,实指发动战争。古时北方游牧部族常趁秋天粮足马肥之际,借行猎为名

南向骚扰。

〔3〕"汉家"二句:谓南宋军队列舰江面,严阵以待,此即指虞允文采石矶抗金事。组练,指军队。耸层楼,形容战舰高大雄壮。

〔4〕"谁道"三句:写当年金主完颜亮南侵惨败及其死于非命。投鞭飞渡,前秦苻坚以九十万军南侵东晋,曰:"以吾之众旅,投鞭于江,足断其流。"(《晋书·苻坚载记》)但淝水一战,大败而归。此喻完颜亮南侵器张气焰,并暗示其最终败绩。鸣髇血污,被响箭射死。鸣髇(xiāo 消),即鸣镝,响箭。据《史记·匈奴传》:匈奴太子作鸣镝,随父出猎,射死其父。此喻完颜亮兵败后,被部属杀死。风雨佛狸愁,佛狸是后魏太武帝拓跋焘的小字。他南侵刘宋王朝受挫北撤后,死于宦官之手。此喻完颜亮死于非命。

〔5〕"季子"二句:以苏秦自喻,言其年少南归时的英雄气概。季子,苏秦字季子,战国时代著名纵横家,佩六国相印。当其未得志,曾得赵国李兑资助黑貂裘,西去游说秦王。事见《战国策·赵策》。

〔6〕"今老"三句:谓今往扬州,人已中年,不堪回首当年之事。搔白首,暗用杜甫《梦李白》诗意:"出门搔白首,若负平生志。"

〔7〕"倦游"二句:谓欲退隐江上,种橘消愁。橘千头,三国时丹阳太守李衡曾命人到武陵龙阳洲种橘千株。临终谓其儿曰:我家有"千头木奴",足够你岁岁使用。

〔8〕"二客"三句:称颂友人学富志高,愿为之谋划。二客,指杨济翁和周显先。名胜,名流。万卷诗书事业,化用杜甫《奉赠韦左丞丈》诗意:"读书破万卷,下笔如有神。……致君尧舜上,再使风俗淳。"

〔9〕"莫射"二句:劝友人宁当太平侯相,不作战时李广。此讽刺朝廷轻视战备,不思北伐。射南山虎,指汉将李广。李广闲居蓝田南山时,曾射猎猛虎。事见《史记·李将军列传》。富民侯,《汉书·食货志》:"武帝末年,悔征伐之事,乃封丞相为富民侯。"

摸 鱼 儿

淳熙己亥,自湖北漕移湖南,同官王正之置酒小山亭,为赋[1]。

更能消、几番风雨,匆匆春已归去[2]。惜春长怕花开早,何况落红无数[3]。春且住,见说道、天涯芳草无归路[4]。怨春不语。算只有殷勤,画檐蛛网,尽日惹飞絮[5]。
长门事,准拟佳期又误。蛾眉曾有人妒。千金纵买相如赋,脉脉此情谁诉[6]?君莫舞,君不见、玉环飞燕皆尘土[7]!闲愁最苦。休去倚危栏,斜阳正在,烟柳断肠处[8]。

〔1〕词作于淳熙六年己亥(1179)三月,稼轩奉命由湖北转运副使改调湖南转运副使,同僚设宴饯行,作此词。漕,漕司,宋时指主管漕运的转运使。同官,同僚。王正之,字正之,稼轩友人和同僚。小山亭,在湖北转运使官署内。词貌似伤春宫怨,实为忧国愤世。词以暮春景色起兴。风雨伤春,实伤国势飘摇。以下惜春、留春、怨春,层层推进,步步深入。春色难驻,美人迟暮;蛛网惹絮,匪夷所思,知其不可而为之。下片直抒本意。"长门"五句怨极语,怨极而怨,词锋直指母蛾眉者。结处斜阳烟柳,凄婉之至。陈廷焯《白雨斋词话》评:"词意殊怨,然姿态飞动,极沉郁顿挫之致。"细味之,外柔内刚,有刚柔相济之美。

〔2〕"更能消"二句:叹残春难禁风雨,喻国势风雨飘摇。消,经得住。

〔3〕"惜春"二句:写"落红无数"的伤春之感,而以"怕花开早"的惜春心理作衬托。

〔4〕"春且住"二句:劝春暂留。见说道,听说是。

〔5〕"怨春"四句:怨春无言自去,唯画檐蛛网微留春色。此喻关心国事者,人少势孤。或谓蛛网惹絮喻小人误国。算,算将起来。画檐,雕花或有画饰的屋檐。飞絮,柳絮,象征春色。

〔6〕"长门"五句:谓遭人嫉妒,难再度邀宠。此喻小人弄权,复国大业难成。据《昭明文选·长门赋序》,陈皇后失宠于汉武帝,幽居长门宫,闻司马相

如善文,以千金请作《长门赋》。武帝读后感悟,陈皇后由是再度承宠。按:《长门赋》实非司马相如所作,史传也不载陈皇后复得亲幸事。稼轩仅以此抒怀。蛾眉,指陈皇后,喻爱国志士。

〔7〕"君莫舞"二句:呵斥善妒者莫得意忘形。玉环,唐玄宗宠妃杨贵妃的小字,后死于马嵬兵变。飞燕,即赵飞燕,汉成帝宠后,失宠后废为庶人,自杀身死。

〔8〕"闲愁"四句:莫登高楼,残春落日令人添愁。

沁园春

带湖新居将成[1]

三径初成,鹤怨猿惊,稼轩未来[2]。甚云山自许,平生意气;衣冠人笑,抵死尘埃[3]。意倦须还,身闲贵早,岂为莼羹鲈脍哉[4]。秋江上,看惊弦雁避,骇浪船回[5]。　　东冈更葺茅斋。好都把、轩窗临水开。要小舟行钓,先应种柳;疏篱护竹,莫碍观梅[6]。秋菊堪餐,春兰可佩,留待先生手自栽[7]。沉吟久,怕君恩未许,此意徘徊[8]。

〔1〕词作于淳熙八年(1181)秋,时稼轩在江西安抚使任上。带湖,位于信州(今江西上饶)城北灵山下。湖水清澈,呈狭长形,因名带湖。稼轩于是年春,开始在此处经营家园。除花径竹扉、池塘茅舍外,更辟稻田一片,以备来日躬耕之需。又临田作屋,取名"稼轩",并作为自己的名号。稼轩作此词时,带湖新居即将告成。新居将成,思绪万端,于进退之间颇费踌躇。起韵点题,托物

猿鹤,透出欲归之思。以下承此意绪,层层推进,结处雁避船回,喻忧谗畏讥,合当全身远害。换头铺叙新居之清幽疏美,不唯体现园主的美学情趣,更由餐菊佩兰象征词人品格之高洁。以上阐述归隐之由,想象归隐之乐,结韵始以"沉吟久"作一顿挫,转出欲隐不忍的复杂心态。

〔2〕三径:本意为三条小路。《三辅决录》载,西汉末年,兖州刺史蒋诩辞官归隐,于院中辟三径,唯与高人雅士交往。后世即以"三径"指隐居者家园。陶渊明《归去来辞》:"三径就荒,松菊犹存。"鹤怨猿惊,化用孔稚珪《北山移文》句意:"蕙帐空兮夜鹤怨,山人去兮晓猿惊。"此借以自抒欲隐之情。

〔3〕"甚云山"四句:谓平生意气自负,山水相许,不想连年沉沦仕途,为人所笑。按:据词谱,此处以一去声字领起四个四言短句,作扇面对。下片"要小舟"四句同此。甚,为什么。衣冠,代指官者。尘埃,指污浊的红尘,即官场。

〔4〕"意倦"三句:谓及早身退,岂是纯为家乡美味。莼羹鲈脍,用张翰因思家乡吴中美味而弃官南归事。

〔5〕"秋江"三句:喻遭人排挤,不若急流勇退,全身远害。惊弦雁避,弓弦响处,雁当避开。词人《木兰花慢·滁州送范倅》结韵:"目断秋霄落雁,醉来时响空弦。"(见前)可与此互参。

〔6〕"东冈"六句:描绘筹划中的庭园建筑。茅斋,茅草盖顶的书房。轩窗,门窗。

〔7〕"秋菊"三句:拟自栽秋菊春兰。餐菊佩兰,兼喻志行高洁。屈原《离骚》:"朝饮木兰之坠露兮,夕餐秋菊之落英。"

〔8〕"沉吟久"三句:欲思退隐,犹恐君主不许。

辛弃疾《菩萨蛮》（郁孤台下清江水）

水 调 歌 头

盟　　鸥[1]

带湖吾甚爱,千丈翠奁开[2]。先生杖屦无事[3],一日走千回。凡我同盟鸥鹭,今日既盟之后,来往莫相猜[4]。白鹤在何处,尝试与偕来[5]。　　破青萍,排翠藻,立苍苔[6]。窥鱼笑汝痴计,不解举吾杯[7]。废沼荒丘畴昔,明月清风此夜,人世几欢哀[8]。东岸绿阴少,杨柳更须栽。

〔1〕词作于淳熙九年(1182)春,时带湖新居落成,词人首次罢官家居。盟鸥,与鸥鸟结盟,表示要摆脱官场,隐居水云之乡。题曰"盟鸥",实对官场污浊、人心奸诈而言。盖鸥鸟翔舞云水,了无尘机。邀白鹤偕来,亦取其志趣高洁,反映同一心境。下片情与景会,寄意言外。"笑汝痴计",既闲适自乐,更隐刺世人醉心功名。以下就新居之昔荒今秀,引出人世悲欢变迁之感。结韵宕开哀思,遥应篇首,向往与讴歌隐退之乐。

〔2〕翠奁(lián联):绿色的镜匣,喻带湖。

〔3〕杖屦(jù巨):手拄竹杖,脚穿麻鞋。

〔4〕"凡我"三句:与鸥鹭会盟,愿永结同心。作者于此戏拟古代会盟用辞,《左传·鲁僖公九年》:"齐盟于葵丘曰:'凡我同盟之人,既盟之后,言归于好。'"莫相猜,张耒《观鱼亭呈陈公度》:"近人鸥鹭不相猜。"

〔5〕"白鹤"二句:请鸥鹭邀白鹤同来与欢。偕来,同来。

〔6〕"破青萍"三句:描摹鹭鸶窥鱼待啄神态。

〔7〕"窥鱼"二句:笑鹭鸶但知窥鱼求食,不解举杯遣怀。

〔8〕"废沼"三句:以带湖的今昔不同,感叹人世的悲欢变化。按:带湖新居原系荒芜之地,由稼轩一手规划营建,故不仅珍视,且有今昔对比之慨。畴(chóu仇)昔,往昔。

水 龙 吟

甲辰岁寿韩南涧尚书〔1〕

渡江天马南来,几人真是经纶手〔2〕?长安父老,新亭风景,可怜依旧〔3〕!夷甫诸人,神州沉陆,几曾回首〔4〕!算平戎万里,功名本是,真儒事,公知否〔5〕? 况有文章山斗,对桐阴、满庭清昼〔6〕。当年堕地,而今试看:风云奔走〔7〕。绿野风烟,平泉草木,东山歌酒〔8〕。待他年、整顿乾坤事了〔9〕,为先生寿。

〔1〕词作于淳熙十一年(1184),时稼轩罢居带湖。甲辰岁,即淳熙十一年。寿即祝寿。韩南涧尚书,即韩元吉,字无咎,号南涧,河南许昌人,南渡后徙家信州。孝宗初年,曾任吏部尚书,主抗金,政事、文学俱有名。晚年退居信州,常与稼轩交游,互为唱和。其时,元吉寿稼轩词在先,此为稼轩和词。虽是寿词,但南涧原唱与稼轩和韵均荦荦不凡。劈首严峻一问,振聋发聩。继之深深一叹,语极沉痛。"夷甫诸人",借古讽今,矛锋直指当政者。结以"平戎万里",豪情四溢,壮采照人。下片称颂友人,语或溢美,但相期"整顿乾坤",全然脱落寿词故常。通篇主旨在上下两结,慷慨激昂,豪迈奔放,充分展现爱国者身居林泉、心怀天下的胸怀。

〔2〕渡江天马南来:西晋沦亡,晋元帝司马睿偕四王南渡,在建康建立东晋王朝。时童谣云:"五马浮渡江,一马化为龙。"(《晋书·元帝纪》)因晋

帝姓司马,故有此称。这里借指宋室南渡。经纶,本意为整理乱丝,此借喻治国。

〔3〕"长安"三句:中原父老日盼王师,但南宋朝廷偏安如故。长安父老,《晋书·桓温传》载,桓温率军北伐,路经长安附近,当地父老携酒相劳,感泣曰:"不图今日复见官军!"此借指金人统治下的中原人民。新亭风景,《世说新语》载,东晋初年,南渡诸人常聚会新亭,触景生情,周𫖮曰:"风景不殊,正自有山河之异!"众皆相对流泪。此谓宋室江山南北分裂依旧。新亭,三国时吴国所建,在今江苏南京之南。

〔4〕"夷甫"三句:指责当权者空谈误国。夷甫,西晋王衍字夷甫,官居宰辅,崇尚清谈,不理国政,导致西晋覆灭。王衍兵败临死前曰:"向若不祖尚浮虚,戮力以匡天下,犹可不至今日。"(《晋书·王衍传》)神州沉陆:中原沦陷。桓温北伐,踏上北方土地,感慨曰:"遂使神州陆沉,百年丘墟,王夷甫诸人不得不任其责!"(《晋书·桓温传》)几曾,何曾。

〔5〕"算平戎"四句:抗金复国正有待我辈。平戎万里,指抗金复国大业。真儒,此指真正的爱国志士。公,指韩元吉。

〔6〕"况有"二句:以光荣家世称颂和激勉友人。文章山斗,谓友人才名卓著。《新唐书·韩愈传》:"学者仰之如泰山、北斗。"黄昇《花庵词选》称韩元吉"政事文章为一代冠冕"。桐阴,韩家为北宋时望族,在汴京府门前广种桐树,世称"桐木世家"。

〔7〕"当年"三句:言韩从政以来,风云际会,大显身手。堕地,婴儿落地,指出生。风云奔走,指韩为国事操劳。

〔8〕"绿野"三句:谓友人以宰相治国之才隐居家园。绿野风烟,唐朝宰相裴度隐退洛阳,建绿野堂,与白居易、刘禹锡等诗酒相娱,不问政事。稼轩《临江仙·即席和韩南涧韵》云:"绿野先生袖手,却寻诗酒功名。"平泉草木,唐朝宰相李德裕曾于洛阳城外筑"平泉庄"别墅,广搜奇花异草(见《剧谈录》)。东山歌酒,东晋名相谢安曾隐居东山(今浙江绍兴市上虞区西南)。

〔9〕整顿乾坤:指完成抗金复国大业。杜甫《洗兵马》:"二三豪俊为时出,整顿乾坤济时了。"稼轩《千秋岁》词寿史正志:"从容帷幄去,整顿乾坤了。"

附：韩元吉寿稼轩原唱，见《南涧诗馀》。按：据稼轩次年《水龙吟》寿南涧词题序，知两人生日相去仅一日。

水 龙 吟

寿辛侍郎[1]

南风五月江波，使君莫袖平戎手。燕然未勒，渡泸声在，宸衷怀旧。卧占湖山，楼横百尺，诗成千首。正菖蒲叶老，芙蕖香嫩，高门瑞，人知否？　　凉夜光躔牛斗，梦初回、长庚如昼。明年看取，纛旗南下，六骡西走。功画凌烟，万钉宝带，百壶清酒。便留公剩馥，蟠桃分我，作归来寿。

[1] 开禧三年(1207)，稼轩六十八岁时，始有兵部侍郎的诏命，稼轩力辞未免，即于是年九月卒，而其时南涧谢世已二十年。知"侍郎"之称，系后人追改。

千 年 调

蔗庵小阁名曰卮言，作此词以嘲之[1]。

卮酒向人时，和气先倾倒[2]。最要然然可可，万事称好[3]。滑稽坐上，更对鸱夷笑[4]。寒与热，总随人，甘国老[5]。　　少年使酒，出口人嫌拗[6]。此个和合道理^{〔7〕},近日方晓;学人言语,未会十分巧^{〔8〕}。看他们,得人怜,秦吉了^{〔9〕}。

〔1〕 词约作于淳熙十二年(1185)前后,时稼轩罢居带湖。蔗庵:郑汝谐,字舜举,号东谷居士,浙江青田人。主抗金,稼轩称他"胸中兵百万"。其时任江西转运使,兼知信州。后为大理寺少卿,曾持公论释陈亮,历官吏部侍郎(见《青田县志·人物志》)。他在信州建宅第取名"蔗庵",并以此自号。又为其小阁取名"卮言"。卮(zhī 知)言:没有独立见地、人云亦云的话。语出《庄子·寓言》:"卮言日出。"后人亦借作自己言论或著作的谦词。稼轩借题发挥,作词以嘲,类讽刺小品。上片连用四喻,将世俗小人俯仰随人、巧言令色、四方讨好之丑态,讽嘲得淋漓尽致。下片转笔自写,用对比反衬之笔,既生动说明自己刚直不阿、不肯随波逐流,更反衬出"耳聪心慧舌端巧"之流的品格卑下。通篇纯用白话口语,辞锋犀利,嬉笑怒骂,皆成文章。

〔2〕 "卮酒"二句:做人如"卮",满脸和气,一见权贵就倾倒。卮,古时的一种酒器,酒满时向人倾倒,酒空时仰起平坐。

〔3〕 然然可可:对对,好好。万事称好:《世说新语》注引《司马徽别传》:司马徽素有鉴才之能,但惧当权者害人。当有人以当代人物请他鉴评时,他每每称"好"。其妻谓其有负人意,"徽曰:'如君所言亦复佳。'其婉约逊遁如此。"

〔4〕 "滑稽"二句:滑稽、鸱夷一唱一和,相对而笑,一路货色。滑(gǔ 古)稽,古代一种斟酒器。鸱(chī 痴)夷,古代一种皮制的酒袋。按:两种酒具不停地倒酒,喻滔滔不绝、花言巧语、取媚权贵的小人。

〔5〕 "寒与热"三句:处世应如甘草,无论寒热病症,均可调和迎合。甘国老,中药甘草,味甘平,能调和众药,治疗百病,故享有"国老"美称。

〔6〕 使酒:饮酒任性。拗:别扭,不顺,指不合世俗。

〔7〕 和合道理:指调和折中的处世之道。

〔8〕 "学人"二句:谓学人应酬客套的语言技巧尚未到家。

〔9〕 "看他们"三句:谓世俗小人一如秦吉了,故为人所喜爱。怜,爱怜,疼爱。秦吉了,鸟名,一名鹩哥,黑身黄眉,善学人语,尤胜鹦鹉。白居易《新乐

府·秦吉了》:"耳聪心慧舌端巧,鸟语人言无不通。"

清 平 乐

独宿博山王氏庵[1]

绕床饥鼠,蝙蝠翻灯舞[2]。屋上松风吹急雨,破纸窗间自语。　　平生塞北江南,归来华发苍颜[3]。布被秋宵梦觉,眼前万里江山[4]。

〔1〕词作于闲居带湖时期。博山,在江西广丰西南三十馀里。"南临溪流,远望如庐山之香炉峰"(《大清一统志·江西广信府》)。有博山寺、雨岩等游览胜地。稼轩词中以游博山为题者十四首。王氏庵,王姓茅屋。词上片写独宿王氏庵深夜见闻,用笔精细,荒寒孤寂,词境凄厉,以一铁血男儿处身其间,悲愤之情可见。下片赋暮年秋思,"平生"两句,尺幅千里,平生壮志与归来逆境,形成鲜明对照。结处秋宵梦觉,境界大变,奇峰突起,撇开凄风苦雨,竟然万里江山。有此一结,将前段萧索悲苦之气一扫而净。

〔2〕翻灯舞:绕灯飞舞。

〔3〕塞北:泛指中原地区。按:稼轩《美芹十论》自谓南归前,曾两次去燕京观察形势。归来:指罢官归隐。

〔4〕"布被"二句:谓秋夜梦觉,眼前依稀犹是梦中万里江山。

丑奴儿

书博山道中壁[1]

少年不识愁滋味,爱上层楼。爱上层楼,为赋新词强说愁[2]。　　而今识尽愁滋味,欲说还休。欲说还休,却道"天凉好个秋"。

〔1〕词作于闲居带湖时期。词明白如话,语浅意深。今昔对比,以昔衬今。上片无愁寻愁,愁是风花雪月、无病呻吟之愁。下片起处,一字之易,道尽二十多年痛楚辛酸之宦海生涯。有愁无诉,愁是国耻未雪、壮志不酬之愁。结韵宕开,用"吞咽式"抒情,神情淡漠,却字字含愤,发人深思。通篇寓悲壮于闲适,别有一种艺术感染力。

〔2〕强说愁:无愁而勉强说愁。

丑奴儿近

博山道中效李易安体[1]

千峰云起,骤雨一霎儿价[2]。更远树斜阳风景,怎生图画[3]?青旗卖酒[4],山那畔别有人家。只消山水光中,无事过这一夏。　　午醉醒时,松窗竹户,万千潇洒[5]。野鸟飞来,又是一般闲暇。却怪白鸥,觑着人欲下未下[6]。旧盟都在,新来莫是,别有说话[7]?

〔1〕 词作于闲居带湖时期。李易安即李清照,号易安居士,山东济南人。南北宋之交的著名女词人,有《漱玉词》传世。其词婉约清丽,好以"寻常语度入音律"(张端义《贵耳集》),"用浅俗之语,发清新之思"(彭孙遹《金粟词话》),人称"易安体"。稼轩此词即效其体。上片写景,清秀淡远,赞叹之馀,人愿悠闲度此盛夏。下片抒情,写"无事"之乐,放逸风神、恬淡心境,全凭松竹野鸟衬托。"却怪"五句文起波澜,涉笔成趣,物我两忘,其乐无穷。通篇明白如话,以浅俗之语,发清新之思,俨然易安词体;然冲淡高远,幽默情味,则依然稼轩风貌。

〔2〕 "骤雨"句:忽地下了一阵暴雨。一霎儿价,一会儿。价,语尾助词。李清照《行香子》词:"甚霎儿晴,霎儿雨,霎儿风。"

〔3〕 怎生图画:无法描画,极言景色之美。怎生,宋时口语,犹"怎么"。李清照《声声慢》词:"独自怎生得黑!"

〔4〕 青旗:古时酒店多用青色布招为标记,亦称青帘。

〔5〕 "松窗"二句:谓门前窗下,松竹掩映,潇洒气象万千。

〔6〕 觑(qù去):窥探,偷看。

〔7〕 "旧盟"三句:责怪白鸥弃盟背约,不来亲就。旧盟,稼轩有《水调歌头·盟鸥》词(见前),谓与鸥鸟结盟。

水　龙　吟

题雨岩。岩类今所画观音补陀。岩中有泉飞出,如风雨声[1]。

补陀大士虚空,翠岩谁记飞来处[2]?蜂房万点,似穿如碍,玲珑窗户[3]。石髓千年,已垂未落,嶙峋冰柱[4]。有怒涛声远[5],落花香在,人疑是、桃源路[6]。　　又说春雷鼻息,是卧龙、弯环如许[7]。不然应是:洞庭张乐,湘灵来去[8]。我意长松,倒生阴壑,细吟风雨[9]。竟茫茫未晓,只应白发,是开山祖[10]。

〔1〕词作于闲居带湖时期。雨岩,位于博山附近。类,像。观音,即佛家所谓观世音菩萨。补陀,梵文音译,即补陀落伽山,佛经谓观音菩萨说法之处。按:补陀,一般作普陀,今浙江舟山市普陀区东有普陀山,以供奉观音佛像为主。辛词首句称观音为补陀大士,并不确切。词领略探索雨岩之美。虚实相生,巧为比喻,尤富想象,活画出瑰丽、神奇、幽秘之境界。妙笔最是岩间飞泉音响之美,或卧龙鼻息,或洞庭仙乐,或松吟风雨,令人耳不暇给,美不胜听。更冠以"又说""应是""我意",以致"竟茫茫未晓",渲染出一派神幻迷离气氛,使人惊叹之馀,顿生一探为快之心。

〔2〕"补陀"两句:雨岩状如观音凌空,无人知其从何处飞来。虚空,凌空。翠岩,即指雨岩。

〔3〕"蜂房"三句:雨岩又如万点蜂窝,其间似相通又似互为阻隔,宛若扇扇玲珑小窗。黄庭坚《题落星寺》诗:"蜂房各自开户牖。"

〔4〕"石髓"三句:千年石乳如冰柱倒悬。石髓,即石钟乳,如乳之下垂,故名。嶙峋(lín xún林寻),山石林立峻峭或层叠高耸貌。

〔5〕怒涛声远:飞泉声似怒涛,渐渐远去。

〔6〕桃源路:指陶渊明《桃花源记》中与世隔绝而风景佳胜之地。

〔7〕"又说"两句:谓春雷般泉涛声源于泉底的卧龙鼻息。弯环,盘旋貌。

〔8〕"不然"三句:谓泉声如洞庭仙乐、湘神鼓瑟。洞庭张乐,《庄子·天运篇》:"帝张《咸池》之乐于洞庭之野。"湘灵,神话中的湘水女神。《楚辞·远游》:"使湘灵鼓瑟兮。"

〔9〕"我意"三句:我谓泉声如风雨中的山涧松涛细吟微啸。阴壑,背阴的山沟。

〔10〕"竟茫茫"三句:大自然美之奥秘茫茫难晓,我是深入探秘第一人。白发,白发之人,作者自称。开山祖,佛教称建寺创业的僧人为开山祖师,后亦泛指各行各业的创始人。

山 鬼 谣

雨岩有石,状怪甚,取《离骚·九歌》,名曰山鬼,因赋《摸鱼儿》,改今名〔1〕。

问何年、此山来此?西风落日无语〔2〕。看君似羲皇上,直作太初名汝〔3〕。溪上路,算只有、红尘不到今犹古〔4〕。一杯谁举?笑我醉呼君,崔嵬未起,山鸟覆杯去〔5〕。　　须记取:昨夜龙湫风雨。门前石浪掀舞〔6〕。四更山鬼吹灯啸〔7〕,惊倒世间儿女。依约处,还问我:清游杖屦公良苦〔8〕。神交心许,待万里携君,鞭笞鸾凤,诵我远游赋〔9〕。(石浪,庵外巨石也,长三十馀丈。)

〔1〕词作于闲居带湖时期。山鬼谣,即《摸鱼儿》词调。据词序,雨岩有一巨大怪石,词人取《离骚·九歌》之意,称名"山鬼",并改《摸鱼儿》调名为《山鬼谣》。《离骚·九歌》,屈原所作。《九歌》凡十一篇,其中第九篇名《山鬼》,描写一位山中女神。《山鬼》乃一曲人神恋歌,词人借以咏雨岩怪石。通篇用拟人手法,视怪石为知音。先赋其身世品行:来自上古,超然红尘,纯朴自然,古风不泯。次赋其超凡潜力:风雨腾飞,呼啸吹灯。"依约"以下,怪石询问

清游良苦,词人则拟携石为伴,遨游万里苍穹。人与石"神交心许",频频相语,既写活了石,更写活了人。

〔2〕"问何年"二句:问怪石何年飞来?怪石默然不语。

〔3〕君:指怪石。羲皇上:即羲皇上人,伏羲氏以前的太古之人。此言怪石来历久远,纯朴天然。名汝:以此称你。

〔4〕"溪上路"二句:怪石地处僻远,红尘不到,拙朴风貌,至今不变。

〔5〕"一杯"四句:举杯邀石,怪石未动,山鸟却打翻酒杯而去。谁举,为向谁举杯。崔嵬,高大耸立貌,代指怪石。覆杯,打翻酒杯。

〔6〕"昨夜"二句:昨夜潭边风雨大作,怪石乘势飞舞。龙湫(qiū 秋),龙潭。稼轩《水龙吟》赋雨岩飞泉:"又说春雷鼻息,是卧龙、弯环如许。"石浪,指巨大的怪石,词尾作者自注:"石浪,庵外巨石也,长三十馀丈。"

〔7〕山鬼吹灯:杜甫《移居公安山馆》:"山鬼吹灯灭,厨人语夜阑。"

〔8〕"依约"三句:怪石问我清游良苦。杖屦,竹杖麻鞋,出游登山所用。

〔9〕"神交"四句:以怪石为契友,携手共作万里游。鞭笞(chī 痴)鸾凤,鞭策鸾凤,指乘鸾驾凤,遨游太空。远游,《楚辞》篇名,或谓屈原所作,此代指稼轩词作。

蝶　恋　花

月下醉书雨岩石浪[1]

九畹芳菲兰佩好。空谷无人,自怨蛾眉巧[2]。宝瑟泠泠千古调,朱丝弦断知音少[3]。　　冉冉年华吾自老。水满汀洲,何处寻芳草[4]?唤起湘累歌未了,石龙舞罢松风晓[5]。

〔1〕 词作于闲居带湖时期。石浪,巨大的怪石。参见前《山鬼谣》词序及词尾作者自注。词用美人香草比兴手法。植芳佩兰,喻志行高洁。幽居深谷,自怨蛾眉,喻遭群小猜忌排挤。曲高和寡,喻抗金政见难为执政者理解。下片自叹壮士暮年,理想难酬,唯唤屈原同歌,一吐胸中抑郁之气。通篇婉曲深幽,悲愤难已,有《离骚》之遗风。

〔2〕 "九畹"三句:佳人佩兰,深居幽谷,自怨美貌为人所妒。九畹(wǎn晚),古时以十二亩为一畹。九畹,泛指地亩之广。语出屈原《离骚》:"余既滋兰之九畹兮,又树蕙之百亩。"兰佩,佩兰以为饰。《离骚》:"纫秋兰以为佩。"空谷,杜甫《佳人》:"绝代有佳人,幽居在空谷。"蛾眉巧,谓女子美丽娇娆。《离骚》:"众女嫉余之娥眉兮。"

〔3〕 "宝瑟"二句:佳人奏瑟,惜无知音。《琴操》谓孔子周游列国,不遇而返,见幽谷中香兰独茂,感而作《猗兰操》,援琴鼓之。刘禹锡《泰娘歌》:"朱弦已绝为知音,云鬓未秋私自惜。"岳飞《小重山》词:"欲将心事付瑶琴,知音少,弦断有谁听?"泠泠(líng玲),清越的流水声,此喻瑟音。

〔4〕 冉冉:渐渐。《离骚》:"老冉冉其将至兮,恐修名之不立。"芳草:喻理想。

〔5〕 湘累(léi雷):指屈原。无罪而死曰"累",屈原含屈自投湘江,故称"湘累"。扬雄《反离骚》:"钦吊楚之湘累。"石龙,即词序所称之"石浪"。

鹧 鸪 天

鹅湖归,病起作[1]

枕簟溪堂冷欲秋[2],断云依水晚来收。红莲相倚浑如醉,白鸟无言定自愁。　　书咄咄,且休休,一丘一壑也风流[3]。不知筋力衰多少,但觉新来懒上楼[4]。

〔1〕词作于闲居带湖时期。鹅湖,据《铅山县志》《鄱阳记》载,铅山县东北有鹅湖山。山上有湖,原名荷湖,因东晋龚氏居山蓄鹅,更名鹅湖。山麓又有鹅湖寺。病起,指病体初愈。词寓悲壮于闲适,以淡笔写浓愁。上片写景,"红莲"联形象鲜明,"生派愁怨与花鸟,却自然。"(沈际飞语,见《草堂诗馀》)。下片抒情,貌似自甘山水终老,实则用典隶事,不平之意甚明。自悲其志,"妙在结二句放开写,不即不离尚含住"(黄蓼园《蓼园词选》)。非一般叹病嗟衰,而是寄"烈士暮年"之慨。

〔2〕"枕簟"句:人卧溪堂,微觉秋意。簟(diàn 电),竹席。

〔3〕"书咄咄"三句:自劝莫怪休怨,但寄情山水。书咄咄(duō 多):《晋书·殷浩传》载,晋殷浩放废后,口无怨言,但终日用手指在空中书写"咄咄怪事"四字。咄咄,感叹声。休休,指退隐。唐末司空图隐居中条山,筑亭题名曰"休休"。并作文说明"休休"之意:"量才一宜休,揣分二宜休,耄而聩,三宜休。"(见《唐书·卓行传》)一丘一壑,犹言一山一水。

〔4〕"不知"二句:近来筋力衰退,懒于上楼观赏景色。

清 平 乐

检校山园,书所见[1]

连云松竹[2],万事从今足。挂杖东家分社肉,白酒床头初熟[3]。　　西风梨枣山园,儿童偷把长竿[4]。莫遣旁人惊去,老夫静处闲看。

〔1〕词作于闲居带湖时期。检校,原意为查核,此有巡视游赏之意。山

园即家园,稼轩带湖宅第建于灵山之麓,故称山园。词写田园生活之乐趣。"万事从今足"者,居处幽美,乡俗人情古朴,绝胜喧嚣都市和名利官场。下片情景最是可人:顽童偷打枣梨,"老夫静处闲看"。一老一少,一动一静,妙极,趣甚。不唯爱怜之态可掬,亦传出美好之生活乐趣。

〔2〕连云松竹:满眼松竹与天上云彩连成一片。

〔3〕分社肉:古时乡俗,春秋两祭土地神,称社日。据《荆楚岁时记》,每至社日,四邻集会,备牲祭神,祭毕,各家分飨其肉,以求降福。故社肉也称福肉。床头,指糟床,酿酒器具。

〔4〕"西风"二句:山园梨枣秋熟,邻儿持竿偷打。

清 平 乐

村 居[1]

茅檐低小,溪上青青草。醉里吴音相媚好[2],白发谁家翁媪[3]? 大儿锄豆溪东。中儿正织鸡笼。最喜小儿亡赖[4],溪头卧剥莲蓬。

〔1〕词作于闲居带湖时期。轻笔淡墨,一幅农家素描。望中所见,清新脱俗。耳中所闻,白发翁媪,吴音相悦,情趣喜人。大儿中儿各司其业,"溪头卧剥莲蓬",小儿无赖形象最是天真烂漫。以上种种,全由词人"醉里"信手写来,寓情于景,与其谓醉于酒,毋宁谓醉于心。

〔2〕醉里:指作者醉里。一说是翁媪醉里。吴音:吴地口音,信州旧属吴地。相媚好:相互取悦逗乐。媚好,兼指吴语柔美悦耳。

〔3〕翁媪(ǎo 袄):老翁、老妇。

〔4〕亡(音义同"无")赖：原意无聊，此引申为顽皮。《汉书·高帝纪》注云："江淮之间，谓小儿多诈、狡狯为亡赖。"

贺　新　郎

同父见和，再用韵答之[1]。

老大那堪说。似而今、元龙臭味，孟公瓜葛[2]。我病君来高歌饮，惊散楼头飞雪。笑富贵、千钧如发[3]。硬语盘空谁来听[4]？记当时、只有西窗月。重进酒，换鸣瑟。

事无两样人心别[5]。问渠侬、神州毕竟，几番离合[6]？汗血盐车无人顾，千里空收骏骨[7]。正目断、关河路绝[8]。我最怜君中宵舞，道"男儿、到死心如铁[9]。看试手，补天裂[10]"。

〔1〕词作于淳熙十六年(1189)春，时稼轩闲居带湖。同父：陈亮，字同父(甫)，婺州永康人，学者称龙川先生。南宋杰出的思想家。为人才气豪迈，喜谈兵，主抗金，屡遭迫害。与稼轩志同道合，交往甚密，有诗词唱和。著有《龙川词》，词风与辛相近。淳熙十五年冬，造访稼轩，有"鹅湖之会"。别后，同父索词，稼轩作《贺新郎》以寄。同父有和韵词奉还，激昂慷慨，声震云天。稼轩深受感染，再用原韵以答。词上片赋志趣相投之谊。"惊散"以下，再现鹅湖欢聚情景，"惊散"二字健笔传神。高歌硬语，曲高和寡，二人之外唯西窗明月，境佳意深。下片应合陈亮和词之豪情壮志。"我最"以下，勉友亦自勉。心坚志刚，字字铿锵，大有"直捣黄龙，与君痛饮"气势，读之令人鼓舞。

〔2〕"老大"三句：人虽渐老，友谊长存。此以历史同姓人氏喻陈亮。元

龙:三国时陈登字元龙,是一位以天下为己任的名士,《三国志》有传。孟公,西汉名士陈遵字孟公,性情豪爽,嗜酒好客。《汉书·游侠传》谓其每宴宾客,必闭门并取客车辖投井中,以便尽兴畅怀。臭(xiù 秀)味,气味,志趣。瓜葛,关系,牵连。此言二人臭味相投,关系密切。

〔3〕"笑富贵"句:常人视富贵重如千钧,我辈视之轻如毛发。钧,古时以三十斤为一钧,千钧,极言其重。

〔4〕硬语盘空:韩愈《答孟东野》诗:"横空盘硬语,妥帖力排奡。"韩诗之"硬语",指用语生新瘦硬,不落陈词滥调。辛词之"硬语",则指不合时宜及风格上的豪迈刚劲。盘空,回荡空中。

〔5〕"事无"句:国事不堪如故,但人心主战、主和不一。按:联系上下文,此处当指责苟安江南之主和派。

〔6〕"问渠侬"二句:谓中原大地究竟经历几番分裂和统一?渠侬,吴语称他人为渠侬,此指主和派之执政者。离合,偏义复词,主要指离,即分裂。

〔7〕"汗血"二句:谓陈亮怀才不遇,斥执政者不识人才,埋没人才。《战国策·楚策》谓骏马拉盐车上太行山,虽膝折皮烂,仍难以上山。汗血,大宛名马,号称一日千里,据说"汗从前肩转出如血,故名"(参见《汉书·武帝纪》应劭注)。无人顾,无人顾恤、理会。《战国策·燕策》记郭隗所述:某国君愿以千金求千里马,三年不得。侍从却以五百金购回千里马之头骨,王大怒。侍从对曰:"死马且买之五百金,况生马乎?天下必以王能市马,马今至矣。"不到一年,果得三匹良马。按:"空"字双关,既指五百金买马骨事,更讽刺南宋执政者以招贤纳士自我标榜。

〔8〕"正目断"句:通往中原之路已绝,即谓北方疆土为金人所占。

〔9〕"我最"二句:敬佩陈亮有闻鸡起舞的爱国激情和坚持抗金的铮铮誓言。怜,本意爱怜、怜惜,此有敬爱、敬佩之意。中宵舞:《晋书·祖逖传》载,祖逖与刘琨同为司州主簿,共被同寝,每闻中夜鸡鸣,即唤醒刘琨同去舞剑。心如铁:《三国志·魏书·武帝纪》引《魏武故事》:"忠能勤事,心如铁石,国之良吏也。"稼轩《满江红·送汤朝美司谏自便归金坛》:"看依然、舌在齿牙牢,心如铁。"

〔10〕"看试手"二句:期待陈亮大显身手,完成一统河山大业。补天裂,

用神话女娲炼石补天事,喻收复中原,天下归一。

破 阵 子

为陈同甫赋壮词以寄[1]

醉里挑灯看剑,梦回吹角连营[2]。八百里分麾下炙,五十弦翻塞外声[3]。沙场秋点兵。　　马作的卢飞快,弓如霹雳弦惊[4]。了却君王天下事,赢得生前身后名。可怜白发生[5]。

[1] 词作于辛、陈唱和《贺新郎》之后,具体日期不详,权附于此。或谓此词作于绍熙四年(1193)秋。是年陈亮考中进士,光宗赵惇亲擢为第一。时稼轩在福州知府兼福建安抚使任上,作此壮词寄勉。梁启超《艺蘅馆词选》:"无限感慨,哀同父,亦自哀也。"此词构思布局卓然创格。起句写现实,挑灯看剑,豪中含悲,为结句伏笔。"梦回"以下,倒叙梦境,从军营生涯到阅兵待发,从阵前激战到宏伟抱负,泻出一腔豪情。结句峰回路转,由梦境返回现实,一声浩叹,无限悲愤,就此化"雄壮"为"悲壮"。前九句一气贯注,酣畅淋漓,结句转笔换意,自成一段,打破上下片的结构定格。

[2] "醉里"二句:夜醉入梦,梦醒似犹闻连营吹角之声。以下即借梦境写理想之境。梦回,梦醒。一说"梦中回到",似与诗词习惯用法不合。

[3] "八百里"二句:承"吹角连营",写奏乐啖肉、豪迈热烈的军营生活。八百里,牛名。晋王恺有牛名"八百里驳(同"驳",花牛)"。与王济比射,以此牛为赌物。恺输,遂杀牛作炙。事见《世说新语·汰侈篇》。苏轼《约公择饮,是日大风》诗:"要当啖公八百里,豪气一洗儒生酸。"分,分享。麾下,部下。

炙,烤肉。五十弦,指瑟,古瑟用五十弦,此泛指军中乐器。翻,演奏。塞外声,指雄浑悲壮的边城之乐。

〔4〕"马作"二句:写阵前鏖战场景。作,像。的卢,一种烈性快马。相传刘备在荆州遇危,所骑的卢"一跃三丈",因而脱险。见《三国志·蜀志·先主传》注引《世说新语》。霹雳,雷声,此喻射箭时的弓弦声。《南史·梁书·曹景宗传》谓曹在乡里"与年少辈数十骑,拓弓弦作霹雳声,箭如饿鸱叫"。

〔5〕"可怜"句:叹壮志未酬,白发先生。按:如此词亦定于淳熙十六年,则陈亮四十七岁,稼轩五十岁。

鹊 桥 仙

己酉山行书所见[1]

松冈避暑,茅檐避雨,闲去闲来几度。醉扶怪石看飞泉[2],又却是、前回醒处。　　东家娶妇,西家归女[3],灯火门前笑语。酿成千顷稻花香,夜夜费、一天风露[4]。

〔1〕词作于淳熙十六年(1189)夏,时稼轩闲居带湖。己酉,即淳熙十六年。词写山行所见。上片赋闲情逸趣,"醉扶"两句涉笔成趣,看来此时知己,唯酒与山水。下片起处赋山村男婚女嫁,灯火通明,笑语喧哗。结处放眼田野,千顷稻花飘香。前后映衬,生动绘出小小山村一派喜庆丰收景象。上片用淡笔,清幽自乐;下片用浓墨,欢腾鼎沸;皆恰到好处。

〔2〕怪石飞泉:指博山脚下"雨岩"景色。稼轩《水龙吟·题雨岩》题序:"岩中有泉飞出,如风雨声。"《山鬼谣》题序:"雨岩有石,状怪甚。"

〔3〕归女:嫁女。古时女子出嫁称"于归"。

〔4〕"酿成"二句:清风白露酿就一片稻米花香,谓风调雨顺,丰收在望。

踏 莎 行

庚戌中秋后二夕,带湖篆冈小酌[1]。

夜月楼台,秋香院宇,笑吟吟地人来去。是谁秋到便凄凉?当年宋玉悲如许[2]。　　随分杯盘,等闲歌舞,问他有甚堪悲处[3]?思量却也有悲时,重阳节近多风雨[4]。

〔1〕词作于绍熙元年(1190)中秋节后第二个晚上,时稼轩闲居带湖。庚戌,即绍熙元年。篆冈,地名,当在带湖之侧。小酌,小饮,便宴。词写悲秋,文章却从反面做起。欲擒故纵,用反跌法,以强化悲秋力度。上片一起写人情之欢洽。继之,似说宋玉悲秋无理,实隐含众人皆欢,唯我独悲之意。过片续写秋夜之欢,而以一个反诘,将此种人生欢娱推向高峰。结韵始转欢为悲。但用笔命意极委婉纡徐,况悲秋伤时,与宋玉、潘邠不同,其间自有忧国之心寓焉。

〔2〕"是谁"二句:临秋而悲者,当年宋玉。宋玉,战国时楚国著名诗人,屈原的学生。其《九辩》以悲秋著称:"悲哉秋之为气也,萧瑟兮草木摇落而变衰。"

〔3〕"随分"三句:对酒歌舞,何悲秋之有?随分,随意,唐宋人习用语。等闲,轻易平常。

〔4〕"重阳"句:宋人潘邠(大临)诗:"满城风雨近重阳。"(见《诗话总龟》)

清 平 乐

忆吴江赏木樨[1]

少年痛饮,忆向吴江醒[2]。明月团团高树影,十里水沉烟冷[3]。　　大都一点宫黄,人间直恁芬芳[4]。怕是秋天风露,染教世界都香[5]。

〔1〕词作于闲居带湖时期。吴江即今江苏苏州市吴江区。按:稼轩自隆兴二年(1164)冬,或乾道元年(1165)春,江阴签判任满后,曾有一段流寓吴江的生活。木樨(xī西):桂花。按:一本题作"谢叔良惠木樨"。两种题序可互为补充。友人赠桂,思绪流向当年吴江之行。上片写景,以景衬情,表现流寓吴楚、报国无门之孤寂心境。下片承"高树影"而咏桂。词人遗貌取神,独由花小香浓着笔。"一点",极言花之细小;"人间"乃至"世界",则极言天地之广阔,以一点之小而染遍天地之大,足见其芳香之浓烈。花品即人品,亦见词人胸怀之宽广。

〔2〕"少年"二句:回忆当年秋夜畅饮,酒醒吴江。少年,泛指青少年时期。稼轩二十六岁至二十八岁流寓吴中,故云。吴江,亦名松江、苏州河,是太湖最大的支流。自湖东北流经苏州、上海,合黄浦江入海。

〔3〕"明月"二句:写江边月下赏桂情景。高树影,兼指月中桂影(传说月中有仙桂),和秋月映照下的人间桂影。水沉烟冷,江水沉寂,烟雾清冷。

〔4〕大都:不过。宫黄:宫中妇女化妆用的黄粉,此借指黄色的桂花,俗称金桂。直恁:竟然如此。

〔5〕"怕是"二句:桂花凭借秋风秋露,要将整个世界染香。

清平乐

题上卢桥[1]

清泉奔快,不管青山碍[2]。十里盘盘平世界,更着溪山襟带[3]。　　古今陵谷茫茫,市朝往往耕桑[4]。此地居然形胜,似曾小小兴亡[5]。

〔1〕词作于闲居带湖时期。上卢桥在上饶境内。词上片咏景抒情,下片兴叹说理;景、情、理三者有机统一。山抱水绕,居然有十里坦途;层嶂叠岭,清泉飞流却穿越无碍;奇壮秀美,动静交错,勃然有生气。下片即景遐想,由惊叹眼前山川,而转向对自然和人世变幻的思索:古往今来,高陵深谷,市朝耕桑,无不发展变迁,相互转化。自然界兴废如此,则历代王朝兴废之感,自在不言之中。

〔2〕碍:拦阻。稼轩《菩萨蛮》写郁孤台下清江水,亦有"青山遮不住,毕竟东流去"之句。

〔3〕盘盘:曲折回旋貌。更着:更有。溪山襟带:以山为襟,以溪为带,形容山水萦绕,若衣服之襟带。

〔4〕"古今"二句:言沧海桑田,变化莫测。陵谷,指山陵变深谷,深谷化山陵。《诗经·小雅·十月之交》:"高岸为谷,深谷为陵。"市朝耕桑,指繁华的都市和耕作的田野亦常是互为转化。

〔5〕"此地"二句:眼前形胜之地,想必也小有历史的兴衰变化。

西　江　月

夜行黄沙道中[1]

明月别枝惊鹊[2],清风半夜鸣蝉。稻花香里说丰年,听取蛙声一片[3]。　　七八个星天外,两三点雨山前[4]。旧时茅店社林边,路转溪桥忽见[5]。

〔1〕词作于闲居带湖时期。黄沙,即黄沙岭。《上饶县志》:"黄沙岭在县西四十里乾元乡,高约十五丈。"稼轩于此有书堂。此夏夜小唱,深具艺术魅力。上片夜景,意在写静,却出以动。鹊啼、蝉鸣、蛙喧,愈闹而愈静,是为动中见静法。不独境界迷人,且洋溢丰收在望的喜悦之情。下片时转景移,山雨欲来,心绪由悠闲而焦躁。结韵妙语:就急欲避雨而言,先推出茅店,后补以"忽见",则恍惚惊喜之态,跃然纸上。就全篇而言,至此点出夜行者,由此返照全词,则无一不是作者夜行见闻,词脉遂畅通一体。

〔2〕"明月"句:谓月光惊飞枝上乌鹊。曹操《短歌行》:"月明星稀,乌鹊南飞,绕树三匝,无枝可依。"苏轼《次周令韵送赴阙》:"月明惊鹊未安枝。"周邦彦《蝶恋花》:"月皎惊乌栖不定。"别枝,远枝。方干《寓居郝氏亭》:"蝉曳残声过别枝。"或作"离别树枝"讲,意亦通,但与下句"半夜"失偶。

〔3〕"稻花"二句:言稻花飘香,蛙声一片似在歌唱丰年。或谓"说丰年"者,守夜农人。似太实,且少韵味。

〔4〕"七八个星"两句:言天外星稀,山前欲雨。卢延让《松寺》:"两三条电欲为雨,七八个星犹在天。"以数词对偶,骈文中屡见,如庾信《小园赋》:"一寸二寸之鱼,三竿两竿之竹。"

〔5〕"旧时"二句：为倒装句法。言转过溪桥,忽见记忆中的茅店就在眼前。

水　龙　吟

过南剑双溪楼[1]

举头西北浮云,倚天万里须长剑[2]。人言此地,夜深长见,斗牛光焰[3]。我觉山高,潭空水冷,月明星淡[4]。待燃犀下看,凭栏却怕,风雷怒,鱼龙惨[5]。　　峡束苍江对起,过危楼,欲飞还敛[6]。元龙老矣,不妨高卧,冰壶凉簟[7]。千古兴亡,百年悲笑,一时登览[8]。问何人又卸,片帆沙岸,系斜阳缆[9]。

〔1〕词作于绍熙四年秋至绍熙五年秋(1193—1194),时稼轩知福州兼福建安抚使。南剑,宋时州名,州治在南平(今福建南平)。据王象之《舆地记胜·南剑州》："剑溪环其左,樵川带其右,二水交通,汇为澄潭,是为宝剑化龙之津。"(馀参本篇注〔3〕)双溪楼,在南平城东,因有剑溪及樵川二水在此汇合而得名,为当时游览胜地。词抒壮志难酬之愤。起处呼唤长剑清扫妖氛,志壮气豪,笼盖全篇。以下叠层铺叙,一语一转,一步一顿挫,写出既图觅剑报国,又因现实冷峻而忧谗畏讥之情。情与景会,诚是"峡束苍江","欲飞还敛"姿态。据此,下文遂有比况元龙之想,"千古兴亡"之慨。结韵一片"斜阳",深寓国忧,也终因国事难为而兴归去之念。如言苏词"清雄",则稼轩此类词最当"沉雄"二字。

〔2〕西北浮云:喻中原沦陷。倚天长剑:语出宋玉《大言赋》："长剑耿耿

倚天外。"

〔3〕"人言"三句:谓此地乃宝剑化龙之津。据《晋书·张华传》及《拾遗记》载,晋人张华见斗牛星间有紫气。焕曰:此宝剑神光冲天。张华遂令雷焕觅剑,果得"龙泉""太阿"双剑,两人各得其一。张华既卒,其剑失踪。雷焕死后,其子佩剑过延平津(即剑溪),剑忽跃入水中。觅之,唯见双龙各数丈,盘曲潭底。顷间,水面光彩照人,波浪翻腾。火焰,即指宝剑生出的紫气。

〔4〕"我觉"三句:写双溪楼夜景,有隐喻现实严酷冷峻之意。

〔5〕"待燃犀"四句:欲燃犀觅剑,又恐鱼龙兴妖作怪。燃犀,燃犀牛角。传说燃犀照水,能使妖魔显形。据《晋书·温峤传》,温回兵武昌,过牛渚矶,人言水中多妖,温燃犀下照,见水中诸怪赶来灭火。鱼龙,即指水中妖魔,喻朝中群小。惨,凶残狠毒。

〔6〕"峡束"三句:谓双溪汇流,奔腾欲飞,但受制于峡谷,无奈有所收敛。对起,指两山相对而起,形成峡谷。危楼,高楼,即指双溪楼。

〔7〕"元龙"三句:以汉代名士陈登自喻,思清闲高卧。冰壶凉簟,一壶冷酒,一领竹席。

〔8〕"千古"三句:谓登楼览胜,顿生千古兴亡、人生悲欢之感。

〔9〕"问何人"三句:故作设问,言何人斜阳沙岸,卸帆系舟。

沁 园 春

再到期思卜筑[1]

一水西来,千丈晴虹,十里翠屏[2]。喜草堂经岁,重来杜老;斜川好景,不负渊明[3]。老鹤高飞,一枝投宿,长笑蜗牛戴屋行[4]。平章了,待十分佳处,着个茅亭[5]。　　青山意气峥嵘,似为我、归来妩媚生^[6]。解频教花鸟,前歌后舞;更催云水,暮送朝迎^[7]。酒圣诗豪,可能无势,我乃而今驾驭卿^[8]。清溪上,被山灵却笑,白发归耕^[9]。

[1] 词作于绍熙五年(1194)秋冬间,时稼轩二次罢居信州带湖。期思:在江西铅山。按:稼轩第一次罢居时,曾在期思买得瓢泉,以后常往返于带湖和瓢泉之间。此次重到,意在营建新居。卜筑:选地盖房,古人建宅请卜者相地形风水以定宅地,也称卜宅、卜居。词由此即兴抒怀。起笔鸟瞰期思山水,雄奇秀逸,宜室宜人。以下喜复归田园,"一枝"逍遥。下片寄情山水之乐,纯用拟人手法。野花小鸟、云烟流水,莫不有情解意,令人乐而忘忧。结处以驾驭山水自命,貌豪实悲,托笑山灵,实是自嘲,正可窥见词人复杂心态。

[2] "一水"三句:写瓢泉山水之美:以"千丈晴虹"喻飞瀑,以"十里翠屏"状青山。

[3] "喜草堂"四句:言再度隐居山水之喜,一如杜甫之重归草堂,渊明之游赏斜川。草堂,杜甫于乾元二年入蜀,建草堂于成都浣花溪。后因兵乱离去。广德二年,严武再度镇蜀,杜甫得以重归草堂。经岁,一年后,此泛指若干年后。斜川,在今江西都昌,风景优美。陶渊明居浔阳柴桑时,曾作《斜川诗》。诗前有小序略记其游赏情景。辛词以斜川比期思。

[4] "老鹤"三句:此来意在觅一枝之栖。《庄子·逍遥游》:"鹪鹩巢于深林,不过一枝。"此用其意。老鹤:稼轩自谓。蜗牛戴屋:蜗牛形小体软,但背有硬壳,呈螺旋形,似圆形之屋,爬动时如戴屋而行。

[5] 平章:筹划,品评。着:此作建造讲。

[6] 峥嵘:高峻不凡貌。妩媚:形容青山秀丽。

[7] 解:领会,懂得。

[8] "酒圣"三句:谓诗酒之辈有驾驭山水之威势。据陶渊明《晋故征西大将军长史孟府君传》,东晋孟嘉为桓温部下长史,好游山水,至暮方归。桓温尝谓孟曰:"人不可无势,我乃能驾驭卿。"辛借其语。酒圣诗豪,指酷爱诗酒之辈。乃,却。卿,借指山水自然。

〔9〕"清溪"三句:言山神笑我,白发始返,归耕太迟。

沁　园　春

灵山齐庵赋。时筑偃湖未成〔1〕

叠嶂西驰,万马回旋,众山欲东〔2〕。正惊湍直下,跳珠倒溅;小桥横截,缺月初弓〔3〕。老合投闲,天教多事,检校长身十万松〔4〕。吾庐小,在龙蛇影外,风雨声中〔5〕。　争先见面重重。看爽气、朝来三数峰〔6〕。似谢家子弟,衣冠磊落〔7〕;相如庭户,车骑雍容〔8〕。我觉其间,雄深雅健,如对文章太史公〔9〕。新堤路,问偃湖何日,烟水濛濛。

〔1〕词约作于庆元二年(1196),时稼轩二度罢居带湖。灵山:位于江西上饶境内。古人有"九华五老虚揽胜,不及灵山秀色多"之说,足见其雄伟秀美之姿。齐庵:当在灵山,具体未详,疑即词中之"吾庐",为稼轩游山小憩之处。偃湖:新筑之湖,时未竣工,具体未详。此稼轩山水词中名篇,生气勃勃,戛戛独造。上片由山而水,由长松而茅庐,上下远近,次序井然,而又融成一气,一幅绝妙山水松涛图。绘景状物,气韵生动,善用比兴,动静交织,且不乏诙谐之趣。下片专就山写,选用故实,而益见新意。以谢家子弟的衣冠丰神和司马相如的车骑仪容状灵山诸峰的万千气象,已见新奇;而雄深雅健,喻以太史公文风,韵味无穷,尤属创格。明人杨慎激赏之,称:"自非脱落故常者,未易闯其堂奥。"(《词品》卷四)

〔2〕"叠嶂"三句:言灵山飞动的态势若万马奔腾回旋。

〔3〕惊湍(tuān):急流,此指山水飞泉瀑布。缺月初弓:小桥如一弯弓形

新月。或谓小桥如缺月,似弯弓,"月"与"弓"是并列词组。不当。此四句作扇面对,如是,"缺月初弓"与"跳珠倒溅"失对。

〔4〕 检校:巡查、管理。按:稼轩同期所作《归朝欢》词题序称:"灵山齐庵菖蒲港,皆长松茂林。"

〔5〕 "吾庐"三句:写茅屋与松林相邻,既可见其影,又能闻其声。龙蛇影,松树影。古人常以"龙蛇"状枝干苍劲屈曲的松柏。风雨声,即谓松涛声。

〔6〕 "争先"二句:写夜雾渐散,群山争相露面。爽气朝来,《世说新语·简傲篇》称:王子猷为桓玄参军,桓玄欲委其事,子猷"初不答,直高视,以手版拄颊云:'西山朝来,致有爽气。'"后以"西山爽"状人品性疏散,不善趋迎。辛词借谓群峰送爽,沁人心脾。

〔7〕 "似谢家"二句:谢家是晋代一大望族,其子弟讲究服饰仪表,有俊伟大方的风度。此状挺秀轩昂的山峰。磊落,仪态俊伟而落落大方。

〔8〕 "相如"二句:西汉著名文学家司马相如到四川临邛,"从车骑,雍容闲雅甚都。"(《史记·司马相如列传》)此状巍峨壮观的山峰。雍容,仪态优雅而从容不迫。

〔9〕 "我觉"三句:以文风喻山。韩愈评柳宗元文说:"雄深雅健,似司马子长。"(《新唐书·柳宗元传》)雄深雅健,指文风雄放、深邃、高雅、刚健。太史公,司马迁,字子长,西汉著名史学家和文学家。继父职,任太史令,称太史公。

沁　园　春

将止酒,戒酒杯使勿近[1]

杯汝来前,老子今朝,点检形骸[2]。甚长年抱渴,咽如焦釜;于今喜睡,气似奔雷[3]。汝说:"刘伶,古今达者,醉后何妨死便埋[4]。"浑如此,叹汝于知己,真少恩哉[5]!

更凭歌舞为媒。算合作、人间鸩毒猜[6]。况怨无大小,生于所爱;物无美恶,过则为灾[7]。与汝成言:"勿留亟退,吾力犹能肆汝杯[8]。"杯再拜,道:"麾之即去,招亦须来[9]。"

[1] 此亦庆元二年(1196)之作,稼轩二度闲居带湖。止酒:戒酒。戒酒杯使勿近:警告酒杯勿再近我。此戒酒词,表现欲止酒而意有所不能的微妙矛盾心理。词用主客对话体,以"酒杯"为"客"。爱之深,则恨之深;而恨之深,恰恰说明爱之深。通篇历数酒之罪状,辞激色愤,急欲肆之而后快。不想"杯"以礼为先,曰"麾之即去,招亦须来",不愧稼轩知己,会心之语,令人忍俊不止。词以大段议论入词,取散文句式,打破上下片换意定格等,皆脱落故常之笔。

[2] 汝:你,指酒杯。点检形骸:检查身体。意为自我保养,不再纵酒伤身。

[3] "甚长年"四句:言昔因纵酒成疾,如今因病罢酒,惟思酣睡。抱渴,患酒渴病,长年口渴思饮。据《拾遗记》,羌人姚馥嗜酒,但言渴于酒,人呼"渴羌",后任酒泉太守。咽如焦釜(fǔ府):咽喉如烧焦之锅,不堪忍受。《战国策》:"救赵之务,宜若奉漏瓮,沃焦釜。"气似奔雷,指鼾声如雷。黄庭坚《题东坡字后》:"东坡居士性喜酒,然不能四五龠已烂醉,就卧鼾如雷。"

[4] "汝说"三句:酒杯以刘伶相劝,醉死何妨,不必戒酒。《晋书·刘伶传》谓刘伶纵酒放荡,常乘一鹿车,携一壶酒,命人带锄跟随,曰:"死便掘地以埋。"达者,通达之人,指刘伶辈无视封建礼法、为纵酒颓放之人。

[5] "浑如此"三句:谓酒杯对己太少情意。韩愈《毛颖传》:"汝于知己,真少恩哉!"浑如此,竟然如此。知己,词人自谓酒之知己。

[6] "更凭"二句:谓酒与歌舞相谋,害人犹如鸩毒。为媒,作为媒介,诱人剧饮。鸩(zhèn振)毒,一种用鸩鸟羽毛制成的剧毒,放入酒中,饮之立死。

[7] "况怨无"四句:谓爱酒应有节制,一旦过量,便成灾难。《北史·齐文宣帝纪》:"唯数饮酒,曲蘖成灾,因而致毙。"

[8] "与汝"三句:命酒杯速去,否则将被砸碎。成言,约定。《离骚》:

"初既与余成言兮,后悔遁而有他。"亟(jí集),尽快。肆,原意处死后陈尸示众。《论语·宪问》:"吾力犹能肆诸市朝。"此对酒杯而言,可作砸碎讲。

〔9〕"麾之"两句:《汉书·汲黯传》谓汲黯辅佐少主,严守城池时,"招之不来,麾之不去"。言其意志坚决。此反用其意。麾(huī灰),同"挥"。

玉 楼 春

戏 赋 云 山[1]

何人半夜推山去? 四面浮云猜是汝[2]。常是相对两三峰,走遍溪头无觅处[3]。　　西风瞥起云横度,忽见东南天一柱[4]。老僧拍手笑相夸,且喜青山依旧住。

〔1〕词作于庆元二年(1196)秋冬之交,时稼轩已迁铅山瓢泉新居。按:瓢泉原名周氏泉,据《铅山县志》:"瓢泉在县东二十五里,辛弃疾得而名之。其一规圆如臼,其一规直若瓢。周围皆石径,广四尺许,水从半山喷下,流入臼中,而后入瓢,其水澄渟可鉴。"稼轩赋云山词共四首,此第一首。题曰"戏赋",用意命笔,自见欢快诙谐。云山奇景,无非云来山隐,云去山现,但一经夸张渲染,便觉风趣异常,且不无禅理寓焉。不说青山隐于浮云,却说浮云将山推走。以下溪头寻山,"山重水复",盖为"柳暗花明"出力。下片果然风起云散,还我天柱云峰。或谓"浮云"喻主降小人,"青山"喻主战君子。未免穿凿附会。

〔2〕"何人"二句:写浮云遮山。《庄子·大宗师》:"夫藏舟于壑,藏山于泽,谓之固矣。然而夜半有力者负之而走,昧者不知也。"黄庭坚《次韵东坡壶中九华》诗:"有人夜半持山去,顿觉浮岚暖翠空。"

〔3〕"常是"二句:谓青山无觅处。

〔4〕"西风"二句：浮云散去，青山又呈眼前。云横度，浮云横飞。天一柱，用一柱擎天意，即指青山。

贺 新 郎

邑中园亭，仆皆为赋此词。一日，独坐停云，水声山色，竞来相娱，意溪山欲援例者，遂作数语，庶几仿佛渊明思亲友之意云〔1〕。

甚矣吾衰矣〔2〕。怅平生、交游零落，只今馀几！白发空垂三千丈〔3〕，一笑人间万事。问何物、能令公喜〔4〕？我见青山多妩媚，料青山、见我应如是〔5〕。情与貌，略相似。

一尊搔首东窗里。想渊明、《停云》诗就，此时风味〔6〕。江左沉酣求名者，岂识浊醪妙理〔7〕。回首叫、云飞风起〔8〕。不恨古人吾不见，恨古人、不见吾狂耳〔9〕。知我者，二三子〔10〕。

〔1〕词作于罢居瓢泉期间。邑：指铅山县邑。仆：自我谦称。此词：指《贺新郎》词调。停云：指停云堂。意：猜度，料想。援例：依照前例，此指以词赋邑中园亭事。庶几：差不多。渊明思亲友：陶渊明有《停云》诗四首，自谓系"思亲友"之作。词为"停云"山水而赋，更仿渊明《停云》诗意，颇类词中《停云》。"交游零落"，点明思友题旨。"白发"应"甚衰"，"一笑"自含悲凉。以下引青山为知音，曲笔传意。换头自况渊明风味，谓渊明为知酒之妙理者。继之抨击江左"清流"，实借古讽今。由今而念及国事身世，悲愤不禁，遂生"叫起风云"狂态。无奈古人无由见吾狂，而今人知我者，无非"二三子"而已。

588

〔２〕"甚矣"句：《论语·述而》："甚矣吾衰矣，久矣吾不复梦见周公。"

〔３〕"白发"句：李白《秋浦歌》："白发三千丈，缘愁似个长。"

〔４〕"问何物"句：《世说新语·宠礼篇》称王珣、郗超并有奇才，为大司马桓温所赏识。人曰此二人"能令公喜，能令公怒。"辛词借用其语。公，稼轩自称。

〔５〕妩媚：状青山秀丽美好。此借用唐太宗赞赏魏征语："人言征举动疏慢，我但见其妩媚耳。"（《新唐书·魏征传》）应如是：也应如此。

〔６〕"一尊"三句：谓对酒思友，颇类陶渊明赋《停云》风味。陶渊明《停云》诗："静寄东轩，春醪独抚。良朋悠悠，搔首延伫。"搔首，挠头，烦急貌。

〔７〕"江左"二句：江左名士饮酒沽名，岂知酒中妙理。此指南朝那些纵酒放浪的名士清流。苏轼《和陶潜饮酒诗》："江左风流人，醉中亦求名。"江左，长江以东。晋室南渡，东晋及宋、齐、梁、陈相继建都金陵，占江左一带，史称南朝。浊醪(láo 牢)，浊酒。

〔８〕云飞风起：暗用汉高祖刘邦《大风歌》诗："大风起兮云飞扬，威加海内兮归故乡，安得猛士兮守四方。"

〔９〕"不恨"二句：袭用南朝张融语："不恨我不见古人，所恨古人不见我。"（《南史·张融传》）狂，指愤世嫉俗的狂态。

〔１０〕二三子：借用孔子称学生语，指知心友人。

水 调 歌 头

赵昌父七月望日用东坡韵叙太白、东坡事见寄，过相褒借，且有秋水之约；八月十四日余卧病博山寺中，因用韵为谢，兼寄吴子似〔１〕。

我志在寥阔，畴昔梦登天〔２〕。摩挲素月，人世俛仰已千年[3]。有客骖鸾并凤,云遇青山赤壁,相约上高寒[4]。酌酒援北斗,我亦虱其间[5]。　　少歌曰[6]:"神甚放,形则眠[7]。鸿鹄一再高举,天地睹方圆[8]。"欲重歌兮梦觉,推枕惘然独念:人事底亏全[9]?有美人可语,秋水隔婵娟[10]。

〔1〕词作于闲居瓢泉时期。赵昌父:名蕃,字昌父,家居信州玉山之章泉,世称章泉先生,工诗,与稼轩诗词唱和,稼轩称其"情味好,语言工"(《鹧鸪天·和章泉赵昌父》)。望日:阴历十五称望日。用东坡韵:指用苏轼《水调歌头》中秋词的韵脚。叙太白、东坡事:未见赵昌父原词,其事不详。参阅本篇注〔4〕。过相褒借:对我赞扬过甚。秋水之约:约会于瓢泉秋水堂。博山寺:《据广丰县志》,博山寺在广丰县西南,本名能仁寺,五代时由天台韶国师开山。南宋绍兴年间有悟本禅师奉诏开堂。稼轩曾为之作记。吴子似:吴绍古,字子似,江西鄱阳人,时任铅山县尉。有史才,并善诗。与稼轩交往颇密,常相唱和。此词情韵略似东坡中秋词。词以"梦登天"领起,以下直至"天地方圆",皆梦境仙境。邀太白偕东坡直上高寒,援北斗而饮,敞胸怀而歌,人间何来此乐?形眠神驰,鸿鹄凌霄,一览天地方圆,诚屈子上下求索之意。知词人承《离骚》馀韵,继太白、东坡遗风,着力于精神追求和理想探索。梦觉惘然一问,深沉中见悲凉。结韵应题,思念友人。

〔2〕"我志"二句:向往神游太空,昨晚梦中登天。寥阔,即寥廓,此指宇宙太空。畴(chóu仇)昔,昨晚。昔通"夕"。畴,助词无义。《楚辞·九章》:"昔余梦登天兮。"

〔3〕"摩挲"二句:揽月俯仰之间,人世已过千年。摩挲:抚摸。俛仰:即俯仰,抬头低头之间。俛,是"俯"的异体字。

〔4〕"有客"三句:客约李白、苏轼登月游赏。按:此当为题序"叙太白、东坡事"中的一部分。客,指赵昌父。骖(cān参),古代驾车位于两旁的马。句谓以鸾凤为"骖",即乘鸾御凤。云,说。青山,指李白。李白死后葬于青山(在今安徽当涂)。赤壁,指苏轼。苏轼贬黄州时,作赤壁游,并有词(《念奴娇·赤

壁怀古》)赋(前后《赤壁赋》)名世。高寒,指月宫。苏轼《水调歌头》中秋词:"我欲乘风归去,惟恐琼楼玉宇,高处不胜寒。"

〔5〕"酌酒"二句:以北斗为勺畅饮,我有幸厕身其间。《楚辞·九歌》:"援北斗兮酌桂浆。"援,拿。虱其间,韩愈《泷吏》:"不知官在朝,有益国家否。得无虱其间,不武亦不文。"虱,作动词,意谓无才而渺小,不配与他人为伍。

〔6〕少歌:小声吟唱。《楚辞·九章·抽思》:"少歌曰:与美人之抽思兮。"王逸注:"小唫(吟)讴谣以乐志也。"少,亦作"小"。

〔7〕"神甚放"二句:形体虽眠,神魂却自由腾飞。

〔8〕"鸿鹄"二句:神魂如鸿鹄不断腾飞,欲看天地是方是圆。此化用贾谊《惜誓》:"黄鹄之一举兮,知山川之纡曲;再举兮睹天地之圆方。"鸿鹄(hú hú),大雁,天鹅。古人常合二为一,指能展翅高飞的大鸟。鹄,亦称黄鹄。

〔9〕"欲重歌"三句:梦觉深思,人事何以有亏有全?苏轼《谢苏自之惠酒》:"醉者坠车庄生言,全酒未若全于天。达人本是不亏缺,何暇更求全处全。"重歌,再唱。惘然,若有所失貌,疑惑不解貌。底,为什么。亏全,缺损与圆满。

〔10〕"有美人"二句:纵有知己可语,但有漫漫秋水相隔之憾。杜甫《寄韩谏议》诗:"美人娟娟隔秋水。"美人,指知友,即指赵昌父、吴子似。娟娟,姿容美好。

鹧 鸪 天[1]

石壁虚云积渐高,溪声绕屋几周遭[2]。自从一雨花零落,却爱微风草动摇。　　呼玉友,荐溪毛,殷勤野客苦相邀[3]。杖藜忽避行人去,认是翁来却过桥[4]。

〔1〕 词作于闲居瓢泉时期。词犹村居小唱,富田舍风味,农家情趣。上片写景,客途所见,虽是暮春景象,却无伤春意绪。下片野老招宴,野蔬薄酒,淳朴好客。结韵写野老心理情态妙甚:桥头迎客,老眼昏花,误几回将行人作客。今回又待避去,但细认之下,确是辛翁,遂挂杖过桥,热诚迎迓。寥寥十四字,一波三折,传神并饶谐趣。

〔2〕 "石壁"二句:白云笼山,溪水绕屋。石壁,陡峭山崖。周遭,周围。刘禹锡《石头城》:"山围故国周遭在。"

〔3〕 "呼玉友"三句:野老相邀作客。玉友,一种米制的白酒。《珊瑚钩诗话》:"以糯米药曲作白醪,号玉友。"荐,奉献。溪毛,一种生于涧边溪畔的野菜。

〔4〕 杖藜:借指拄杖的野老。翁:指作者。

归 朝 欢

题赵晋臣敷文积翠岩[1]

我笑共工缘底怒,触断峨峨天一柱[2]。补天又笑女娲忙,却将此石投闲处[3]。野烟荒草路。先生拄杖来看汝[4]。倚苍苔,摩挲试问:千古几风雨[5]? 长被儿童敲火苦,时有牛羊磨角去[6]。霍然千丈翠岩屏,锵然一滴甘泉乳[7]。结亭三四五。会相暖热携歌舞[8]。细思量:古来寒士,不遇有时遇[9]。

〔1〕 词作于庆元六年(1200),时稼轩罢居瓢泉。赵晋臣敷文:赵不遇,字晋臣,江西铅山人。时罢职家居,与稼轩过从甚密,彼此多有唱和。赵曾为敷文

阁学士,故称以"敷文"。积翠岩:当在上饶。"题"字可能为"和"字之误。词托物寄意,既想象奇特浪漫,又植根现实,感情深厚。起处借神话传说,谓友人虽具擎天之材,终无补天之用。牧儿敲火,牛羊磨角,岂止冷落无闻,自有不堪明言之苦。"霍然"以下,陡然振起,千丈翠屏大放异彩,终为时人所识。结韵一石三鸟:概言古来怀才不遇人事;谓友人赵不遇终有际遇之时;自叹今生未必"有时遇"。

〔2〕"我笑"二句:据《史记·(司马贞)补三皇本纪》,女娲氏末年,部族首领共工与祝融交战。兵败,怒触不周山,以致天柱折倒,地维断裂。缘底,为何。天一柱:即天柱,俗称擎天柱。

〔3〕"补天"二句:承上句意,共工怒触不周山,天崩地裂,女娲遂炼五色石以补天。此石,女娲补天之石,即指积翠岩。

〔4〕先生:作者自谓。汝:指积翠岩。

〔5〕"倚苍苔"三句:问积翠岩千百年来,历经几多风雨侵蚀。摩挲,抚摸。

〔6〕"长被"二句:韩愈《石鼓歌》:"牧童敲火牛砺角,谁复着手为摩挲。"辛词借其意,谓牧童敲火(击石取火),牛羊磨角,积翠岩不胜骚扰。

〔7〕"霍然"二句:谓积翠岩忽然大放异彩。锵然:金属撞击声,此状甘泉滴落声响。

〔8〕"结亭"二句:待春回大地,结亭相娱。携歌舞,指携来歌儿舞女。

〔9〕"细思量"三句:古来寒士不遇者也能偶逢际遇。不遇,指怀才不遇,古人多有不遇之叹,如董仲舒作《士不遇赋》,司马迁有《悲士不遇赋》,陶潜有《感士不遇赋》。赵晋臣名不遇,故稼轩有此语。

夜 游 宫

苦 俗 客[1]

几个相知可喜[2],才厮见、说山说水[3]。颠倒烂熟只这是[4]。怎奈向[5],一回说,一回美。　　有个尖新底[6],说底话、非名即利。说得口干罪过你[7]。且不罪[8];俺略起,去洗耳[9]。

〔1〕 词疑作于庆元六年(1200),时稼轩闲居瓢泉。苦俗客即苦于俗客的骚扰。词亦讽刺小品。或谓上片言高士,下片言俗客。当非。题为"苦俗客",说明专指俗客。上片当是讽嘲故作清高、附庸风雅之俗客。下片则谓俗中之最,尤不足与语,唯离坐洗耳。词为"俗客"画像,又紧扣一个"苦"字,以抒高洁胸怀。通篇冷讽热嘲,语辞浅俗俏皮,流畅犀利。

〔2〕 相知:犹言相好的。

〔3〕 厮见:相见。

〔4〕 只这是:只是这一些。指说来说去老一套。

〔5〕 怎奈向:怎么办,此宋人习用口语。向,语尾助词,加强语气。

〔6〕 尖新底:别致的,特殊的。底,犹今之"的"。

〔7〕 罪过:难为,多谢。今江苏北部仍用此语。词人于此作反语,有讽嘲意。

〔8〕 不罪:不责怪。

〔9〕 洗耳:今言"洗耳恭听",表示对说话人的恭敬。此处相反,表示厌闻其语。据《高士传》,古代著名隐士许由洗耳于颍水之滨。其友巢父问其故,许

由对曰:"尧欲召我为九州长,恶闻其声,是故洗耳。"

鹧 鸪 天

有客慨然谈功名,因念少年时事,戏作[1]。

壮岁旌旗拥万夫,锦襜突骑渡江初[2]。燕兵夜娖银胡䩮,汉箭朝飞金仆姑[3]。　　追往事,叹今吾,春风不染白髭须[4]。却将万字平戎策,换得东家种树书[5]。

〔1〕词约作于庆元六年(1200),时稼轩罢居瓢泉。少年时事指青年时代抗金生涯。稼轩生于北地,绍兴三十一年(1161),金主完颜亮大举南侵。时稼轩二十二岁,聚众起义,后归耿京,为掌书记。次年春,奉表归宋,于北返海州途中,闻叛将张安国杀耿投金。遂率轻骑五十馀夜袭金营,捉叛张而兼程南渡,献俘朝廷(见《宋史》本传)。时人洪迈《稼轩记》评曰:"壮声英概,懦士为之兴起,圣天子一见三叹息。"词以"有客慨然谈功名"起兴,上片即回忆此段英雄往事,是以挥笔写来,境阔情豪,读之令人振奋。下片起二句抚今追昔,抒发现实感慨。结韵写出南渡后的壮心抱负和落寞处境,于诙谐幽默中见牢骚悲愤。上片"追往事",下片"叹今吾",今昔对照,讥刺时政和不甘终老田园之意甚明。

〔2〕"壮岁"二句:回忆当年率众起义、突骑渡江情景。万夫,指抗金义士。黄庭坚《送范德孺知庆州》诗:"春风旌旗拥万夫。"锦襜(chān 掺),锦衣。襜,短上衣。渡江,指南渡归宋。

〔3〕"燕兵"二句:描叙夜袭金营、活捉叛将场面。燕兵,北兵,即指义军。银胡䩮(lù 陆),饰银的箭袋,多用皮革制成。既用以盛箭,兼用于夜测远处声响。唐人杜佑《通典·守拒法》:"令人枕空胡䩮卧,有人马行三十里外,东西南

北皆响于胡騄中,名曰'地听',则先防备。"娖,同"捉",把握,整顿。金仆姑,箭名。据《左传·庄公十八年》载,鲁庄公曾用此箭射伤宋国大将军南宫长万。按:或谓上片仅写首次南渡事。言稼轩一行奉表至扬州,正值金主亮被部下射杀。稼轩等乘兵乱之际,冲过敌阵而渡江南去。

〔4〕"春风"句:言时不我待,少时不再。欧阳修《圣无忧》词:"春风不染髭须。"髭(zī资)须,胡须。

〔5〕"却将"二句:空有壮志宏略,只能种树田园。万字平戎策,指抗金复国良策。按:稼轩南归后,曾先后上《美芹十论》和《九议》,力陈抗金谋略,故有此叹。东家,东邻家。种树书,研究栽培树木的书籍。《史记·秦始皇本纪》记始皇焚书"所不去者,医药、卜筮、种树之书"。此喻归隐。韩愈《送石洪》诗:"长把种树书,人云避世士。"

粉 蝶 儿

和赵晋臣敷文赋落梅[1]

昨日春如、十三女儿学绣,一枝枝、不教花瘦[2]。甚无情,便下得,雨僝风僽[3]。向园林、铺作地衣红绉[4]。　　而今春似,轻薄浪子难久[5]。记前时、送春归后,把春波,都酿作,一江醇酎[6]。约清愁,杨柳岸边相候。

〔1〕作期同上。赵晋臣,稼轩友人,曾为敷文阁学士。词乃赋花惜春,婉约明丽,质朴俚俗,堪谓雅俗互济。一起用写昨日之春,拟人比喻并用,想象出人意表。"甚无情"以下,写出今日落梅遍园景象。下片承上写春归,又由春归难留而忆及日前送春情景。拟将片片落红酿作一江浓酒,设想奇丽。

〔2〕"昨日"二句：昨日春光浓郁，梅花灿烂怒放。学绣，初学绣花。

〔3〕"甚无情"三句：谓风雨摧梅。甚，真。下得，忍得。僝僽(chán zhòu 禅宙)，折磨。

〔4〕"向园林"句：言落花满园，似红毯铺地。地衣，地毯。绉，绉纹。

〔5〕"而今"二句：言春光短暂难留。

〔6〕醇酎(zhòu 宙)：纯正浓厚的酒。

喜 迁 莺

谢赵晋臣敷文赋芙蓉词见寿，用韵为谢〔1〕。

暑风凉月，爱亭亭无数，绿衣持节〔2〕。掩冉如羞，参差似妒，拥出芙蓉花发〔3〕。步衬潘娘堪恨，貌比六郎谁洁〔4〕？添白鹭，晚晴时公子，佳人并列〔5〕。　　休说，搴木末；当日灵均，恨与君王别。心阻媒劳，交疏怨极，恩不甚兮轻绝〔6〕。千古离骚文字，芳至今犹未歇〔7〕。都休问，但千杯快饮，露荷翻叶〔8〕。

〔1〕词作于闲居瓢泉时期。芙蓉：一名芙蕖，即荷花。见寿即祝寿。词咏物抒情。上片咏荷，用"爱"字领起五句正面咏荷文字，"步衬"以下，衬托之笔。下片抒情，化用屈原诗意，不胜同情与赞颂。结韵千杯豪饮，既巧扣咏荷题面，更将自身牢骚不平之气一吐而尽。此词善用事，潘、张以貌美而得宠于君主，屈原则以质洁而见逐于楚王，两相对照，词人用心灼然。

〔2〕"暑风"三句：言荷叶亭亭玉立，似绿衣使者持节鹄立。亭亭，挺拔娇好貌。宋人周敦颐《爱莲说》："中通外直，不蔓不枝，香远益清，亭亭净植。"节，

符节,古代使臣用以证明身份的信物。

〔3〕掩冉如羞:如少女含羞,闪隐于绿叶之间。参差似妒:参差错落,似怀妒意而争美赛艳。

〔4〕"步衬"二句:以人拟花,言其羞与潘妃为伍,远胜六郎高洁。步衬潘娘,《南史·齐东昏侯记》:"凿金为莲花,以帖地,令潘妃行其上,曰:'此步步生莲花也。'"貌比六郎,《新唐书·杨再思传》:"张昌宗以姿貌幸,再思每曰:'人言六郎似莲花,非也;正谓莲花似六郎耳。'其巧谀无耻类如此。"按:唐时张昌宗、张易之以姿容见幸于武后,贵震天下,众人竞相献媚,时人呼张易之为五郎,呼张昌宗为六郎。

〔5〕"添白鹭"三句:言白鹭飞来与芙蓉为侣,似公子佳人并肩比立。按:白鹭通体皆白,象征纯洁无邪,超尘忘机。谢惠连《白鹭赋》:"表弗缁之素质,挺乐水之奇心。"又,白鹭风度翩翩,仪表俊逸。杜牧《晚晴赋》:"白鹭忽来,似风标之公子。"辛词取杜赋字面而兼含二义。

〔6〕"休说"七句:化用屈原《九歌·湘君》诗意:"采薜荔兮水中,搴芙蓉兮木末;心不同兮媒劳,恩不甚兮轻绝。"意谓男女双方心念不一,犹如入水采香草,缘木摘芙蓉,媒使必徒劳往返。即便勉强结合,也因情浅而易决裂。屈原用以隐喻亲佞远贤,失信于己。稼轩则借此隐寄身世之慨。搴(qiān 千),拔取。木末,树梢。灵均,屈原字灵均。心阻媒劳,心有阻隔,徒劳媒使。

〔7〕"千古"二句:谓《离骚》流芳千古。

〔8〕露荷翻叶:殷英童《咏采莲》诗:"藕丝牵作缕,莲叶捧成杯。"辛词以荷叶喻杯,叶上露珠喻酒,此句谓倾杯豪饮。

千 年 调

开山径得石壁,因名曰"苍壁"。事出望外,意天之所赐邪,喜而赋〔1〕。

左手把青霓,右手挟明月。吾使丰隆前导,叫开阊阖[2]。周游上下,径入寥天一[3]。览玄圃,万斛泉,千丈石[4]。

钧天广乐,燕我瑶之席[5]。帝饮予觞甚乐[6],赐汝苍壁。嶙峋突兀,正在一丘壑[7]。余马怀,仆夫悲,下恍惚[8]。

〔1〕词作于闲居瓢泉时期。词以天赐石壁起兴,主要化用屈原《离骚》诗意,不唯仰慕,亦以自况。大则取其上下求索、追求理想本意,小则超尘脱世,排遣人间郁闷。因是游仙词,故神奇虚幻,极富浪漫色彩。但终不肯绝然仙去,表现出对人间故国无限眷恋之情,此正稼轩神似屈子处。

〔2〕"左手"四句:想象自己飞升天庭情景。青霓,虹霓。丰隆,雷神。《离骚》:"吾令丰隆乘云兮。"阊阖,天门。《离骚》:"吾令帝阍开关兮,倚阊阖而望予。"

〔3〕"周游"二句:言周游太空,直入天之最高处。周游上下,《离骚》:"及余饰之方壮兮,周流观乎上下。"寥天一,空虚浑然一体的高天。《庄子·大宗师》:"安排而去化,乃入于寥天一。"

〔4〕"览玄圃"三句:游赏神山仙景。玄圃,即悬圃,神山,也泛指仙境,传说在昆仑山上。《离骚》:"朝发轫于苍梧兮,夕余至乎县(同"悬")圃。"

〔5〕"钧天"二句:言天帝用乐仙设宴款待我。钧天广乐,天上仙乐。《史记·赵世家》记赵简子曾梦游天都,与百神共赏钧天广乐。燕,同"宴",宴饮。瑶,瑶池。传说中的仙池,为群仙宴饮之所,亦在昆仑山上。

〔6〕饮(yìn印)予:请我饮酒。饮,作使动词。

〔7〕"嶙峋"二句:言天帝所赐苍壁正在瓢泉山水间。嶙峋(lín xún林旬)突兀,形容苍壁重叠高耸。一丘壑,即一山一水,此指词人隐居处瓢泉。

〔8〕"余马怀"三句:谓己由天上返回人间。《离骚》:"仆夫悲余马怀兮,蜷局顾而不行。"王逸注:"屈原设去世离俗,周天匝地,意不忘旧乡,忽望见楚国,仆御悲感,我马思归,蜷局诘屈而不肯行。此终志不去,以词自见,以义自明

也。"余马怀,我的马因怀乡而不肯前行。仆夫悲,我的驾车人也因思家而悲伤。

临 江 仙

苍壁初开,传闻过实,客有来观者,意其如积翠、清风、岩石、玲珑之胜。既见之,乃独为是突兀而止也,大笑而去。主人戏下一转语,为苍壁解嘲[1]。

莫笑吾家苍壁小,棱层势欲摩空[2]。相知唯有主人翁,有心雄泰华,无意巧玲珑[3]。　　天作高山谁得料,解嘲试倩扬雄[4]。君看当日仲尼穷,从人贤子贡,自欲学周公[5]。

[1] 词作于闲居瓢泉时期。"意其"句,猜度苍壁有积翠诸岩石之绝胜风光。突兀,指高耸石壁,即谓苍壁。转语,禅家机转之语,即随机宜而转变辞锋。与上篇同为"苍壁"而赋,堪称姐妹篇。上篇纯系幻想,此篇则由现实而发。上片通过鲜明对照,"有心"两句,展现词人不同流俗之审美观和不甘人后的奇志壮怀。下片再就古今人事加以评说。孔丘生时不为人知,但终成千古一圣;天赐苍壁,何愁初始不为人识。通篇托物寄意,抒情明志。

[2] 棱层:山石高险貌。摩空:上摩青天。

[3] "有心"二句:言无意追求小巧玲珑之美,有心与泰山、华岳争雄。按:玲珑,亦指词序中的玲珑山。

[4] "天作"二句:谁能理解天赐此壁,唯请扬雄驳难解嘲。扬雄:西汉著名赋家。有人讥其著书无用,乃作《解嘲》以辩驳。此借为苍壁辩驳。

[5] "君看"三句:谓孔子生时并非得意,从而为苍壁初不为人所识解嘲。

仲尼,孔子名丘,字仲尼。穷,穷困潦倒。从人贤子贡,《论语·子张》:"叔孙武叔语大夫于朝曰:'子贡贤于仲尼。'"从人,门生,徒弟。子贡,孔子的学生,复姓端木,名赐,字子贡。周公,西周初年著名政治家,是孔子儒家学派心目中的理想人物。

贺　新　郎

别茂嘉十二弟。鹈鸠、杜鹃实两种,见《离骚补注》[1]。

绿树听鹈鸠。更那堪、鹧鸪声住,杜鹃声切[2]。啼到春归无寻处,苦恨芳菲都歇[3]。算未抵、人间离别。马上琵琶关塞黑,更长门、翠辇辞金阙[4]。看燕燕,送归妾[5]。

将军百战身名裂。向河梁、回头万里,故人长绝[6]。易水萧萧西风冷,满座衣冠似雪。正壮士、悲歌未彻[7]。啼鸟还知如许恨[8],料不啼、清泪长啼血。谁共我,醉明月[9]。

〔1〕词作于闲居瓢泉时期。茂嘉,稼轩族弟,生平不详。据刘过《沁园春·送辛稼轩弟赴桂林官》词意,当是抗金忠爱之士。时调茂嘉赴桂林,稼轩有二词赋别(另一首为《永遇乐·戏赋辛字,送茂嘉十二弟赴调》)。《离骚补注》:宋人洪兴祖著,谓"子规、鹈鸠二物也"。此词叠用四事,前二事薄命女子,后二事失败英雄,均属生离死别,且关涉家国命运,足见词人并不囿于兄弟情谊,而是暗寓家国兴亡之感。通篇既文思跳荡,又章法井然。词以啼鸟兴起,又以啼鸟束住,中间叠用故实曲笔传情。结韵翻出送人本旨,旋可旋收,且情境兼胜,沉郁苍凉。或谓此江淹《恨赋》笔法,或谓源出唐诗"赋得体";然一旦用于

词体,便成创格。

〔2〕 鹈鴂(tíjué 题决)、杜鹃、鸱鴂:三鸟啼声皆悲,故言"更那堪",谓不忍闻其啼声,以增离别之悲。

〔3〕 "啼到"二句:谓鸟啼悲切,恨花尽春去。《离骚》:"恐鹈鴂之先鸣兮,使夫百草为之不芳。"按:《广韵》称鹈鴂"春分鸣则众芳生,秋分鸣则众芳歇"。

〔4〕 "马上"二句:言昭君出塞别汉。王昭君名嫱,汉元帝宫女,因和亲赐嫁匈奴王呼韩单于。马上琵琶,谓在琵琶声中远离故国。石崇《王明君辞序》:"昔公主嫁乌孙,令琵琶马上作乐,以慰其道路之思。其送明君,亦必尔也。"李商隐《王昭君》诗:"马上琵琶行万里,汉宫长有隔生春。"长门,汉武帝曾废陈皇后于长门宫,后泛指冷宫,即失意后妃所居之地。此承上句意,言昭君辞汉。按:或谓此即用长门本事,与昭君无涉,即以为此二句分言二事。翠辇(niǎn 捻),用翠羽装饰的宫车。

〔5〕 "看燕燕"二句:用庄姜送归妾事以喻别离。燕燕,《诗经·邶风》有《燕燕》诗:"燕燕于飞,差池其羽,之子于归,远送于野。"《毛传》以为此"卫庄姜送归妾也。"据《左传·隐公三年、四年》:卫庄公妻庄姜无子,以庄公妾戴妫之子完为子。完即位未久,政变中被杀,戴妫遂被遣返。庄姜远送于野,作《燕燕》诗以别。

〔6〕 "将军"三句:言李陵别苏武。李陵,汉武帝时抗击匈奴名将,曾以五千之众对十万敌军,兵尽粮绝而终降匈奴,故辛词谓"身名裂"。苏武,亦西汉武帝时人。出使匈奴,羁北不降,北海牧羊十九年持节不屈,终得返汉。苏武归汉,李陵饯别河梁。《文选》载李陵《与苏武》诗:"携手上河梁,游子暮何之。"又,《汉书·苏武传》载李陵送别语:"异域之人,一别长绝。"故人,指苏武。长绝,永别。

〔7〕 "易水"三句:言荆轲离燕赴秦。据《史记·刺客列传》和《战国策·燕策》,战国末年,燕太子丹命荆轲入秦刺杀秦王。行前,太子丹及众宾客相送于易水之上。高渐离击筑,荆轲和乐而歌:"风萧萧兮易水寒,壮士一去兮不复还。"歌声慷慨悲壮,送者无不为之动容。易水,在今河北易县。衣冠似雪,指送行者皆白衣素服。悲歌,即指《易水歌》。

〔8〕如许恨:即指上述种种人间离别之恨。
〔9〕"谁共我"二句:点明主旨,谓与族弟别后孤独无伴。

西 江 月

示儿曹,以家事付之〔1〕

万事云烟忽过,百年蒲柳先衰〔2〕。而今何事最相宜?宜醉宜游宜睡。　　早趁催科了纳〔3〕,更量出入收支。乃翁依旧管些儿〔4〕:管竹管山管水。

〔1〕词作于闲居瓢泉时期。儿曹,此指自家儿辈。琐细家事,信笔写来,平易自然。"三宜""三管",狂放不羁,清雅洒脱,且富幽默情趣。然细味发端两句:既参悟人生,却又自伤临秋先衰;可见仍有块垒在胸。

〔2〕蒲柳先衰:蒲与柳入秋落叶较早,以喻人之早衰。《世说新语·言语篇》:"顾悦与简文同年而发早白。简文曰:'卿何以先白?'对曰:'蒲柳之姿,望秋而落;松柏之质,经霜弥茂。'"

〔3〕"早趁"句:不待官府催促,早早纳却赋税。

〔4〕乃翁:你的父亲,作者自谓。

永遇乐

京口北固亭怀古[1]

千古江山,英雄无觅,孙仲谋处。舞榭歌台,风流总被,雨打风吹去[2]。斜阳草树,寻常巷陌,人道寄奴曾住。想当年,金戈铁马,气吞万里如虎[3]。　　元嘉草草,封狼居胥,赢得仓皇北顾[4]。四十三年,望中犹记,烽火扬州路[5]。可堪回首,佛狸祠下,一片神鸦社鼓[6]。凭谁问:廉颇老矣,尚能饭否[7]?

[1] 词作于开禧元年(1205),时稼轩在镇江知府任上。京口,今江苏镇江。北固亭,在镇江城北北固山上。北固山下临长江,回岭绝壁,形势险固。晋蔡谟筑楼山上,名北固楼,亦称北固亭。此词起笔颇似东坡"大江东去"。然坡词慷慨其外,超然其内,犹诗人之词;辛词则临战请缨,全然沉郁悲壮,确乎英雄之词。词虽通篇用事,然不唯本地风光人物,用来贴切,且善将故实融于生动的描叙之中,更手法多变:怀孙权,从"舞榭歌台"无觅处立意,念寄奴,则从"寻常巷陌"有迹处落笔;"元嘉草草",明用事,"佛狸祠下",暗用事;"烽火扬州",插入法,而以廉颇自况作结,最为警动。

[2] "千古"六句:怀孙权。千古江山依旧,但英雄及其光辉业绩却为历史风雨吹洗一尽。三国时吴国孙权字仲谋,承父兄基业,曾建都京口(后迁建康),称霸江东,为一代风流人物。舞榭(xiè 谢)歌台,即歌舞楼台,指盛世豪华。

[3] "斜阳"六句:念刘裕。当其北伐中原时,有气吞万里之势,而今人谓

寻常巷陌间遗址犹在。南朝宋武帝刘裕小字寄奴,世居京口。即于京口起事,曾率兵北伐,一度收复大片国土。更削平内战,取晋而称帝,成就一代霸业。

〔4〕"元嘉"三句:谓宋文帝草率北伐,大败而回。元嘉,宋文帝刘义隆(武帝刘裕之子)年号。元嘉二十七年(450),命王玄谟伐北魏,既准备不足,又冒险贪功,败归。草草,草率从事。封狼居胥,汉将霍去病追击匈奴,至狼居胥(在今内蒙古自治区西北),封山(即筑台祭天)而还(见《史记·霍去病传》)。据《宋书·王玄谟传》,宋文帝谓殷景仁曰:"闻玄谟陈说(指陈说北伐之策),使人有封狼居胥意。"仓皇北顾,据《南史·宋文帝纪》,宋文帝北伐失败后,北魏太武帝拓跋焘追至江边,扬言欲渡江南下。宋文帝登楼北望,深悔不已。又,据《宋书·索虏传》,早在元嘉八年(431),宋文帝因滑台失守,诗有"北顾涕交流"之句。按:稼轩于此借古喻今,警告权臣韩侂胄勿率意北伐。韩不从,致有开禧二年(1206)北伐之败。

〔5〕四十三年:稼轩于绍兴三十二年(1162)奉表南渡,至开禧元年(1205)京口任上,正四十三年。烽火扬州:自绍兴三十一年(1161)金兵大举南侵以来,扬州一带烽火不断。路:宋时行政区域以"路"划分,扬州属淮南东路,治所即在扬州。

〔6〕"可堪"三句:谓往事固不堪回首,而今日佛狸祠下一派承平景象,却也令人惊心。佛狸祠,北魏太武帝拓跋焘小字佛狸,当年元嘉之役,他追击宋军至长江北岸瓜步山(今江苏南京六合区东南),并建行宫,后改为佛狸祠。神鸦社鼓,祭神时鼓声震天,乌鸦闻声争食祭品。

〔7〕"凭谁问"三句:以廉颇自况,虽老而雄心犹在,无奈不为朝廷重视。廉颇,战国时期赵国名将,晚年遭人谗害而出奔魏国。后赵王欲起用,先遣使者探其健否。廉颇一饭斗米肉十斤,并披甲上马,以示壮健能战。使者还谎报曰:"廉将军虽老,尚善饭;然与臣坐顷之,三遗矢矣。"赵王遂罢。见《史记·廉颇蔺相如列传》。

南 乡 子

登京口北固亭有怀[1]

何处望神州？满眼风光北固楼[2]。千古兴亡多少事？悠悠。不尽长江滚滚流[3]。　　年少万兜鍪，坐断东南战未休[4]。天下英雄谁敌手？曹刘。生子当如孙仲谋[5]。

〔1〕词作于晚年京口任所。与上篇作于同时同地，同一怀古情怀，但体制不一，手法各异。前篇慢词，以叠层铺叙、纵横议论见长；此篇小令，以简洁明快、自作问答、巧用古语取胜。词上下两结，一借杜诗以眼前景结，一用操语以议论作收，俱水到渠成，浑然天成。尤其下片结拍三句，化用、袭用曹操语意，一气而下，对答如流，倍见功力。

〔2〕"何处"二句：倒装句法：楼头风光无限，但中原故国何在？

〔3〕"千古"三句：感叹千古兴亡无尽无休，一如江水滚滚东流。杜甫《登高》："无边落木萧萧下，不尽长江滚滚来。"

〔4〕"年少"二句：赞美孙权年少英雄，独霸江东。按：孙权十九岁继承父兄基业，故言"年少"。兜鍪(dōu móu 都谋)，头盔，此代指兵士。万兜鍪，犹言千军万马。坐断，占据。

〔5〕"天下"三句：谓当时能与孙权匹敌称雄者，唯曹操与刘备。《三国志·蜀先主传》载，曹操曾与刘备论天下英雄，曰："今天下英雄惟使君(指刘备)与操耳，本初之徒不足数也。"后《三国演义》中"青梅煮酒论英雄"一节即据此。孙仲谋，孙权字仲谋。《三国志·孙权传》注引《吴历》云：曹操尝与孙权对垒，"见舟船、器仗、军伍整肃，喟然叹曰：'生子当如孙仲谋，刘景升儿子若豚犬耳。'"

辛弃疾《南乡子》(何处望神州)

祝英台近

晚　　春[1]

宝钗分,桃叶渡,烟柳暗南浦[2]。怕上层楼,十日九风雨。断肠片片飞红,都无人管;更谁劝、流莺声住。　　鬓边觑。试把花卜归期,才簪又重数[3]。罗帐灯昏,哽咽梦中语:是他春带愁来,春归何处? 却不解、带将愁去[4]。

〔1〕此晚春闺怨词。词以忆昔离别开篇,以下折回现实伤春,怕见风雨送春,怨春匆匆归去,春归人不归。下片极写盼归之情。花卜归期,才簪重数,婉曲深细,神态心理,呼之欲出。哽咽梦语,亦传神之笔:不怨春去人不归,却怨春带愁来,不带愁去,无理而妙。清人沈谦《填词杂说》评曰:"稼轩词以激扬奋厉为工,至'宝钗分,桃叶渡'一曲,昵狎温柔,魂销意尽,才人伎俩,真不可测。"或谓此词比兴寄托,上片喻国事日非,下片喻恢复无期。疑非。

〔2〕"宝钗"三句:忆当年烟柳水滨、分钗留别情景。宝钗分,古有分钗赠别风俗。杜牧《送人》诗:"明镜半边钗一股,此生何处不相逢。"据王明清《玉照新志》,南宋犹盛此风。桃叶渡,南京秦淮河与青溪合流处。《古乐府》注:"王献之爱妾名桃叶,尝渡此,献之作歌送之曰:'桃叶复桃叶,渡江不用楫。但渡无所苦,我自迎接汝。'"后人遂以桃叶渡泛指与恋人分别处。南浦,江淹《别赋》:"送君南浦,伤如之何?"后即以南浦泛谓送别处所。

〔3〕"鬓边"三句:谓思妇以数花瓣占卜行人归期。鬓边觑(qù去),斜视鬓边所插之花。簪,此作动词,犹"插"。重数,再数一回,极言盼归心切。或谓"花卜"之"花"为灯花之省。元郭钰《送远曲》:"归期未定须寄书,误人莫误灯

花卜。"才簪重数者,以簪挑灯花,故与簪及鬓边连称。

〔4〕"是他"三句:稼轩友人赵彦端《鹊桥仙》词:"春愁元是逐春来,却不肯、随春归去。"又,稼轩《满江红》词:"问春归、不肯带愁归,肠千结。"

青玉案

元夕[1]

东风夜放花千树。更吹落,星如雨[2]。宝马雕车香满路。凤箫声动,玉壶光转,一夜鱼龙舞[3]。　　蛾儿雪柳黄金缕,笑语盈盈暗香去[4]。众里寻他千百度,蓦然回首,那人却在,灯火阑珊处[5]。

〔1〕元夕:阴历正月十五之夜,亦称元宵、灯节。上片写景。天、地、空三者融会一气,灯月交辉,光流香溢,喧嚣动荡而如颠似狂、似癫如醉,一派承平欢腾景象浓缩于区区三十三字中,功力非凡。下片由景而人,众女观灯,盛妆丽饰,笑语幽香,实为结韵映衬铺垫,"众里"以下,这才全力一搏,翻出主旨,但仍不正面绘形,"那人"自甘冷落之孤高幽独情怀,却于"灯火阑珊处"深深自见。或谓此词讽喻时局:众人皆醉我独醒;结韵"灯火阑珊",也即《摸鱼儿》"斜阳正在烟柳断肠处"之意。

〔2〕"东风"三句:描绘元夕焰火灿烂。宋人周密《武林旧事》谓临安元夕:"宫漏既深,始宣放焰火百馀架,于是乐声四起,烛影纵横,而驾始还矣。大率效宣和盛际,愈加精妙。"句谓焰火乍放如东风吹开千树火花,落时又如东风吹洒满天星雨。按:一说"花树"、"星雨",指树上彩灯和空中灯球。

〔3〕"凤箫"三句:乐声四起,鱼龙飞舞,彻夜狂欢。凤箫,箫声若凤鸣,以

凤箫美称之。此泛指音乐。玉壶,喻月,言月冰清玉洁。按:一说指白玉制成的灯。光转,指月光移转。鱼龙,鱼龙舞原是汉代"百戏"的一种(参见《汉书·西域传赞》),此当指鱼龙状的灯。舞,作动词。

〔4〕"蛾儿"二句:写观灯女子盛妆情态。《宣和遗事》载北宋汴京元夕:"京师民有似雪浪,尽头上带着玉梅、雪柳、闹蛾儿,直到鳌山下看灯。"《武林旧事》记南宋临安元夕:"妇人皆戴珠翠、闹蛾、玉梅、雪柳……而衣多尚白,盖月下所宜也。"蛾儿、雪柳:宋代妇女元夕头饰,谓盛妆出游。李清照《永遇乐》词:"记得偏重三五。铺翠冠儿,捻金雪柳,簇带争济楚。"捻金雪柳,即雪柳黄金缕,一种以金为饰的雪柳。按:或谓两句写词人偶遇之观灯女子,即下文的"那人"。

〔5〕"众里"四句:梁启超《艺蘅馆词选》称:"自怜幽独,伤心人别有怀抱。"王国维《人间词话》则引申为"古今之成大事业、大学问者必经过三种境界"中之"第三种境界"。意为经过漫长的孜孜以求,终有所发现,获得成功。灯火阑珊处,灯火零落稀少处。

木兰花慢

中秋饮酒将旦,客谓前人诗词有赋待月,无送月者,因用《天问》体赋[1]。

可怜今夕月,向何处、去悠悠[2]?是别有人间,那边才见,光影东头[3]?是天外,空汗漫,但长风浩浩送中秋[4]?飞镜无根谁系[5]?姮娥不嫁谁留[6]? 谓经海底问无由,恍惚使人愁[7]。怕万里长鲸,纵横触破,玉殿琼楼[8]。虾蟆故堪浴水,问云何玉兔解沉浮[9]?若道都齐无恙,云何渐渐如钩[10]？

〔1〕将旦：天色将晓。《天问》：屈原所作。作者向天发出奇问，共一百七十多问，所问兼及自然与社会，显示勇于探索的精神。及唐，有柳宗元作《天对》，对《天问》之问逐一作答。辛弃仿《天问》体，一气九问。此词咏月，卓有创新。其一，前此有待月诗，而无送月诗。其二，引《天问》体入词。其三，《天问》问月者仅二，辛词不仅九问，且"词人想象，直悟月轮绕地球之理，与科学家密合，可谓神悟"（王国维《人间词话》）。其四，善想象，富描绘，丰美瑰丽，把对天宇的探索和神话传说熔为一炉，而又自出新境。有此四创，故弥足珍贵。

〔2〕"可怜"二句：一问。月亮悠悠西行，欲归何处？可怜，可爱。

〔3〕"是别有"三句：二问。是否西天极处别有人间，是月亮西落而又由那边人间东升？光影，指月亮。

〔4〕"是天外"三句：三问。太空浩渺，月亮运行是否凭借浩荡秋风？空汗漫，空虚莫测，广大无际。

〔5〕"飞镜"句：四问：月如飞镜无根，谁用绳索悬系太空？李白《拟古》："长绳难系日。"

〔6〕"姮娥"句：五问。月中嫦娥千秋不嫁，是谁殷勤相留？姮（héng横）娥，月里嫦娥。神话谓其偷食丈夫后羿仙药，乘风奔月，从此永居月宫。

〔7〕"谓经"二句：六问。若谓月亮西经海底而东升，则更无从问询。恍惚，谓此说迷离恍惚，不可捉摸。

〔8〕"怕万里"三句：七问。若谓月亮真个行经海底，则月中玉殿琼楼怎不为海中长鲸冲破撞坏？玉殿琼楼，神话谓月中自有"琼楼玉宇灿然"（《拾遗记》），故俗称"月宫"。

〔9〕"虾蟆"二句：八问。月中虾蟆固然会戏水，但玉兔何以能在水中自由沉浮？神话谓月宫中有金蟾戏水，白兔捣药。故堪，固然能。

〔10〕"若道"二句：九问。若谓月亮完好无损，则何以圆月渐如银钩。按：此指月亮盈亏圆缺的变化。

水 龙 吟[1]

老来曾识渊明,梦中一见参差是[2]。觉来幽恨,停觞不御[3],欲歌还止。白发西风,折腰五斗,不应堪此[4]。问北窗高卧,东篱自醉,应别有,归来意[5]。　　须信此翁未死,到如今凛然生气[6]。吾侪心事,古今长在,高山流水[7]。富贵他年,直饶未免,也应无味[8]。甚东山何事,当时也道,为苍生起[9]。

〔1〕 稼轩咏陶词大都作于闲居瓢泉时期,细味词意,可能作于仕闽前夕。稼轩咏陶词以此首对陶评价最高,体验最深切。"老来曾识",饱经沧桑之言。梦见梦觉,极写思慕景仰之情。挂冠归里,夏卧北窗,秋醉东篱,亦非"浑身静穆",此中应别有深意。陶翁虽死犹生,千载之下,正可引为异代知音。以下抒怀明志,宁田园终老,不同流合污;即便出山再仕,亦不求个人荣华,但愿解民倒悬。

〔2〕 渊明:西晋大诗人陶潜字渊明。参差:仿佛。

〔3〕 停觞(shāng商)不御:停杯不饮。御:用,进,此引申为饮。

〔4〕 "白发"三句:谓陶潜不堪"折腰"之耻,辞官归隐。折腰五斗,陶为彭泽县令,不堪官场礼仪,曰:"吾不能为五斗米折腰,向乡里小人。"遂解印去职,并赋《归去来辞》明志。见《晋书·陶潜传》。

〔5〕 "问北窗"四句:谓陶潜辞官归隐,非一味醉心飘逸静穆,自当别有深意。北窗高卧,陶潜《与子俨等书》:"常言五、六月中,北窗下卧,遇凉风暂至,自谓是羲皇上人。"东篱自醉,谓对酒赏菊。陶潜《饮酒》:"采菊东篱下。"

〔6〕 "须信"二句:借用《世说新语·品藻篇》庾道季语:"廉颇、蔺相如虽

千载上死人,凛凛恒如有生气。"凛然,严肃貌,令人敬畏貌。

〔7〕"吾侪"三句:言与陶潜心心相通,异代知音。吾侪(chái柴),吾辈。高山流水,喻知音。伯牙善琴,寓情高山流水,唯钟子期为知音。子期死,伯牙终身不复抚琴。见《吕氏春秋·本味》。

〔8〕"富贵"三句:即便他年为官富贵,如不能免俗,也应无味。富贵未免,用谢安语。谢安未仕前,弟兄有富贵者,倾动乡里。刘夫人戏谓安曰:"大丈夫不当如此乎?"谢安曰:"但恐不免耳。"见《世说新语·排调篇》。直饶,即使,纵然。

〔9〕"甚东山"三句:谓谢安当年为苍生而东山再起。据《世说新语·排调篇》,谢安隐居东山,朝廷屡诏不出,时人因言:"安石不肯出,将如苍生何?"后出山入仕。甚,是。东山,指谢安。苍生,黎民百姓。

汉宫春

立春日[1]

春已归来,看美人头上,袅袅春幡[2]。无端风雨,未肯收尽馀寒。年时燕子,料今宵、梦到西园[3]。浑未办、黄柑荐酒;更传青韭堆盘[4]。 却笑东风从此,便熏梅染柳,更没些闲。闲时又来镜里,转变朱颜[5]。清愁不断,问何人、会解连环[6]?生怕见,花开花落;朝来塞雁先还[7]。

〔1〕词以立春起兴而托意国愁。"无端风雨",喻时局未稳;燕梦西园,故国之思;应节物品未办,足见词人忧心忡忡。"却笑"五句,朝廷苟安享乐,致使

志士年华虚度。"清愁"承上"无端风雨"而来。结韵回应"立春"词题,进一步抒写"清愁":"花开花落",想见时序变换之速;"塞雁先还",映衬上文燕梦西园,雁还人不还,无限乡国之哀。

〔2〕"春已"三句:由美人鬓际袅袅春幡,看到春已归来。春幡(fān番),古时风俗,立春日剪彩绸为花、蝶、燕诸状,插妇女之鬓,或缀花枝,曰春幡,也名幡胜,彩胜。稼轩《蝶恋花·元日立春》词起句:"谁向椒盘簪彩胜。"

〔3〕"年时"二句:燕子虽未归来,料今夜当梦回西园。年时燕子,指去年南来之燕。西园,汉都长安西郊有上林苑,北宋都城汴京西门外有琼林苑,都称西园,专供皇帝打猎和游赏。此指后者,表现作者故国之思。

〔4〕"浑未办"二句:谓己愁绪满怀,无心置办应节物品。浑,全然。黄柑荐酒,黄柑酿制的腊酒,立春日互以致贺。更传,相互传送。更,调换之意。此句是"浑未办"的宾语。青韭堆盘,《四时宝鉴》谓:"立春日,唐人作春饼生菜,号春盘。"又一说,称五辛盘。《本草纲目·菜部》:"五辛菜,乃元旦、立春,以葱、蒜、韭、蓼蒿、芥辛嫩之菜和食之,取迎新之意,号五辛盘。"苏轼《立春日小集戏李端叔》:"辛盘得青韭,腊酒是黄柑。"辛词本此。

〔5〕"却笑"五句:言"东风"从此忙于装饰梅柳,催人容颜衰老。熏梅染柳,谓东风吹得梅花飘香,柳丝泛绿。

〔6〕"清愁"二句:清愁不断如连环难解。解连环,据《战国策·齐策》,秦昭王遣使齐国,呈玉连环一串,群臣莫解。齐后以椎击破之,曰:环解矣。

〔7〕塞雁:指去年北来之雁。

鹧 鸪 天

代 人 赋[1]

陌上柔桑破嫩芽,东邻蚕种已生些[2]。平冈细草鸣黄犊,斜日寒林点暮鸦。　　山远近,路横斜,青旗沽酒有人家[3]。城中桃李愁风雨,春在溪头荠菜花。

〔1〕曰"代人赋",实自我抒怀。词写田野初春之景,于清新疏淡之中,更着蓬勃生机,尤以结韵著称。城中桃李色艳香浓,但愁风畏雨,转眼即逝。溪头荠菜朴实无华,但不畏风雨,顽强茁壮。两相对照,可窥词人脱俗不凡的美学情趣。进而托意:官场名利虽如桃李荣华一时,但毕竟风雨无准,难以久远;怎及清淡田园,绿水长流,田边溪头,春意常在。
〔2〕蚕种生些:谓蚕种已有小部分孵化成幼蚕。
〔3〕青旗:即酒招,也称青帘,是卖酒的标志。

鹧　鸪　天

读渊明诗不能去手,戏作小词以送之[1]。

晚岁躬耕不怨贫,只鸡斗酒聚比邻[2]。都无晋宋之间事,自是羲皇以上人[3]。　　千载后,百篇存,更无一字不清真[4]。若教王谢诸郎在,未抵柴桑陌上尘[5]。

〔1〕去手:离手。颂陶之作,既颂其诗品,更颂其人品。论诗拈出"清真"二字,颇有见地:清新淡远,纯朴真挚,此即陶诗千载流芳之真谛所在。论人则推崇其不耻躬耕,安贫乐道,清操自守。诗如其人,诗品之高洁,必源于人品之高洁,此词正体现此种文学批评原则。
〔2〕"晚岁"二句:谓陶潜晚年躬耕田园,安于清贫,邻里融洽无间。按:陶潜《西田获早稻》诗备述农耕之乐,结句云:"但愿长如此,躬耕非所叹。"又,

《归田园居》之五:"漉我新熟酒,只鸡招近局。"

〔3〕"都无"二句:谓陶潜鄙薄晋宋现实,向往和平淳朴的上古社会。晋宋之间事:指东晋末年、刘宋初年,即陶潜生活的年代。时南北分裂、战乱不断,篡弑频起,动荡混乱。陶潜因作《桃花源记》,幻想桃源中人竟"不知有汉,无论魏晋"。辛词化用其意。羲皇以上人,指上古以远之人。

〔4〕清真:清新纯真,指陶诗风格。苏轼《和陶渊明饮酒诗》:"渊明独清真。"

〔5〕"若教"二句:谓陶潜归隐,高风亮节,远较王、谢诸郎高洁。王、谢诸郎,王、谢两家子弟。王、谢为东晋两大望族,其子弟以潇洒儒雅见称。柴桑,在今江西九江西南。陶潜故乡,潜晚年即归耕于此。

西 江 月

遣 兴[1]

醉里且贪欢笑,要愁哪得功夫。近来始觉古人书,信着全无是处[2]。　　昨夜松边醉倒,问松:"我醉何如?"只疑松动要来扶,以手推松曰:"去!"[3]

〔1〕遣兴:遣发意兴。此类作品常寓感时伤世之意。此词即为读书有感而作。通篇紧扣"醉"字着笔,借醉写愁抒愤。"欢笑"唯在"醉里",说明醒时皆愁。既然古道不行,读书何用,不如醉里觅欢。下片追忆昨夜欢笑一幕,写其醉后狂态,最是风趣可人。问松推松,神情维肖,妙笔解颐,亦独立不阿个性之写照。词巧化经史成语,用散文句法入词。

〔2〕"近来"二句:近来方悟不能全信古书。意出《孟子·尽心》:"尽信

书,则不如无书。"孟子以为《尚书·武成》一篇纪事不可尽信。辛词借用,并非妄自菲薄古人,意谓今人不按圣贤教诲行事,乃激愤语。

〔3〕"只疑"二句:暗用龚胜事。汉哀帝时,丞相王嘉被诬有"迷国罔上"之罪,龚胜以为举罪犹轻。夏侯常拟劝龚胜,"胜以手推常曰:'去!'"辛词借龚语写醉态。

南 歌 子

山 中 夜 坐[1]

世事从头减,秋怀彻底清[2]。夜深犹送枕边声,试问清溪底事未能平[3]？ 月到愁边白,鸡先远处鸣。是中无有利和名[4],因甚山前未晓有人行？

〔1〕 山中夜坐静思,对社会人生有所求索。上片就溪水起兴,问何事夜深犹鸣？令人想及韩愈"物不得其平则鸣"(《送孟东野序》)。下片就行人闻鸡而起、趁月早行发问,令人悟及人间处处追名逐利。

〔2〕"世事"二句:言忘却世事,胸无尘埃,如秋水般清澈。从头减,彻底消失。

〔3〕"夜深"二句:倒装句法。底事,为什么。

〔4〕 是中:指上文的月色、鸡鸣之景。

武 陵 春[1]

走去走来三百里,五日以为期。六日归时已是疑,应是望多时。　　鞭个马儿归去也,心急马行迟。不免相烦喜鹊儿,先报那人知。

〔1〕 此首为白话词,全然民歌风情。词将行人盼归的神态和心理,描画得活灵活现,置于敦煌民间词中直可乱真。上片从家中思妇悬望着笔,语出《诗经·小雅·采绿》"五日为期,六日不詹",而自见新意。下片就客外行人急归立意,结韵烦鹊先报,设想奇妙而情物相切,盖喜鹊不唯飞行较马为快,更一生专为人报喜。

霜 天 晓 角

赤　　壁[1]

雪堂迁客,不得文章力[2]。赋写曹刘兴废,千古事,泯陈迹[3]。　　望中矶岸赤,直下江涛白[4]。半夜一声长啸,悲天地,为予窄[5]。

〔1〕 赤壁:赤壁有二,均在湖北境内,一在今嘉鱼县,有赤矶山,为当年孙刘破曹之地。一在今黄冈市,有赤鼻矶。当年苏轼贬黄州曾游赤壁,因地名相同起兴,作著名的怀古词《赤壁怀古》。辛词所指,当是黄州赤壁。按:稼轩曾两官湖北,故此词可能作于淳熙四年至六年(1177—1179)间。词因赤壁而怀苏轼,因苏轼遭贬而叹人生不平,因苏轼怀古词而生千古兴亡之感。与东坡赤壁怀古词并读,苏轼善以"人生如梦""物与我皆无尽"自遣。而稼轩则更多执着于现实,故其词结处有长啸泣歌、天狭地窄难容愤懑之悲。东坡清雄超旷,稼轩沉郁悲壮,此两家之异。

〔2〕"雪堂"二句:谓苏轼未借文章之力青云直上,反因诗文致祸贬谪黄州。按:苏轼以"乌台诗案"(谓其作诗"指斥乘舆""包藏祸心")贬黄州团练副使。雪堂,苏轼筑室于黄州东坡,取名"雪堂"。

〔3〕"赋写"三句:谓东坡于此作怀古词赋,而今千古历史遗迹已灭。按:苏轼有《念奴娇·赤壁怀古》词和《前赤壁赋》感叹三国兴亡。曹刘,指曹操和刘备。泯(mǐn 敏),消灭。

〔4〕"望中"二句:岸石尽赤,赤鼻矶直插江心。

〔5〕"半夜"三句:一声长啸,天地为之生悲,变窄。

赵善括

赵善括,字无咎,号应斋,太宗四子商王元份六世孙,隆兴(今江西南昌)人。孝宗朝登进士第。先后知常熟,通判平江、润州,知鄂州,放罢。后主管建宁府武夷山冲佑观。著有《应斋杂著》,存词五十馀首。词风慷慨骏迈处,近辛弃疾。

水调歌头

渡江[1]

山险号北固,景胜冠南州[2]。洪涛江上乱云,山里簇红楼。堪笑萍踪无定,拟泊叶舟何许,无计可依刘[3]。金阙自帷幄,玉垒老貔貅[4]。　　问兴亡,成底事,几春秋[5]。六朝人物,五胡妖雾不胜愁[6]。休学楚囚垂泪,须把祖鞭先着,一鼓版图收[7]。惟有金焦石,不逐水漂流[8]。

〔1〕词当作于通判润州(即京口,镇江)时期。写渡江有感,时南宋北金以长江为分界线。上片起笔以壮丽山河,引出思绪万千。继以身世之叹,结以家国之悲。下片借古喻今,点出当今南北分裂严峻现实。"休学"以下,霍然振起,激励爱国志士率先着鞭,光复北方河山。意志坚定,气度昂扬,读之令人鼓舞。

〔2〕"山险"二句:谓北固山山险景胜。北固山在镇江城北,下临长江,形势险固。南州:泛指长江以南诸州。

〔3〕"堪笑"三句:自伤飘泊身世。萍踪无定,如水上浮萍,踪迹不定。叶舟,一叶小舟。依刘,东汉末年,战乱频仍,王粲曾一度依附荆州刘表。后归曹操,为"建安七子"之一。作者用以自况。

〔4〕"金阙"二句:言朝廷久未决策,军士日见衰老。金阙,指朝廷。帷幄,军帐。《史记·高祖本纪》载高祖语:"运筹策帷帐之中,决胜于千里之外,吾不如子房。"此有运筹决策之意,即对金人是和是战,犹疑不定。玉垒,军营。貔貅(píxiū 皮休),猛兽,喻兵士。

〔5〕"问兴亡"三句:谓几多春秋,北伐无成。

〔6〕"六朝"二句:借古喻今,谓一统河山而今南北分裂。西晋末年,天下大乱,南北分裂,史称南北朝。南朝继东晋之后,先后有宋、齐、梁、陈;北朝则有五族兴起建国;称五胡十六国,终为后魏所统一。六朝人物,谓南朝君臣及风流名士苟安江南,不思北伐。

〔7〕"休学"三句:激励爱国志士奋起复国。楚囚垂泪:《世说新语·言语》载王导责周顗等人新亭对泣,曰:"当共戮力王室,克复神州,何至作楚囚对泣。"祖鞭先着:也称祖生鞭,鞭先着。《晋书·刘琨传》:"刘琨与祖逖为友,闻逖被用,与亲故书曰:'吾枕戈待旦,志枭逆虏,常恐祖生先吾着鞭!'其意气相期如此。"后人喻奋发争先,建功立业。

〔8〕"惟有"二句:谓志如金、焦二山,永不动摇。金山位于镇江西北,焦山位于镇江东北,两山对峙于长江之中,并称"金焦"。

程垓

程垓,字正伯,号书舟,眉山(今属四川)人。淳熙间尝游临安,光宗时尚未宦达。工诗文,著有《书舟词》,存词近一百六十首,词风以凄婉绵丽为宗。

水龙吟[1]

夜来风雨匆匆,故园定是花无几[2]。愁多怨极,等闲孤负,一年芳意[3]。柳困花慵,杏青梅小,对人容易[4]。算好春长在,好花长见。元只是、人憔悴[5]。 回首池南旧事,恨星星、不堪重记[6]。如今但有,看花老眼,伤时清泪。不怕逢花瘦,只愁怕、老来风味。待繁红乱处,留云借月,也须拚醉[7]。

〔1〕词以惜春、伤春起兴,抒发故园之思和迟暮之叹。"柳困"三句,怨春无情,言花负人。"算好春"三句,反面提笔,纵春长在长见,奈异乡游子"人憔悴",无心游赏,谓人负花。下片起处意承"故园"而来,但星星白发,池南往事已不堪重忆。"如今"以下,嗟老伤时。结处貌似狂放,实伤春迟暮之扭曲表现。

〔2〕"夜来"二句:由他乡之风雨,念及故园之残红。

〔3〕"愁多"三句:言异乡愁多,有负一年春光。孤负,同辜负。

〔4〕"柳困"三句:谓春色无情。容易,草草。意谓花柳负人。

〔5〕"算好春"三句:客子憔悴,无心赏春。谓人负花柳。

〔6〕"回首"二句:人老不堪回首往事。池南,当在眉山故乡,泛指故园。星星,鬓发花白貌。左思《白发赋》:"星星白发,生于鬓垂。"

〔7〕"待繁红"三句:花前拚醉,留住云月。意谓珍惜时光,及时行乐。留云借月,朱敦儒《鹧鸪天·西都作》词:"曾批给雨支风券,累奏留云借月章。"

渔　家　傲[1]

独木小舟烟雨湿,燕儿乱点春江碧。江上青山随意觅[2]。人寂寂[3],落花芳草催寒食。　　昨夜青楼今日客[4],吹愁不得东风力[5]。细拾残红书怨泣。流水急,不知那个传消息[6]。

〔1〕此羁旅行役之作。上片春景。起处飞燕点水,青山随眼,以乐景托哀情,结处以人寂寒食,衬出几许惆怅。下片抒情。"昨夜"两句,点明惆怅之由,乃客里别情。"细拾"三句承上一"愁"字,拾红书怨,流水寄情,化用唐人红叶题诗事,而别见新意。陈廷焯《白雨斋词话》谓此作"有深婉之致"。

〔2〕随意觅:此谓随眼皆是,任凭饱览。

〔3〕人寂寂:谓人影稀少,两岸空寂。

〔4〕"昨夜"句:昨夜青楼欢聚,今日客里孤舟。

〔5〕"吹愁"句:怨东风无力,难以吹散心底愁绪。

〔6〕"细拾"三句:拾花题字,又恐流水太急,不知何人能传我相忆情深。此化用唐人红叶题诗事。

酷 相 思[1]

月挂霜林寒欲坠[2]。正门外、催人起。奈离别、如今真个是:欲住也、留无计;欲去也、来无计。　　马上离魂衣上泪。各自个、供憔悴[3]。问江路梅花开也未?春到也、须频寄;人到也、须频寄[4]。

〔1〕 此相思别离词,乃习见题材,但词调《酷相思》却为作者创制,并于《书舟词》中所仅见。该词调上下片同格,前后两结均作叠韵。更音节短促,哽咽如诉。词人充分运用此调特色,回环往复,抒写相思离别情怀,内容形式和谐统一。上片写离别之无奈,留来无计,足令天下离人销魂。下片抒别后相思,春到人到,驿梅频寄,足慰天下情侣心曲。

〔2〕 "月挂"句:时当秋日拂晓时分。

〔3〕 供:承受。

〔4〕 "问江路"三句:化用前人诗意。南朝乐府民歌《西洲曲》:"忆梅下西洲,折梅寄江北。"又,陆凯《赠范晔诗》:"折花逢驿使,寄与陇头人。"

石孝友

石孝友,字次仲,南昌(今属江西)人。乾道二年进士。以词名世。著有《金谷遗音》,存词一百四十九首。善以俚俗语写男女情事。

眼 儿 媚[1]

愁云淡淡雨潇潇,暮暮复朝朝。别来应是,眉峰翠减,腕玉香销[2]。　　小轩独坐相思处,情绪好无聊。一丛萱草[3],几竿修竹[4],数叶芭蕉[5]。

[1] 此客中念远之作。通篇景起景结,中间叙事抒情。上片缘景生情,思念从对方写来,借人映己。下片独坐相思,就自我着笔。改用化情为景法,萱草、修竹、芭蕉,三种物象既各自为景,又融为一体,助愁添恨,既内涵丰厚,又情意含蓄悠长。

[2] "眉峰"二句:想见女方因别离而无心整容,玉体消瘦。

[3] 萱草:一名忘忧草。《诗经·卫风·伯兮》:"焉得谖(同"萱")草,言树之背。"《毛传》:"谖草令人忘忧。"词人借谓,虽有萱草,无以忘忧。

[4] 修竹:可以令人忆及杜甫《佳人》:"天寒翠袖薄,日暮倚修竹。"词人借谓,修竹在眼,佳人何在?

[5] 芭蕉:可以令人想到李商隐《代赠》(其一):"芭蕉不展丁香结,同向春风各自愁。"词人借谓,双方皆因离别而心眉不展、愁肠如结。

卜算子[1]

见也如何暮,别也如何遽[2];别也应难见也难,后会无凭据。 去也如何去,住也如何住;住也应难去也难,此际难分付[3]。

〔1〕 此乃白话词,极言离别去留之难。通篇一无假借,以浅易直白语抒写内心之无奈。故清人李调元《雨村诗话》(卷二)评曰:"词中白描高手,无过石孝友。"谓《卜算子》词,"不着一字,尽得风流。"词更借助"也""如何""难"诸字词的重现叠出,造成一种回环往复的节奏,和缠绵勃郁的声情,以增添其艺术魅力。

〔2〕 "见也"二句:谓相见恨晚,别离过速。

〔3〕 分付:发落。宋人口语。

浪淘沙[1]

好恨这风儿,催俺分离!船儿吹得去如飞,因甚眉儿吹不展,叵耐风儿[2]。 不是这船儿,载起相思?船儿若念我孤恓[3],载取人人篷底睡[4],感谢风儿。

〔1〕 以俚俗语写男女情事。上片借"风"抒发离恨。恨"风"吹船如飞,怨"风"不吹展愁眉。下片借"船"申述相思。赞"船"载我沉重相思,央"船"载

那人篷下共眠。结处挽合上文之"风",求其玉成美事。通篇无理而妙,想象奇特,纯用口语,颇具民歌风情。

〔2〕叵(pǒ颇)耐:不可容忍,引申为可恨,可恼。

〔3〕孤恓(xī西):孤寂烦恼。

〔4〕人人:那人,此指心爱之人。宋时口语。

赵师侠

赵师侠,一名师使,字介之,燕王德昭七世孙,新淦(今江西新干)人。淳熙二年进士,淳熙十五年为江华郡丞。与叶梦得、徐俯有交往。著有《坦庵长短句》,存词一百五十馀首。尹觉《坦庵词序》称其"模写风景,体状物态,俱极精巧"。

谒 金 门

耽冈迓陆尉[1]

沙畔路,记得旧时行处。蔼蔼疏烟迷远树[2],野航横不渡[3]。　　竹里疏花梅吐,照眼一川鸥鹭。家在清江江上住[4],水流愁不去。

〔1〕耽冈:在江西吉安城南,下临赣江。迓(yà压):迎接。陆尉:陆姓县尉。词作于淳熙十三年(1186)初春,时作者在其从弟吉州知州幕府。此词起笔以"旧时行处"点出怀旧怀友情怀。以下绘景。烟雾笼树,渡舟自横,于迷濛冷寞中,隐隐托出友人不至的孤寂心态。下片步移景换,疏梅吐蕾,鸥鹭翔泳,一派蓬勃生机。但冬尽春至,时序更迭,触发人生感喟,思绪流动,遂由怀旧怀友而终萌生怀乡之思,此亦一篇主旨所在。

〔2〕蔼蔼:通霭霭,云盛貌。

〔3〕"野航"句:化用唐人韦应物《滁州西涧》"野渡无人舟自横"诗句。野航,荒野舟船。

〔4〕"家在"句:作者《浣溪沙》词:"清江江上是吾家。"清江,江西袁江与赣江合流处,旧称清江。

陈亮

陈亮(1143—1194),字同甫,号龙川,婺州永康(今属浙江)人。为人豪迈,喜谈兵,力主抗金,淳熙五年十日内三上书。曾遭迫害,出狱归家,励志读书。绍熙四年举进士,擢第一,授签书建康府判官厅公事,时已五十一岁,未就职,次年卒。其学朴素唯物,强调事功,为永康学派代表。与辛弃疾友善,时相唱和。著有《龙川文集》、《龙川词》,存词七十馀首。其词喜寓经济之怀,抒复国之想,慷慨豪放,好议论,以散文入词,词风近辛。

桂 枝 香

观木樨有感,寄吕郎中[1]

天高气肃,正月色分明,秋容新沐。桂子初收,三十六宫都足[2]。不辞散落人间去,怕群花自嫌凡俗[3]。向他秋晚,唤回春意,几曾幽独[4]! 是天上馀香剩馥。怪一树香风,十里相续[5]。坐对花旁,但见色浮金粟[6]。芙蓉只解添愁思,况东篱凄凉黄菊[7]。入时太浅,背时太远,爱寻高躅[8]。

〔1〕 木樨(xī西):桂花。秋日开放,花小香烈。吕郎中:即吕祖谦,字伯

恭,南宋学者,人称东莱先生。曾任秘书郎、著作郎,故称以郎中。淳熙六年(1179),因病退居金华。据叶适《龙川集序》,陈亮趋府探视,二人畅谈至深夜。吕以为陈亮来日必为世所用。陈亮颇感欣慰,作此词以寄。此词咏物,遗貌取神,形神皆备。托物言志,自抒怀抱。上片代桂立言。既上天收足,则散落人间;纵不愿与桃李辈争艳,却也不甘寂寞,于秋盛放,欲挽春色之既去。下片颂赞品评,以芙蓉添愁、秋菊凄凉衬托,赞桂色淡花小,却香飘十里,心意高远,志在挽春。结处叹桂不合时宜,唯躅武前贤,孤芳自赏而已。

〔2〕"桂子"二句:谓天上三十六宫收储桂子已满。此化用李贺《金铜仙人辞汉歌》诗句:"画阑桂树悬秋香,三十六宫土花碧。"因神话传说谓月中有桂,遂写人间汉宫为天上月宫。

〔3〕"不辞"二句:自甘散落人间,却怕群花自惭形秽。实畏"群芳"见妒。散落人间,宋之问《灵隐寺》诗:"桂子月中落,天香云外飘。"

〔4〕"向他"二句:谓桂不甘幽独,秋日盛放,力挽春回。喻上书言事,力主恢复,以挽国势。

〔5〕"是天上"三句:谓桂因其由天上散落,故能香飘十里。馥(fù复),香。辛弃疾《清平乐·忆吴江赏木樨》:"大都一点宫黄,人间直恁芬芳。怕是秋天风露,染教世界都香。"意颇近此。

〔6〕金粟:桂花也称金粟,以其色黄似金,花小如粟。

〔7〕"芙蓉"二句:谓芙蓉、黄菊唯添人愁思,助人凄凉。芙蓉,此指木芙蓉,秋天开花,也名地芙蓉、木莲,以有别于水芙蓉。白居易《木芙蓉花下招客饮》诗:"莫怕秋无伴愁物,水莲花尽木莲开。"

〔8〕"入时"三句:谓桂心地高洁,不合时尚。盖桂花至秋始开,且体小色淡,故有此评。实喻主战言行,不合时宜,遭人不快。高躅(zhuó苗),高洁的行迹。

陈　亮

水 调 歌 头

送章德茂大卿使虏[1]

不见南师久,漫说北群空[2]。当场只手,毕竟还我万夫雄[3]。自笑堂堂汉使,得似洋洋河水,依旧只流东[4]！且复穹庐拜,会向藁街逢[5]。　　尧之都、舜之壤、禹之封,于中应有,一个半个耻臣戎[6]。万里腥膻如许,千古英灵安在,磅礴几时通[7]？胡运何须问,赫日自当中[8]。

〔1〕章德茂：章森字德茂,广汉(今属四川)人。淳熙十二年(1185)底,奉命以大理寺少卿试户部尚书衔出使金国贺金世宗生辰(万春节),陈亮作此词以送。大卿：魏晋后朝廷各部尚书相当秦汉九卿,故以大卿尊章。词的上片从送章使金立论,盛赞章心雄万夫,只手千钧,期待其不辱使命,全节而返。下片就民族传统正气命意,中原沦陷,但华夏精神犹在,光复指日可待。词虽因章而发,但高瞻远瞩,慷慨激昂,主旨实在上下两结,抒254;其复国豪情和必胜信念。陈廷焯《白雨斋词话》谓："精警奇肆,几于握拳透爪,可作中兴露布读。"但又称："就词论,则非高调。"这当指其词不尚含蓄、议论化和散文化倾向而言。

〔2〕"不见"二句：勿谓南师久未北伐,便说南宋无人。北群空,韩愈《送温处士赴河阳军序》："伯乐一过冀北之野,而马群遂空。夫冀马多天下,伯乐虽善知马,安能空其群邪。"以骏马喻人才。

〔3〕"当场"二句：谓章只身赴金,独担重任,心雄万夫。只手,独力支撑。心雄万夫,李白《送梁公昌从信安王北征》："高谈百战术,郁作万夫雄。"

〔4〕"自笑"三句：谓堂堂汉使岂能长期屈节朝金。得似,岂能似。洋洋,

水盛大貌。流东,顺潮流而去,喻朝贺金人。

〔5〕"且复"二句:姑且再次朝拜,日后定将杀敌复国。穹(qióng穷)庐,指北方游牧民族所居圆形毡帐,此代指金国朝廷。会,定将。藁(gǎo搞)街,西汉长安街名,外国使节集居地。《汉书·陈汤传》谓陈汤斩匈奴郅支单于,奏请"悬头藁街蛮夷邸间,以示万里明犯强汉者,虽远必诛"。此谓终将诛灭金酋,悬首藁街。

〔6〕"尧之都"三句:谓尧、舜、禹诸圣教化之中原大地,必有耻于臣金之杰士。

〔7〕"万里"三句:腥膻之气污染中原大地,问我民族正气何时融贯南北?

〔8〕"赫日"句:谓南宋国运中兴,如红日当空。

念奴娇

登多景楼[1]

危楼还望,叹此意、今古几人曾会[2]?鬼设神施,浑认作、天限南疆北界[3]。一水横陈,连冈三面,做出争雄势[4]。六朝何事,只成门户私计[5]。　　因笑王谢诸人,登高怀远,也学英雄涕[6]。凭却长江,管不到、河洛腥膻无际[7]。正好长驱,不须反顾,寻取中流誓[8]。小儿破贼,势成宁问强对[9]。

〔1〕淳熙十五年(1188)春,陈亮至建康、京口考察形势,作此词。返京后即写就《戊申再上孝宗皇帝书》,力陈北伐方略。词与上书正可相互参读。多景楼:在京口(今江苏镇江)北固山上甘露寺内,北临长江。反对"南北定势",

力主北伐中原,词旨所在。议论纵横,犹若"词论"。起笔登楼远眺,即景立论,以京口山川形胜有"争雄"之势,否定"天限南疆北界"论。以下纯是借古论今,先以六朝"门户私计"和东晋人物徒洒清泪为鉴,次援引祖逖、谢安事激励,大声疾呼凭险北伐,一统南北。通篇雄放豪迈,清人冯煦《蒿庵词话》评龙川此类词"足以唤醒当时聋聩,正不必论词之工拙也"。

〔2〕"危楼"二句:叹登临之意,少为人领会。危楼,高楼,即指多景楼。还,通"环"。

〔3〕"鬼设"二句:山川奇险,一江分为南北,却被认作天意南北分治。

〔4〕"一水"三句:描述京口山川呈现争雄之势。陈亮《戊申再上孝宗皇帝书》:"京口连冈三面,而大江横陈,江旁极目千里,其势大略如虎之出穴,而非若穴之藏虎也。"一水,指浩荡长江。

〔5〕"六朝"二句:谓六朝虽建都金陵,却不能凭险北伐,以其苟安一时,保自我之门户私利。六朝,谓吴、东晋、宋、齐、梁、陈。

〔6〕"因笑"二句:谓东晋士大夫面对半壁河山,徒洒英雄之泪。此用新亭对泣事。《世说新语·言语篇》谓晋室南渡,士大夫辈聚会新亭,因举目有山河之异,而"皆相视流泪"。王、谢,为六朝二大望族,泛指东晋上层士大夫。

〔7〕"凭却"二句:唯凭长江天险自保,不思北伐,收复中原。河、洛,黄河、洛水,代指中原地区。腥膻,借谓游牧民族统治集团。

〔8〕"正好"三句:应效法祖逖中流击楫为誓(事见《晋书·祖逖传》),长驱北伐,义无反顾。

〔9〕"小儿"二句:北伐有利之势已成,何惧强敌。小儿破贼,淝水之战,谢玄击败前秦苻坚大军,捷报传来,谢安弈棋如故,徐对客曰:"小儿辈大破贼。"(《世说新语·雅量篇》)。强对,强敌。

贺　新　郎

寄辛幼安和见怀韵[1]

老去凭谁说[2]？看几番、神奇臭腐，夏裘冬葛[3]。父老长安今馀几？后死无仇可雪。犹未燥、当时生发[4]。二十五弦多少恨，算世间、那有平分月[5]。胡妇弄，汉宫瑟[6]。

　　树犹如此堪重别，只使君、从来与我，话头多合[7]。行矣置之无足问，谁换妍皮痴骨。但莫使、伯牙弦绝[8]。九转丹砂牢拾取，管精金、只是寻常铁。龙共虎，应声裂[9]。

〔1〕辛幼安：辛弃疾字幼安，陈亮挚友。和见怀韵：淳熙十五年(1188)冬，陈亮访辛于上饶，畅游欢叙十日而返。别后，辛怀念不已，作《贺新郎》（把酒长亭说）以寄，陈亮依韵和答。词以"老去凭谁说"总领全篇，叙友情而论国事。上片纵论国事，指出南北分裂依旧，但后死者却耻意识日见淡薄，令人感愤不已。下片融友情与国事为一体，"话头多合"者，复国理想相同也。结处以"九转丹砂"为喻，相期勉力国事。

〔2〕"老去"句：言老大知音难觅，暗谓唯幼安为知己。凭，向。

〔3〕"看几番"二句：谓看尽世事颠倒变异。神奇臭腐，语出《庄子·知北游》："臭腐复化为神奇，神奇复化为臭腐。"原意说明"万物一也"之理，作者借谓世事巨变。夏裘冬葛，夏穿皮衣，冬着葛衫，谓世事颠倒。此化用《淮南子》语："知冬日之葛，夏日之裘，无用于己，则万物之变犹尘埃也。"

〔4〕"父老"三句：言中原父老所剩无几，而后辈则自儿时便习惯于南北

分裂,不知洗雪国耻家仇。后死,谓青年后辈。生发未燥,胎发未干,指婴儿。语出《宋书·索虏传》。宋文帝遣使北魏索取河南故土,拓跋焘怒曰:"我生头发未燥,便闻河南是我家地,此岂可得!"

〔5〕"二十五弦"二句:言圆月岂可两分,南北分裂,国恨难消。二十五弦,谓瑟。《史记·封禅书》:"或曰:太帝使素女鼓五十弦瑟,悲,帝禁不止,故破其瑟,为二十五弦。"此取其分破和悲恨两重含意。

〔6〕"胡妇"二句:胡妇奏汉瑟,谓中原文物为金人掠取,令人愤慨。

〔7〕"树犹如此"三句:谓与幼安老年知己,不堪离别。《世说新语·言语篇》载,东晋桓温北伐,途经金城,见昔种之柳皆粗十围,叹曰:"木犹如此,人何以堪!"此遥应篇首,叹老嗟衰。使君,对辛幼安的尊称。

〔8〕"行矣"三句:谓别后勿念,我之复国之志不移,结果如何,任人评说,不足为虑,唯求友情永存。妍皮痴骨:古谚:"妍皮不裹痴骨。"谓外貌俊美者,内智必佳。语见《晋书·慕容超载记》:慕容超韬晦长安,佯狂行乞,人以妍皮痴骨而鄙之。陈亮因再三上书言恢复,人斥为"狂怪",此谓任人说我"狂怪",我自秉性不改,故曰"谁换"。莫使伯牙弦绝:用伯牙鼓琴唯以钟子期为知音事。(见《吕氏春秋·孝行览·本味》)愿己与幼安友情长在。

〔9〕"九转"四句:谓功到丹成,应不失时机地用以点铁成金。喻饱经磨炼,复国大业必果。古代炼丹术,以为丹成可以点铁成金。后即用以喻理,如《景德传灯录·灵照禅师》:"灵丹一粒,点铁成金;至理一言,点凡成圣。"陈亮《又与朱元晦(即朱熹)秘书》则云:"九转丹砂,点铁成金;不应学力到后,反以银为铁也。""学力"云云,语涉陈、朱间一场论辩(参阅姜书阁先生《陈亮龙川词笺注》),但本词用意不限于此。九转,指多次烧炼丹药。龙虎,丹名,即龙虎丹。应声裂,谓九转丹成,鼎炉爆响,"龙虎"应声而出。

贺　新　郎

怀辛幼安,用前韵[1]

话杀浑闲说[2]。不成教、齐民也解,为伊为葛[3]。尊酒相逢成二老,却忆去年风雪。新着了、几茎华发[4]。百世寻人犹接踵,叹只今、两地三人月[5]。写旧恨,向谁瑟[6]?

男儿何用伤离别!况古来、几番际会,风从云合[7]。千里情亲长晤对,妙体本心次骨[8]。卧百尺高楼斗绝[9]。天下适安耕且老,看买犁卖剑平家铁[10]。壮士泪,肺肝裂。

〔1〕 淳熙十五年(1188)冬,陈亮访幼安作鹅湖之会后,互以《贺新郎》词唱和,辛二首,陈三首,此陈亮之第三首。据"却忆去年风雪"句,知此词当作于淳熙十六年(1189)。词以抒写两人友情为主,间涉国事。起句叙旧、感慨,一笔两意,总摄题旨。以下纯说友情,由知音难觅,而两地孤寂惆怅,此恨谁诉。下片振起,劝慰友人勿伤离别,风云际会自当有时。况知己会心,纵千里之隔,犹长晤对。结处讥讽时局,申斥朝廷苟安江南,粉饰太平,令人扼腕挥泪,愤懑不已。

〔2〕 "话杀"句:话已说尽,犹如白说。按:此谓去年鹅湖之会,虽纵论国事,却于事无济。杀,口语,极甚之辞。

〔3〕 "不成教"二句:谓常人岂能理解我辈雄心壮怀。不成教,口语,岂指望,哪承想。齐民,平民。伊、葛,伊尹和诸葛亮,古代名相。按:辛氏原唱有"看渊明、风流酷似,卧龙诸葛"语。

〔4〕"尊酒"三句:忆昔去冬相逢,二人皆垂垂老矣,不想别后又添几许白发。按:辛氏和词有"我病君来高歌饮,惊散楼头飞雪"句。华发,白发。

〔5〕"百世"二句:知音百世难觅,叹甫聚旋散,成两地孤寂。《战国策·齐策》:"千里而一士,是比肩而立;百世而一圣,若接踵而至矣。"意谓千里得一士,百世遇一圣,可称比肩接踵,不可谓不多,即反言得士遇圣之不易。陈词本此,以幼安为百世难觅之知己。接踵:脚跟前后相接,形容人多。两地三人月,谓人隔两地,唯共明月而成三友。言别后孤寂。此化用李白《月下独酌》诗意:"举杯邀明月,对影成三人。"

〔6〕"写旧恨"二句:谓别后惆怅,向谁弹诉。写,同泻,倾泻。瑟,作动词用。

〔7〕"况古来"二句:谓古来英杰当以风云际会、大展抱负为念。

〔8〕"千里"二句:虽人隔千里,犹终日面对,彼此知心入微。妙体,微妙体察。本心,指心之天赋性能。次骨,至骨,喻深微。

〔9〕"卧百尺"句:《三国志·陈登传》载,许汜见陈登,陈使许卧下床,而自卧大床。许汜向刘备叙述此事,刘备鄙视许汜但求田问舍,不顾国家安危,谓许曰:如果是我遇到你,自"欲卧百尺楼上,卧君于地,何但上下床之间耶!"斗绝,即陡绝,高下悬殊之意。此以陈登比况友人幼安,赞其忧国性豪。按:辛氏和词亦有"似而今、元龙(陈登字元龙)臭味,孟公瓜葛"语。

〔10〕"天下"二句:人谓天下太平,应卖剑买犁,宜耕老田园。买犁卖剑,《汉书·龚遂传》:"令民卖剑买牛,卖刀买犊,便趋田亩。"陈词活用其语,以"犁"易"牛",为应下文一个"铁"字。平家铁,即谓将刀剑换成了平民之家犁锄一类的铁器农具,以示天下安宁无战。

鹧鸪天

怀王道甫[1]

落魄行歌记昔游[2],头颅如许尚何求[3]。心肝吐尽无馀事,口腹安然岂远谋[4]。　　才怕暑,又伤秋。天涯梦断有书不[5]?大都眼孔新来浅,羡尔微官作计周[6]。

〔1〕 王道甫:名自中,平阳(今浙江瑞安)人。《宋史》本传称其"少负奇气,自立崖岸。"淳熙十年,官仅止于分水县令。陈亮与其少有深交,气类相近。但道甫入仕后,为求微官,似有违初衷。陈亮作词以寄,既怀念,又责讽,为怀人诗词所罕见,但语重心长,无愧诤友。起句怀昔未仕前,两人意气相投,携手行歌。以下自抒心志——不计利禄,唯以国事为念者,实亦启迪道甫有所省悟。下片先述思友情深,结以正话反说,友善责讽,问彼何以眼光短浅,微官丧志。龙川词以豪为著,此篇却婉而多讽。

〔2〕 "落魄"句:忆少年共游。落魄,失意貌,此指入仕前。

〔3〕 "头颅"句:谓己头发虽白,但于名利尚一无所求。头颅如许,指头白如此。

〔4〕 "心肝"二句:一生唯求为国尽言,岂可因口腹而长谋远虑。按:据《宋史·陈亮传》:"书既上,帝欲官之,亮笑曰:'吾欲为社稷开数百年之基,宁用以博一官乎?'亟渡江而归。"

〔5〕 不:同"否"。

〔6〕 "大都"二句:谓己近来眼光短浅,羡慕你甘作小官为口腹而计谋周全。此正话反说,婉言责讽。

陈亮《水调歌头》（不见南师久）

陈 亮

水 龙 吟

春　恨[1]

闹花深处层楼[2],画帘半卷东风软。春归翠陌,平莎茸嫩[3],垂杨金浅[4]。迟日催花,淡云阁雨[5],轻寒轻暖。恨芳菲世界,游子未赏,都付与、莺和燕。　寂寞凭高念远,向南楼、一声归雁[6]。金钗斗草[7],青丝勒马[8],风流云散。罗绶分香[9],翠绡封泪[10],几多幽怨! 正销魂,又是疏烟淡月,子规声断。

〔1〕"凭高念远"而抒"春恨",一篇主旨。上片写景,紧扣"春归"二字,工笔铺叙,极写初春风光之美好宜人。歇拍四句跌宕,点明"春恨",盖春光纵好,楼中人却无心游赏。下片"凭高"应上"层楼","念远"即"春恨"之由。"金钗""罗绶"两组对偶排比句,揭出"念远"内涵:男女欢聚愁别情事。结拍呼应"南楼归雁",时由旦而暮,景由归雁长唳而子规哀鸣,令人倍增"春恨"。就气格言,此词易豪迈奔放而为凄婉幽怨。就词旨论,虽写"春恨",但"感时花溅泪"(杜甫《春望》),不无"国恨"寓焉。故刘熙载《艺概》称"恨芳菲"四句"言近指远,直有宗留守大呼渡河之意",即"念远"者,念中原国土。

〔2〕闹花:谓繁花争艳。宋祁《玉楼春》词:"红杏枝头春意闹。"

〔3〕平莎茸(róng容)嫩:平原一片柔嫩莎草。

〔4〕垂杨金浅:垂柳初发,色呈淡黄。

〔5〕阁雨:止雨。

〔6〕"向南楼"句:南楼闻雁,暗含雁来书不至、雁归人不归之意。

〔7〕斗草:《荆楚岁时记》:"五月五日,四民并踏百草,又有斗百草之戏。"寻觅奇草名花为赛。金钗:代指女子,或谓女子以金钗作赌注,作斗草之戏。

〔8〕青丝勒马:以青丝作缰绳以勒马。

〔9〕罗绶分香:以香罗带赠别。秦观《满庭芳》词"罗带轻分",意同此。

〔10〕翠绡封泪:以翠色丝巾裹泪以寄。事见《丽情集》:"灼灼,锦城官妓也,善舞《柘枝》,能歌《水调》,御史裴质与之善。裴召还,灼灼以软绡聚红泪为寄。"

虞美人

春　愁〔1〕

东风荡飏轻云缕,时送萧萧雨。水边台榭燕新归,一口香泥、湿带落花飞〔2〕。　　海棠糁径铺香绣,依旧成春瘦〔3〕。黄昏庭院柳啼鸦,记得那人、和月折梨花。

〔1〕此词共八句,前七句皆写景,但景中暗含"春愁"。风雨残红铺绣,双燕衔泥筑巢,伤春迟暮、寂寥孤栖之感寓焉。结句点睛,始翻出春日怀人主旨。月色与花色共白,那人和月而摘,意境隽永。周密评曰:"陈龙川好谈天下大略,以气节自居,而词亦疏宕有致。"(张宗櫹《词林纪事》卷十一引)

〔2〕"水边"二句:谓新归双燕衔泥筑巢。

〔3〕"海棠"二句:谓海棠花落,铺地似锦,春光减色。情景亦如杜甫《曲江》诗:"一片花飞减却春,风飘万点正愁人。"糁(sǎn 伞),米粒,以米和羹也叫糁。糁径,谓落花和入小径泥土中。

陈 亮

好 事 近

咏 梅[1]

的皪两三枝[2],点破暮烟苍碧。好在屋檐斜入,傍玉奴吹笛[3]。　月华如水过林塘,花阴弄苔石。欲向梦中飞蝶,恐幽香难觅[4]。

〔1〕此词咏梅,手法颇为新颖,不落窠臼。上片以"暮烟苍碧""玉奴吹笛"衬托其鲜白而有情。下片"月华"两句,时移景转,过渡铺垫之笔,结拍佳妙,梦中寻梅,虚实莫辨,想象出人意表,极写对梅花的追慕之情。

〔2〕的皪(lì力):光亮鲜明貌,此用以形容暮烟苍碧中的疏梅。

〔3〕"好在"二句:谓屋檐之梅多情,傍近美人吹笛。玉奴,泛指美人。不言人傍梅,而言梅傍人,化无情之梅为有情之梅。

〔4〕"欲向"二句:意欲化蝶寻梅,犹恐梦里虚幻,芳踪难觅。梦中飞蝶,《庄子·齐物论》:"庄周梦为胡蝶,栩栩然胡蝶也。"幽香,指梅花。

一 丛 花

溪堂玩月作[1]

冰轮斜辗镜天长,江练隐寒光[2]。危阑醉倚人如画,隔烟村、何处鸣榔[3]？乌鹊倦栖，鱼龙惊起，星斗挂垂杨。

芦花千顷水微茫，秋色满江乡。楼台恍似游仙梦，又疑是、洛浦潇湘[4]。风露浩然，山河影转，今古照凄凉[5]。

〔1〕溪堂：泛言临水堂阁。玩月：犹言赏月。词人含醉倚阑赏月，尤重境界和联想。月照江天，月光水色交辉，一层。月临江乡，乌栖鱼惊，动静相宜；千顷芦花似雪，阔大苍茫，清奇幽深，二层。身在楼堂，神游洛浦潇湘，虚实结合，想象丰美，三层。结处四层，情景陡转，河山分裂，月色凄凉；感时伤世，悲愤无限。

〔2〕"冰轮"二句：月照江天之景。冰轮，月之美称，以其光冷形圆。斜辗（此同"碾"）：指月西斜运转。镜，谓水明如镜；镜天，指江中天空倒影。说水中天"长"，应上一个"辗"字。江练，江水明净似白练。语出谢朓《晚登三山还望京邑》："馀霞散成绮，澄江静如练。"隐寒光，谓月光与水色融为一体。

〔3〕鸣榔：渔人以长木击舷作声，以惊鱼入网。

〔4〕"楼台"二句：面对月下美景，疑是梦中仙游。洛浦，洛水之滨，相传为洛水女神宓妃所居之地，见曹植所写《洛神赋》。潇湘，指湘水之畔，相传为湘水女神所居之地，见屈原所作《九歌》之《湘君》《湘夫人》。洛浦潇湘，既以景色著称，更兼有美丽的神话传说，一并令人向往。

〔5〕风露浩然：风冷露寒，充满江天。山河影转：大地山河之影随月西斜而移动。今古照凄凉：今古月色何以同此凄凉。隐喻古今皆有河山破裂，南北分治事。

杨炎正

杨炎正(1145—?),字济翁,庐陵(今江西吉安)人,杨万里之族弟。庆元二年进士,曾除大理司直,知藤州、琼州。所著词集名《西樵语业》,存词三十八首。与辛弃疾时有唱和,其词多"纵横排戛之气","屏绝纤秾,自抒清俊"(《四库全书总目提要》)。

水调歌头

登多景楼[1]

寒眼乱空阔[2],客意不胜秋。强呼斗酒[3],发兴特上最高楼。舒展江山图画,应答鱼龙悲啸,不暇顾诗愁[4]。风露巧欺客,分冷入衣裘[5]。　　忽醒然,成感慨,望神州。可怜报国无路,空白一分头。都把平生意气,只做如今憔悴,岁晚若为谋[6]。此意仗江月,分付与沙鸥[7]。

〔1〕多景楼:在京口北固山甘露寺内。淳熙五年(1178),词人登楼作此词。时辛弃疾由大理寺少卿调任湖北转运副使,途经扬州,与济翁会晤,同舟渡江,登多景楼。曾依韵和唱,题作"舟次扬州,和杨济翁、周显先韵"(落日塞尘起)。济翁此词上片写登楼所见所感,或江天空阔,或鱼龙悲啸,或风露分冷,一总归入"客意不胜秋"句。下片抒怀,深进一层,由客里秋怀而耿耿国忧,发为壮志不酬、报国无路之叹,语意爽直,不复含蓄。结拍引江月、沙鸥为知己,则

于婉曲中见寥落悲愤之情。

〔2〕"寒眼"句:言江天空阔而纷乱。寒眼,谓江风吹冷,眼生寒意。

〔3〕强:勉强。

〔4〕"不暇"句:谓无暇吟诗抒愁。

〔5〕"风露"二句:谓衣衫不堪风寒露冷。

〔6〕"岁晚"句:言人到晚年何必考虑太多。

〔7〕"此意"二句:唯引江月、沙鸥为知己,既叹知音寥落,兼含退隐之思。分付,交付。

水 调 歌 头[1]

把酒对斜日,无语问西风:胭脂何事,都做颜色染芙蓉[2]。放眼暮江千顷,中有离愁万斛,无处落征鸿[3]。天在阑干角[4],人倚醉醒中。　　千万里,江南北,浙西东。吾生如寄,尚想三径菊花丛[5]。谁是中州豪杰,借我五湖舟楫,去作钓鱼翁[6]。故国且回首,此意莫匆匆[7]。

〔1〕上片抒写秋日愁怀。西风斜日,景象悲壮。痴痴一问,无理而妙,暗写愁绪难平。"放眼"三句,渲染离愁之深广。歇拍应篇首"把酒",以酒消愁,人却似醉犹醒、醒醉莫辨。下片承醉醒莫辨之意,写进退出处犹豫不决之矛盾心态。先放笔直书,壮志难酬,人生飘泊如寄,无奈而作归隐田园、泛舟五湖之想。但结拍钩转,回首中原大地,不忍匆匆归去,以期有补于国。

〔2〕"胭脂"二句:承上发问,问西风何以尽将胭脂把水中芙蓉染成一片红艳。说明词人心绪黯淡,与眼前红艳景色不相协调。

〔3〕"放眼"三句:谓千顷江水均成离愁,以致无处可落征鸿。极言离愁

之深广、沉重。

〔4〕"天在"句:谓暮色苍茫,唯阑干一角微露天光。

〔5〕"千万里"五句:谓此生飘泊如寄,遂生归隐田园之想。三径,西汉蒋诩辞官归隐,于院中辟三径,唯与高人雅士交往。后即以称隐居者家园。陶渊明《归去来辞》:"三径就荒,松菊犹存。"为此句所本。

〔6〕"谁是"三句:谁能助我五湖垂钓,悠闲此生。中州,泛指中原地区。五湖舟楫,暗用范蠡佐越灭吴、放舟五湖事(见《史记·越王勾践世家》)。是以"谁是中州豪杰",实暗含呼吁光复中原之意。

〔7〕"故国"二句:回首中原大地,且莫匆匆归隐而去。

蝶 恋 花

别 范 南 伯[1]

离恨做成春夜雨,添得春江,划地东流去[2]。弱柳系船都不住,为君愁绝听鸣橹。　　君到南徐芳草渡[3]。想得寻春,依旧当年路。后夜独怜回首处,乱山遮隔无重数。

〔1〕范南伯:范如山字南伯,为辛弃疾之内兄。上片自抒离恨,紧扣友人水上行舟而着意渲染:一夜春雨,满江离愁;春水滔滔东流,离恨绵绵不绝。柳丝柔弱,难系行舟;橹声去远,令人愁绝。下片设想别后,却从友人对面写来:当年寻春结伴,而今小径人独;欲待回首相望,已是重山阻隔。

〔2〕 划(chǎn产)地:依旧,照样。

〔3〕 南徐:即南徐州,指京口(镇江)。东晋时侨置徐州于京口,后京口亦称南徐州。

章良能

章良能(？—1214)，字达之，丽水(今属浙江)人。淳熙五年进士。历官著作佐郎、枢密院编修官、礼部侍郎兼直学士院、御史中丞，直至同知枢密院事、参知政事。著有《嘉林集》百卷，不传。今存词一首。

小 重 山[1]

柳暗花明春事深[2]。小阑红芍药，已抽簪[3]。雨馀风暖碎鸣禽[4]。迟迟日，犹带一分阴。　　往事莫沉吟。身闲时序好[5]，且登临。旧游无处不堪寻。无处寻，唯有少年心。

〔1〕词写逢春感怀，上景下情。上片以花发鸟语突出春光之美好。歇拍稍转，以春日微阴为憾。下片抒情亦然，先以随意游春、旧处堪寻为乐，结处文思又转，难寻少年心，转出美中不足。通篇主旨无非及时行乐，但表现婉曲有致。

〔2〕"柳暗"句：化用王维《早朝》诗意："柳暗百花明，春深五凤城。"

〔3〕抽簪：抽出发簪，喻红药抽苞。

〔4〕风暖碎鸣禽：化用杜荀鹤《春宫怨》诗句："风暖鸟声碎，日高花影重。"碎，言鸟鸣声纷繁细碎。

〔5〕时序好：此指春日节气相宜。

张镃

张镃(1153—1211?),字功甫(父),号约斋,西秦(今陕西)人,后徙临安。南宋初年名将张俊之后,历任大理司直、直秘阁、司农寺主簿、司农少卿诸职。后坐罪除名,送象州编管,卒于贬所。性豪奢,曾与姜夔交往,工词,著有《南湖集》《玉照堂词》,存词八十六首,善咏物。

菩 萨 蛮

芭 蕉[1]

风流不把花为主,多情管定烟和雨[2]。潇洒绿衣长,满身无限凉[3]。　　文笺舒卷处,似索题诗句[4]。莫凭小阑干,月明生夜寒。

[1] 词咏芭蕉。上片以拟人手法,展现芭蕉之独特风姿和品性。群芳唯爱风和日丽,以其光艳璀璨之花争悦于人,芭蕉却喜烟笼雨打,以其潇洒绿衣、满身清凉动人心怀。下片抒情,"文笺"二句承"绿衣长","莫凭"二句承"无限凉",抒发诗人对芭蕉的独特感受,不脱不滞,韵味无限。

[2] "风流"二句:谓芭蕉之风流不在花朵之绚丽,芭蕉之多情唯与烟雨相亲。

[3] "潇洒"二句:谓雨中芭蕉绿叶广长,透出阵阵清凉。

[4] "文笺"二句:谓芭蕉绿叶伸展似文笺,请我题诗其上。

满 庭 芳

促 织 儿[1]

月洗高梧,露漙幽草,宝钗楼外秋深。土花沿翠,萤火坠墙阴[2]。静听寒声断续,微韵转、凄咽悲沉。争求侣,殷勤劝织,促破晓机心[3]。　　儿时曾记得,呼灯灌穴,敛步随音。任满身花影,犹自追寻[4]。携向华堂戏斗,亭台小,笼巧妆金[5]。今休说,从渠床下,凉夜听孤吟[6]。

〔1〕促织儿:即蟋蟀。据姜夔《齐天乐》咏蟋蟀词序,知此词作于庆元二年(1196)之秋:"丙辰岁,与张功父会饮张达可之堂,闻屋壁间蟋蟀有声,功父约予同赋,以授歌者。功父先成,辞甚美。"即指此词,周密以为"乃咏物之入神者"(《历代诗馀》卷七引)。词开篇五句绘景,营造出一派幽美、静谧气氛,而终以萤火飞坠,逗出蟋蟀鸣声。继之,"静听"两句,状其鸣吟之哀;"争求侣"三句,想其鸣吟之由。下片纪事抒情,貌似以回忆少儿时捕、斗蟋蟀场景为主,实则一结反跌,秋夜人伴蟋蟀孤吟,以往昔之欢乐,衬托今日之寂寥。咏物、纪事、抒情三者融合无间。贺裳《皱水轩词筌》谓其"形容处,心细如丝发"。郑文焯校本《白石道人歌曲》则誉为"清隽幽美,实擅词家能事,有观止之叹。"

〔2〕"月洗"五句:写楼外深秋夜景。楼,当指姜夔词序中所说张达可之堂楼。宝钗,形容楼之华美。漙(tuán 团):露水湿润貌。《诗经·郑风·野有蔓草》:"野有蔓草,零露漙兮。"土花沿翠,苔藓沿墙伸展,一片绿色。

〔3〕"争求侣"三句:谓蟋蟀鸣声似寻呼伴侣,又似殷勤劝织。蟋蟀一名促织,意取促妇纺织。《太平御览》卷九百四十九引陆玑《毛诗疏义》:"幽州人

谓之促织,督促之言也。俚语曰:'趋(促)织鸣,懒妇惊。'"促破、促尽、促煞、晓机,谓织女由夜至晓织布辛勤。

〔4〕"儿时"五句:回忆儿时捕蟋蟀情景。呼灯灌穴,呼灯以照亮,用水灌穴驱赶蟋蟀跳出。敛步随音,随着蟋蟀的鸣声而轻步搜索。

〔5〕"携向"三句:回忆斗蟋蟀情景。据郑文焯校《白石道人歌曲》引《负暄杂录》称:"斗蛩之戏,始于天宝间,长安富人镂象牙为笼而蓄之,以万金之资,付之一喙。"亭台小,即小亭台,指养蟋蟀所用的极其讲究的亭台状物具。笼巧妆金,指蟋蟀笼精巧华丽。《开元天宝遗事》:"宫中妃妾皆以小金笼闭蟋蟀置枕函畔,夜听其声。民间争效之。"

〔6〕"今休说"三句:谓儿时捕、斗蟋蟀情景已一去不返,而今唯于床下,夜听蟋蟀孤吟。语本《诗经·豳风·七月》:"十月蟋蟀,入我床下。"

昭 君 怨

园 池 夜 泛[1]

月在碧虚中住,人向乱荷中去[2]。花气杂风凉,满船香。
　云被歌声摇动[3],酒被诗情掇送[4]。醉里卧花心,拥红衾[5]。

〔1〕张镃性豪侈,其府"园池、声妓、服玩之丽甲天下"(《齐东野语》)。此词写其夜泛园池之乐,却能一洗庸俗富贵之气,而出以秀洁清雅情韵。词人亦善用化实为虚、虚实相映手法,将月下携妓舟游场景,写得含蓄空灵,极富诗情画意。

〔2〕"月在"二句:谓月在水天,舟行荷池。碧虚,指碧空,也可指碧水。

这里水天兼有,虚实相间。即谓月在碧空,而倒影于水中。乱荷,池荷茂密纷乱。

〔3〕"云被"句:云映水中,舟载歌行,摇动水中之云。此又暗用歌声遏云事,极言歌伎歌声之响亮动听。《列子·汤问》谓歌者秦青"抚节悲歌,声振林木,响遏行云"。

〔4〕"酒被"句:谓酒催诗情,诗助酒意,诗酒尽兴。掇(duó夺)送,催迫。

〔5〕"醉里"二句:谓其醉拥红袖,一似身卧水中莲影花心,身覆红荷被衾。美人与莲荷融合为一。

刘过

刘过(1154—1206),字改之,号龙洲道人,吉州太和(今江西泰和)人。平生以功业自许,多次上书力陈恢复方略,不果,又屡试不第,遂放浪湖海以终。与辛弃疾、陆游等人交游互重。著有《龙洲集》《龙洲词》,存词八十三首。作词师法辛弃疾,豪纵狂放而时饶俊致,为辛派中坚。

沁园春

寄辛承旨。时承旨招,不赴[1]

斗酒彘肩,风雨渡江,岂不快哉[2]!被香山居士,约林和靖,与坡仙老,驾勒吾回[3]。坡谓"西湖,正如西子,浓抹淡妆临镜台"[4]。二公者,皆掉头不顾,只管衔杯[5]。

白云"天竺去来,图画里、峥嵘楼观开。爱东西双涧,纵横水绕,两峰南北,高下云堆"[6]。逋曰"不然,暗香浮动,争似孤山先探梅"[7]。须晴去,访稼轩未晚,且此徘徊[8]。

〔1〕词作于嘉泰三年(1203),时作者流寓杭州。适辛弃疾起知绍兴府兼浙东安抚使,招请相会。刘过以事不及行,因效辛体《沁园春》,作此词以寄(参见岳珂《桯史》)。承旨:辛弃疾于开禧三年任枢密院承旨,时刘过已卒,此称谓当为后人所加。词一起便笔落风雨,快人豪语,宣称喜拟过江晤辛。以下却承上一个"岂"字陡转,请出三位已故诗人,盛赞西湖山水之美,力挽词人暂且留

驾。故词终以来日赴招为结。词效稼轩《沁园春》(杯汝来前)戒酒词,中间大段文字全用对话体,极尽幽默诙谐之能事;而留恋山水,暂不赴招,亦充分体现出词人狂放不羁之个性。本词首尾呼应,针线严密,中间一气融贯,并不分片换意,且三位前贤各出名篇佳句,争论景色高下,声口宛然,奇趣横生,虽是游戏文字,亦为词中之创格。

〔2〕"斗酒"三句:谓风雨过江会辛,开怀饮宴,岂非人生一大快事。据《史记·项羽本纪》,项羽设鸿门宴,宴请刘邦。樊哙闯入,项羽赐以斗酒和生彘肩,哙一饮而尽,并置彘肩于盾上拔剑切而啖之。彘(zhì至)肩,猪腿。渡江,指渡钱塘江,时稼轩在绍兴。

〔3〕"被香山"四句:谓被三位与西湖有关的已故诗人强行拉回。香山居士,唐代诗人白居易号香山居士,曾任过杭州刺史。林和靖,北宋初年诗人,隐居西湖孤山,梅妻鹤子,终身不仕。坡仙老,北宋著名诗人苏轼号东坡,曾先后任杭州通判、知州。驾勒吾回,即勒吾驾回。

〔4〕"坡谓"三句:东坡《饮湖上初晴后雨》诗,咏西湖湖光山色:"欲把西湖比西子,淡妆浓抹总相宜。"

〔5〕二公:指白居易和林和靖。衔杯:指饮酒。

〔6〕"白云"六句:白居易《春题湖上》诗:"湖上春来似画图。"《西湖晚归回望孤山寺赠诸客》诗:"楼殿参差倚夕阳。"《寄韬光禅师》诗:"东涧水流西涧水,南山云起北山云。"天竺,山名,亦寺名,在灵隐寺飞来峰之南。有上、中、下三天竺寺。东西双涧,灵隐有东西两股涧水交汇于飞来峰下。两峰南北,指西湖之西的南高峰和北高峰。

〔7〕"逋曰"三句:林逋《山园小梅》诗:"疏影横斜水清浅,暗香浮动月黄昏。"孤山,在西湖的里湖外湖之间,孤峰耸起,故名。争似,怎似。

〔8〕"须晴去"三句:呼应起首"风雨渡江",谓待日后放晴,再访稼轩,暂且在西湖稍作流连赏玩。

刘过

沁 园 春

张路分秋阅[1]

万马不嘶,一声寒角,令行柳营[2]。见秋原如掌,枪刀突出,星驰铁骑,阵势纵横[3]。人在油幢,戎韬总制,羽扇从容裘带轻[4]。君知否,是山西将种,曾系诗盟[5]。 龙蛇纸上飞腾,看落笔、四筵风雨惊[6]。便尘沙出塞,封侯万里,印金如斗,未惬平生[7]。拂拭腰间,吹毛剑在,不斩楼兰心不平[8]。归来晚,听随军鼓吹,已带边声[9]。

〔1〕张路分:张姓路分都监,作者友人。其职掌管一路军务。秋阅:秋季阅兵。词当为应邀观阅兵而作。上片写阅兵场景,旨在盛赞号令严明,演习威武雄壮,以及友人从容指挥的儒雅风度。下片讴歌友人心志:文才武略不为万里觅侯,唯愿驱敌复国。结拍总收阅兵、伐边二意。通篇由外而内描绘一位爱国儒帅,这在宋词中颇为罕见。

〔2〕"万马"三句:写号令之严明。柳营,即细柳营,西汉名将周亚夫驻军所在(在今陕西咸阳西南)。亚夫以其治军严整,深为文帝赏识,后以柳营指军营,亦暗含称誉将帅之意。

〔3〕"见秋原"四句:描绘军队操演场景。秋原如掌,秋日的郊原平坦似掌。

〔4〕"人在"三句:写主帅儒雅风采。油幢,谓油幕军帐。戎韬,军事谋略。裘带轻,即轻裘缓带,形容将帅闲适从容之态。语出《晋书·羊祜传》:"祜在军常轻裘缓带,身不披甲。"

〔5〕山西将种:颂友人为将门之子。语出《汉书·赵充国传》:"秦汉以来,山东出相,山西出将。"按:秦汉时以崤山以东为山东,崤山以西为山西。曾系诗盟,谓友人亦诗社中人。

〔6〕"龙蛇"二句:上句谓友人草书走笔如龙飞蛇舞。李白《草书歌行》:"时时只见龙蛇走。"下句谓友人诗才惊人。杜甫《寄李白二十韵》:"笔落惊风雨,诗成泣鬼神。"《八仙歌》:"高谈雄辩惊四筵。"

〔7〕"便尘沙"四句:即便出塞立功,挂印封侯,也未必能惬友人心意。印金如斗,即金印如斗大,语出《世说新语·尤悔》,谓功勋卓著,位高爵显。惬(qiè),惬意,满意。

〔8〕"拂拭"三句:谓欲挥利剑,驱逐金人,恢复中原。吹毛剑,吹毛立断,极言刀剑之锋利者。唐诗人卢纶《难绾刀歌》:"吹毛可试不可触。"楼兰,汉西域国名。曾与匈奴勾结屡杀汉使。傅介子出使楼兰,计杀楼兰王。此喻占领中原的金人。

〔9〕"归来晚"三句:阅兵晚归,闻军乐声似乎带有边地肃杀之音。

念奴娇

留别辛稼轩[1]

知音者少,算乾坤许大,着身何处[2]?直待功成方肯退,何日可寻归路。多景楼前,垂虹亭下[3],一枕眠秋雨。虚名相误,十年枉费辛苦[4]。　　不是奏赋明光,上书北阙,无惊人之语。我自匆忙天未许,赢得衣裾尘土[5]。白璧追欢,黄金买笑,付与君为主[6]。莼鲈江上,浩然明日归去[7]。

〔1〕《词苑丛谈》卷七引《江湖纪闻》称:刘过客稼轩,以母病告归,囊橐萧然,稼轩筹万缗买舟送归。刘过深感知遇,作此词留别。一本别题"自述",以其自抒怀才不遇之愤懑。上片自述落拓飘泊生涯。俞陛云《唐五代两宋词选释》谓"'功成''归路'二句,洵警世之语。十年误尽虚名,作者盖深悔之"。下片自谓十年不遇之由,不在无才,而在圣意未许,故一结唯自乘舟归乡里,并以此留别挚友稼轩。通篇语意明快,直抒胸臆,颇见豪犷之风。

〔2〕"知音"三句:天地纵大,却无立身之处。自谓飘零如寄之生涯。知音,指辛稼轩辈。许大,如此之大。着身,立身,安身。

〔3〕多景楼:在镇江北固山甘露寺内。垂虹亭:在今江苏吴江长桥上。二者皆为名胜之地。

〔4〕"虚名"二句:谓十年虚度,功名不就。参阅作者《上袁文昌知平江》诗:"十年无计离场屋,说着功名气拂胸。"

〔5〕"不是"五句:非我无才,奈朝廷不用,使我徒自风尘奔波。作者《谒易司谏》诗:"十载长安五往来,立谈无语口慵开。"奏赋明光,向朝廷献赋。明光,汉朝宫名,代指朝廷。上书北阙,指向朝廷上书,陈述政见。北阙,汉时北向宫殿,后也代指朝廷。孟浩然《岁暮归南山》:"北阙休上书,南山归敝庐。"天未许,指皇帝未予首肯。衣裾尘土,尘土满衣,形容奔走失意。

〔6〕"白璧"三句:富贵荣利场中,追欢买笑之事且付君辈。

〔7〕"莼鲈"二句:谓明日江上乘舟归隐。莼鲈江上,用西晋张翰因思吴中莼鲈弃官归去事,见《晋书·张翰传》。莼鲈,莼羹鲈脍,为吴中名菜佳肴。

糖多令

安远楼小集,侑觞歌板之姬黄其姓者,乞词于龙洲道人,为赋此《糖多令》。同柳阜之、刘去非、石民瞻、周嘉仲、陈孟参、孟容,时八月五日也[1]。

芦叶满汀洲,寒沙带浅流。二十年、重过南楼。楼下系舟犹未稳[2],能几日、又中秋。　　黄鹤断矶头[3],故人今在不[4]?旧江山、浑是新愁。欲买桂花同载酒,终不似、少年游[5]。

〔1〕安远楼:建于淳熙十三年(1186),在武昌黄鹤山上,一名南楼。其时姜夔曾偕刘去非诸友参与落成典礼,并自度《翠楼吟》以记。侑觞歌板之姬:劝酒歌女。词写重过武昌南楼有感。起笔绘景,景色黯淡。二十年重过,点时,涵括几多人生感慨。歇拍承"重过",叹岁月不居,我身飘泊如昔。下片抒情,由追忆故人无觅,引出一篇主旨:"旧江山、浑是新愁。"江山依旧,又添新愁;岂特怀友,亦忧家国。结处"欲"与"不似"呼应,自为开合,谓今昔心境不一,但寄意言外,感喟尤深。或谓刘过有稼轩之豪放,而无其沉郁。此词豪放、沉郁兼备,堪称得稼轩之神。李佳《左庵词话》誉为"小令中工品"。

〔2〕系舟犹未稳:谓到武昌未久。

〔3〕黄鹤矶:位于武昌城西蛇山,相传仙人子安乘鹤过此,后人建黄鹤楼于此。

〔4〕不:同"否"。

〔5〕"欲买"二句:意近章良能《小重山》结拍:"旧游无处不堪寻。无处寻,唯有少年心。"

贺　新　郎[1]

老去相如倦。向文君、说似而今,怎生消遣[2]?衣袂京尘曾染处,空有香红尚软[3]。料彼此、魂销肠断。一枕新凉眠客舍,听梧桐、疏雨秋风颤[4]。灯晕冷[5],记初见。

楼低不放珠帘卷。晚妆残,翠蛾狼藉,泪痕凝脸。人道愁来须殢酒[6],无奈愁深酒浅。但托意、焦琴纨扇[7]。莫鼓琵琶江上曲,怕荻花枫叶俱凄怨[8]。云万叠,寸心远[9]。

〔1〕 据张世南《游宦纪闻》载,此词作于光宗绍熙二年(1192),时词人三十九岁,赴四明(今浙江宁波)牒试,又遭黜落。适邂逅一徐娘半老之商女,赋此词以赠。今细究词意,显然效白居易之作《琵琶行》。故陈廷焯《词则》评曰:"亦是从'同是天涯沦落人'化出,而波澜转折,悲感无端。考之艳情中最雅者。"上片记叙秋雨梧桐夜、两人相遇客舍情景,以一"倦"字领起,足见心境之抑郁,"衣袂"两句,虽云自身,实亦隐言商女。下片则从商女着笔,实亦自我抒情,纵饮酒弹琴,无奈难解胸中烦闷。结拍愁心万叠,意象深远,不只文人失意之悲,亦志士报国无路之慨。下片叠用焦琴、纨扇和浔阳琵琶事,贴切身世景况,读来真切自然。

〔2〕 "老去"三句:谓身心倦怠,难以打发时日。此以司马相如自况,而以慧眼识才之卓文君喻商女,实有自嘲自叹意味。说似,说与。

〔3〕 "衣袂"二句:忆昔浪迹京都,衣袂染尘,一无所获,唯流连青楼而已。按:刘过入都,曾伏阙上书,力主抗金,但未见用,故有此语。上句化用南齐谢朓《酬王晋安》语:"谁能久京洛?缁尘染素衣。"香红尚软,指赖以排遣心中郁闷的那种倚红偎翠的冶游生涯。

〔4〕 "料彼此"三句:谓客舍梧桐秋雨之夜,二人同病相怜,彼此哀伤。

〔5〕 灯晕冷:灯火暗冷。

〔6〕 殢(tì替)酒:病酒、困酒。

〔7〕 焦琴纨扇:谓抚琴作歌。焦琴,即指焦尾琴。据《后汉书·蔡邕传》载,蔡邕入吴,人有烧桐木作炊者,"邕闻火裂之声,知其为良木,因请而裁为琴,果有美音,其尾犹焦"。此隐喻良材因常人不识而遭毁。纨扇,白色丝绢所

制团扇。相传汉成帝妃班婕妤失宠,退居长信宫,作《团扇歌》,谓秋至而扇弃,喻恩爱难久易断。按:此诗实为汉乐府无名氏《怨歌行》古辞。

〔8〕"莫鼓"二句:莫弹浔阳江上琵琶曲,以免益增彼此身世之悲。此暗用白居易《琵琶行》"同是天涯沦落人,相逢何必曾相识"句意。荻花枫叶,《琵琶行》篇首二句:"浔阳江头夜送客,枫叶荻花秋瑟瑟。"

〔9〕"云万叠"二句:谓愁心似云山万叠。苏轼《书王定国所藏烟江叠嶂图》:"江上愁心千叠山,浮空积翠如云烟。"辛弃疾《念奴娇》词:"旧恨春江流不断,新恨云山千叠。"

贺 新 郎[1]

弹铗西来路[2]。记匆匆、经行十日,几番风雨。梦里寻秋秋不见,秋在平芜远树。雁信落、家山何处[3]?万里西风吹客鬓,把菱花、自笑人如许[4]。留不住、少年去。
男儿事业无凭据。记当年、悲歌击楫,酒酣箕踞[5]。腰下光芒三尺剑,时解挑灯夜语。谁更识、此时情绪?唤起杜陵风月手,写江东渭北相思句[6]。歌此恨,慰羁旅[7]。

〔1〕此羁旅行役词,可能作于由金陵溯江西行途中。上片自叙人生飘泊,远离家乡;岁月虚度,身心憔悴。下片言志抒情,以"男儿"句总领全文。先忆当年豪情壮志和狂放个性,次状今日报国无路之愤懑寂寥,最后以唯赋词寄慨、聊慰愁旅作结,怅恨不已。词既爽直言意,亦善妥贴用事,而其化用杜诗处,更觉情思隽永。

〔2〕弹铗:弹剑作歌。《战国策·齐策》载冯谖客孟尝君,未见重视,常弹剑作歌以示不满。此借谓西行路上,作客他人门下,怀才不遇。

〔3〕"雁信"句:家乡音讯全无。雁信,即雁书,传说大雁能传书。

〔4〕"万里"二句:自叹客中衰老憔悴。菱花,指菱花镜。古时铜镜呈六角形,或镜背刻菱花纹者,称菱花镜。

〔5〕"记当年"二句:忆昔心气豪壮、个性狂放情状。击楫,用祖逖中流击楫,志清中原事,见《晋书·祖逖传》。此喻驱金复国之志。箕踞,伸脚而坐,其状如箕,为傲慢不敬之态。

〔6〕"唤起"二句:唯作词赋恨,以慰寂寥之旅。杜陵风月手,谓杜甫是写诗高手。杜甫曾客居长安杜陵,因自号杜陵布衣。江东渭北,杜甫《春日忆李白》:"渭北春天树,江东日暮云。何时一樽酒,重与细论文。"此用其意,或许词即怀友寄赠之作。

〔7〕羁旅:行旅异乡。

水　龙　吟

寄　陆　放　翁 [1]

谪仙狂客何如?看来毕竟归田好[2]。玉堂无比,三山海上,虚无缥缈[3]。读罢《离骚》,酒香犹在,觉人间小[4]。任菜花葵麦,刘郎去后,桃开处、春多少[5]?　　一夜雪迷兰棹,傍寒溪、欲寻安道[6]。而今纵有,新诗《冰柱》,有知音否[7]?想见鸾飞,如椽健笔,檄书亲草[8]。算平生白傅风流,未可向、香山老[9]。

〔1〕陆放翁,即陆游,为刘过前辈著名大诗人,刘过对其敬仰至深。词当作于陆游晚年退居家乡山阴时。上片以"谪仙"两句总提,以下或谓玉堂、仙境

莫比,或谓悠哉名士风流,或谓超然时局、闲适自处,皆以"归田好"为归,即讴歌陆游退隐后的归田之乐。下片由思念欲访知己,引向对放翁文才武略的赞颂,结处始画龙点睛,翻出一篇主旨:期待放翁有为于世,不甘田园终老。由此返观全词,则前此文字,皆为结拍铺垫,足见词人构思之新奇,用心之良苦。

〔2〕谪仙、狂客:指陆游。谪仙,贺知章称李白为谪仙,而陆游为诗有小李白之称,故以谪仙称之。狂客,贺知章与陆游同乡,号四明狂客,晚归隐山阴。陆游以"燕饮颓放"而罢职,乃自号放翁,晚亦归隐山阴,故以狂客呼之。归田:归隐田园。

〔3〕"玉堂"三句:谓为官作仙皆不如归田。玉堂,唐宋时称翰林院为玉堂,此亦可泛指文学侍从供职处。三山,指海上仙山蓬莱、方丈、瀛洲。

〔4〕"读罢"三句:描写饮酒读书的归田生活情趣。《世说新语·任诞》载王恭言:"痛饮酒,熟读《离骚》,便可称名士。"

〔5〕"任菜花"三句:谓放翁归田后超然物外,不受时局变迁干扰。此用刘禹锡《重游玄都观》诗意:"百亩庭中半是苔,桃花净尽菜花开。种桃道士归何处?前度刘郎今又来。"诗前有序:"重游玄都观,荡然无复一树,唯兔葵、燕麦,动摇于东风耳。"刘诗讽喻朝廷人事变迁。刘过此词着一"任"字,示意看破世事。

〔6〕"一夜"二句:谓欲至山阴拜访放翁。此用王子猷雪夜乘舟访戴安道事,事见《世说新语·任诞》。此以子猷自况,以安道喻放翁。兰棹,兰木所制船桨,代指船。

〔7〕"而今"三句:恭称放翁为自己诗词的知音。《冰柱》:诗名,刘乂作。《新唐书》称刘乂为韩愈门下弟子。《新唐书·刘乂传》谓刘乂"闻愈接天下士,步归之。作《冰柱》《雪车》二诗,出卢仝、孟郊右。"刘过以刘乂自喻,对放翁执弟子礼。

〔8〕"想见"三句:赞颂放翁文才武略。鸾飞,陆游善草书,此状其笔势飞动。如椽健笔,《晋书·王珣传》:"珣梦人以大笔如椽与之,既觉,语人云:'此当有大手笔事。'"后即喻笔力雄健或善为鸿篇巨制。椽(chuán 船),檩上架屋面板和瓦的木条。檄(xí 席)书,古时用以晓谕、征召。又常特指声讨敌人或叛逆的文书。

〔9〕"算平生"二句:谓放翁诗才如白居易,但不应归田终老。白居易居洛阳香山,自号香山居士。晚年官太子少傅,故称白傅。

柳梢青

送卢梅坡[1]

泛菊杯深,吹梅角远[2],同在京城。聚散匆匆,云边孤雁,水上浮萍。　　教人怎不伤情?觉几度、魂飞梦惊。后夜相思,尘随马去,月逐舟行[3]。

〔1〕卢梅坡:南宋诗人,《宋诗纪事》存诗二首。此送别友人之作。"教人怎不伤情?"一篇主旨。前此写"聚散匆匆"。"泛菊"两句,记聚之欢乐,"云边"两句,状散之孤独。后此写别后相思。不唯梦魂不宁,更想象化身尘、月,神随友人舟马。词人叠用偶句,对仗既工,句式亦灵活多变。且气格清俊柔婉,不复一味豪纵狂逸。

〔2〕泛菊杯深:指举杯畅饮菊花酒。吹梅角远:谓吹奏《梅花落》曲,声韵悠远。李清照《永遇乐》:"染柳烟浓,吹梅笛怨。"此效其句式及语意。

〔3〕"尘随"二句:化身飞尘与明月,追随友人舟马同行。唐人苏味道《正月十五夜》诗:"暗尘随马去,明月逐人来。"贺铸《惜双双》词:"明月多情随柁尾。"或即为刘词所本。

六州歌头

题岳鄂王庙[1]

中兴诸将,谁是万人英[2]?身草莽[3],人虽死,气填膺,尚如生。年少起河朔,弓两石,剑三尺[4],定襄汉,开虢洛,洗洞庭[5]。北望帝京,狡兔依然在,良犬先烹[6]。过旧时营垒,荆鄂有遗民,忆故将军,泪如倾[7]。　　说当年事,知恨苦,不奉诏,伪耶真[8]?臣有罪,陛下圣,可临鉴,一片心[9]。万古分茅土,终不到,旧奸臣[10]。人世夜,白日照,忽开明。衮佩冕圭百拜[11],九泉下、荣感君恩。看年年三月,满地野花春,卤簿迎神[12]。

〔1〕岳鄂王庙:即岳飞庙。高宗时,岳飞为秦桧诬陷致死。孝宗时得以昭雪,并建庙于鄂(今湖北武汉武昌区)。宁宗嘉泰四年(1204),追封鄂王。此词当作于此年或稍后,而时值开禧北伐前夕,故不无激励人心之作用。词以颂赞开笔:中兴英杰,虽死犹生。次则历数其驰骋南北之赫赫战功。以下兔在犬烹,叹其功败垂成,而身先死;悲泪如倾,则写遗民由衷缅怀忠烈。过变叙议岳飞屈死之由:权奸诬陷而君王不明。"人世夜"以下,文气忽然开朗:千古奇冤一旦昭雪,人民岁岁祭祀英灵。通篇叙事、议论结合,语意明畅,在礼赞英烈、鞭挞奸佞中,时时透出一股感慨不平之气。

〔2〕"中兴"二句:谓岳飞是中兴诸将之冠。中兴,宋室南渡后,以"中兴"号召天下。

〔3〕身草莽:指岳飞出身普通农家。或谓岳飞遇害,葬身草莽。

〔4〕"年少"三句:谓岳飞青年时代即从军抗金。河朔,泛指黄河以北地区。弓两石,力能拉开两石之硬弓。古以四钧即一百二十斤为一石。

〔5〕"定襄汉"三句:记叙岳飞战功。绍兴四年,兵伐伪齐,收复襄阳、江汉一带六处州郡。次年,镇压洞庭杨么农民军。四年后,又先后开复虢(guó国)州(今河南灵宝)、洛京(今洛阳)一带国土。更进军朱仙镇,距汴京(开封)仅四十五里,故下文有"北望帝京"之语。

〔6〕"北望"三句:谓帝京强敌犹在,岳飞先自遇害身死。古语云:"飞鸟尽,良弓藏;狡兔死,走狗烹。"(语见《史记·越王勾践世家》)今狡兔犹在,良犬先烹,尤令人不胜惋惜与愤慨。按:绍兴十年,高宗、秦桧以一日连下十二道金牌急令岳飞从朱仙镇班师回朝。次年,岳飞被诬身死,时年三十九岁。

〔7〕"过旧时"四句:遗民含泪缅怀岳飞。旧时营垒,指岳飞当日驻军处。

〔8〕"不奉诏"二句:据《宋史·奸臣传·秦桧》,秦桧指使谏官诬陷岳飞绍兴十一年春,"受诏不救淮西罪",赐死狱中。故刘词对"不奉诏"事提出质疑,实是为岳飞受诬鸣不平。

〔9〕"臣有罪"四句:婉谓高宗不察忠良岳飞之心。

〔10〕"万古"三句:谓自古奸佞不得裂土封侯之赏。分茅土,即分茅胙土。古时分封诸侯,以白茅裹土授予,象征占有土地和权力。

〔11〕"衮佩"句:谓建庙封王,岳飞接受万众朝拜。衮(gǔn滚)佩冕圭(guī归),谓王公服饰。衮,王公礼服。佩,玉佩。冕,王公礼帽。圭,玉制礼器。

〔12〕"看年年"三句:言百姓岁岁祭祀鄂王英灵。卤(lǔ鲁)簿,帝王及王公大臣的仪仗队。卤,即橹,大盾。簿,簿册,记载仪仗之先后次第。

西 江 月

贺　　词[1]

堂上谋臣尊俎,边头将士干戈[2]。天时地利人和,"燕可伐欤?"曰:"可"[3]。　　今日楼台鼎鼐,明年带砺山河[4]。大家齐唱《大风歌》,不日四方来贺[5]。

〔1〕 元人吴师道《吴礼部诗话》谓此词"世传辛幼安寿韩侂胄"而实非辛作(按:两作字句亦小异)。明人毛晋《宋六十名家词》则列入《龙洲词》。韩侂胄于嘉泰四年(1204)议定伐金,并起用一批主战人氏。此举虽不无立功自固之私心,但驱金复国乃当时人心所向,所以得到众多爱国志士支持。刘过此词系贺韩侂胄生日而作,言辞自不免过誉。然则,旨在歌颂北伐,并充满胜利信心。此词好用事,善作口语,词风豪放粗犷。

〔2〕 "堂上"二句:朝廷有良臣从容谋划,边境有将士枕戈待命,谓上下一心北伐。尊俎(zǔ阻),酒器与盛肉之具,借指筵席。刘向《新序》:"夫不出于尊俎之间,而知千里之外,其晏子之谓也,可谓折冲(击退敌军)矣。"

〔3〕 "天时"二句:谓南宋尽占天时、地利、人和,尤以人和为最,足可北伐取胜。《孟子·公孙丑下》:"天时不如地利,地利不如人和。"同书又谓:"沈同以其私问曰:'燕可伐欤?'孟子曰:'可。'"此借伐燕指伐金。

〔4〕 "今日"二句:谓韩侂胄今日官居相位,明朝更建北伐不世之功,当有赐爵封地之赏。楼台,指宰相府第。鼎鼐(nài耐),古时烹调器具。古以鼎鼐和羹调味喻宰相治国。带砺山河,《史记·高祖功臣侯者年表》:"封爵之誓曰:'使河如带,泰山若砺,国以永宁,爰及苗裔。'"意谓即便黄河变得如衣带般狭

窄,泰山变得如磨刀石般细小,诸侯所封之国也将永存无恙,并传之后代子孙。

〔5〕"大家"二句:谓来日高奏北伐凯歌,四方朝贺江山一统。《大风歌》:指胜利凯歌。《史记·高祖本纪》载高祖刘邦还乡,作《大风歌》:"大风起兮云飞扬,威加海内兮归故乡,安得猛士兮守四方。"

卢炳

卢炳,字叔阳,自号丑斋。嘉定七年(1214)曾出守融州,放罢。著《哄(一作烘)堂词》一卷,存词六十三首。其词长于咏物和描摹山水景物。

减字木兰花[1]

莎衫筠笠[2],正是村村务农急。绿水千畦,惭愧秧针出得齐[3]。　　风斜雨细,麦欲黄时寒又至。馌妇耕夫[4],画作今年稔岁图[5]。

[1] 此词是一幅南国农忙图,清新自然,充满生活气息,流露出劳动的喜悦,和对丰收年成的期待。宋词中罕见写田野劳作的农村词,是以此篇弥足珍贵。

[2] 莎衫筠笠:即蓑衣竹笠,农村雨具。筠(yún 云),竹外青皮,也可引申为竹。

[3] 惭愧:难得,幸好。苏轼《浣溪沙》词:"惭愧今年二麦丰。"

[4] 馌(yè 叶)妇:给耕夫送饭的农妇。《诗经·豳风·七月》:"同我妇子,馌彼南亩。"

[5] 稔(rěn 忍)岁:丰收年岁。

姜夔

姜夔(1155—1221?),字尧章,号白石道人,饶州鄱阳(今属江西)人。自幼随父宦居汉阳,后迁湖州。曾先后上《大乐议》《琴瑟考古图》《圣宋铙歌》,未果,又应试未中,遂浪迹江湖,布衣终身。与萧德藻、张镃、范成大、杨万里辈交游,工诗词,善书法,精音律。著有《白石道人诗集》、《白石道人歌曲》和《诗说》。今存词八十多首。其词不作软媚纤丽,主清空,善以健笔写柔情,词风清峻峭拔,为南宋风雅词之先导。

扬 州 慢[1]

淳熙丙申至日,余过维扬[2]。夜雪初霁,荠麦弥望[3]。入其城,则四顾萧条,寒水自碧,暮色渐起,戍角悲吟[4]。余怀怆然[5]。感慨今昔,因自度此曲[6]。千岩老人以为有《黍离》之悲也[7]。

淮左名都,竹西佳处,解鞍少驻初程[8]。过春风十里,尽荠麦青青[9]。自胡马窥江去后[10],废池乔木,犹厌言兵。渐黄昏,清角吹寒,都在空城。　　杜郎俊赏,算而今重到须惊。纵豆蔻词工,青楼梦好,难赋深情[11]。二十四桥仍在[12],波心荡、冷月无声。念桥边红药,年年知为谁生〔13〕?

〔1〕词作于淳熙三年(1176),姜夔由汉阳沿江而下,漫游大江南北,途经扬州,感慨今昔,作此词。"空城"二字,词眼所在,词人遂以今昔对比经纬全篇。一起以昔日"名都""佳处"铺垫衬托,"春风"两句,虚实相间,今昔合一,对照鲜明。"胡马窥江",插入维扬萧索之由。歇拍三句,点明昔日春风繁华之名都,而今为黯淡荒寒之"空城"。下片承"空城"而抒情,但依然不用直笔。"杜郎重到须惊","难赋深情",此借有关古人曲笔传意。"二十四桥"以下,桥在月冷,花开无主,以景衬情,益增"空城"之叹、黍离之悲。

〔2〕淳熙丙申:宋孝宗淳熙三年(1176)。至日:指冬至日。维扬:古扬州的别称。

〔3〕霁(jì计):天气转晴。弥望:满眼。

〔4〕戍角:军营的号角。

〔5〕怆然:悲伤貌。

〔6〕自度此曲:自创曲谱,指《扬州慢》词调。

〔7〕千岩老人:南宋诗人萧德藻号千岩老人,以其侄女许姜夔为妻。《黍离》:《诗经·王风》中篇名,前人谓周人缅怀故都之作,后遂借指故国之思。

〔8〕"淮左"三句:谓途经扬州,稍事休整。淮左,指宋代的淮南东路,扬州即属此路。竹西,指风景名胜竹西亭,在扬州北门外。杜牧《题扬州禅智寺》:"谁知竹西路,歌吹是扬州。"初程,最初的里程。

〔9〕"过春风"二句:昔日十里繁华长街,而今满眼野麦,一片荒凉。春风十里,杜牧《赠别》诗:"娉娉袅袅十三馀,豆蔻梢头二月初。春风十里扬州路,卷上珠帘总不如。"

〔10〕胡马窥江:指金兵南侵至长江一带。建炎三年(1129)及绍兴三十一年(1161),金兵两度南侵,扬州均受骚扰破坏,故下文有"废池乔木,犹厌言兵"语。

〔11〕"杜郎"五句:设想杜牧重到,纵才华横溢,也难赋此时感慨。杜郎,唐代诗人杜牧,曾游赏扬州,写下众多著名诗篇。豆蔻词,即指杜牧《赠别》诗,

见注〔9〕引。青楼梦,指浪漫的冶游生涯。杜牧《遣怀》诗:"十年一觉扬州梦,赢得青楼薄幸名。"

〔12〕二十四桥:一说桥名,旧址在今扬州西郊,相传古有二十四位美女吹箫于此。一说唐时扬州有二十四座桥,北宋时尚存七座,见沈括《梦溪笔谈·补笔谈》。杜牧《寄扬州韩绰判官》诗:"二十四桥明月夜,玉人何处教吹箫?"

〔13〕"念桥边"二句:谓来年纵芍药盛艳,但知为谁开(即无人欣赏)?语意从杜甫《哀江头》"江头宫殿锁千门,细柳新蒲为谁绿"化出。红药,芍药。扬州芍药驰名天下,见《能改斋漫录·芍药谱》条。或谓二十四桥一名红药桥,桥边盛产红芍药。

一　萼　红^[1]

丙午人日,予客长沙别驾之观政堂^[2]。堂下曲沼,沼西负古垣,有卢桔幽篁^[3],一径深曲。穿径而南,官梅数十株^[4],如椒如菽,或红破白露,枝影扶疏。着屐苍苔细石间,野兴横生,亟命驾登定王台,乱湘流入麓山,湘云低昂,湘波容与^[5],兴尽悲来,醉吟成调。

古城阴,有官梅几许,红萼未宜簪^[6]。池面冰胶,墙腰雪老^[7],云意还又沉沉。翠藤共闲穿径竹^[8],渐笑语惊起卧沙禽。野老林泉,故王台榭^[9],呼唤登临。　　南去北来何事?荡湘云楚水,目极伤心^[10]。朱户粘鸡,金盘簇燕,空叹时序侵寻^[11]。记曾共西楼雅集,想垂杨还袅万丝金^[12]。待得归鞍到时,只怕春深。

〔1〕词作于淳熙十三年(1186),时词人客居长沙萧德藻处。词写游赏怀人之情。上片绘景。红梅稀小,冰胶雪老,是早春景象。而云意沉沉,则人心抑郁可知。"翠藤"以下,视野渐广,心境也随趋开朗放逸。下片抒情,心绪陡转,即小序谓之"兴尽悲来"。南去北来,时序更迭,是自伤飘零身世。进而遥记西楼雅集,始翻出怀人主旨。结拍不谓归去无由,却想见归晚人杳,婉曲蕴藉,哀怨透过一层。或谓此词梅起柳结,疑怀合肥情侣之作。元人陆辅之《词旨》列"池面"一联为工对。

〔2〕丙午:即孝宗淳熙十三年(1186)。人日:旧指阴历正月初七。长沙别驾:指萧德藻。时萧为长沙通判,别驾是通判的别称。

〔3〕负古垣:背靠古城墙。卢桔:金桔。幽篁(huáng皇):幽深的竹林。

〔4〕官梅:官府所种之梅。

〔5〕着屐(jī机):犹言步行。屐,一种木制的鞋,底有二齿,以便泥地行走。亟(jí吉):急速。命驾:动身前往。定王台:在长沙城东,相传汉定王刘发所建。乱:横渡。麓山:岳麓山,位于长沙城西南,为名胜游览之地。低昂:高低起伏。容与:此状缓缓流动。

〔6〕"古城"三句:言红梅尚小,不堪插鬓。城阴,城墙根。

〔7〕"池面"二句:言池面层冰难融,墙腰残雪犹在。状初春犹寒。

〔8〕"翠藤"句:谓穿过清闲的翠藤与绿竹。

〔9〕故王台榭:即指定王台。

〔10〕"南去"三句:言湘楚云水虽美,但身世飘泊堪悲。

〔11〕"朱户"三句:由当地春日风俗引起时序更迭、岁月流逝之叹。朱户粘鸡,据《荆楚岁时记》,"人日贴画鸡于户,悬苇索其上,插符于旁,百鬼畏之。"即用以避邪驱鬼。金盘簇燕,指立春日供春盘的习俗。据《武林旧事》,春盘"翠缕红丝,金鸡玉燕,备极精巧"。侵寻,渐进,消逝。

〔12〕"记曾"二句:追忆当年会聚之西楼,而今又是柳丝万缕飘舞景状。雅集,高雅的集会。万丝金,指早春初发呈鹅黄色的柳丝。

姜 夔

霓裳中序第一[1]

丙午岁,留长沙,登祝融,因得祠神之曲,曰《黄帝盐》《苏合香》[2]。又于乐工故书中得商调《霓裳曲》十八阕,皆虚谱无辞[3]。按沈氏乐律"《霓裳》道调",此乃商调[4];乐天诗云"散序六阕",此特两阕[5]。未知孰是?然音节闲雅,不类今曲。予不暇尽作,作中序一阕传于世[6]。予方羁游,感知古音,不自知其辞之怨抑也[7]。

亭皋正望极[8],乱落江莲归未得。多病却无气力,况纨扇渐疏,罗衣初索[9]。流光过隙,叹杏梁双燕如客[10]。人何在?一帘淡月,仿佛照颜色[11]。　　幽寂,乱蛩吟壁,动庾信清愁似织[12]。沉思少年浪迹,笛里关山[13],柳下坊陌[14]。坠红无消息,漫暗水涓涓溜碧[15]。漂零久,而今何意,醉卧酒垆侧[16]!

[1] 淳熙十三年(1186)秋,姜夔客湖南长沙而登衡山祝融峰,作此词。身世之慨,怀人之悲,两者合一,白石词中屡见。词以江莲喻人,则其所怀,合肥情侣无疑。"乱落江莲归未得",一笔两到,主旨所在。"多病"五句,承"归未得"而发,歇拍"人何在"?承"江莲",月下音容宛在,虚幻若梦,足见思念之深。下片由月下清愁而追忆年少行踪,"柳下"句暗暗逗出合肥情事。结处"坠红"遥应发端"江莲",由乱落而飘逝,音迹全无,词意层进,萧索凄清。

[2] 丙午:即淳熙十三年(1186)。祝融:峰名。南岳衡山有七十二峰,以祝融为最高峰。祠神之曲:祭神之曲。《黄帝盐》《苏合香》:祭神乐曲,见陈旸

夫《南岳总胜集》(上)。

〔3〕 乐工故书:乐师所用旧谱。或谓指周密《齐东野语》所称,由修内司所刊之《混成集》。该集巨帙百馀,古今歌词之谱,靡不具备,载《霓裳》一曲,凡三十六段。奏音极高妙。《霓裳曲》:即盛唐著名宫廷乐曲。阕:即曲。虚谱无辞:有曲谱而无歌辞。

〔4〕 沈氏乐律:指北宋沈括《梦溪笔谈·乐律》,其谓《霓裳》属道调法曲。不同于白石所见之《霓裳》属商调。

〔5〕 乐天诗:指白居易的《和元微之霓裳羽衣歌》,诗中有句云:"散序六奏未动衣,阳台宿云慵不飞。"又自注云:"散序六遍。"二遍为一阕,六遍合当三阕。散序:王灼《碧鸡漫志》:"《霓裳》第一至第六叠无拍者,皆散序故也。"张炎《词源》:"法曲散序无拍,至歌头始拍。"特:只。

〔6〕 不暇尽作:谓无暇逐曲配以歌辞。中序:《霓裳》曲由散序、中序、曲破三部分构成。白石取中序中之第一曲配以歌辞,并以此作为本词的调名——《霓裳中序第一》。

〔7〕 羁游:客居他乡。怨抑:悲怨抑郁。

〔8〕 亭皋:水边平地。

〔9〕 "纨扇"二句:纨扇见疏,罗衣被闲,谓时序更迭,夏去秋来。

〔10〕 "流光"二句:叹时光迅逝,梁上做客的双燕又将南飞。流光过隙,用白驹过隙事,《庄子·知北游》:"人生天地之间,若白驹之过隙,忽然而已。"杏梁,文杏为屋梁,泛指华屋丽室。双燕如客,自喻"羁游"(见序)之身。参阅周邦彦《满庭芳》词:"年年,漂流瀚海,来寄修椽。"

〔11〕 "人何在"三句:谓所怀之人如在月下眼前。此化用杜甫《梦李白》诗意:"落月满屋梁,犹疑照颜色。"仿佛,依稀貌。颜色,指容颜。

〔12〕 "乱蛩"二句:月下蟋蟀悲吟勾起词人清愁无限。蛩(qióng穷),蟋蟀。庾信,南北朝时期文学家,仕于梁,后出使西魏,被羁留,历仕西魏、北周。所作多故国之思。曾作《愁赋》(本集不载,《海录碎事》录其断句)。白石《齐天乐》咏蟋蟀词起端:"庾郎先自吟愁赋,凄凄更闻私语。"均以庾信自况。

〔13〕 笛里关山:化用杜甫《洗兵马》诗句:"三年笛里《关山月》。"赋其战乱飘泊生涯。"关山"二意,既可指横吹曲《关山月》,也可兼指跋涉关山。

〔14〕柳下坊陌:谓其逗留于花街柳巷,暗指合肥情事。姜夔《凄凉犯》序云:"合肥巷陌皆种柳。"似可印合。

〔15〕"坠红"二句:谓江莲落红随水飘逝,隐谓合肥情侣消息全无。

〔16〕"漂零"三句:言漂零日久,而今再无醉卧垆侧的意兴。酒垆,酒家置酒瓮的土台子。此用《世说新语·任诞》阮籍事:"阮公邻家妇有美色,当垆酤酒。阮与王安丰常从妇饮酒,阮醉,便眠其妇侧。夫始殊疑之,伺察终无他意。"

八　归

湘中送胡德华[1]

芳莲坠粉,疏桐吹绿[2],庭院暗雨乍歇。无端抱影销魂处,还见篠墙萤暗,藓阶蛩切[3]。送客重寻西去路,问水面琵琶谁拨[4]?最可惜一片江山,总付于啼鴂[5]。长恨相从未款[6],而今何事,又对西风离别。渚寒烟淡,棹移人远,缥缈行舟如叶。想文君望久,倚竹愁生步罗袜[7]。归来后,翠尊双饮,下了珠帘,玲珑闲望月[8]。

〔1〕此寓湘送客之作。胡德华:不详其人。起六句,描绘庭院雨后衰飒秋景,为送客抑郁心情作铺垫。以下赋送客,化用白诗,含蕴深厚。歇拍子规悲啼,江山易容,或谓岂止烘托离愁,亦隐含家国之悲。过变伫立江岸,目送去舟,写依依惜别之情。结处文起波澜,化悲为喜,以一"想"字领起,设想友人妻子盼归之切,和友人抵家后双双饮酒赏月之乐。此系作者客中送客词,想亦不无切身之感寓焉,可参阅姜词《浣溪沙》(雁怯重云不肯啼)。

〔2〕"芳莲"二句:荷花褪色,桐叶带绿飘落,谓时已入秋。

〔3〕"无端"三句:萤飞蛩鸣,于庭院独抱离愁。无端,无奈。抱影,形容孤独。篠(xiǎo小)墙,竹编篱笆墙。蛩切,蟋蟀鸣声凄切。

〔4〕"问水面"句:化用白居易《琵琶行》诗句:"忽闻水上琵琶声,主人忘归客不发。"谓水边送客,因是客中送客,亦兼含白诗"同是天涯沦落人"之意。

〔5〕"最可惜"二句:谓杜鹃哀鸣,江山含愁。鸩(jué决),鹈鸩,即子规,也称杜鹃,常在暮春哀鸣,为离愁别恨的象征。

〔6〕未款:此谓未尽友情之欢。款,款洽。

〔7〕"想文君"二句:设想友人妻子倚竹怀愁,切盼游子归来。倚竹,化用杜甫《佳人》诗句:"天寒翠袖薄,日暮倚修竹。"罗袜:化用李白《玉阶怨》:"玉阶生白露,夜久侵罗袜。"文君,卓文君,西汉才女,司马相如之妻,此借指友人胡德华妻。

〔8〕"翠尊"三句:设想归后友人夫妇饮酒赏月。此化用李白《玉阶怨》后二句:"却下水晶帘,玲珑望秋月。"翠尊,翡翠酒杯。玲珑,空明貌。

小重山令

赋潭州红梅[1]

人绕湘皋月坠时[2],斜横花树小,浸愁漪[3]。一春幽事有谁知?东风冷,香远茜裙归[4]。　　鸥去昔游非,遥怜花可可,梦依依[5]。九疑云杳断魂啼,相思血,都沁绿筠枝[6]。

〔1〕流寓湖南之作。潭州:长沙。红梅:长沙盛产红梅,据范成大《梅

谱》,红梅品类中有"潭州红"。词咏物怀人。上片"斜横"两句,正面咏梅,而以一"愁"字出情。以下由梅而人,梅人合一,物情交融。下片"遥怜"承"香远","花可可"应"花树小",由眼前之梅,忆旧梦依依,梅已成梦中之花,极言怀人之切。结用湘妃事,谓相思血染梅红,贴切咏物怀人题旨。通篇既情意深厚,又尽得含蓄朦胧之美。

〔2〕湘皋:湘江岸边。

〔3〕斜横:北宋诗人林逋《山园小梅》诗:"疏影横斜水清浅,暗香浮动月黄昏。"漪(yī依),细小的波纹。

〔4〕"香远"句:言香远人杳。茜(qiàn倩)裙,红裙。既喻所怀之人,复贴切红梅。

〔5〕"鸥去"三句:言事去情在,梅花(人)频频入梦。可可,小小。

〔6〕"九疑"三句:湘妃哭舜,以相思血泪染红梅花。九疑,九疑山,在湖南宁远县南。传说舜葬于九疑山下,二妃痛哭,泪水染竹,斑斑如血,世称湘妃竹。二妃死后化为湘水之神。此因地用事,从对方(即所怀之人)写来,谓相思情深。沁(qìn揿),渗入。绿筠(yún匀)枝,绿竹,此借谓梅树。

浣 溪 沙[1]

予女须家沔之山阳,左白湖,右云梦[2];春水方生,浸数千里,冬寒沙露,衰草入云。丙午之秋,予与安甥或荡舟采菱,或举火置兔,或观鱼簺下[3];山行野吟,自适其适,凭虚怅望,因赋是阕[4]。

着酒行行满袂风[5],草枯霜鹘落晴空[6]。销魂都在夕阳中。　　恨入四弦人欲老,梦寻千驿意难通[7]。当时何似莫匆匆[8]。

〔1〕词作于淳熙十三年(1186)秋,时词人暂居湖北汉阳家姐处。词即景怀人。上片写景。草枯鹰翔,秋色高远,令人心胸舒展。歇拍变音,夕阳无限,忧伤无极,情景两到。下片由景而情。不谓己思人,却道伊念己,怀人之情透过一层。结拍勾转自身:别时容易见时难,悔恨不已。

〔2〕女须:同女媭,姐姐。沔(miǎn免):沔州,今湖北武汉汉阳区。山阳:疑为汉阳的村名,村在九真山之阳,故名。白湖:太白湖,在汉阳,一名九真湖。云梦:云梦泽,指汉阳以西的湖泊地带。

〔3〕丙午:淳熙十三年(1186)。罝(jū居):指捕兔的网。簺(sài赛):捕鱼的竹栅。

〔4〕自适其适:谓自得其乐。是阕:这曲,即指本词《浣溪沙》。

〔5〕着酒:微带酒意。袂(mèi妹):衣袖。

〔6〕鹘(gǔ骨):鹰隼一类的凶猛的鸟。

〔7〕"恨人"二句:谓伊人恨寄琵琶,梦寻情侣。四弦,指琵琶。驿,驿站、旅舍。

〔8〕"当时"句:后悔当时匆匆轻别。

探 春 慢[1]

予自孩幼从先人宦于古沔,女须因嫁焉[2]。中去复来几二十年,岂惟姊弟之爱,沔之父老儿女亦莫不予爱也[3]。丙午冬,千岩老人约予过苕霅[4],岁晚乘涛载雪而下,顾念依依,殆不能去。作此曲别郑次皋、辛克清、姚刚中诸君[5]。

衰草愁烟,乱鸦送日,风沙回旋平野。拂雪金鞭,欺寒茸帽,还记章台走马[6]。谁念漂零久,漫赢得幽怀难写。故人清沔相逢[7],小窗闲共情话。　　长恨离多会少,重访竹西,珠泪盈把[8]。雁碛波平,渔汀人散[9],老去不堪游冶。无奈苕溪月,又照我扁舟东下[10]。甚日归来,梅花零乱春夜[11]。

〔1〕淳熙十三年(1186)冬,词人应叔岳萧德藻之约,将赴湖州,别汉阳诸君子,作此词。别离幼年生活之地及汉阳故友,"顾念依依",而由此触发飘零身世,情尤不堪。起笔描绘别时冬景,正见其凄冷惨淡心境。年来漫游生涯,令其益觉故人情谊真切可贵。换头总括人生离恨,继之忆昔旧游,虽然深感"老去不堪游冶",岂奈又是远行在即。故结处勾转扣题,作归赏春梅之想,于虚幻中见真情。盖考白石一生行踪,此后不再重至汉阳。

〔2〕先人宦于古沔:白石之父姜夔曾官汉阳。女须:指姜夔之姐。

〔3〕几二十年:近二十年。姜夔自孝宗隆兴初年随父宦汉阳,至今年重到,二十馀年。莫不予爱:即莫不爱我。

〔4〕丙午:淳熙十三年(1186)。千岩老人:即姜夔叔岳诗人萧德藻。苕霅(tiáozhá 条闸):二水名,均在浙江湖州。按:萧德藻初任乌程令(乌程为湖州府治所在,后改吴兴),定居乌程。

〔5〕郑次皋、辛克清、姚刚中:皆白石汉阳故友。姜夔《奉别沔鄂亲友》诗也曾提及此三友。

〔6〕"拂雪"三句:回忆昔日放荡漫游生涯。欺寒,御寒。茸帽,带有柔毛的皮帽。走马章台,指青楼冶游。

〔7〕沔(miǎn 免):沔口。沔水为汉水之上游,汉水入江处称沔口,即今武汉之汉口区。

〔8〕"重访"二句:回忆游扬州情景。竹西,扬州名胜竹西亭。姜夔淳熙三年(1176)过扬州,见扬州由"春风十里"而"尽荠麦青青",感慨今昔,遂生黍离之悲,因作《扬州慢》词以赋。本词的"珠泪盈把",即由此而来。

〔9〕雁碛(qì 戚):大雁留宿的沙滩。渔汀:渔舟往来的洲渚。此当指游

历衡山、洞庭情景。

〔10〕"无奈"二句:谓即将乘舟东下湖州,以应叔岳之约。苕溪,湖州水名。

〔11〕"甚日"二句:自问何日重返汉阳赏梅。

翠　楼　吟[1]

淳熙丙午冬,武昌安远楼成,与刘去非诸友落之,度曲见志[2]。予去武昌十年,故人有泊舟鹦鹉洲者,闻小姬歌此词,问之,颇能道其事,还吴为予言之[3]。兴怀昔游,且伤今之离索也[4]。

月冷龙沙,尘清虎落[5],今年汉酺初赐[6]。新翻胡部曲,听毡幕元戎歌吹[7]。层楼高峙,看槛曲萦红,檐牙飞翠[8]。人姝丽,粉香吹下,夜寒风细[9]。　　此地,宜有词仙,拥素云黄鹤,与君游戏[10]。玉梯凝望久,叹芳草萋萋千里[11]。天涯情味。仗酒祓清愁,花销英气[12]。西山外,晚来还卷,一帘秋霁[13]。

〔1〕淳熙十三年(1186)冬,姜夔离汉阳去湖州,途经武昌,适安远楼落成,作此词以记。上片以"层楼高峙"为中心,赋楼内外场景。"月冷"五句,楼外汉酺初赐,毡幕歌吹。"看槛曲"五句,楼内萦红飞翠,彻夜欢宴。总之,一派歌舞升平气象。下片抒情,既感叹仙去不再,更充盈天涯飘零、寂寞惆怅之哀。篇末以景结情,复归和平清朗题旨。通篇虽以楼名"安远"立意,但金人虎视眈眈于侧,何言"安远"? 读来反觉有讥刺朝野上下宴安恬嬉之意。其中登楼有感,亦大非生逢盛世之欢悦情怀。据词序,知十年后仍有小姬歌此词,足见此词

流传之久。此序亦为十年后所补。

〔２〕淳熙丙午:淳熙十三年(1186)。安远楼:在武昌西南黄鹤山上,一名南楼。刘去非:不详其人。落之:贺楼落成。度曲:即指作此曲。

〔３〕去:离。鹦鹉洲:在汉阳江边。道其事:指作此《翠楼吟》词的本末。吴:苏州。

〔４〕"兴怀"二句:谓怀昔伤今。按:序为词人十年后即庆元二年(1196)所补。

〔５〕"月冷"二句:谓武昌边境冷落平静无战事。龙沙,本指塞外沙漠,此代指南宋边境。虎落,护卫城堡的篱笆。

〔６〕汉酺(pú葡):汉代遇有重大庆典,朝廷特许聚饮,称"赐酺"。此借指宋高宗八十寿辰,朝廷犒赐内外诸军共一百六十万缗,见《宋史·孝宗纪》。

〔７〕"新翻"二句:写军营内乐声四起。翻,弹奏。胡部曲,本指唐时西凉乐曲,此泛指边地胡曲。毡幕,指军帐。元戎,大将。歌吹,泛谓音乐。

〔８〕"看槛曲"二句:红栏曲折萦回,翠檐昂扬欲飞。此状安远楼之豪华壮丽。

〔９〕"人姝丽"三句:楼内彻夜欢宴,风中犹带美女粉香。姝丽,容貌美丽,亦可指美女。

〔１０〕"此地"四句:化用唐人崔颢《黄鹤楼》"黄鹤一去不复返,白云千载空悠悠"诗意,谓惜无词仙来此题辞庆贺,与世人同乐。词仙,当由传说中乘鹤过此的仙人生发想象而来,故下文有"拥素云黄鹤"之句。

〔１１〕"玉梯"二句:言登楼远望,油然而生思乡之情。芳草萋萋,崔颢《黄鹤楼》诗:"晴川历历汉阳树,芳草萋萋鹦鹉洲。日暮乡关何处是?烟波江上使人愁。"白石词正是隐寓此意。又,其意亦本自《楚辞·招隐士》:"王孙游兮不归,芳草生兮萋萋。"玉梯,指高楼。

〔１２〕"天涯"三句:天涯飘零,唯以饮酒赏花自遣。祓(fú弗),古时举行仪式除灾去邪称祓,此谓破除。

〔１３〕"西山外"三句:王勃《滕王阁序》:"虹销雨霁,彩彻云衢。落霞与孤鹜齐飞,秋水共长天一色。""画栋朝飞南浦云,朱帘暮卷西山雨。"或谓姜词系隐括王序而来,故"秋霁"一词与白石作词的时序不合。

踏　莎　行[1]

自沔东来,丁未元日,至金陵,江上感梦而作。

燕燕轻盈,莺莺娇软,分明又向华胥见[2]。夜长争得薄情知?春初早被相思染[3]。　　别后书辞,别时针线[4],离魂暗逐郎行远[5]。淮南皓月冷千山,冥冥归去无人管[6]。

〔1〕淳熙十四年(即丁未,1187)元旦,姜夔由沔州(湖北汉阳)东下湖州,途经金陵(今南京),感梦作此词。词怀合肥情侣。上片由"华胥"句点出梦境,谓梦中相逢。"轻盈""娇软",似见如闻。"夜长"二句,对仗轻灵,明写对方怨我,暗衬自己思伊和负疚心态。下片起处梦后见物念人,以下想象伊人梦魂随郎,实亦关合上片梦境,谓不时梦中相见。结谓伊人魂归淮南。王国维《人间词话》称,独爱白石此二语,当以其写出清冷幽远之境。

〔2〕"燕燕"三句:梦会合肥情侣,谓其舞态轻盈,歌声娇软。燕燕、莺莺,语出苏轼《张子野年八十尚闻买妾,述古令作诗》:"诗人老去莺莺在,公子归来燕燕忙。"此喻合肥情侣。华胥,指梦。语出《列子》:"黄帝尽寝而梦,游于华胥之国。"

〔3〕"夜长"二句:伊人梦中自诉语:怨词人薄情,言自己相思情深。

〔4〕"别后"二句:别后书信频寄,别时针线在身,谓见物思人。

〔5〕"离魂"句:唐传奇《离魂记》谓倩娘魂随情侣王宙远游。郎行(háng),郎边。

〔6〕"淮南"二句:谓梦中情侣魂归淮南。淮南,指合肥。宋时合肥属淮南路。

姜　夔

杏花天影[1]

丙午之冬,发沔口,丁未正月二日,道金陵,北望淮楚,风日清淑,小舟挂席,容与波上[2]。

绿丝低拂鸳鸯浦,想桃叶当时唤渡[3]。又将愁眼与春风,待去,倚兰桡更少驻[4]。　　金陵路,莺吟燕舞[5],算潮水知人最苦[6]。满汀芳草不成归[7],日暮,更移舟向何处?

〔1〕 词作于淳熙十四年(1187)元月二日,时姜夔由汉阳赴湖州,道经金陵,作此词以念远。一起因地起兴而思情侣。然则,春到人愁,欲去又住,盖此去东下,距情侣所在合肥益远。下片以金陵金粉繁华,反衬游子寂寥之苦。结处补足"苦"字,既欲归不成,又前程茫然,别离漂泊,悲苦无限。

〔2〕 丙午:淳熙十三年(1186)。沔口:汉水入江处。丁未:淳熙十四年(1187)。淮楚:江苏、安徽北部一带,此即指安徽合肥。清淑:清朗和煦。挂席:挂帆。容与:缓行貌。

〔3〕 "绿丝"二句:悬想当年桃叶于此告别情景。桃叶,晋朝王献之之妾。相传王献之曾于秦淮河渡口作歌送别桃叶。此借喻与合肥情侣分别。鸳鸯浦,泛指别浦,而隐含与情侣离别之地。唤渡,呼唤渡船。

〔4〕 兰桡:船桨的美称。少驻:稍作停留。

〔5〕 莺吟燕舞:借指秦淮佳丽的曼歌艳舞。

〔6〕 "算潮水"句:唯潮水知我,盖人在船上漂泊,亦极言孤独寂寥。

〔7〕 "满汀"句:用"王孙游兮不归,春草生兮萋萋"(《楚辞·招隐士》)语意。

681

惜 红 衣[1]

吴兴号水晶宫,荷花盛丽[2]。陈简斋云:"今年何以报君恩,一路荷花相送到青墩。"亦可见矣[3]。丁未之夏,予游千岩,数往来红香中,自度此曲,以无射宫歌之[4]。

簟枕邀凉,琴书换日[5],睡馀无力。细洒冰泉,并刀破甘碧[6]。墙头唤酒,谁问讯城南诗客[7]。岑寂,高柳晚蝉,说西风消息[8]。　虹梁水陌,鱼浪吹香,红衣半狼藉[9]。维舟试望,故国眇天北[10]。可惜渚边沙外,不共美人游历[11]。问甚时同赋,三十六陂秋色[12]。

〔1〕词作于淳熙十四年(1187)夏,时词人寓居湖州叔岳萧德藻处。此白石自度曲,《惜红衣》,取其怜惜荷花凋零之意。但词非咏荷,而是借荷起兴,抒寂寥怀人之感。上片赋弁山纳凉消暑情景,貌似悠闲,实自遣寂寥。"岑寂"三句景结,系传颂名句,于时序更换消息中,透出凄清心境。下片起咏水上美景,而以红荷半败作转,引入怀人主旨。结处暗扣题面,问何时得以共赏三十六陂秋荷;殷切期盼,却又渺茫无据,不胜惆怅。

〔2〕吴兴:即湖州,乃江南水乡,北滨太湖,以其境内有苕、霅二溪,清澈可鉴,屋影倒映,犹如水中宫殿,故美其名曰"水晶宫"。

〔3〕陈简斋:南宋诗人陈与义号简斋。绍兴四年任湖州太守,一度病退,卜居青墩镇。所引词句出自《虞美人》词。

〔4〕丁未:淳熙十四年(1187)。千岩:位于湖州弁山。红香:红荷。自度此曲:谓自己创制《惜红衣》这一词调。无射(yì意)宫:乐曲宫调名。

〔5〕"簟枕"二句:卧竹席取凉,以琴书打发时光。陆辅之《词旨》列此联为工对。簟(diàn店),竹席。

〔6〕"细洒"二句:取果以泉水冲洗,以快刀破开。并刀,古时并州(今山西太原)出快刀。甘碧,指香甜鲜碧之瓜果。

〔7〕"墙头"二句:谓孤栖索居,无人过访。墙头唤酒,疑用杜甫《夏日李公见访》"隔屋唤西家,借问有酒不"诗意。谓纵可西邻借酒,奈无客光临。城南诗客,词人自指。

〔8〕"高柳"二句:谓晚蝉幽鸣,似言秋风将至。

〔9〕虹梁:虹形桥梁,即指拱桥。水陌:湖中水堤。鱼浪吹香:鱼戏莲池,浪带花香。红衣:指荷花。

〔10〕维舟:系船。眇:通渺。

〔11〕美人:指所怀之人。但系何人不详。

〔12〕"问甚时"二句:谓何时共赏同咏水乡湖塘秋荷美色。三十六陂(bēi杯):言湖塘之多。王安石《题西太乙宫壁》诗:"柳叶鸣蜩绿暗,荷花落日红酣。三十六陂烟水,白头想见江南。"

点　绛　唇[1]

丁未冬过吴松作

燕雁无心,太湖西畔随云去[2]。数峰清苦,商略黄昏雨[3]。　　第四桥边,拟共天随住[4]。今何许,凭栏怀古,残柳参差舞[5]。

〔1〕淳熙十四年(丁未,1187)冬,词人往返于湖州、苏州之间,途经吴松(今苏州吴江区),有感于天随居此,作此词。此白石小令词名篇。词虽短小,

内蕴却广,融自然与人生、身世与心灵、历史与时局于一炉。陈廷焯《白雨斋词话》评此词曰:"通首只写眼前景物,至结处……感时伤事,只用'今何许'三字提唱;'凭栏怀古'以下,仅以'残柳'五字咏叹了之,无穷哀感,都在虚处;令读者吊古伤今,不能自止,洵推绝调。"人或但以"清空"誉白石,读此词,当知其空灵之中自见沉郁。"数峰清苦"两句为人称颂,以其情境两到。

〔2〕 燕(yān烟)雁:燕地之雁,犹言北雁。无心:无机心,无所用心。句谓北雁随云,南北无定,任其天然。自况浪迹生涯和洒脱胸襟。

〔3〕 "数峰"二句:状山中阴沉不开气象。颇类陆游《卜算子·咏梅》:"已是黄昏独自愁,更着风和雨"。商略,商量,酝酿,此谓雨意浓酣。

〔4〕 "第四桥"二句:欲效天随,归隐江上。第四桥,即吴江城外甘泉桥。天随,晚唐诗人陆龟蒙号天随子。生逢乱世,举进士不第,放浪江湖,后归隐吴江甫里。白石对天随仰慕至深,其《三高祠》诗云:"沉思只羡天随子,蓑笠寒江过一生。"《除夜自石湖归苕雪》诗:"三生定是陆天随,又向吴松作客归。"故舟过吴江,乃有随归之想。

〔5〕 "今何许"三句:怀古伤今,残柳情景一似辛弃疾《摸鱼儿》结拍:"休去倚危栏,斜阳正在,烟柳断肠处。"象征南宋国运之不堪。何许,兼含何处、何在、何时、如何诸义。

琵 琶 仙[1]

《吴都赋》云:"户藏烟浦,家具画船",唯吴兴为然[2]。春游之盛,西湖未能过也。己酉岁,予与萧时父载酒南郭,感遇成歌[3]。

双桨来时,有人似、旧曲桃根桃叶[4]。歌扇轻约飞花,蛾眉正奇绝[5]。春渐远,汀洲自绿,更添了、几声啼鴂[6]。

十里扬州,三生杜牧,前事休说[7]。　　又还是、宫烛分烟,奈愁里、匆匆换时节[8]。都把一襟芳思,与空阶榆荚[9]。千万缕、藏鸦细柳,为玉尊、起舞回雪[10]。想西出阳关,故人初别[11]。

〔1〕词作于淳熙十六年(1189),时词人寓居湖州。词写湖上春游念远。此为白石自度曲,其所怀合肥情侣善琵琶,是以调名正切怀人本体。起笔四句,记湖上所遇舟中佳丽,一似旧日情侣。虽似是而非,却由此生出一段怀远情思。以下虽情思缠绵,却不放一实笔,全凭眼前景物曲折传出,空灵馨逸。"春渐远"六句,春远事遥,旧游不堪回首。下片更融唐人涉柳三诗入词,既切离怀,又暗合合肥多柳,构想天然精妙。时序复回,而往事难追,一片情思唯付漫天杨花。柳丝万缕,不挽筵前行客,由此回忆当年初别情景,景物似昔,但事去人杳,倍添感伤。

〔2〕《吴都赋》:实为《唐文粹》李庚之《西都赋》,篇名不合,文字也稍有出入,当为白石误记。

〔3〕己酉:淳熙十六年。萧时父:白石叔岳萧德藻的子侄辈。郭:外城。

〔4〕"双桨"二句:佳丽乘舟远来,芳姿仿佛旧日情侣。旧曲,旧日坊曲(青楼)。桃根桃叶,桃叶,晋王献之妾;桃根,桃叶之妹。宋词中常借指歌舞女子。白石则借指其合肥情侣。

〔5〕"歌扇"二句:为舟中佳丽绘像。约,掠,拂过。

〔6〕"春渐远"三句:杜鹃声中春将消逝,以春喻美好往事。啼鴂,即杜鹃啼声哀切。《离骚》:"恐鹈鴃之先鸣兮,使百草为之不芳。"

〔7〕"十里"三句:以杜牧自况,不堪回首往昔旖旎情事。十里扬州,杜牧《赠别》:"春风十里扬州路,卷上珠帘总不如。"三生杜牧,黄庭坚《广陵早春》:"春风十里珠帘卷,仿佛三生杜牧之。"三生,过去、现在、未来,人生三世谓三生。

〔8〕"又还是"二句:叹时序重回,又是清明柳斜时节。此以韩翃《寒食》诗入词:"春城无处不飞花,寒食东风御柳斜。日暮汉宫传蜡烛,轻烟散入五侯

家。"宫烛分烟,唐宋习俗,寒食禁火,清明日,宫中取新火以赐群臣。

〔9〕"都把"二句:满怀幽思付与无情杨花榆荚。此化用韩愈《晚春》诗意:"杨花榆荚无才思,唯解漫天作雪飞。"榆荚,榆树的果实,形小似钱,也称榆钱。

〔10〕"千万缕"二句:言柳丝万缕常为别宴起舞,飘絮似雪。玉尊,酒杯,此代指别宴。

〔11〕"想见"二句:忆昔与情侣初别。此以王维《送元二使安西》诗意入词:"渭城朝雨浥轻尘,客舍青青柳色新。劝君更进一杯酒,西出阳关无故人。"

念 奴 娇[1]

予客武陵,湖北宪治在焉[2]。古城野水,乔木参天。予与二三友日荡舟其间,薄荷花而饮,意象幽闲,不类人境。秋水且涸,荷叶出地寻丈,因列坐其下,上不见日,清风徐来,绿云自动,间于疏处窥见游人画船,亦一乐也[3]。揭来吴兴,数得相羊荷花中[4]。又夜泛西湖,光景奇绝,故以此句写之。

闹红一舸[5],记来时、尝与鸳鸯为侣。三十六陂人未到,水佩风裳无数[6]。翠叶吹凉,玉容销酒,更洒菰蒲雨[7]。嫣然摇动,冷香飞上诗句[8]。　　日暮青盖亭亭,情人不见,争忍凌波去[9]。只恐舞衣寒易落,愁入西风南浦[10]。高柳垂阴,老鱼吹浪,留我花间住。田田多少,几回沙际归路[11]。

〔1〕词作于淳熙十六年夏秋之交。虽云西湖赏荷,实亦涵括昔日武陵、

姜夔《扬州慢》(淮左名都)

吴兴两地赏荷之感受。词咏荷,不粘不脱,绘其形,更求其神。颂荷之"出污泥而不染",冷韵幽香,实亦表现词人淡雅之审美意趣和高洁之品行操守。"人未到",足见荷境之清幽。"翠叶"三句,以拟人手法绘形摹态。歇拍冷香入诗,妙笔传神。下片承上拟人,写荷之神。不忍骤去,花恋情侣,但又愁西风南浦,不得不去,此美人迟暮之感。柳、鱼犹自留我观赏,人岂能忘情田田荷叶。结仍扣题,情深无限。

〔2〕武陵:宋名朗州武陵郡,今湖南常德。时荆湖北路提点刑狱官署设在武陵。

〔3〕"古城"十四句:追述昔年与友人在武陵赏荷情景。薄,迫近。且涸(hé河),将要干竭。寻,八尺为一寻。绿云,指荷叶。

〔4〕"朅来"二句:谓年来吴兴观荷。朅(qiè切)来,来到。朅,发语词,无义。相羊,徜徉,流连徘徊。

〔5〕闹红一舸:一叶小舟荡漾于红荷丛中。

〔6〕"三十六陂"二句:湖中荷花淀深处,人迹罕至,水叶风荷无数。三十六陂,此泛言诸多荷花淀。水佩风裳,写美人装饰,此指荷叶荷花。李贺《苏小小墓》诗:"风为裳,水为佩。"

〔7〕翠叶吹凉:微风轻拂,荷叶送凉。玉容销酒:荷花似酒意才消的美人,脸上犹带娇红。菰蒲:蒲草与茭白。

〔8〕"嫣然"二句:荷花临风摇曳似美人嫣然含笑,幽香缕缕,令人诗兴大发。

〔9〕"日暮"三句:荷花似待情人,不忍凌波而去。谓荷将残。青盖,谓绿色荷叶似伞盖。凌波,步履轻盈貌。

〔10〕"只恐"二句:愁西风萧瑟,荷花凋零。李璟《摊破浣溪沙》:"菡萏香销翠叶残,西风愁起绿波间。还与韶光共憔悴,不堪看。"舞衣,指荷叶。

〔11〕"田田"二句:人恋荷花,多少回不忍归去。田田,荷叶毗连满盛貌。乐府《江南曲》:"江南可采莲,莲叶何田田。"

浣 溪 沙

辛亥正月二十四日,发合肥[1]

钗燕笼云晚不忺[2],拟将裙带系郎船,别离滋味又今年。　　杨柳夜寒犹自舞,鸳鸯风急不成眠,些儿闲事莫萦牵[3]。

〔1〕辛亥:光宗绍熙二年(1191)。此合肥惜别小词。上片赋情侣依依惜别,从情态至心绪,最后点明分离,着一"又"字,说明此非初别,更能消几番辛酸。下片写词人频频劝慰,两句比兴,结句本意。通篇不假典实藻绘,全用口语,纯以情胜。

〔2〕钗燕:燕状发饰。笼云:挽结云鬓。忺(xiān 掀):高兴,适意。

〔3〕萦牵:记挂心怀。

满 江 红[1]

《满江红》旧调用仄韵,多不协律。如末句云"无心扑"三字,歌者将心字融入去声,方谐音律[2]。予欲以平韵为之,久不能成。因泛巢湖,闻远岸箫鼓声,问之舟师,云:"居人为此湖神姥寿也[3]。"予因祝曰:"得一席风径至居巢[4],当以平韵《满江红》为迎送神曲。"言讫,风与笔俱驶[5],顷刻而成。末句云

"闻佩环",则协律矣[6]。书以绿笺,沉于白浪,辛亥正月晦也[7]。是岁六月,复过祠下,因刻之柱间。有客来自居巢云:"土人祠姥辄能歌此词[8]。"按曹操至濡须口,孙权遗操书曰:"春水方生,公宜速去。"操曰:"孙权不欺孤。"乃撤军还[9]。濡须口与东关相近[10],江湖水之所出入,予意春水方生,必有司之者,故归其功于姥云[11]。

仙姥来时,正一望、千顷翠澜。旌旗共乱云俱下,依约前山[12]。命驾群龙金作轭,相从诸娣玉为冠[13]。向夜深、风定悄无人,闻佩环[14]。　　神奇处,君试看:奠淮右,阻江南[15]。遣六丁雷电[16],别守东关。却笑英雄无好手,一篙春水走曹瞒[17]。又怎知、人在小红楼,帘影间[18]。

〔1〕绍熙二年(1191)正月底,词人泛舟巢湖,受祈祷湖神箫鼓启发,以平韵为《满江红》,作此祠神曲,以颂巢湖仙姥。上片写"春水方生"、仙姥降临场景,以绿水、旌旗、乱云、车驾、侍从烘托渲染,云谲波诡,斑驳灿烂,令人想见仙姥之风仪不凡。下片颂其神通,镇淮却敌,融浪漫想象与历史事实为一体。此词瑰奇壮阔,格调高亮,而上下两结却取境清幽纤丽,深得刚柔相济三昧。

〔2〕无心扑:引自周邦彦《满江红》(尽日移阴),其结拍为:"最苦是、蝴蝶满园飞,无心扑。"融入去声:谓此句"心"字原为平声,歌时则唱作去声,以求谐律。

〔3〕巢湖:在今安徽巢湖市东南。舟师:船伕。湖神姥(mǔ母)寿:为巢湖女神祝寿。当地有神姥庙。

〔4〕祝:祈祷。居巢:古县名,在今安徽巢湖市东北。

〔5〕讫:止。风与笔俱驶:谓风顺笔快。

〔6〕闻佩环:"佩"为去声,故协律。

〔7〕绿笺:即绿章,祭神文所用的绿纸。沉于白浪:谓投赠湖神。辛亥:

即绍熙二年(1191)。正月晦:即正月三十日。

〔8〕祠姥:祭祀仙姥。

〔9〕"按曹操"七句:事见《三国志·吴书·吴主传》,谓曹操因军士不善水战,故撤还。濡须口,在巢湖市之南,为巢湖入江口。遗(wèi畏),致,送。

〔10〕东关:故址在濡须山上,控扼巢湖水道,为兵家要冲。

〔11〕司之者:指主宰湖水者,即巢湖仙姥。

〔12〕"仙姥"四句:谓仙姥由前山飘然降湖。依约,隐约。

〔13〕"命驾"二句:写仙姥车驾与侍从。命驾群龙,命群龙驾车。金作𫐐(è扼),以金为车𫐐。𫐐,套于马颈的曲木。诸娣(dì弟),指侍从仙女。姜夔句下自注云:"庙中列坐如夫人者十三人。"

〔14〕"向夜深"二句:谓夜深风定,犹闻群仙佩环声响。

〔15〕"奠淮右"二句:使淮右安定,为江南屏障。淮右,指淮南西路一带。

〔16〕六丁雷电:传说中的六丁六甲、雷公电母诸神。

〔17〕"却笑"二句:谓曹操亦非英雄好手,"春水方生",便自撤军。参见序文。曹瞒,曹操之小字。

〔18〕"又怎知"二句:谓当归功于仙姥,见序文结句。红楼帘影,当指仙姥庙神龛。

淡 黄 柳[1]

客居合肥南城赤阑桥之西,巷陌凄凉,与江左异[2]。唯柳色夹道,依依可怜。因度此曲,以纾客怀[3]。

空城晓角,吹入垂杨陌。马上单衣寒恻恻[4]。看尽鹅黄嫩绿,都是江南旧相识[5]。　　正岑寂,明朝又寒食。强携酒,小桥宅,怕梨花落尽成秋色[6]。燕燕飞来,问春何在？唯有池塘自碧[7]。

〔1〕绍熙二年(1191)春,词人寓居合肥有感而作,系词人自度曲。词以柳起兴,缘情写景,上片着力渲染空城之清寒,极类其《扬州慢》之"清角吹寒,都在空城",但词境尤觉空灵。下片"岑寂"束上,以下从虚处着笔,撇开现实,悬想明日。携酒访旧寻欢,却以"强"字、"怕"字作转,盖聊遣客怀,兼愁春归。结处更推开一层,以燕燕问春提唱,以"池塘自碧"作答,寄花落春去、客怀空寂于言外,亦自绵邈清空。

〔2〕赤阑桥:姜夔《送范仲讷往合肥》诗云:"我家曾住赤阑桥。"江左:江南。

〔3〕纾(shū舒):缓解。

〔4〕"空城"三句:谓马过垂杨巷陌,空城晓角,一片清寒。"马上"句倒装。恻恻,凄愁貌。晚唐韩偓《寒食夜》诗:"恻恻轻寒剪剪风。"

〔5〕"看尽"二句:谓柳色虽依旧,巷陌却凄凉,隐含家国之感。盖宋、金淮水为界,合肥已是边城。

〔6〕"强携酒"三句:携酒强欢,怕春归去。强,勉强。小桥宅,指情侣居处。小桥,即小乔。姜夔《解连环》:"为大乔能拨春风,小乔妙移筝,雁啼秋水。"大乔,小乔,东吴桥公之女,此借指合肥情侣姐妹。梨花秋色,化用李贺《河府试十二月乐词》:"梨花落尽成秋苑。"易一"色"字以协韵。

〔7〕"燕燕"三句:借燕惜春,谓春色已尽,空馀一池碧水。

长 亭 怨 慢[1]

予颇喜自制曲,初率意为长短句,然后协以律[2],故前后阕多不同。桓大司马云:"昔年种柳,依依汉南;今看摇落,凄怆江潭;树犹如此,人何以堪[3]!"此语予深爱之。

渐吹尽、枝头香絮[4]。是处人家,绿深门户[5]。远浦萦回,暮帆零落向何许。阅人多矣,谁得似长亭树[6]。树若有情时,不会得青青如此[7]。　　日暮,望高城不见[8],只见乱山无数。韦郎去也,怎忘得玉环分付[9]:"第一是早早归来,怕红萼无人为主[10]!"算空有并刀[11],难剪离愁千缕。

〔1〕此亦合肥惜别词,作于淳熙二年(1191)暮春。序言桓温植柳事,合肥正多柳,是以上片除"远浦"两句点明行舟外,馀皆咏柳,将愁人离怀、人生感慨曲为传出。"阅人"数句,化用唐诗,自出新意,"最沉痛迫烈"(陈廷焯《白雨斋词话》)。下片舟行人去,追忆情侣临别叮咛,离愁千缕,并刀难断。上片借柳咏怀,清空骚雅。下片"韦郎"数句,却不无柳七、秦郎风韵。

〔2〕"初率意"二句:谓先作歌词,后配乐曲。率意,随意、任意。

〔3〕桓大司马:指东晋桓温,以大司马北征途经金城,见昔植之柳已粗十围,叹曰:"木犹如此,人何以堪!"(见《世说新语·言语》)但"昔年"六句引自庾信《枯树赋》,非桓温原话。汉南:汉水之南。

〔4〕香絮:指柳絮。

〔5〕是处:处处。绿深门户:谓绿柳掩户。

〔6〕"阅人"二句:谓长亭柳树送别无数,却青色依旧,不见衰飒。

〔7〕"树若"二句:谓柳色常青,因其无情。此暗用李贺《金铜仙人辞汉歌》"天若有情天亦老"诗意,以柳之无情反衬人之有情。

〔8〕"望高城"句:化用欧阳詹诗:"高城已不见,况复城中人。"(《初发太原途中寄太原所思》)

〔9〕"韦郎"二句:据《云溪友议》,韦皋游江夏,与侍女玉箫有情,别时留玉指环一枚,约七载后再会。韦逾期不至,玉箫绝食而死。后韦得一歌姬,酷似玉箫,中指隆起隐如玉环。此以韦皋自喻,谓不忘旧情,必将重至。

〔10〕"第一"二句:情侣临别叮咛语。红萼,情侣自况。歌女低微,故有

"无人为主"之虞。

〔11〕并刀:并州(今山西太原)剪刀,以锋利著称。

凄　凉　犯[1]

合肥巷陌皆种柳,秋风夕起骚骚然[2]。予客居阖户,时闻马嘶,出城四顾,则荒烟野草,不胜凄黯,乃著此解[3]。琴有《凄凉调》,假以为名[4]。凡曲言犯者,谓以宫犯商、商犯宫之类。如道调宫"上"字住,双调亦"上"字住,所住字同,故道调曲中犯双调,或于双调曲中犯道调,其他准此。唐人乐书云:"犯有正、旁、偏、侧,宫犯宫为正,宫犯商为旁,宫犯角为偏,宫犯羽为侧。"此说非也。十二宫所住字各不同,不容相犯;十二宫特可犯商、角、羽耳[5]。予归行都,以此曲示国工田正德,使以哑觱栗吹之,其韵极美[6]。亦曰《瑞鹤仙影》。

绿杨巷陌秋风起,边城一片离索[7]。马嘶渐远,人归甚处,戍楼吹角。情怀正恶,更衰草寒烟淡薄。似当时、将军部曲,迤逦度沙漠[8]。　　追念西湖上,小舫携歌[9],晚花行乐。旧游在否,想如今、翠凋红落[10]。漫写羊裙,等新雁来时系着[11]。怕匆匆、不肯寄与误后约[12]。

〔1〕此词为绍熙二年(1191)秋,寓居合肥自度曲。合肥本江淮腹地,而今却成"边城",往昔繁华烟消云散,举目一派萧瑟凄凉,无怪词人"情怀正恶",恰似行军沙漠。下片时空转换,追忆当年杭城游湖之乐,碧水红荷,画船携歌,与眼前合肥凄凉形成鲜明对照。"旧游"两句,更悬想今日西湖人事俱非景况,

遂益增时局不稳、麦秀黍离之悲。结谓传书无凭,旧约难诺,唯寂寥自处,仍紧扣词调"凄凉"二字。

〔2〕骚骚然:风力强劲貌。

〔3〕阖户:闭门。解:乐曲之一章,即指本词《凄凉犯》。

〔4〕"琴有"二句:谓《凄凉犯》借用琴曲《凄凉调》之名。

〔5〕"凡曲言犯者"十数句:论述犯调。犯,使宫调相犯以增加一种特殊的音乐美,类西乐之转调。住,住字,亦名杀声,结声,指全曲结尾之音。姜夔以为十二宫可以犯商、角、羽者,因其"住"字相同。按:据《花庵词选》于此调下注云:"仙吕调犯商调。"

〔6〕"予归"四句:非当时语,乃后来所增补。行都,指南宋京都杭州。田正德,时教坊著名乐工。哑觱(bì必)栗,古时一种管乐器,以其为众乐之首,亦称头管。

〔7〕边城:宋金以淮水为界,故称合肥为边城。离索:此谓萧条冷落。

〔8〕"似当时"二句:犹如兵士行军于沙漠。部曲,古时军队的编制单位。《续汉书·百官志》:"将军领军,皆有部曲。大将军营五部,部有校尉一人。部下有曲,曲有军侯一人。"

〔9〕携歌:指携带歌女。

〔10〕"旧游"二句:想见人事俱非景况。旧游,旧日同游。翠凋红落,谓秋来荷花凋零。

〔11〕"漫写"二句:欲待鸿雁传书。羊裙,指信函。《南史·羊欣传》载,羊欣着新绢裙昼寝,王献之挥笔数幅于羊裙,羊欣醒见,喜而珍藏。

〔12〕"怕匆匆"句:怕大雁匆匆飞去,不肯捎信,误了旧约。

解　连　环[1]

玉鞍重倚,却沉吟未上,又萦离思。为大乔能拨春风,小乔妙移筝,雁啼秋水[2]。柳怯云松,更何必、十分梳洗[3]。道"郎携羽扇,那日隔帘,半面曾记[4]。"　西窗夜凉雨霁,叹幽欢未足,何事轻弃!问后约、空指蔷薇,算如此溪山,甚时重至[5]?水驿灯昏,又见在、曲屏近底[6]。念唯有夜来皓月,照伊自睡。

〔1〕绍熙二年(1191),白石别合肥情侣后,于旅程驿站作此词。词以叙事为主,但融入浓郁的抒情,且时空转换,追忆与幻觉交揉,完美地体现了词人心绪流程。起笔欲行却止,离思萦怀。以下展开回忆:情侣姐妹无心梳理,琵筝惜别,犹记当年初见;词人则叹惋多情轻别,后约无据。"水驿"两句,时空转换,但人在旅舍,灯火朦胧间,神魂却仿佛返回情侣居处。结拍情难自禁,犹自悬想伊人冷月独眠景况。

〔2〕"为大乔"三句:合肥情侣姐妹为词人临别演奏。大乔、小乔,三国东吴乔公之女,代指合肥情侣姐妹。拨春风,谓善弹琵琶,音如春风流拂。黄庭坚《次韵和答曹子方杂言》:"侍儿琵琶春风手。"妙移筝,筝艺高超,声似雁鸣秋江。

〔3〕"柳怯"二句:无心梳理,但更具天然美韵。柳怯,似柳枝怯风,喻体态柔美。云松,云鬟(发髻)蓬松。

〔4〕"道郎"三句:情侣话语,谓犹记当年隔帘初见词人携扇来时景况。半面,谓初次见面。《后汉书·应奉传》注引谢承语:"奉年二十时,尝诣彭城相袁贺。贺时出行闭门,造车匠于内开扇出半面视奉,奉即委去。后数十年于路见车匠,识而呼之。"又,《北齐书·杨愔传》:"其聪记强识,半面不忘。"后即以半面之交、半面之识,谓初次相识或相识不深。

〔5〕"问后约"三句:空指蔷薇花谢为后约之期,此处山水纵美,何时方能重来?杜牧《留赠》诗:"不用镜前空有泪,蔷薇花谢即归来。"

〔6〕"水驿"二句:灯火昏黄,人仿佛又到伊人卧室曲折屏风旁。水驿,水边驿站。近底,旁边,宋人口语。近,白石自注"平声"。

暗　香[1]

辛亥之冬,予载雪诣石湖[2]。止既月,授简索句,且征新声[3]。作此两曲,石湖把玩不已,使工妓隶习之,音节谐婉,乃名之曰《暗香》、《疏影》[4]。

旧时月色,算几番照我,梅边吹笛[5]。唤起玉人,不管清寒与攀摘[6]。何逊而今渐老,都忘却春风词笔[7]。但怪得、竹外疏花,香冷入瑶席[8]。　　江国,正寂寂。叹寄与路遥,夜雪初积[9]。翠尊易泣,红萼无言耿相忆[10]。长记曾携手处,千树压西湖寒碧[11]。又片片、吹尽也,几时见得[12]。

〔1〕 绍熙二年(1191)冬,姜夔赴苏州访老诗人范成大。应范之请,创新调二曲,因是品梅之作,故取名《暗香》、《疏影》。张炎《词源》谓诗之赋梅,以林逋《山园小梅》一联为最,词之赋梅,则以白石此二首称魁。曲虽为二,词意实一。细究内蕴,虽众说纷纭,然大率自以咏梅为主,而兼含怀人意绪和身世之感。唯《暗香》意脉较明,《疏影》则未免朦胧。《暗香》上片时空由昔而今,以"旧时"、"而今"相呼应。旧时与玉人和月摘梅,如梦似幻;而今年老,才不副情,无心咏梅。歇拍怪冷香入席:隐括词题,触发情思,启动诗兴,一笔三到。下片时空由今而昔,而以"长记"承转。寄梅无从,怀人之思;对梅自伤,相思之苦。以下遥承和月摘梅,追忆西湖赏梅。结拍双关:梅残人散,哀惋不尽。

〔2〕 辛亥:即绍熙二年(1191)。石湖:著名诗人范成大晚年退居苏州石湖,自号石湖居士。

〔3〕止既月:居住月馀。授简索句:给诗笺以索词章。新声:新的乐章。即求其自谱新曲。

〔4〕工妓:乐工、歌女。隶习:练习。《暗香》、《疏影》:语出北宋诗人林逋《山园小梅》:"疏影横斜水清浅,暗香浮动月黄昏。"

〔5〕"旧时"三句:谓月下吹笛赏梅。

〔6〕"唤起"二句:贺铸《浣溪沙》词:"玉人和月摘梅花。"玉人,佳人。

〔7〕"何逊"二句:何逊为南朝梁代诗人,爱梅,作《咏早梅》诗,又有《咏春风》诗。白石以何逊自况,谓而今才力不逮,已无当年春风词笔,难赋爱梅深情。亦自谦之词。

〔8〕"但怪得"二句:谓竹外疏梅送来幽香,启我情思和诗兴。苏轼《和秦太虚梅花》:"竹外一枝斜更好。"瑶席:座席之美称。

〔9〕"叹寄与"二句:欲折梅寄远,奈路遥雪深。此用陆凯《赠范晔》诗意:"折梅逢驿使,寄与陇头人。江南无所有,聊赠一枝春。"

〔10〕"翠尊"二句:举杯感伤,对梅念远。翠尊,绿玉酒杯。红萼,指红梅。

〔11〕"长记"二句:追忆与玉人共赏西湖梅林情景。

〔12〕"又片片"二句:谓梅花凋零,何时再开,兼含离人何日重会之意。

疏　　影〔1〕

苔枝缀玉,有翠禽小小,枝上同宿〔2〕。客里相逢,篱角黄昏,无言自倚修竹〔3〕。昭君不惯胡沙远,但暗忆江南江北。想佩环、月夜归来,化作此花幽独〔4〕。　　犹记深宫旧事,那人正睡里,飞近蛾绿〔5〕。莫似春风,不管盈盈,早与安排金屋〔6〕。还教一片随波去,又却怨玉龙哀曲〔7〕。

等恁时、重觅幽香,已入小窗横幅[8]。

〔1〕同是咏梅,但手法与《暗香》有异。一是品咏中强化梅花本体,二是通篇用典拟人。上片叠用三事,分咏梅之形、梅之神、梅之魂,突现其纯洁、孤高、幽独之品格和气质。下片又用二事,花恋人,人恋花,哀叹梅之凋谢、飘零,重在抒发词人爱梅、惜梅之情。结拍以转为收:不闻幽香,唯见疏影,依然紧扣词题。此词用事太多,意象空灵朦胧,但亦如王国维《人间词话》评白石词:"虽格韵高绝,然如雾里看花,终隔一层。"

〔2〕"苔枝"三句:翠鸟栖枝,与梅同宿。苔枝缀玉,指苔梅。范成大《梅谱》谓"其枝樛曲万状,苍藓鳞皴,封满花身;又有苔须垂于枝间或长数寸,风至,绿丝飘飘可玩"。玉,指梅花朵。翠禽,翠鸟,传说中的梅花神。曾慥《类说》引《异人录》载,赵师雄过罗浮山遇美人,与之对饮,有绿衣侍童舞于侧。赵醉寐醒来,但见"大梅花树上,有翠羽剌嘈相顾"。始知所遇美女乃梅花女神,绿童为翠鸟所化。姜夔用以映衬梅花。又,姜夔《鬲溪梅令》:"漫向孤山山下觅盈盈,翠禽啼一春。"亦用此传说。

〔3〕"客里"三句:客中遇梅,梅似幽居佳人。化用杜甫《佳人》诗意:"绝代有佳人,幽居在空谷。""天寒翠袖薄,日暮倚修竹。"

〔4〕"昭君"四句:谓梅乃昭君魂魄所化。此化用杜甫《咏怀古迹》五首之三咏昭君诗意:"一去紫台连朔漠,独留青冢向黄昏。画图省识春风面,环佩空归夜月魂。"

〔5〕"犹记"三句:据《太平御览》,南朝宋武帝刘裕之女寿阳公主闲卧章含殿檐下,梅花落其额上,拂拭不去。宫女奇而效之,曰"梅花妆"。此谓花恋人,实是写梅之凋落。蛾绿,指美女之眉黛。

〔6〕"莫似"三句:此用汉武帝"金屋藏娇"事,谓人惜花。盈盈,形容女子仪态美好,此借指梅花。

〔7〕"还教"二句:惜落梅随水,怨笛声哀惋。玉龙,笛名。哀曲,指笛曲《梅花落》。李白《与史郎中钦听黄鹤楼上吹笛》:"黄鹤楼中吹玉笛,江城五月落梅花。"

〔8〕"恁时"二句:待花尽再觅,不闻幽香,唯见疏影于窗边画幅(或谓梅影映窗如画)之上。恁时,那时。幽香,指梅花。

玲 珑 四 犯[1]

越中岁暮,闻箫鼓感怀

叠鼓夜寒,垂灯春浅,匆匆时事如许[2]。倦游欢意少,俯仰悲古今[3]。江淹又吟恨赋,记当时送君南浦[4]。万里乾坤,百年身世,唯有此情苦。　　扬州柳垂官路,有轻盈换马,端正窥户[5]。酒醒明月下,梦逐潮声去。文章信美知何用,漫赢得天涯羁旅[6]。教说与,春来要寻花伴侣。

〔1〕绍熙四年(1193),词人寓居越中(绍兴),有感于岁暮箫鼓,作此词。开篇四言对起,应题,描摹岁暮欢庆气氛。"匆匆"句逆承,以下转入客怀凄独,深感古往今来,天广地大,人生百年,唯以离别索居最苦。换头追忆当年放浪欢洽情景,如醉似梦;酒醒梦觉,往事俱逝;现实惨淡,空怀满腹文章而天涯飘零,唯以"春来觅花"自遣而已。词中"文章信美知何用"句,道尽古今怀才不遇者之愤懑。

〔2〕"叠鼓"三句:闻箫鼓迎春而感时事匆匆。叠鼓,鼓声不断,谓家家击鼓。垂灯,挂灯,谓户户张灯结彩。

〔3〕"俯仰"句:瞬间世事变幻,令人怀昔伤今。俯仰,低头仰首。俯仰之间,喻时间短暂。王羲之《兰亭集序》:"俯仰之间,已为陈迹。"

〔4〕"江淹"二句:追忆当年送别,这才领悟江淹何以抱恨伤别。江淹,南朝文学家,善辞赋,以《恨赋》、《别赋》著称。《别赋》即有"送君南浦,伤如之

何"语。

〔5〕"扬州"三句：追忆当年放浪游乐生涯。扬州，代谓繁华都市，未必实指其地。轻盈换马，古乐府《杂曲歌辞》有《爱妾换马》篇。《异闻实录》载，鲍生爱蓄声妓，韦生擅养骏马，一日相遇对饮，乃以声妓换马。轻盈，体态柔美貌，代指美女。端正窥户，谓有端庄佳人窥视户外行人。周邦彦《瑞龙吟》词："因记个人痴小，乍窥门户。"

〔6〕"文章"二句：言文才何用？此身沦落天涯。

齐 天 乐 〔1〕

丙辰岁，与张功父会饮张达可之堂，闻屋壁间蟋蟀有声，功父约予同赋，以授歌者〔2〕。功父先成，辞甚美。予徘徊茉莉花间，仰见秋月，顿起幽思，寻亦得此〔3〕。蟋蟀中都呼为促织，善斗，好事者或以三二十万钱致一枚，镂象齿为楼观以贮之〔4〕。

庾郎先自吟愁赋，凄凄更闻私语〔5〕。露湿铜铺，苔侵石井，都是曾听伊处〔6〕。哀音似诉，正思妇无眠，起寻机杼〔7〕。曲曲屏山〔8〕，夜凉独自甚情绪。　　西窗又吹暗雨，为谁频断续，相和砧杵〔9〕？候馆迎秋，离宫吊月，别有伤心无数〔10〕。豳诗漫与〔11〕，笑篱落呼灯，世间儿女〔12〕。写入琴丝，一声声更苦〔13〕。

〔1〕宋宁宗庆元二年（1196）秋，姜夔客杭州，与友人张镃同咏蟋蟀。张词《满庭芳》先成，贺裳谓其"心细如丝发"，形容曲尽。姜欲争胜，唯另辟蹊径。或受宣政间《蟋蟀吟》（见词人原注）启发，姜词不赋蟋蟀之形，专赋蟋蟀之声，

并以空间不断转移和人事广泛触发,层层夹写,步步烘托,构思新巧。乃铜铺石井、深闺溪畔、候馆离宫,处处悲鸣;骚人墨客、织布女、捣衣妇,以至羁旅行役各色人等,都各自"别有伤心";吟哦愁赋声、凄切私语声、机杼轧轧声、暗雨敲窗声、砧杵捣衣声,声声"哀音似诉";三者交融合一,织成一片幽怨。以此谱入乐曲,自当"一声声更苦",这便是白石独创的词中《蟋蟀吟》。

〔2〕丙辰岁:即宁宗庆元二年(1196)。张功父:张镃字功父,一字时可,姜夔友人,著有《玉照堂词》。张达可:当是张镃叔兄弟。以授歌者:交歌女演唱。

〔3〕寻亦得此:遂即写成此词。

〔4〕中都:此指北宋都城汴京(开封)。镂(lòu 漏):雕刻。象齿:象牙。

〔5〕庾郎:指北周文学家庾信,其所作《愁赋》,不见本集,叶廷珪《海录碎事》存其片断。凄凄私语:状蟋蟀鸣声凄切。

〔6〕"露湿"二句:谓门首、后院,处处可闻蟋蟀鸣声。铜铺,以铜铸成用以挂门环的底座。

〔7〕"哀音"三句:蟋蟀哀鸣,促思妇夜起织布。机杼(zhù 祝),指织布机。

〔8〕屏山:即屏风,上面画有远山远水,容易触发思妇离绪。

〔9〕"西窗"三句:夜雨敲窗,窗下蟋蟀声与溪畔捣衣声融成一片。砧杵,捣衣石和捶衣棒。

〔10〕"候馆"三句:秋月下,各色羁旅人氏闻蟋蟀哀鸣而触发伤心怀抱。候馆、离宫,客馆与行宫,此泛指旅舍。

〔11〕豳诗漫与:谓词人受蟋蟀鸣声感染而率意为诗。豳(bīn 宾)诗:指《诗经·豳风》中的《七月》,其中有咏蟋蟀语句:"七月在野,八月在宇,九月在户,十月蟋蟀入我床下。"漫与,谓不经意为诗,即指写本词。

〔12〕"笑篱落"二句:写小儿女呼灯捕蟋蟀之乐。实化用张镃《满庭芳·促织儿》诗句:"儿时曾记得,呼灯灌穴,敛步随音。"陈廷焯《白雨斋词话》评曰:"以无知儿女之乐,反衬出有心人之苦,最为入妙。"

〔13〕"写入"二句:以蟋蟀悲鸣谱为乐曲,其声益发凄楚。作者于此自注:"宣政间(即北宋宋徽宗政和、宣和年间),有士大夫制《蟋蟀吟》。"

庆 宫 春[1]

绍熙辛亥除夕,予别石湖归吴兴,雪后夜过垂虹,尝赋诗云:"笠泽茫茫雁影微,玉峰重叠护云衣。长桥寂寞春寒夜,只有诗人一舸归[2]。"后五年冬,复与俞商卿、张平甫、铦朴翁自封禺同载诣梁溪,道经吴松[3]。山寒天迥,云浪四合,中夕相呼步垂虹[4]。星斗下垂,错杂渔火,朔吹凛凛,卮酒不能支[5]。朴翁以衾自缠,犹相与行吟,因赋此阕,盖过旬涂稿乃定[6];朴翁咎予无益,然意所耽不能自已也[7]。平甫、商卿、朴翁皆工于诗,所出奇诡,予亦强追逐之;此行既归,各得五十馀解[8]。

双桨莼波,一蓑松雨[9],暮愁渐满空阔。呼我盟鸥,翩翩欲下,背人还过木末[10]。那回归去,荡云雪、孤舟夜发[11]。伤心重见,依约眉山,黛痕低压[12]。　　采香径里春寒,老子婆娑[13],自歌谁答。垂虹西望,飘然引去,此兴平生难遏。酒醒波远,政凝想、明珰素袜[14]。如今安在,唯有阑干,伴人一霎[15]。

〔1〕词作于庆元二年(1196)冬。五年前,姜夔至苏州访石湖居士范成大,尝作《暗香》、《疏影》,得以携小红回归。舟过垂虹,作诗云:"自作新词韵最娇,小红低唱我吹箫。曲终尽过松陵路,回首烟波十四桥。"(《过垂虹》)五年后,今又偕友过此,小红未随,范成大则已谢世三载,抚今追昔,赋此阕。起首两韵,写眼前之景,然"暮愁"渐生,呼鸥未下,已隐含怀人之意。三韵怀旧,即小序雪夜泛湖诗境。四韵折回现实,以人拟山,山在人非。过变五、六韵,怀古放

702

歌,孤舟远去,逸兴遄飞,有出尘之致。七韵"明珰素袜",承"采香径"而来,指西施。结韵"如今安在"四字提唱,而以唯有阑干伴人收煞,无限今昔兴衰之感。词伤逝怀昔,所怀似古(西施)又今(小红),更依稀石湖身影。一切俱不明言,但融情入景,倍觉空灵绵邈。

〔2〕绍熙辛亥:宋光宗绍熙二年(1191)。石湖:范成大自号石湖居士。垂虹:桥名,建于北宋,在今江苏苏州吴中区,前临太湖,横截吴江,三吴绝景。桥上有垂虹亭,故名。赋诗:姜夔其时作有《除夜自石湖归苕溪》十首绝句,引诗为组诗之七。

〔3〕俞商卿:俞灏字商卿。张平甫:张鉴字平甫,张镃异母弟,姜夔挚交。铦朴翁:葛天民字无怀,初为僧时名义铦,字朴翁。封禺:封山,禺山,在今浙江德清西南。梁溪:江苏无锡之别称。张平甫在彼有别墅。吴松:今江苏苏州吴江区。

〔4〕天迥:天宇高远。中夕:半夜。步:步行。

〔5〕朔吹:北风。卮(zhī知)酒:杯酒。支:支撑,此指御寒。

〔6〕以衾自缠:谓以被裹身以取暖。过旬涂稿乃定:十几天始改定此稿(指本词)。

〔7〕笞予无益:谓我作词不必如此认真。耽(dān担):癖好(指反复修改定稿)。

〔8〕强追逐之:勉强跟上(指作诗)。五十馀解:五十馀首。

〔9〕双桨莼波:谓荡舟湖中。莼,莼菜,浮生水面。一蓑松雨:谓身披蓑衣,迎着松林间飘来的雨点。

〔10〕"呼我"三句:谓沙鸥欲下又去。盟鸥,似有盟约的沙鸥,因旧地重游,故有是称。又古代隐士常称鸥鸟为忘机友。木末,树梢。

〔11〕"那回"三句:追忆五年前雪夜泛舟过此情景。

〔12〕"伤心"三句:远山依旧,令人感伤。眉山,远山似眉。黛痕,眉痕,状山色。

〔13〕采香径:溪名。据《吴郡志》,"吴王种香于香山,使美人泛舟于溪以采香。今自灵岩望之,一水直如矢,故俗又称箭径。"老子:词人自称。婆娑:盘旋,徘徊。

〔14〕政:同"正"。明珰素袜:代指美人,承上采香径,当指西施。明珰,耳坠上的明珠。

〔15〕"如今"三句:谓时移人去,感慨无限。

鬲溪梅令[1]

丙辰冬自无锡归,作此寓意

好花不与殢香人,浪粼粼[2]。又恐春风归去绿成阴,玉钿何处寻[3]？　木兰双桨梦中云,小横陈[4]。漫向孤山山下觅盈盈,翠禽啼一春[5]。

〔1〕词作于庆元二年(1196)冬。此白石自度曲。小序所称"寓意"者,即借梅怀人。是以通篇梅即人,人即梅,梅人合一。上片赋惜梅。词人唯恐时不我待,梅英飘落,绿叶成阴。下片写寻梅。忆昔荡舟赏梅,是铺垫之笔。结拍折入现今,孤山觅芳,唯闻翠鸟啼春。

〔2〕"好花"二句:人花隔溪,可望而不可即,正拍合词调本意。好花,即指梅花。殢(tì替)香人,沉湎于花香之人,即指惜花人。

〔3〕"又恐"二句:恐时序更换,梅花飘零。绿成阴,杜牧《叹花》:"自恨寻芳到已迟,往年曾见未开时。如今风摆花狼藉,绿叶成阴子满枝。"玉钿,女子首饰。此代指落梅。周邦彦《六丑·落花》:"为问花何在？夜来风雨,葬楚宫倾国。钗钿堕处遗香泽。"

〔4〕"木兰"二句:追忆当年荡舟共赏梅花情景。词人《暗香》:"长记曾携手处,千树压西湖寒碧。"小横陈,谓玉人斜倚舟中。按:一本作"水横陈"。

〔5〕"漫向"二句:言今日欲觅芳孤山,恐将徒劳。孤山,位于杭州西湖中,盛开梅花,为北宋诗人林逋"梅妻鹤子"隐居之地。盈盈,状美女之仪表,此

借指梅花。翠禽,翠鸟,传说中的梅花神。事见前《疏影》"有翠禽小小"注。

浣 溪 沙[1]

丙辰岁不尽五日,吴松作[2]

雁怯重云不肯啼[3],画船愁过石塘西[4],打头风浪恶禁持[5]。　春浦渐生迎棹绿[6],小梅应长亚门枝[7],一年灯火要人归[8]。

[1] 词作于庆元二年(1196)岁末返家途中,时姜夔已移家杭州,依张鉴。江湖流浪、清客生涯,使词人倍念家庭温馨。词写其迫切返家过年之欢乐心态。上片言"愁"者,阴云骇浪,舟行迟缓也,然也无非烘托映衬下片之欢。是以下片境换情转,看春水涨绿,想小梅新苗,最终结穴于灯火催归,一派生机与欢欣。

[2] 丙辰岁:庆元二年(1196)。不尽五日:离除夕五日。吴松:今江苏苏州吴江区。

[3] "雁怯"句:大雁无声,飞越重重阴云。有比况下文风狂浪猛、舟行困难之意。

[4] 石塘:苏州小长桥附近。

[5] 打头:犹言顶头。恶(wū 乌)禁持:怎生支撑。

[6] 棹(zhào 照):船桨。

[7] "小梅"句:悬想家中小梅苗发新枝,高可齐门。不无隐喻儿女生长之意。

[8] "一年"句:谓除夕守岁灯火催人归家。

鹧 鸪 天 [1]

元 夕 有 所 梦

肥水东流无尽期,当初不合种相思[2]。梦中未比丹青见,暗里忽惊山鸟啼[3]。　　春未绿,鬓先丝[4],人间别久不成悲[5]。谁教岁岁红莲夜,两处沉吟各自知[6]。

〔1〕庆元三年(1197),词人元宵感梦而作。此怀合肥情侣词,可与《踏莎行·江上感梦而作》参读。上片因相思遥深而入梦境,梦中依稀相逢,却又被山鸟无情惊破。下片梦后惆怅。"人间"句,体验真切。结拍点明元夕,并呼应篇首:两地相思,江流不绝。

〔2〕"肥水"二句:早知今日相思无尽,不该当年种下情根。肥水,在安徽,东经合肥而入巢湖。此句既点明当年情缘所在地,亦暗喻离恨似肥水东流无有尽期。

〔3〕"梦中"二句:喜梦中相逢,恼山鸟惊破。丹青,指画有情侣的图像。

〔4〕"春未"二句:言春还未尽绿郊原,愁已先染白双鬓,谓春浅愁深。

〔5〕"人间"句:离别既久,相思无已,于"久不成悲"中,益见悲之深切入骨。按:此时上距合肥情缘已二十馀载。

〔6〕"谁教"二句:言年年元夕,岁岁相思。红莲,指元夕花灯。按:古时风俗,元夕多为男女约会定情之时(如欧阳修《生查子》元夜词),故姜夔有此联想,并相思入梦。

姜　夔

永　遇　乐[1]

次稼轩北固楼词韵[2]

云鬲迷楼,苔封狠石,人向何处[3]？数骑秋烟,一篙寒夕,千古空来去[4]。使君心在,苍厓绿嶂,苦被北门留住[5]。有尊中酒差可饮,大旗尽绣熊虎[6]。　　前身诸葛,来游此地,数语便酬三顾[7]。楼外冥冥,江皋隐隐,认得征西路[8]。中原生聚,神京耆老,南望长淮金鼓[9]。问当时依依种柳,至今在否[10]？

〔1〕　嘉泰四年(1204),抗金中坚辛弃疾由浙东安抚使调任镇江(抗金前哨)知府,积极备战,以待北伐。尝登北固楼赋《永遇乐·京口北固亭怀古》,怀古伤今,自抒忠愤。姜夔即以此词唱和。词风近辛,而内涵有异。词颂稼轩,以北伐相期。起端六句怀古,叹千古英雄无觅。"使君"以下颂今,赞当世英雄稼轩;赞其扼守京口重镇,麾下将士勇猛。下片更以诸葛、桓温比况辛弃疾,深盼以其雄才大略恢复故都,不负中原父老厚望。白石词中明写黍离之悲者,《扬州慢》一阕而已,而直抒激扬爱国精神者,也仅此无二。

〔2〕　次……韵:按原唱词韵,依次相和。北固楼:即北固亭,位于镇江北固山上。北固山下临长江,形势险要。

〔3〕　"云鬲"三句:言眼前历史陈迹犹存,千古英雄却已无觅。即辛词起处"千古江山,英雄无觅,孙仲谋处"之意。鬲,同"隔"。迷楼,在扬州,为当年隋炀帝所建,与京口隔江相对。苔封,藓苔覆盖。狠石,在北固山甘露寺内,状如伏羊,相传孙权尝与刘备谋划抗曹于此。

〔4〕"数骑"三句:千古以来,岸边征骑、江上航舟空自往来如故。此承上英雄无觅、江山如故之意。

〔5〕"使君"三句:谓稼轩告别山水隐居生涯,出任镇江知府。按:稼轩于绍熙五年罢闲上饶达十年之久,嘉泰三年起知绍兴府兼浙东安抚使,嘉泰四年临安应对后,调知镇江。苍崖绿嶂,代指田园山水隐退生涯。使君,州郡长官可称使君,此指辛弃疾。北门,北疆门户,指镇江。因宋金以长淮为界,故有此称。

〔6〕"有尊中酒"二句:谓京口将士勇猛,有助北伐。据《晋书·郗超传》,桓温常云:"京口酒可饮,兵可用。"差可,尚可。旗绣熊虎,喻将士勇猛。

〔7〕"前身"三句:以诸葛亮比况稼轩。诸葛亮出山是酬刘备三顾茅庐之请,稼轩则于嘉泰四年临安应对后,出知镇江。

〔8〕"楼外"三句:东晋桓温曾拜征西大将军,北征苻秦。此处比况稼轩,谓其北伐中原,熟悉行军路线。按:稼轩少居北方,二十二岁率众起义,二十三岁南渡。

〔9〕"中原"三句:谓中原人民急盼王师北伐。生聚,繁殖人口,积蓄物资。《左传》哀公元年载:吴国灭越后,吴大臣伍员警告曰,越国"十年生聚"、"十年教训",终将亡吴。神京,北宋故都汴京(开封)。耆(qí其)老,古时六十老人称耆。长淮金鼓,指南宋朝廷由长淮发兵北伐。

〔10〕"问当时"二句:东晋桓温北伐,途经金城,见昔植之柳已粗十围,感慨曰:"木犹如此,人何以堪?"(《世说新语》)此借谓稼轩北伐,想见昔植之柳依依犹在。

汪莘

汪莘(1155—1227)字叔耕,休宁(今属安徽)人。早年屏居黄山,精研《易经》,旁及释、老。嘉定中,三次上书朝廷,均未果。后筑室柳溪,自号方壶居士。善诗词,词师苏轼而兼朱敦儒,词风飘逸清丽。著《方壶存稿》,词二卷,存词六十八首。

沁园春[1]

忆黄山

三十六峰,三十六溪,长锁清秋[2]。对孤峰绝顶,云烟竞秀;悬崖峭壁,瀑布争流[3]。洞里桃花,仙家芝草[4],雪后春正取次游[5]。亲曾见,是龙潭白昼,海涌潮头[6]。
当年黄帝浮丘,有玉枕玉床还在不[7]?向天都月夜,遥闻凤管;翠微霜晓,仰盼龙楼[8]。砂穴长红,丹炉已冷,安得灵方闻早修[9]?谁知此,问源头白鹿,水畔青牛[10]。

〔1〕黄山为安徽著名风景胜地,本名黟山,因传说黄帝栖真飞升于此,唐天宝间乃易名黄山。山间云气弥漫,有黄山云海之称。宋词中咏黄山之作寥寥,当以汪莘此篇为冠。词开篇三句总摄黄山山水全景,以下云烟竞秀,瀑布争流,桃花灵芝,龙潭汹涌,纷至沓来,次序迭出,而以"雪后"句游兴浓酣融贯。下片以"当年"虚提,引出种种有关神话传说,为奇丽之山水蒙上一层朦胧神秘色彩,令读者急欲一睹为快。

〔２〕"三十六峰"三句:总言山水之佳美。黄山素有三十六大峰、三十六小峰并二十四溪之说。此处三十六峰溪,乃泛举。长锁清秋,谓清秋常在,避暑胜境。

〔３〕"对孤峰"四句:描绘云烟游动、山瀑分泻之美。

〔４〕"洞里"两句:写黄山仙桃仙草。相传黄山炼丹峰炼丹洞中有二桃,为仙家之物,而轩辕峰下采芝源,则为当年黄帝采芝处。

〔５〕"雪后"句:不顾雪后春寒,急游黄山。取次,随意。

〔６〕"亲曾见"三句:谓亲见龙潭汹涌似海潮。龙潭,即指白龙潭,在桃花溪上游,白云溪白龙桥下。

〔７〕黄帝浮丘:传说仙家浮丘至黄山炼丹,黄帝服之,一并飞升,至今炼丹峰上种种炼丹遗物依稀犹在。不,同"否"。

〔８〕"向天都"四句:写明月下的天都峰和晓霜中的翠微峰。天都,黄山主峰之一,因其巍峨高大,尊为天帝神都。遥闻凤管,仿佛听到天帝月夜降临天都时的仙乐声。此种想象又源于另一传说。据说当年黄帝飞升时,云中曾飘来美妙的弦歌之声,于是便有望仙峰和弦歌溪之称。翠微,三十六大峰之一,峰下有翠微寺。龙楼,即指蜃楼,为临海地区因折光而形成的一种空间幻影,常呈楼台城郭状。

〔９〕"砂穴"三句:谓仙人已仙去,安得仙方灵丹,早日修炼成仙。砂穴,指采取炼丹砂之石穴。闻早,趁早,及早。

〔10〕"谁知此"三句:想来唯仙家之白鹿、青牛能解此谜团。相传浮丘公曾在此驾鹤驯鹿,故黄山有驾鹤洞、白鹿源。相传翠微寺左侧溪边一青牛,樵夫欲牵归,牛入水无踪,故称该溪为青牛溪。

杜旟

杜旟,字伯高,号桥斋,金华(今属浙江)人。尝师吕祖谦,淳熙、开禧两朝,先后两次以制科得荐。兄弟五人,俱有诗名,时称"金华五高"。有《桥斋集》,不传。今存词三首,词风近辛弃疾。

酹江月[1]

石头城

江山如此,是天开万古,东南王气[2]。一自髯孙横短策,坐使英雄鹊起[3]。玉树声销,金莲影散,多少伤心事[4]!千年辽鹤,并疑城郭非是[5]。　　当日万骊云屯,潮生潮落处,石头孤峙[6]。人笑褚渊今齿冷,只有袁公不死[7]。斜日荒烟,神州何在?欲堕新亭泪[8]。元龙老矣,世间何限馀子[9]。

[1]《酹江月》即《念奴娇》。石头城:旧址在今南京清凉山上。词登石城而观金陵,借怀古以伤今。上片谓金陵江山乃王气独钟,然英雄辈既可据此创业,而昏主们也能因之骄奢亡国。歇拍叹世事沧桑,江山破碎,暗由怀古转至伤今。下片承"千古"两句意脉,伤石城昔盛今衰。鄙褚颂袁,遥应上片之评判古人。"斜日"以下,折回现实:中原既丧,而当今英雄安在?激愤之情,溢于言表。此词通篇用事,议论纵横,颇类稼轩《永遇乐·京口北固亭怀古》,而终气魄稍逊。

〔2〕"江山"三句:谓金陵江山雄伟如此,乃上天造就,王气独钟。王气,指帝王之气。古人有所谓"望气"之术。

〔3〕"一自"二句:谓孙权据此图谋帝业,引出无数英雄。髯孙,孙权紫髯,故称髯孙。策,马鞭。鹊起,谓乘势奋飞。

〔4〕"玉树"三句:谓陈后主、齐东昏侯虽据金陵,却骄奢亡国,可资借鉴。玉树,曲名,即艳曲《玉树后庭花》,陈后主所作,其音甚哀,素称亡国之音。金莲,《南史·齐东昏侯纪》载:"凿金为莲花以帖地,令潘妃行其上,曰:此步步生莲也。"

〔5〕"千年"二句:用辽鹤归来事,隐谓而今山河破碎。据《搜神记》,辽东人丁令威学仙成功,化鹤归来,唱曰:"有鸟有鸟丁令威,去家千年今来归。城郭如故人民非,何不学仙冢累累。"

〔6〕"当日"三句:言当日万马云集,而今潮打空城。此古今盛衰之叹。

〔7〕"人笑"二句:谓同为金陵古人,却操守有异,不可同日而语。褚渊、袁粲同为南朝刘宋顾命大臣,萧道成篡位,褚渊失节,袁粲则殉节石头城。是以《南齐书·乐颐传》有"人笑褚公,至今齿冷"语。《南史》褚渊本传亦载民谚曰:"可怜石头城,宁为袁粲死,不作彦回生。"(褚渊,字彦回)齿冷,贻笑于人而遭人讥嘲。

〔8〕"斜日"三句:谓中原沦丧,令人堕泪。新亭泪,据《晋书·王导传》,东晋过江士大夫,常于金陵新亭聚会,感慨山河易主,"皆相视流泪"。

〔9〕"元龙"二句:自况元龙,叹喟世无英才。据《三国志·魏书·陈矫传》,陈登(字元龙)尝对陈矫品评当世人物,谓除刘玄德诸人外,"馀子琐琐,亦焉足录哉!"何限馀子,即化用其语,谓当世唯多庸碌辈耳。

刘仙伦

刘仙伦,一名儗,字叔儗,号招山,庐陵(今江西吉安)人。布衣终生,工诗词,尤以词著,与刘过齐名,时称"庐陵二士"。有《招山乐章》,存词三十馀首。

念奴娇

送张明之赴西幕[1]

艅艎东下[2],望西江千里[3],苍茫烟水。试问襄州何处是?雉堞连云天际[4]。叔子残碑,卧龙陈迹,遗恨斜阳里[5]。后来人物,如君瑰伟能几[6]? 其肯为我来耶?河阳下士,差足强人意[7]。勿谓时平无事也,便以言兵为讳[8]。眼底山河,楼头鼓角,都是英雄泪。功名机会,要须闲暇先备。

〔1〕张明之:作者友人,生平不详。西幕:京西南路幕府,治所在襄阳(今属湖北),时为南宋边防南沿。词送友人,却以国事勖勉,反映出时代脉搏和作者爱国心怀。上片遥怀襄州先贤而落归友人卓才伟识,情远意深。下片直陈胸臆,激励友人抓住机缘,为国建功立业。陈廷焯《白雨斋词话》谓此词下片"慷慨激烈,发欲上指。词境虽不高,然足以懦夫有立志。"此词杂以散文句法,也可见招山受稼轩、刘过"以文入词"之影响。

〔2〕艅艎:也作馀皇,船名。《抱朴子·博喻》:"艅艎鹢首,涉川之良器

也。"此泛指船只。

〔3〕西江:西来之大江,此指流经襄阳的汉水。

〔4〕雉堞(zhìdié 至蝶):城上排列呈齿状的矮墙。

〔5〕"叔子"三句:谓襄阳夕照中,古人陈迹故居犹存,遗恨无限。叔子残碑,西晋羊祜,字叔子,镇守襄阳十年,筹划伐吴,并广施德政。死后,人建碑立庙。望其碑者莫不流泪,因称"堕泪碑"(见《晋书·羊祜传》)。卧龙陈迹,三国时代诸葛亮,人称卧龙先生,出仕前隐居襄阳城西隆中。后佐刘备建蜀,曾六出祁山,出兵北伐。

〔6〕"后来"二句:颂赞友人才能奇伟卓绝。

〔7〕"其肯"三句:谓友人上司能礼贤下士,邀友人入幕府。韩愈《送石处士序》云,人荐石洪于河阳军节度使乌重胤,乌重胤谓石洪"无求于人,其肯为某来耶?"此借用韩语,既推重友人,亦称颂京西南路安抚使。河阳,古县名,治所在今河南孟州市,唐时设河阳三城节度使于此。差强人意,大体上使人满意。

〔8〕"勿谓"二句:望友人入幕后居安思危,积极备战。言兵为讳,不敢谈论战事(指北伐)。

韩淲

韩淲(1159—1224),字仲止,号涧泉,许昌(今属河南)人。南宋主战人氏吏部尚书韩元吉之子,入仕不久,即隐退江西上饶。著有《涧泉诗馀》,存词近二百首,词风清畅有致。

贺新郎

坐上有举昔人《贺新郎》一词,极壮,酒半用其韵[1]。

万事倦休去。漫栖迟、灵山起雾,玉溪流渚[2]。击楫凄凉千古意,怅怏衣冠南渡[3]。泪暗洒、神州沉处[4]。多少胸中经济略,气□□、郁郁愁金鼓[5]。空自笑,听鸡舞[6]。

天关九虎寻无路[7]。叹都把、生民膏血,尚交胡虏[8]。吴蜀江山元自好,形势何能尽语。但目尽、东南风土[9]。赤壁楼船应似旧,问子瑜公瑾今安否[10]?割舍了,对君举。

[1] 昔人《贺新郎》:指张元幹《贺新郎》(曳杖危楼去)。绍兴八年(1138),宋金和议已成定局,李纲上书坚决反对,后罢居长乐。张元幹即以《贺新郎》词寄之,激越悲壮,为《芦川词》中压卷之作。韩淲此首和词当作于隐退江西上饶之时。通篇忧国愤世之情,与张元幹原作一脉相承,堪称姐妹篇。词起笔放逸,曰抛却万事,隐退山林,实则身居江湖,心忧国事。上片谓北国沉沦,宋室南渡,但祖逖无觅,刘琨空舞。下片虽亦用事,但语意明畅。"叹都把"五

句,一无避讳,词锋直指朝廷和议苟安政策。"赤壁"两句呼应上片,依然感愤世无英雄,国运难挽。结处遥应开端,割舍世情,与友人举杯消愁,豪放其外,沉痛其内。

〔2〕"漫栖迟"二句:谓隐退山林。栖迟,游息。灵山,在江西上饶境内,古人有"九华五老虚揽胜,不及灵山秀色多"之说,足见其雄伟秀美。玉溪,亦在上饶,即信江,以其源出怀玉山得名。

〔3〕"击楫"二句:言宋室南渡,但祖逖难寻,唯馀千古凄凉。击楫,拍打船桨。《晋书·祖逖传》:"中流击楫而誓曰:'祖逖不能清中原而复济者,有如大江。'"怅怏,惆怅烦闷。衣冠,指士大夫。

〔4〕神州沉处:指中原沦陷于敌手。

〔5〕"多少"二句:谓爱国志士满腹文韬武略,却报国无路。金鼓,指北伐的金鼓声。

〔6〕"空自笑"二句:用祖逖与刘琨闻鸡起舞事(见《晋书·祖逖传》),谓爱国志士空怀壮志,却请缨无门。

〔7〕"天关"句:化用《楚辞·招魂》:"君无上天些,虎豹九关,啄害下人些。"此谓宫门森严,见君不易。

〔8〕"叹都把"二句:指隆兴和议(1164)以来,南宋岁岁向金进贡,以人民膏血换取苟安。胡虏,此指金人。

〔9〕"吴蜀"三句:江山万里,大好形势不可胜说,但朝廷却目光短浅,仅囿于东南一隅,不思奋发有为。吴,指江南一带。蜀,指四川地域。

〔10〕"赤壁"二句:借古讽今,谓朝廷主和,埋没诸多抗敌英雄。子瑜,诸葛瑾字子瑜,诸葛亮之兄,三国时吴国大臣。公瑾,周瑜字公瑾,吴国大将,曾与刘备联军,大破曹兵于赤壁,战功显赫。

韩淲

鹧 鸪 天

兰 溪 舟 中〔1〕

雨湿西风水面烟,一巾华发上溪船。帆迎山色来还去,橹破滩痕散复圆〔2〕。　　寻浊酒,试吟篇,避人鸥鹭更翩翩。五更犹作钱塘梦,睡觉方知过眼前〔3〕。

〔1〕兰溪:今称兰江,位于浙江中部,是钱塘江的上游。词人由兰溪赴钱塘,舟中作此词。词写舟行有感,于山光水色中,一抒其超逸绝尘之情怀。上片重在写景,"帆迎"一联对仗工稳,描绘生动,着意展现兰溪山水之动态美。下片拍转自身,饮酒吟诗,鸥鹭翔舞,物我交融,怡然自乐。结拍曲笔状舟行之轻快,与李白《早发白帝城》"两岸猿声啼不住,轻舟已过万重山",有异曲同工之妙。

〔2〕"帆迎"二句:舟向前行,两岸青山迎面而来,又迅速地一闪而去;橹击江面,滩上水纹由破散而又恢复圆形。

〔3〕"五更"二句:谓一梦醒来,舟行轻捷,已至钱塘(即杭州)。

俞国宝

俞国宝,临川(今江西抚州临川区)人,南宋淳熙年间太学生。著有《醒庵遗珠集》,已佚。存词十三首,见于《阳春白雪》《诗渊》。

风 入 松[1]

一春长费买花钱[2],日日醉湖边。玉骢惯识西湖路[3],骄嘶过、沽酒楼前。红杏香中箫鼓,绿杨影里秋千。　　暖风十里丽人天,花压鬓云偏[4]。画船载取春归去,馀情付、湖水湖烟。明日重扶残醉,来寻陌上花钿[5]。

〔1〕据南宋人周密《武林旧事》载,此词为太学生俞国宝醉题西湖酒肆屏风。太上皇宋高宗赵构见之,颇为称赏,但笑"明日再携残酒"未免儒酸,遂改为"明日重扶残酒",而俞国宝也由此而得以入仕。此词如一幅西湖游春图,反映朝廷苟安江南、一度相对稳定、歌舞升平景象。朝野上下花天酒地、醉生梦死情状,也就历历如见。起笔直言,夸张中见真实。次则映衬,借马写人。"红杏"四句,渲染湖边游乐盛况,春风十里,香艳明丽。以下日暮人归,却又补出湖烟空濛之景。结处遥应篇首"日日醉湖边",预想明日扶醉再来游湖。陈廷焯《白雨斋词话》称"结二句馀波绮丽,可谓'回头一笑百媚生。'"

〔2〕买花钱:犹言赏花钱,指花边醉酒。

〔3〕玉骢:指洁白如玉之马。

〔4〕"暖风"二句:谓佳丽如云,花插满头。杜牧《赠别》(其一):"春风十

里扬州路,卷上珠帘总不如。"杜甫《丽人行》:"三月三日天气新,长安水边多丽人。"

〔5〕"明日"二句:谓明日带醉再来湖上游春。花钿,即花钗,妇女首饰。

程珌

程珌(1164—1242),字怀古,以世居河北洺州,自号洺水遗民。绍熙四年进士,历官翰林学士知制诰、宝文阁学士,出知福州兼福建安抚使,封新安郡侯。著有《洺水集》、《洺水词》,存词四十三首,词风略近苏、辛。

水调歌头

登甘露寺多景楼望淮有感[1]

天地本无际,南北竟谁分[2]?楼前多景,中原一恨杳难论[3]。却似长江万里,忽有孤山两点,点破水晶盆[4]。为借鞭霆力,驱去附昆仑[5]。　　望淮阴,兵冶处,俨然存[6]。看来天意,止欠士雅与刘琨[7]。三拊当时顽石,唤醒隆中一老,细与酌芳尊[8]。孟夏正须雨,一洗北尘昏[9]。

〔1〕多景楼:在京口(今江苏镇江)北固山上甘露寺内,北临长江。淮:淮河,为当时南宋北金的分界线,是以南宋志士登楼望淮,多有感怀之作,程珌此词即为其中之一。词紧扣楼头望淮着笔。上片对景"有感",以淮河南北分界引出"中原一恨"。"却似"三句承上,以江景为喻,点明金瓯有缺。下片怀古"有感",叹古代英雄不见,先朝贤相难觅。种种愤慨,均由南北分裂、世乏英才而发,然上下两结,或借用传说,驱山西北;或自发奇想,雨洗房尘,皆激扬昂奋,

一抒复国壮志,读之令人鼓舞。

〔2〕"天地"二句:谓原本一统江山,而今却南北分疆。

〔3〕中原一恨:指中原沦陷之恨。

〔4〕"却似"三句:喻金瓯破缺。孤山两点,当指长江中的金山、焦山。

〔5〕"为借"二句:喻驱敌复国,还我一统山河。此借用"神人鞭石"(《三齐略记》)传说:"始皇作石桥,欲渡海看日出处。时有神人,能驱石下海。石去不速,神辄鞭之。"

〔6〕"望淮阴"三句:借古言今,向往北伐。据《晋书·祖逖传》,祖逖北伐,渡江后,"屯于淮阴,起冶铸兵器,得二千人而后进。"淮阴,故治在今江苏淮安市淮阴区东南。

〔7〕"看来"二句:谓天意向宋,唯少北伐英雄。士雅,祖逖字士雅。与刘琨友善,素以北伐中原励,常中夜闻鸡起舞,苦练杀敌本领。

〔8〕"三附"三句:言欲唤起当年诸葛,举杯共议恢复大计。隆中一老,指三国时蜀相诸葛亮。出仕前,他曾隐居湖北襄阳的隆中。顽石,指甘露寺内的狠石。苏轼《甘露寺》诗自注:"寺有石如羊,相传谓之狠石,云诸葛孔明坐其上与孙仲谋论曹公也。"拊,拍打。

〔9〕"孟夏"二句:愿天降暴雨,一洗北方胡尘,喻收复中原河山。孟夏,指农历四月初夏时节。

郑域

郑域,字中卿,号松窗,三山(今福州)人。淳熙十一年进士,曾为池阳倅。庆元二年,随张贵谟出使金国。著《燕谷剽闻》二卷,今不传。存词十一首,见《全芳备祖》和赵万里辑《松窗词》。

昭 君 怨

梅[1]

道是花来春未,道是雪来香异[2]。竹外一枝斜[3],野人家。　　冷落竹篱茅舍,富贵玉堂琼榭[4]。两地不同栽,一般开。

[1] 咏梅而不点破一"梅"字,宋人咏物好用此法。上片描述。起谓梅花凌寒而放,色白似雪。结以劲竹衬疏影,深得幽独闲静意趣。下片议论。不分茅舍、玉堂,一般开放,盛赞梅花纯洁高尚情操。

[2] "道是"二句:春未到,花先开,谓腊梅。宛如雪,却飘香,谓白梅。参读王安石《梅花》诗:"墙角数枝梅,凌寒独自开。遥知不是雪,为有暗香来。"

[3] "竹外"句:苏轼《和秦太虚梅花》:"竹外一枝斜更好。"

[4] "冷落"二句:分别指山中野人贫寒之家和朝堂达官富丽之家。

戴复古

戴复古(1167—?),字式之,号石屏,天台黄岩(今属浙江)人。流落江湖,布衣终生,晚年隐居家乡石屏山下。工诗,是著名江湖诗人。亦善词。著有《石屏诗集》《石屏词》,存词四十馀首。词风豪健奔放,迹近辛弃疾,亦尝自谓"歌词渐有稼轩风"(《望江南》)。

满江红

赤壁怀古[1]

赤壁矶头[2],一番过、一番怀古。想当时,周郎年少[3],气吞区宇。万骑临江貔虎噪,千艘列炬鱼龙怒[4]。卷长波、一鼓困曹瞒[5],今如许? 江上渡,江边路。形胜地,兴亡处。览遗踪,胜读史书言语。几度东风吹世换,千年往事随潮去。问道傍、杨柳为谁春,摇金缕[6]。

〔1〕宋宁宗嘉定十二年(1219)前后,戴复古曾漫游鄂州、黄州一带,词当作于此一时期。相传黄州赤壁乃当年吴蜀联军破曹之地(实非),苏轼亦尝作《念奴娇·赤壁怀古》传世。戴作虽难比美苏词,却也自见面目。如上片"万骑"联,工整凝练,豪情壮采,气象恢宏。而歇拍"今如许"作一跌宕,自然引出下片诸多感慨。"几度"两句,深沉博大,融汇古今,颇具哲理。最后以景结情,问柳谁春,化用杜诗"细柳新蒲为谁绿"(《哀江头》),感时伤事,含蓄蕴藉,哀婉

无限。

〔2〕赤壁矶:一名赤鼻矶,在湖北黄冈城外长江之滨,山岩石壁呈赭红色,故名赤壁。

〔3〕周郎:周瑜,年二十四岁,授中郎将。三十四岁,赤壁破曹。区宇:犹寰宇。

〔4〕"万骑"二句:写吴蜀联军赤壁破曹场景。貔(pí 琵)虎,喻猛士。貔,猛兽。鱼龙,泛指蛰居水中的水族。

〔5〕曹瞒:曹操小字阿瞒。

〔6〕"问道傍"二句:谓故国沦丧,无心观赏美景。语本杜甫《哀江头》:"江头宫殿锁千门,细柳新蒲为谁绿。"与姜夔《扬州慢》结拍"念桥边红药,年年知为谁生",同一机杼。

水 调 歌 头

题李季允侍郎鄂州吞云楼[1]

轮奂半天上,胜概压南楼[2]。筹边独坐,岂欲登览快双眸[3]。浪说胸吞云梦,直把气吞残虏,西北望神州[4]。百载一机会,人事恨悠悠[5]。　　骑黄鹤,赋鹦鹉,漫风流。岳王祠畔,杨柳烟锁古今愁[6]。整顿乾坤手段,指授英雄方略,雅志若为酬[7]。杯酒不在手,双鬓恐惊秋[8]。

〔1〕词写于宋宁宗嘉定十四年(1221)。李埴,字季允,曾任礼部侍郎,是年任沿江制置副使兼知鄂州(今属湖北),建吞云楼。戴复古登楼览胜,作此词。词一起赞楼,并由赞楼之壮美自然引入颂楼主之心胸。"胸吞云梦"而"气

吞残虏"，颂赞李埴忧国丹心，一篇主旨所在。歇拍作一跌宕，叹良机错失，此恨悠悠。换头因地怀古，借景写愁。由古而今，上承"气吞残虏"，而寄整顿乾坤厚望于吞云楼主。"雅志"句遥应"人事恨悠悠"，再作顿挫。一结唯以酒遣愁，悲愤无限。

〔2〕"轮奂"二句：赞美吞云楼胜概。轮奂，高大华美。语出《礼记·檀弓下》："美哉轮焉，美哉奂焉。"南楼，位于武昌黄鹤山上。东晋名将庾亮坐镇武昌时，曾与部属秋夜登楼吟赏。事见《世说新语·容止篇》。

〔3〕"筹边"二句：谓季允登楼非为吟赏山水一饱眼福，而为筹划边事。

〔4〕"浪说"三句：谓登楼北望中原，不禁豪气满怀，一心驱敌复国。胸吞云梦，司马相如《子虚赋》记乌有先生夸说齐地广大语："吞若云梦者八九，于其胸中，曾不蒂芥。"作者化用此语，既点出"吞云"楼名之由来，亦夸说楼之高峻，景之壮丽。云梦，楚地大沼泽，在今湖北。

〔5〕"百载"二句：叹大好北伐时机，却人为地被延误。按：其时金国国势已日趋衰弱。是年兵扰黄州、蕲州一带，也屡被宋军击退。故词人有"百载一机会"语。

〔6〕"骑黄鹤"五句：因地怀古，历数古今遗恨。骑黄鹤，崔颢《黄鹤楼》诗："昔人已乘黄鹤去，此地空馀黄鹤楼。"赋鹦鹉，面对长江中芳草萋萋的鹦鹉洲，令人念及汉末祢衡尝作《鹦鹉赋》，自叹生不逢时，怀才不遇。岳王祠，一名忠烈庙。宋孝宗时，为追念屈死的爱国名将岳飞，建岳王庙于鄂州。

〔7〕"整顿"三句：谓李季允虽具伐金复国的雄才大略，却雅志难酬。雅志，素有的志向。

〔8〕"杯酒"二句：恐愁白双鬓，唯以酒解忧。

柳梢青

岳 阳 楼[1]

袖剑飞吟[2],洞庭青草[3],秋水深深。万顷波光,岳阳楼上,一快披襟[4]。　　不须携酒登临,问有酒、何人共斟?变尽人间,君山一点,自古如今[5]。

〔1〕此登楼抒怀之作。上片写其面对八百里洞庭浩瀚碧波,临风披襟,挟剑吟唱,一派豪情快意。下片文笔转折,先以"不须"两句铺垫,言其孤独苦闷心态,结以君山和人间之不变和变,暗暗点出忧心国事题旨。通篇于豪爽放逸中见沉咽悲怆。

〔2〕袖剑飞吟:《唐才子传》谓吕洞宾尝醉饮岳阳楼,留诗曰:"朝游南浦暮苍梧,袖里青蛇(指剑)胆气粗。三入洞庭人不识,朗吟飞过洞庭湖。"戴语本此。袖剑,袖藏短剑。

〔3〕青草:青草湖,紧连洞庭湖,是洞庭湖的一部分。

〔4〕一快披襟:敞衣当风,好不快哉。宋玉《风赋》谓楚襄王游于兰台之宫,"有风飒然而至,王乃披襟而当之,曰:'快哉此风!'"

〔5〕"变尽"三句:君山千古不改,人间却历尽沧桑变化。此历史兴废之感,暗谓宋室江山南北分裂。

乱春风[2]。重来故人不见,但依然、杨柳小楼东。记得同题粉壁[3],而今壁破无踪。　　兰皋涨绿溶溶[4],流恨落花红。念着破春衫,当时送别,灯下裁缝。相思谩然自苦,算云烟、过眼总成空。落日楚天无际,凭栏目送飞鸿。

〔1〕据元人陶宗仪《南村辍耕录》卷四载:"戴石屏先生复古未遇时,流寓江右武宁,有富家翁爱其才,以女妻之。居二三年,忽欲作归计,妻问其故,告以曾娶。妻白之父,父怒,妻宛曲解释。尽以奁具赠夫,仍饯以词云。夫既别,遂赴水死。可谓贤烈也矣!"《四库全书总目》卷一九九《石屏词提要》也称:"《木兰花慢》怀旧词,前阕有'重来故人不见'云云,与江右女子词'君若重来,不相忘处',语意若相酬答,疑即为其妻而作,然不可考矣。"如是,则怀旧,亦悼亡矣。莺燕难通情愫,十年春愁不断,起笔哀艳。"重来"以下,点明题旨:故地重到,物是人非,悲恸无限。下片落红流恨,融情入景。"念着"三句,追忆灯下缝衫送别。而今衫破犹存,人却一去无归,唯相思自苦。末以景结情,凄婉绵邈。通篇融叙事、绘景、抒情于一体,写来平易自然,真切动人。

〔2〕恼乱春风:谓心绪为春风撩乱。
〔3〕同题粉壁:共同在粉壁上题诗。
〔4〕兰皋:芳草丛生的水边。

洞　仙　歌[1]

卖花担上,菊蕊金初破[2]。说着重阳怎虚过。看画城簇簇[3],酒肆歌楼,奈没个巧处,安排着我。　　家乡煞远哩[4],抵死思量,枉把眉头万千锁。一笑且开怀,小阁团栾,旋簇着、几般蔬果。把三杯两盏记时光,问有甚曲儿,好唱一个[5]。

〔1〕词写漂泊生涯中的乡思客愁。上片点明时地,时在佳节重阳,地在繁华都市。然人处一片酒肆歌楼中,却没个适意的安身之所。换头揭出思乡题旨,无奈可思不可得。"一笑"以下,饮酒听曲,强自开怀一乐,然貌乐心苦。词以都市如画、歌酒欢乐为背景,展现江湖流浪者的孤独、窘迫与无奈,两者形成强烈反差。通篇白描,俚语口语入词,读来自然轻快。
〔2〕"菊蕊"句:谓黄菊初放。
〔3〕画城:城市如画。簇簇:丛列整齐貌。
〔4〕煞远:极远,当时口语。
〔5〕"一笑"六句:《梦粱录》卷十六记南宋都城酒肆:"诸店肆俱有厅院廊庑,排列小小稳便阁儿。吊窗之外,花竹掩映。垂帘下幕,随意命妓歌唱。虽饮宴至达旦,亦无厌怠也。"小阁,类今之"雅座",单间。团栾,圆貌,此指众人围坐。旋簇,迅速摆上。

木　兰　花　慢[1]

莺啼啼不尽,任燕语、语难通。这一点闲愁,十年不断,恼

戴复古《洞仙歌》（卖花担上）

戴复古妻

戴复古妻,武宁(今属江西)人。馀参见戴复古《木兰花慢》(莺啼啼不尽)注[1]。

祝英台近[1]

惜多才,怜薄命,无计可留汝[2]。揉碎花笺,忍写断肠句[3]。道旁杨柳依依,千丝万缕,抵不住、一分愁绪。

如何诉。便教缘尽今生,此身已轻许[4]。捉月盟言,不是梦中语[5]。后回君若重来,不相忘处,把杯酒、浇奴坟土。

〔1〕以此词与戴复古《木兰花慢》(莺啼啼不尽)对照,此作为十年前临终诀别,戴作为十载后故地忆旧。此词ం展现中国古代女性善良、凄楚心怀。面对命运悲剧,唯自叹薄命;愁绪万缕,却哀而不怨;忠于所爱,宁以身殉情。通篇悲感动人。

〔2〕多才:指男方。薄命:自谓。

〔3〕忍写:即怎忍写。断肠句:指诀别诗辞。

〔4〕"如何诉"三句:各本原缺,《全宋词》据《古今词选》卷四补足,但又称"未必可信"。

〔5〕"捉月"二句:谓当初月下盟言,并非虚妄。

史达祖

史达祖(1163—约1220),字邦卿,号梅溪,汴州(今河南开封)人。屡试不第,后倚韩侂胄为堂吏,拟帖拟旨,俱出其手。开禧北伐失败,韩侂胄被诛,史达祖因受株连而受黥刑。著有《梅溪词》,存词一百一十馀首。为词奇秀清逸,长于咏物,描形绘神,尽态极妍,但时见钩勒尖巧。

绮 罗 香

春 雨[1]

做冷欺花,将烟困柳[2],千里偷催春暮。尽日冥迷,愁里欲飞还住。惊粉重、蝶宿西园;喜泥润、燕归南浦[3]。最妨它、佳约风流,钿车不到杜陵路[4]。　　沉沉江上望极,还被春潮晚急,难寻官渡[5]。隐约遥峰,和泪谢娘眉妩[6]。临新岸、新绿生时[7],是落红、带愁流处。记当日、门掩梨花,剪灯深夜语[8]。

〔1〕此作者咏物词中名篇。词咏春雨,不着一"雨"字,却句句咏雨。就描摹物象言,通篇仅"尽日"两句正面着笔,其馀全凭雨中物态和人情,侧面烘托出"春雨"二字。上片主要以雨中花、柳、蝶、燕烘托,既尖巧新奇,又想象入微,勾勒细腻。结韵向人事过渡,下片即承此意脉,并着意糅入一个"情"字,抒

发客中游子雨中急切思归念人之情。结拍化用前人诗句,俱暗扣"春雨"题面,并承上思绪,以回忆往昔雨中欢聚作结。姜夔最是赏识此词云:"融情景于一家,会句意于两得。"(《花庵词选》引)

〔2〕"做冷"二句:谓春雨以寒冷和烟雾欺凌花柳。杨万里《晚风》:"做寒做冷何须怒。"陆龟蒙《早春雪中作吴体寄袭美》:"欺花冻草还飘然。"

〔3〕"惊粉重"二句:蝶惊燕喜,想象春雨中蝶与燕的不同心态。吴融《微雨》:"粉重低飞蝶,黄沉不语莺。"郑谷《赵璘郎中席上赋蝴蝶》:"微雨宿花房。"

〔4〕"最妨它"二句:谓春雨连绵,影响佳人不能赴约春游。语从周邦彦"最先念、流潦妨车毂"(《大酺·春雨》)化出。杜陵,即乐游原,游览胜地,在长安东南。钿车,用金玉装饰的华贵车子。

〔5〕"还被"二句:化用韦应物《滁州西涧》:"春潮带雨晚来急,野渡无人舟自横。"官渡,官府所设渡口渡船。

〔6〕"隐约"二句:雨中远处青山,一似佳人含泪眉妆。谢娘,唐朝李德裕的歌妓名谢秋娘,后泛指歌女。此指情侣,切合怀人题旨。

〔7〕新绿:谓春水。韦庄《谒金门》:"春雨足,染就一溪新绿。"

〔8〕"记当日"二句:追忆当日与情侣雨中欢聚夜话情景。秦观《鹧鸪天》:"雨打梨花深闭门。"李商隐《夜雨寄北》:"何当共剪西窗烛,却话巴山夜语时。"

双 双 燕

咏 燕[1]

过春社了,度帘幕中间,去年尘冷[2]。差池欲住,试入旧巢相并。还相雕梁藻井,又软语商量不定[3]。飘然快拂花梢,翠尾分开红影。　　芳径,芹泥雨润[4]。爱贴地争飞,竞夸轻俊。红楼归晚,看足柳昏花暝。应自栖香正稳,便忘了天涯芳信[5]。愁损翠黛双蛾,日日画栏独凭[6]。

〔1〕此史达祖自度曲,亦是其咏物词中又一名篇佳作。词纯用白描,形神兼备,巧夺天工。词从双燕归来开笔,以旧巢"尘冷"引出定巢时犹疑心态,体物细微,描摹入胜。"飘然"以下,写其双飞之乐,"芹泥雨润",自然补出衔泥修巢。一旦赏尽春色,便自双双归栖香巢。忘却"天涯芳信",转向人事。结拍燕双人孤,形成鲜明对照,引出红楼少妇无限幽怨,词作感情氛围由是得以强化。或谓此词寄托家国之慨,未免失之穿凿。

〔2〕"过春社"三句:谓双燕归来。春社,春分前后祭祀土地神以祈丰收的日子。燕子每于春社日归来。度,飞过。尘冷,指燕子旧巢尘封冷清。

〔3〕"差池"四句:状双燕定巢时犹疑心态。差(cī疵)池,状燕羽参差不齐。《诗经·邶风·燕燕》:"燕燕于飞,差池其羽。"相,仔细端详。雕梁,雕花之梁木。藻井,绘有彩藻、饰如井栏状的天花板。软语,语音轻细柔和,谓双燕呢喃声。

〔4〕芹泥:燕子用以筑巢的泥。杜甫《徐步》诗:"芹泥随燕嘴。"

〔5〕栖香:栖息香巢。天涯芳信:传说燕能传书,此指远方征夫托燕捎信。江淹《杂体诗拟李陵》:"袖中有短书,愿寄双飞燕。"

〔6〕"愁损"二句:谓红楼思妇因见双燕而思远。冯延巳《蝶恋花》:"泪眼倚楼频独语,双燕来时,陌上相逢否。"

东风第一枝

咏　春　雪[1]

巧沁兰心,偷粘草甲,东风却障新暖[2]。谩疑碧瓦难留,信知暮寒较浅[3]。行天入镜[4],做弄出、轻松纤软。料故园、不卷重帘,误了乍来双燕[5]。　　青未了、柳回白眼,红欲断、杏开素面[6]。旧游忆着山阴,后盟遂妨上苑[7]。熏炉重熨,便放慢、春衫针线[8]。恐凤靴、挑菜归来,万一灞桥相见[9]。

〔１〕 词咏雪而紧扣"春"字着笔,以有别于冬雪。作法与《绮罗香》咏春雨相类:通篇只"行天"两句正面咏春雪,馀则借雪中物态和人事加以烘托。其描摹物态,观察细微,空灵脱俗;其涉笔人事,则想象丰美,情意缠绵。《花庵词选》谓姜白石尤赏其结拍两句,当取其含蓄而富韵致。或谓"以闺情、旧俗穿插其中,亦咏物词之一格也"(刘永济《微睇室说词》)。

〔２〕 "巧沁"三句:谓春雪沁粘花草,似欲阻挡东风送暖。沁,渗入。草甲,草萌发时的外皮。

〔３〕 "谩疑"二句:春寒浅薄,故瓦上之雪随即融化难留。

〔４〕 行天入镜:谓桥面、池面蒙雪,如天似镜,一派明净。语出韩愈《春雪》诗:"入镜鸾窥沼,行天马渡桥。"

〔５〕 "料故园"二句:春雪送寒,故园帘幕不卷,以致延误了双燕的传信。

〔６〕 "青未了"二句:描摹雪中柳杏情状。柳眼方青,杏色始红,因蒙雪而变成白眼素面。柳眼,初生的柳芽。

〔7〕"旧游"二句:以古代文人雅士雪天逸事烘托。上句用王子猷雪夜访戴逵事,见《世说新语·任诞》。下句用梁王兔园赏雪,司马相如迟到事,见谢惠连《雪赋》。

〔8〕"熏炉"二句:春寒骤至,熏炉重新点燃,春衫针线放慢。

〔9〕"恐凤靴"二句:谓仕女踏青挑菜归来,犹遇灞桥风雪。凤靴,妇女饰凤之鞋,借指盛妆妇女。挑菜,唐人风俗,以二月二为挑菜节,赴曲江拾菜,踏青春游。灞桥,在长安之东。此用灞桥风雪事。孙光宪《北梦琐言》载郑綮语:吾"诗思在灞桥风雪中驴子上"。

三 姝 媚[1]

烟光摇缥瓦[2],望晴檐多风,柳花如洒。锦瑟横床,想泪痕尘影,凤弦常下[3]。倦出犀帷,频梦见、王孙骄马[4]。讳道相思,偷理绡裙,自惊腰衩[5]。　　惆怅南楼遥夜,记翠箔张灯,枕肩歌罢[6]。又入铜驼,遍旧家门巷,首询声价[7]。可惜东风,将恨与、闲花俱谢[8]。记取崔徽模样,归来暗写[9]。

〔1〕词悼亡妓。通篇时空转换,画面错叠,虚实变幻,抒情、赋事、写景交融,既曲折绵密,又一气流贯。词就眼前现实开笔,"烟光"三句,户外景象,而琴在人去,则室内所见。继以一"想"字唤起种种想象:想象别后的伊人无心理琴,懒出闺房,以致自惊消瘦;"讳道"三句,描摹生动传神。换头以一"记"字,追忆当年相聚之欢。"又入"以下遥承篇首,返身现实,故里访旧。千回百转,至"可惜"两句,始揭出悼妓主旨。结拍用事,归来写影,抱憾终生,相思无穷。

〔2〕缥瓦:淡青色的琉璃瓦。王子韶《鸡跖集》:"琉璃瓦一名缥瓦。"

〔3〕"锦瑟"三句:琴在人去,因想及别后伊人懒抚琴弦。瑟,一种弦乐器,锦瑟,谓其装饰华美。尘影,即前尘影事,谓往事如影未灭。凤弦,琴弦的美称。

〔4〕"倦出"二句:懒出闺房,魂梦却常随情郎骄马。犀帷,即帷幕,旧以犀形物镇之,故称犀帷。杜牧《杜秋娘》诗:"虎睛珠络褓,金盘犀镇帷。"

〔5〕"讳道"三句:谓人因相思入骨而消瘦。此用"衣带渐宽"之意。衩,松开。

〔6〕"惆怅"三句:忆昔欢聚情景,令人无限惆怅。南楼,此犹言青楼。翠箔,绿帘幕。

〔7〕"又入"三句:言旧地重至,寻访伊人。铜驼,街名,在汉代洛阳,此借指临安街市,伊人旧居所在。旧家,从前。句意与周邦彦《瑞龙吟》相仿佛:"前度刘郎重到,访邻寻里,同时歌舞。唯有旧家秋娘,声价如故。"

〔8〕"可惜"二句:暗谓伊人含恨死去。

〔9〕"记取"二句:归来为伊人写影,以示永念。此活用崔徽事。据元稹《崔徽歌序》,河中妓崔徽与裴敬中相知。裴离去后,崔徽托人捎去肖像一幅,并曰:"崔徽一旦不及卷中人,且为郎死。"

蝶 恋 花[1]

二月东风吹客袂[2]。苏小门前,杨柳如腰细[3]。蝴蝶识人游冶地,旧曾来处花开未? 几夜湖山生梦寐[4]。评泊寻芳,只怕春寒里[5]。今岁清明逢上巳,相思先到溅裙水[6]。

〔1〕词写客归访艳之缠绵情思。"苏小"二句,暗暗逗出伊人身影。然则,蝴蝶有情导引,人却忧春花未发,伊人不至。下片逆提,虽几夜梦到湖山,但春寒料峭,今日何以寻芳? 访艳不遇,至此婉曲告终。不想结拍两句,词情陡转,想象出一幅清明溅裙相逢的美妙场景,神来之笔源于心中一片痴诚。

〔2〕袂(mèi妹):衣袖。

〔3〕"苏小"二句:温庭筠《杨柳枝》:"苏小门前柳万条,毵毵金线拂平桥。"白居易《杨柳枝》:"叶含浓露如啼眼,枝袅轻风似舞腰。"苏小,南齐著名歌妓,家住钱塘,此借指词人所恋之人。

〔4〕"几夜"句:谓梦中与伊人湖山相会。

〔5〕"评泊"二句:言春寒花迟,难以寻芳。评泊,量度。里,语助词,无义。

〔6〕"今岁"二句:想象清明时可望相逢,而相思之情则已提前到达溅裙水边。上巳,农历三月上旬的巳日,称上巳节。魏以后,一般习用三月初三,俱不定为巳日。溅裙,即湔裙,洗裙。隋杜台卿《玉烛宝典》:"元日至月晦,民并为醪食渡水,士女悉湔裳,酹酒于水湄,以为度厄。"演变为游后禊饮,或喻士女相会。

临 江 仙[1]

倦客如今老矣,旧时可奈春何[2]!几曾湖上不经过。看花南陌醉,驻马翠楼歌。　　远眼愁随芳草,湘裙忆着春罗[3]。枉教装得旧时多。向来歌舞地,犹见柳婆娑[4]。

〔1〕当是晚年人生失意之作。起笔定调,人生倦客且老,无以排遣春愁。以下忆昔湖上举杯赏花听歌情景,"看花"两句,情艳辞丽。换头怀人,语由前人诗句脱化,但情意更为明畅浓烈。"枉教"以下,折回现实,结拍两句与上片歌处承接对应,感叹人生,已无心歌舞。

〔2〕"旧时"句:春色依旧,人却无心观赏。

〔3〕"远眼"二句:怀念昔日情侣。语从牛希济《生查子》化出:"记得绿罗裙,处处怜芳草。"

〔4〕"向来"二句：言昔日歌舞之地，柳枝婆娑依旧，但"倦客"心情已大异当年矣。

湘 江 静[1]

暮草堆青云浸浦[2]。记匆匆倦篙曾驻[3]。渔榔四起，沙鸥未落[4]，怕愁沾诗句。碧袖一声歌，石城怨、西风随去[5]。沧波荡晚，菰蒲弄秋，还重到、断魂处。　　酒易醒，思正苦。想空山、桂香悬树[6]。三年梦冷，孤吟意短，屡烟钟津鼓[7]。屐齿厌登临，移橙后、几番凉雨[8]。潘郎渐老，风流顿减，《闲居》未赋[9]。

〔1〕旧地重游，感慨人生。章法曲折绵密，深得清真长调三昧。词以上片歇拍"重到""断魂"为主脉融贯全篇。起笔综合今昔之景，遂即"记"溯当年"倦篙曾驻"情景：人景糅合，声画俱出。"沧波"三句遥承首句，返转现实；欲忘旧事而又旧地重到，怎不令人魂断。换头两句，上承"断魂"而下启遥"想"。"想"字直贯篇末，而意分三层：兴"桂香悬树"、细雨移橙归隐之想，一层；诉梦冷意短、天涯奔波之苦，二层；言人老未赋《闲居》、欲隐不得之愁，三层。

〔2〕云浸浦：云层低垂至水面。

〔3〕"记匆匆"句：谓当年匆匆路过，曾于此处稍作停留。倦篙，倦客之篙，代指词人行舟。

〔4〕渔榔：一种长木，用以叩击船舷，从而惊鱼入网。沙鸥：杜甫《旅夜书怀》："飘飘何所似，天地一沙鸥。"此句实景中兼喻飘泊者的形象。

〔5〕"碧袖"二句：言歌女一曲，随风飘逝，不复可闻。碧袖，代指歌女。石城，地名，南朝时竟陵郡治。乐府《西曲》有《石城乐》。相传竟陵郡守臧质于

城上见群少年歌谣通畅,因作此曲。《石城怨》者,反用其意。

〔6〕"想空山"句:向往幽山归隐生涯。《楚辞·招隐士》:"桂树丛生兮山之幽。""攀援桂枝兮聊淹留。"李贺《金铜仙人辞汉歌》:"画栏桂树悬秋香。"

〔7〕"三年"三句:谓三年来情断吟独、只身飘泊,情意惨淡。屡,屡屡经历。烟钟津鼓,即晨钟暮鼓之意,谓日夜疲于奔波。

〔8〕"屐齿"二句:厌倦登临奔波之苦,向往秋雨移橙之乐。屐(jī击)齿,木制鞋底有齿,以行泥地。南朝谢灵运登山常着有齿木屐,上山去其前齿,下山则去其后齿,人称谢公屐。移橙,移植橙果树苗。化用杜甫《遣意》诗意:"衰年催酿黍,细雨更移橙。渐喜交游绝,幽居不用名。"一谓"移橙"即移镫(马镫),谓离别。

〔9〕"潘郎"三句:言人老情减,却归隐不得。潘郎,指西晋潘岳,尝作《闲居赋》,自叹仕途不顺,愿闲居终年。史词谓未赋《闲居》,是求隐不得的婉转之辞。

满 江 红

中 秋 夜 潮[1]

万水归阴,故潮信、盈虚因月[2]。偏只到、凉秋半破,斗成双绝[3]。有物揩磨金镜净,何人挈攫银河决[4]?想子胥、今夜见嫦娥,沉冤雪[5]。　　光直下,蛟龙穴;声直上,蟾蜍窟[6]。对望中天地,洞然如刷。激气已能驱粉黛[7],举杯便可吞吴越。待明朝、说似与儿曹,心应折[8]。

〔1〕词紧扣"中秋夜潮"这一"双绝"美景布局谋篇。其间有潮信随月的

议论,有"揩磨金镜""拏攫银河"和月照龙穴、潮震蟾宫虚实交融的描摹,有因景缅怀先哲子胥沉冤昭雪,更有"驱粉黛""吞吴越"的自抒豪情。结以儿曹心折陪衬秋夜江潮开阔汹涌的气势。词风豪放,颇类苏辛。

〔2〕"万水"二句:谓潮水的涨落与月亮的圆缺息息相关。阴,月称太阴。

〔3〕"偏只到"二句:唯时至中秋,始形成圆月与满潮的双绝景象。凉秋半破,秋过一半,隐指中秋。斗成,合成,拼成。

〔4〕"有物"二句:月似揩磨后的金镜,皎洁明亮;潮如银河决口下泻,壮阔汹涌。拏攫(ná jué 拿决),擎起。

〔5〕"想子胥"二句:谓江潮直与秋月连接,犹如子胥见到嫦娥,沉冤昭雪。子胥,伍子胥,曾助吴干伐越。越败请和,子胥谏而不从,吴王以属镂剑赐死。传说子胥死后化为潮神,年年驱水作潮。

〔6〕"光直下"四句:前二句写月,月光下照江底蛟龙之穴;后二句写潮,潮声上震月宫蟾蜍之窟。

〔7〕粉黛:美女,借指儿女之情。

〔8〕心应折:此谓由衷惊叹。江淹《别赋》:"使人意夺神骇,心折骨惊。"

满　江　红

九月二十一日出京怀古[1]

缓辔西风,叹三宿、迟迟行客[2]。桑梓外、锄櫌渐入,柳坊花陌[3]。双阙远腾龙凤影,九门空锁鸳鸯翼[4]。更无人、抔笛傍宫墙,苔花碧[5]。　　天相汉,民怀国[6]。天厌虏,臣离德[7]。趁建瓴一举,并收鳌极[8]。老子岂无经世术,诗人不预平戎策[9]。办一襟、风月看升平,吟春色[10]。

〔1〕词作于开禧元年(1205),时韩侂胄执政,欲出师北伐,命李璧、林仲虎使金以探虚实,词人亦奉命随行。返程途宿北宋故都汴京(今河南开封),三日后离京,作此词。题为怀古,实是伤今。汴京为梅溪故乡,是以词融乡情、国愁于一炉,感情格外沉挚、悲凉。上片以"叹"字领起家国之悲:昔日欢乐繁华的柳坊花陌、双阙九门,而今却呈现一片萧索衰败。歇拍用事,苔花自碧,满目荒凉。下片转入议论,天意人事,无不利于北伐。"老子"两句,虽不无志士不遇之慨,但一结展望未来,于升平春色中,依然充满复国必胜的信念。

〔2〕"缓辔"二句:写恋恋不舍心情。缓辔,骑马缓行。辔(pèi配),马缰绳。三宿,语出《孟子·公孙丑》:"予三宿而后出昼,于予心犹以为速。"迟迟,缓行貌。行客,词人自指。

〔3〕"桑梓外"二句:昔日繁华街市,而今禾黍满目,一片萧索景象。此正姜夔《扬州慢》诗意:"过春风十里,尽荠麦青青。"桑梓,指故乡。锄耰(yōu优),两种农具。

〔4〕"双阙"二句:帝后北行,宫殿空锁,喻北宋王朝覆灭。双阙,宫门两侧之楼观。九门,古制天子所居有九门,后泛指皇宫。鸳鸾,本汉代宫殿名,此用以形容宫殿飞檐。

〔5〕"更无人"二句:言无人搕笛,苔花自碧的荒凉景象。"搕笛"句,语本元稹《连昌宫词》:"李谟搕笛傍宫墙,偷得新翻数般曲。"据元稹自注:唐玄宗自作新曲,不料却被李谟偷学,笛奏于酒楼,"明皇异而遣之"。搕(yè叶),以手指按捺。

〔6〕"天相"二句:言天意助宋,遗民心怀故国。天相,天意扶助,语出《左传·昭公四年》:"晋楚唯天所相。"

〔7〕"天厌"二句:天意厌金,其臣离心离德。天厌,天意厌弃,语出《左传·隐公十一年》:"天而既厌周德矣。"离德,《书·泰誓中》:"受有亿兆夷人,离心离德。"此谓金人内部不稳,变乱迭生。

〔8〕"趁建瓴"二句:谓趁有利时机,一举收复中原。建瓴,即高屋建瓴,喻居高临下,势不可挡。鳌极,《淮南子·览冥训》:"往古之时,四极废,九州裂……于是女娲炼五色石以补苍天。断鳌足以立四极。"此谓四极范围之内,指天下。

〔9〕平戎策:平定外敌之策略。辛弃疾《鹧鸪天》:"却将万字平戎策,换得东家种树书。"

〔10〕"办一襟"二句:待来日北伐胜利,风月满襟,以诗吟颂升平春色。办,准备。

秋　霁^{〔1〕}

江水苍苍,望倦柳愁荷,共感秋色。废阁先凉,古帘空暮,雁程最嫌风力〔2〕。故园信息,爱渠入眼南山碧。念上国,谁是、脍鲈江汉未归客〔3〕。　　还又岁晚,瘦骨临风,夜闻秋声,吹动岑寂〔4〕。露蛩悲、清灯冷屋〔5〕,翻书愁上鬓毛白。年少俊游浑断得〔6〕。但可怜处,无奈苒苒魂惊,采香南浦,剪梅烟驿〔7〕。

〔1〕词写客中送客和伤秋怀归之情,可能作于黥面流放江汉时期。一起六句,先江边,后居所,一派伤感秋色,而由"雁程"句引出上国故园之思。下片以"还又"过渡,加重笔墨,放贬瘦骨之身与夜来秋色融合为一。"露蛩悲"二句,近承"岑寂",遥应上片"废阁""古帘",情景凄凉。近人陈匪石《宋词举》称"寥寥十四字,可抵一篇《秋声赋》,且见怀乡惜别之情"。以下以昔日"年少俊游"不再,反衬今日之"苒苒魂惊"。结处归到送别寄远情意,客中送客,伤如之何!

〔2〕"雁程"句:谓大雁最怕逆向风急,旅程艰难。

〔3〕"故园"四句:抒客中怀归之思。上国,京师、国都,此指南宋临安。故园,指词人西湖葛岭一带家园。脍鲈,细切鲈鱼片是吴中名菜。西晋张翰在洛阳为官,见秋风起,因思吴中菰菜羹、鲈鱼脍,遂弃官南归(见《世说新语·识

鉴》)。此处词人以张翰自喻。江汉,指长江流域汉水一带。"江汉"句语出杜甫《江汉》:"江汉思归客,乾坤一腐儒。"

〔4〕岑寂:冷清寂静。

〔5〕露蛩(qióng穷):秋露下的蟋蟀。

〔6〕"年少"句:忆昔少年时代偕友游赏情景。俊游,快意的游赏。浑,还。断,即断当,商订。张相《诗词曲语辞汇释》:"断俊游即约俊游或订俊游也。"

〔7〕"但可怜"四句:言而今惊魂未定,却又客中送客。苒苒(rǎn染),同"冉冉",柔弱貌。曹植《美女篇》:"柔条纷冉冉,叶落何翩翩。"南浦,用江淹《别赋》"送君南浦,伤如之何"诗意,点明送别。剪梅,折梅,用陆凯赠范晔"江南无所有,聊赠一枝春"诗意,点明寄远。

高观国

高观国,字宾王,山阴(今浙江绍兴)人。约与姜夔同时代人,与史达祖友善,常相唱和。著有《竹屋痴语》,存词一百零八首。词尚清丽,陈造在《竹屋痴语序》中称"高竹屋与史梅溪皆周秦之词"。

少 年 游

草[1]

春风吹碧,春云映绿,晓梦入芳裀[2]。软衬飞花,远随流水,一望隔香尘[3]。　　萋萋多少江南恨,翻忆翠罗裙[4]。冷落闲门,凄迷古道,烟雨正愁人[5]。

〔1〕此咏春草词。上片写景咏草。以春风、白云、飞花、流水映衬,展现出一幅明丽春景,一派绿草的世界。"晓梦"句点明梦境,化实为虚,顿生惝恍灵幻之感。一结转入情事。下片即承以抒发思远之情,然又笔笔不离咏草题面。不粘不脱,以情贯串,深得咏物要旨。

〔2〕芳裀:芳草犹如厚大的床垫。句谓梦中进入芳草地。

〔3〕香尘:带花香的尘土,此借指女子芳踪,句谓芳草阻隔,望断伊人踪迹。

〔4〕"萋萋"二句:思念远方的伊人。语意从前人诗句中化出。秦观《八六子》:"恨如芳草,萋萋刬尽还生。"牛希济《生查子》:"记得绿罗裙,处处怜

芳草。"

〔5〕"冷落"三句:写孤寂、迷茫、抑郁的心境。凄迷古道,白居易《赋得古原草送别》:"远芳侵古道,晴翠接荒城。又送王孙去,萋萋满别情。"

魏了翁

魏了翁(1178—1237),字华甫,蒲江(今属四川)人。庆元五年进士。开禧初,因谏开边事,奉亲还里,于白鹤山下授徒讲学。嘉定末复仕。理宗亲政,累擢端明殿学士,同签书枢密院事,督视江淮军马,以资政殿学士致仕。著有《鹤山词》,存词一百九十馀首。

醉落魄

人日南山约应提刑懋之[1]

无边春色,人情苦向南山觅。村村箫鼓家家笛,祈麦祈蚕,来趁元正七[2]。　　翁前子后孙扶掖,商行贾坐农耕织。须知此意无今昔,会得为人,日日是人日[3]。

〔1〕古以农历正月初七为人日。人日:"以七种菜为羹,剪彩为人,或镂金箔为人,以贴屏风,亦戴之头鬓。"(《荆楚岁时记》)李充《登安仁峰铭》:"正月七日,厥日惟人。"皆取其以人为贵,祈人一岁吉祥之意。或饮酒奏乐,祈祷丰年。词人于人日约友人应懋之提刑向南山觅春,词即写其农村人日见闻及感受。向人们展现出一幅农村人日欢乐、繁忙、祥和、升平的民俗风情图卷,行笔平易流畅,质朴自然。结拍议论,语涉人生哲理,给人以深刻启迪。

〔2〕元正七:正月初七,即人日。

〔3〕"须知"三句:古今同理;如能领会做人真谛,何必唯以正月初七为人日,堪谓"日日是人日"了。

卢祖皋

卢祖皋,字申之,又字次夔,号浦江,永嘉(今浙江温州)人。庆元五年进士,累官至将作少监,权直学士院。与"永嘉四灵"为诗友,多有唱和,但诗集不传。著有《浦江词稿》,存词九十六首。黄昇《花庵词选》称其"词甚工,字字可入律吕,浙人皆唱之。"

贺　新　郎

彭传师于吴江三高堂之前作钓雪亭,盖擅渔人之窟宅,以供诗境也。赵子野约余赋之[1]。

挽住风前柳。问鸱夷、当日扁舟,近曾来否[2]？月落潮生无限事,零乱茶烟未久。谩留得、莼鲈依旧[3]。可是从来功名误,抚荒祠、谁继风流后[4]！今古恨,一搔首。
江涵雁影梅花瘦[5]。四无尘、雪飞风起,夜窗如昼。万里乾坤清绝处,付与渔翁钓叟[6]。又恰是、题诗时候。猛拍阑干呼鸥鹭,道他年、我亦垂纶手[7]。飞过我,共尊酒[8]。

〔1〕词人任吴江主簿时作此词。彭传师,淳熙六年任吴江县尉,嘉泰二年于雪滩三高祠旁建钓雪亭。三高堂为宋时所建,祀越人范蠡、晋人张翰、唐人陆龟蒙。赵子野,名汝淳,字子野,昆山人。太宗八世孙,开禧元年进士。词即景怀古,发归隐之想。上片就三高堂怀古,分别缅怀赞颂三位前贤,结以三贤不

恋功名,高情逸思,而今却无人为继作叹,并为下片抒怀张本。下片起处描绘钓雪亭清绝胜景,融化前人诗意诗境入词。"题诗"引入自身,"我亦垂纶手",揭示一篇主旨。至此,怀古、绘景、抒怀,三者有机合一。

〔2〕"挽住"三句:挽柳问舟,怀越国范蠡。史载范蠡助越灭吴,功成身退,离越入齐,改名鸱(chī痴)夷子皮,泛舟太湖。事见《吴越春秋》《史记·越王勾践世家》。

〔3〕"月落"三句:叹人世沧桑,怀陆龟蒙与张翰。晚唐诗人陆龟蒙终身不仕,自号天随子、江湖散人、甫里先生,隐居松江甫里,性嗜茶,泛舟江湖间。见《新唐书》本传。晋人张翰在洛阳为官,见秋风起,因思吴中莼鲈而弃官南归。见《晋书》本传。莼鲈,莼菜、鲈鱼,皆吴中名菜。

〔4〕"可是"二句:钦羡三贤不为功名所羁的高情逸思,感叹三贤后继乏人。可是,岂是。荒祠,即指三高祠。

〔5〕"江涵"句:化用杜牧《九日齐山登高》诗句:"江涵秋影雁初飞。"

〔6〕"万里"二句:江雪清绝,唯待渔钓者欣赏。此点明钓雪亭题面,其意则本自柳宗元《江雪》诗境:"孤舟蓑笠翁,独钓寒江雪。"

〔7〕"猛拍"二句:呼鸥鹭为友,抒归隐之思。垂纶,垂丝钓鱼,此代指归隐。

〔8〕"飞过我"二句:请鸥鹭飞来结盟共饮杯酒。

岳珂

岳珂(1183—1243),字肃之,号亦斋、倦翁、东几,汤阴(今属河南)人。岳飞之孙,岳霖之子。官至户部侍郎、淮东总领兼制置使。著有《棠湖诗稿》《愧郯录》《桯史》《金佗粹编》等,今传词八首,词风或近稼轩,或类秦观、周邦彦。

祝英台近

北固亭[1]

淡烟横,层雾敛,胜概分雄占[2]。月下鸣榔,风急怒涛飐[3]。关河无限清愁,不堪临鉴[4]。正霜鬓,秋风尘染。

漫登览,极目万里沙场,事业频看剑[5]。古往今来,南北限天堑[6]。倚楼谁弄新声,重城正掩。历历数、西州更点[7]。

[1] 北固亭:亦称北固楼,在镇江城北北固山上。北固山下临长江,形势险固。此秋夜月下登览之作。明人杨慎《词品》谓:"此词感慨忠愤,与辛幼安'千古江山'一词相伯仲。"然两词相较,同中见异。辛弃疾《永遇乐·京口北固亭怀古》通篇用事,借古喻今,近乎"词论",一结以廉颇自况,尤显悲壮苍凉。岳珂此词不取故实,纯是即景抒怀。开篇六句绘景,"关河"三句抒怀,"清愁"二字,题旨所在,但不点明内涵,为下片留出馀地。过变五句紧承"清愁"而来,所抒家国恨、身世悲,但也隐约点到即止,随即以历数更点作收。通篇景起景

结,于沉郁凄清中见含蓄蕴藉。

〔2〕"胜概"句:谓此地形势险要,历来是英雄豪杰争夺之所。

〔3〕鸣榔:渔人捕鱼,以长木击舷有声,以惊鱼入网。飐(zhǎn展),风吹物动貌。柳宗元《登柳州城楼》诗:"惊风乱飐芙蓉水,密雨斜侵薜荔墙。"

〔4〕临鉴:照镜。

〔5〕"极目"二句:言远望中原大地,胸怀复国壮志。"事业"句从杜甫《江上》"勋业频看镜"句化出。

〔6〕"南北"句:以长江为天堑,将大地分为南北。隐谓宋金对峙,南北分裂。天堑,天然的壕沟,指长江。

〔7〕"历历"句:贺铸《天门谣》:"风满槛,历历数西州更点。"西州,晋时,扬州刺史治所在台城(在今江苏南京)西,故称西州。

黄机

黄机,字几仲,一说字几叔,东阳(今属浙江)人。曾为州郡小官,为主抗金而壮志难酬。常与岳飞之孙岳珂以词唱和,著有《竹斋诗馀》,存词近百首,词风类辛弃疾。

满 江 红[1]

万灶貔貅,便直欲、扫清关洛[2]。长淮路、夜亭警燧,晓营吹角[3]。绿鬓将军思饮马,黄头奴子惊闻鹤[4]。想中原、父老心已知,今非昨[5]。 狂鲵剪,於菟缚[6];单于命,春冰薄[7]。政人人自勇,翘关还槊[8]。旗帜倚风飞电影,戈铤射月明霜锷[9]。且莫令、榆柳塞门秋,悲摇落[10]。

〔1〕词可能作于金亡前夕,词人深受感召,挥笔为词,描绘出一幅声势浩大、锐不可挡的王师北伐图。虽说纯出想象,却是当前形势和广大民心的真实反映。通篇感情强烈,语言率直,笔调壮健,令人感奋。结处作一跌宕,祈愿朝廷莫负中原父老,于激昂亢奋中流出一丝沉郁忧伤。

〔2〕"万灶"二句:言王师待命,欲一举收复中原。万灶,极言军队之多。貔貅(píxiū 皮休),猛兽,喻勇猛的军士。关洛,陕西关中和河南洛阳一带,代指中原地区,时为金人占领。

〔3〕"长淮"二句:言宋军由长淮出师北伐。长淮,淮河地区,时为宋、金双方的分界线。警燧,告警的烽烟。

〔4〕"绿鬓"二句:言我军北伐,敌人闻风而逃。绿鬓,黑发,喻壮年,盛

年。饮马,犹言备战,出征。黄头奴子,指女真(金)将士。闻鹤,用风声鹤唳事,形容惊慌疑惧,以为风声鹤鸣俱是追兵。事见《晋书·谢玄传》:"闻风声鹤唳,皆以为王师已至。"

〔5〕今非昨:今非昨比,谓形势转向,宋强金弱,北伐必胜。

〔6〕鲵(ní 泥):鲸鲵。於菟(wūtú 乌图):虎的别称,喻凶残的金国将士。

〔7〕"单于"二句:谓金主命运不长,似春日薄冰即将消融。单于,匈奴国君称单于。此指金国国君。

〔8〕政:同"正"。翘关:举关,攻克城关。还槊:挥舞长矛。

〔9〕"旗帜"二句:旗帜迎风如电光闪影,武器映月锋刃如霜。戈铤,两种兵器。

〔10〕"且莫令"二句:莫令边塞草木悲秋凋零,喻莫令中原父老再次失望。

霜 天 晓 角

仪 真 江 上 夜 泊[1]

寒江夜宿,长啸江之曲[2]。水底鱼龙惊动,风卷地,浪翻屋。　　诗情吟未足,酒兴断还续。草草兴亡休问[3],功名泪,欲盈掬[4]。

〔1〕仪真:即今江苏仪征市,位于长江北岸,时为南宋前线,常受金人骚扰。词人泊舟江边,中心有感,夜不能寐,作此词。词写景抒怀。上片重在写景,但词人仰天长啸与水底鱼龙翻动、水面风高浪急,情景合一,反映出词人胸中一段抑郁不平之气。下片抒怀。功业不就,热泪空抛,诗酒难排忧愤,唯以

"兴亡休问"自遣,苍凉悲怨。

〔2〕江之曲:江水弯曲处。

〔3〕草草兴亡:指北宋匆匆覆亡,中原沦丧。

〔4〕盈掬:满捧。形容泪水极多。

葛长庚

葛长庚(1134—1229),字白叟,又字如晦,又名白玉蟾,号海蟾,琼山(今海南海口琼山区)人。七岁能诗赋。曾从人学道,后隐居武夷山,漫游诸名山。嘉定中,诏征赴阙,封紫清真人。著有《玉蟾先生诗馀》,存词一百四十馀首。陈廷焯《白雨斋词话》谓其词"风流凄楚,一片热肠,无方外气"。

水 调 歌 头[1]

江上春山远,山下暮云长。相留相送,时见双燕语风樯[2]。满目飞花万点[3],回首故人千里,把酒沃愁肠。回雁峰前路[4],烟树正苍苍。　　漏声残,灯焰短,马蹄香[5]。浮云飞絮,一身将影向潇湘[6]。多少风前月下,迤逦天涯海角[7],魂梦亦凄凉。又是春将暮,无语对斜阳。

[1] 作者虽系方外人氏,却颇执着世情。此词别友,写来回肠荡气,深挚沉郁,不输词苑高手。词以"相留相送"点明留别题意,并不直笔抒怀,而借山远云长、双燕语樯、飞花万点诸景物侧面烘托,从而使文情婉曲多姿。就时空言,"回首"以下,已从眼前留别场景,想象别后旅程。回雁峰前,潇湘水畔,此身一如"浮云飞絮",浪迹海角天涯。故人千里,何日再逢?结拍遥应篇首景物,春暮斜阳,遥念故人,黯然销魂。

[2] "时见"句:谓樯燕留人。化用杜甫《发潭州》诗:"樯燕语留人。"

[3] "满目"句:隐含杜甫《曲江》诗意:"一片飞花减却春,风飘万点正

愁人。"

〔4〕回雁峰:衡山七十二峰之首,相传秋雁南归,至此而返。隐含雁返人难归之意。

〔5〕马蹄香:马蹄犹带花香,说明驻足不久。宋徽宗画院试题有"踏花归去马蹄香"句,见明人唐志契《绘事微言》卷四。

〔6〕浮云飞絮:喻自我飘零无定之身。潇湘:潇水、湘江,在湖南。二水在零陵汇合,称潇湘。

〔7〕迤逦(yǐlǐ 以礼):曲折绵延貌。

刘克庄

刘克庄（1187—1269），字潜夫，号后村，莆田（今属福建）人。以父荫入仕，累官至工部尚书，以焕章阁学士致仕。著有《后村长短句》，存词一百三十馀首。词学稼轩，多伤时忧世之作，词风豪迈奔放，雄健疏宕，有散文化、议论化倾向，沉郁不足，或失之粗犷。

沁园春

梦孚若[1]

何处相逢？登宝钗楼，访铜雀台[2]。呼厨人斫就，东溟鲸脍[3]；圉人呈罢，西极龙媒[4]。天下英雄，使君与操，馀子谁堪共酒杯[5]？车千乘，载燕南赵北，剑客奇才[6]。
饮酣画鼓如雷，谁信被晨鸡轻唤回[7]。叹年光过尽，功名未立；书生老去，机会方来。使李将军，遇高皇帝，万户侯何足道哉[8]！披衣起，但凄凉感旧，慷慨生哀。

〔1〕孚若：方孚若名信孺，是词人的同乡兼契友。以使金不屈而著称，但仕途坎坷，四十六岁即卒。刘克庄尝作诗《梦方孚若》二首。本词悼亡友以抒怀才不遇之慨。词上片纯为梦境，写其与亡友梦游中原情景。登宝钗铜雀，食鲸脍而跨龙媒，千乘尽载燕赵英才云云，均系夸大浪漫想象之笔，要在一展其驱

敌复国之壮志,一抒其激扬奔放之豪情。过变"饮酣"两句承上启下,由梦境而现实,赋怀才不遇、报国无门之慨,乃通篇主旨所在,凄凉悲愤,与上片形成鲜明对照。"使李将军"三句用《史记》语,以文入词,深受稼轩影响。

〔2〕 宝钗楼:故址在今陕西咸阳。铜雀台:曹操所建,故址在今河北临漳县西南。

〔3〕 斫(zhuó酌):砍,切剁。东溟:东海。鲸脍:细切的鲸鱼。

〔4〕 圉(yǔ雨)人:养马人。西极:西部极远之地。龙媒:骏马,以天马与龙同类,故名。

〔5〕 "天下"三句:谓天下唯孚若为生平知己。语出《三国志·蜀书·先主传》,曹操尝谓刘备:"今天下英雄,惟使君与操耳。"

〔6〕 "车千乘"三句:谓车载燕赵英才。乘(shèng剩),古时一辆车称一乘。韩愈《送董邵南序》:"燕赵古称多感慨悲歌之士。"

〔7〕 "饮酣"二句:梦中擂鼓畅饮,不想被晨鸡唤醒。

〔8〕 "使李将军"三句:感叹生不逢时,壮志难酬。化用《史记·李将军列传》成句入词,汉文帝语李广:"惜乎,子不遇时,如令子当高皇帝时,万户侯岂足道哉!"

沁 园 春

答九华叶贤良[1]

一卷《阴符》,二石硬弓,百斤宝刀[2]。更玉花骢喷,鸣鞭电抹;乌丝阑展,醉墨龙跳[3]。牛角书生,虬髯豪客,谈笑皆堪折简招[4]。依稀记,曾请缨系粤,草檄征辽[5]。
当年目视云霄,谁信道、凄凉今折腰[6]。怅然燕然未勒,南归草草;长安不见,北望迢迢[7]。老去胸中,有些磊块,歌罢犹须着酒浇[8]。休休也[9],但帽边鬓改,镜里颜凋。

〔1〕九华:山名。九华山有二,一在安徽青阳县西南,旧名九子山。一在福建莆田市北,又名陈岩、陈仙山(据《读史方舆纪要·福建兴化府莆田县》)。刘克庄为莆田人,这里可能指莆田九华山,则叶姓友人当为词人同里。贤良:制科名,"贤良方正能直言极谏科"的简称。词题答友人,但内容纯是自我叙事抒情。通篇用今昔对比法,与《沁园春·梦孚若》相仿佛。上片追忆昔年意气之豪,下片抒发老去无成之慨。近人俞陛云《宋词选释》评曰:"笔锋犀利,若并刀剪水;音节高亢,若霜夜鸣笳,临风高咏,千载下如闻叹息声也。"此词用事虽多,但略无堆垛滞涩之弊。

〔2〕"一卷"三句:谓其既精通武略,亦能开二石之硬弓,舞百斤之宝刀。《阴符》,即《阴符经》,一卷,古人或将其列入兵书类。石,古时计重单位。《汉书·律历志》:"三十斤为钧,四钧为石。"可知一石相当于一百二十斤。

〔3〕"更玉花骢"四句:扬鞭纵马,挥毫作书,言其文武兼胜。玉花骢,骏马名。喷,指马喷气欲驰。电抹,谓骏马疾驰似闪电。乌丝阑,绢帛上用乌丝织成界行,以利写字,称乌丝阑。龙跳,形容书法夭矫灵动,如天龙跳跃飞动。

〔4〕"牛角"三句:言交游者非饱学之士,即豪客侠人。牛角书生,隋末李密少时家贫好学,将《汉书》一帙挂于牛角,且牧且读。见《旧唐书·李密传》。虬髯豪客,隋末张仲坚,自号虬髯客,性豪爽而富才略。见唐传奇《虬髯客传》。折简招,以短简相约。

〔5〕"依稀记"三句:谓有却敌复国的宏大抱负。请缨系粤,《汉书·终军传》:"(终)军自请,愿受长缨,必羁南越王而致之阙下。"缨,绳子。草檄征辽,虞世南曾为隋炀帝起草《征辽指挥德音檄》。事见《隋遗录》。檄(xí席),征讨文告。

〔6〕"当年"二句:谓当年壮志凌云,而今折腰向人。折腰,弯腰屈从。《晋书·陶潜传》谓陶潜任彭泽令时,叹云:"吾不能为五斗米折腰,拳拳事乡里小人。"

〔7〕"怅燕然"四句:感叹恢复中原之功业未就。燕然未勒,《后汉书·窦宪传》载,窦宪大胜匈奴,登燕然山(即今蒙古人民共和国境内杭爱山),刻石纪功而回。勒,刻。长安不见,李白《金陵凤凰台》诗:"总为浮云能蔽日,长安不见使人愁。"长安,借指北宋故都开封。

〔8〕"老去"三句:老来唯以酒自浇胸中之磊块。《世说新语·任诞》:"阮籍胸中垒块,故须酒浇之。"磊块,也作垒块,指心中抑郁不平之气。

〔9〕休休:罢休。司空图《耐辱居士歌》:"休休休,莫莫莫。"

昭 君 怨

牡 丹[1]

曾看洛阳旧谱,只许姚黄独步[2]。若比广陵花,太亏他[3]。　　旧日王侯园圃,今日荆榛狐兔[4]。君莫说中州[5],怕花愁。

〔1〕题曰牡丹,却不咏其形态和精神,而独怜其不幸命运。"洛阳牡丹甲天下",但时至今日,洛阳沦丧,已是可望而不可即,是以词人借花愁以抒国忧。上片以广陵芍药陪衬,下片具言洛阳牡丹之今昔。结言花愁,实是人愁。

〔2〕"曾看"二句:谓洛阳牡丹名动天下,尤以姚黄为尊。洛阳旧谱,周必大《欧集考异》谓当时士大夫家有欧阳修《牡丹谱》印本。姚黄,牡丹名贵品种,时人以姚黄、魏紫为贵。欧阳修《洛阳牡丹记》称:"姚黄者,千叶黄花,出于民姚氏家。""魏家花者,千叶肉红花,出于魏相仁溥家。"李格非《洛阳名园记》云:"姚黄、魏花,一枝千钱;姚黄无卖者。"足见姚黄牡丹在北宋末已罕见。

〔3〕"若比"二句:谓与广陵芍药相比,洛阳牡丹命运太差。暗指洛阳为

金人所占领。广陵花,指扬州芍药。"扬州芍药,名著天下。"(《遯斋闲览》)

〔4〕"旧日"二句:对比洛阳牡丹今昔,昔日盛开于王侯园圃,今天却埋没于一片狐兔出没的荒草之中。暗喻北宋覆灭,中原沦丧。

〔5〕中州:此指洛阳。

满 江 红

夜雨甚凉,忽动从戎之兴[1]

金甲雕戈,记当日、辕门初立[2]。磨盾鼻,一挥千纸,龙蛇犹湿[3]。铁马晓嘶营壁冷,楼船夜渡风涛急[4]。有谁怜、猿臂故将军,无功级[5]？　平戎策,从军什[6];零落尽,慵收拾。把《茶经》《香传》[7],时时温习。生怕客谈榆塞事,且教儿诵《花间集》[8]。叹臣之壮也不如人,今何及[9]。

〔1〕题曰"忽动从戎之兴",其来有自。一,词人有一段从军生涯。嘉定十一年(1218),宋下诏伐金,词人尝参江淮制置使、江东安抚使兼知建康府李珏的幕府,时词人三十一岁。二,绍定六年(1233),金国将亡,宋师北上谋复河南。时词人受江湖诗案牵累,于家乡投闲置散,词或作于此时,因动"从戎之兴"。词人作词,好以今昔对比谋篇,此篇亦然。上片追忆当年意气风发之从军生涯,结以"有谁怜"作转,下片感叹老来投闲。与他篇直言浅露不同,此篇品茶焚香、教课《花间》、怕谈边事云云,均系正话反说,于悠闲中见激愤。结拍也自隐含不甘寂寞之意,与"从戎之兴"暗合。

〔2〕"金甲"二句:记军门初开、一派整肃威武气象。金甲,铁甲。雕戈,

带雕饰的戈矛。

〔3〕"磨盾鼻"三句：言其才思敏捷，军中文书千纸立就，而墨迹未干。磨盾鼻，于盾钮上磨墨作书，显示军情紧急，不容从容就砚磨墨挥毫。《资治通鉴》梁武帝太清元年载，荀济谓人曰："会于盾鼻上磨墨檄之。"又，《世说新语》载袁宏倚马作露布，"手不辍笔，俄得七纸。"极言其文思敏捷，下笔飞快。龙蛇犹湿，字迹未干。

〔4〕"铁马"二句：一早一晚，一陆上一水面，概括军中战斗场景。化用陆游《书愤》诗句："楼船夜雪瓜洲渡，铁马秋风大散关。"

〔5〕"有谁怜"二句：以汉将军李广自况，谓此次从军无功而返。李广抗击匈奴，功勋卓著，却无封侯之赏。李广臂长如猿，称猿臂。李广贬为庶人后，曾夜阻霸陵亭，自称"故将军"，要求放行。霸陵尉曰："今将军尚不得夜行，何乃故也。"均见《史记·李将军列传》。

〔6〕从军什：从军期间所写的诗篇。

〔7〕《茶经》：唐人陆羽嗜茶，著《茶经》。《香传》：研究香的品种及焚香之道的书籍。《宋史·艺文志》载此类书籍不少，如丁谓著《天香传》等等。

〔8〕榆塞：指北方边塞。据宋人王明清《挥麈后录》，太祖尝令南北分界处以榆柳为塞。《花间集》：五代时蜀人赵崇祚所编词集，内容多男女风花雪月事，词风香艳软媚。按：刘克庄《贺新郎·席上闻歌有感》曾云："粗识《国风·关雎》乱，羞学流莺百啭，总不涉、闺情春怨。"说明词人并不欣赏《花间》。

〔9〕"叹臣"二句：叹老嗟衰，但隐含不甘寂寞之意。语出《左传·僖公三十年》，烛之武尝谓郑文公："臣之壮也，犹不如人；今老矣，无能为也已。"暗怪郑文公早不用己，如今事急方来求我。

贺 新 郎

送陈真州子华[1]

北望神州路,试平章这场公事,怎生分付[2]？记得太行山百万,曾入宗爷驾驭[3]。今把作握蛇骑虎[4]。君去京东豪杰喜,想投戈下拜真吾父[5]。谈笑里,定齐鲁[6]。
两河萧瑟唯狐兔,问当年祖生去后,有人来否[7]？多少新亭挥泪客,谁梦中原块土[8]？算事业须由人做。应笑书生心胆怯,向车中闲置如新妇[9]。空目送,塞鸿去[10]。

〔1〕陈子华:陈韡,字子华,福建侯官人。宝庆三年(1227),移知真州(治所在今江苏仪征)兼淮南东路提点刑狱,词人作词送行。真州地近前线,故词人对友人此去期望甚高。词突兀而起,笔锋直指中原时局。以下即就如何应对北地义军展开议论。"记得"三句,今昔对照,褒贬分明。"君去"四句,希望友人效法前贤,收役义军,为收复齐鲁建功立勋。换头以感叹迩来北伐无人对时局流露不满。回笔又写友人肩负光复重任。"应笑"二句,复以懦怯书生自嘲,陪衬友人慷慨英豪。一结目送塞鸿,点明送别题面。

〔2〕平章:评论,筹划。公事:指复国大业。分付:处理,应对。

〔3〕"记得"二句:谓宗泽当年曾收编太行山百万抗金义军。熊克《中兴小纪》称:"自靖康以来,中原之民不从金者,于太行山相保聚。"据《宋史·宗泽传》,宗泽当年曾招抚王善、杨进、王再兴、李贵、王大郎诸部。宗爷,爱国将帅宗泽,时为东京留守,金人呼为宗爷爷,不敢入犯。

〔4〕"今把"句:谓今日朝廷却把义军视作蛇虎难以把握。《魏书·彭城

王繢传》:"握蛇骑虎,不觉艰难。"

〔5〕"君去"二句:谓友人此去,京东义军当欣然来投。京东,指京东路,时包括现今山东、河南东部和江苏北部一带地区。真吾父,岳飞以书招降江西张用,张用得书曰:"真吾父也",遂受招抚。

〔6〕齐鲁:春秋时的齐国和鲁国,即今山东之地。

〔7〕"两河"三句:谓中原萧索,北伐无人。两河,指河北东路和河北西路,今河北及黄河以北的河南地区。祖生,即祖逖,晋时名将,曾率兵北伐,收复黄河以南地区。此隐谓宗泽、岳飞后继乏人。

〔8〕"多少"二句:谓南渡士大夫徒伤时局,而少实际行动。新亭挥泪,晋室南渡后,诸士大夫常聚会建康新亭,因伤山河改异而相视流泪。见《世说新语·言语》。

〔9〕"应笑"二句:自嘲书生懦弱。《梁书·曹景宗传》:"景宗谓所亲曰:'今来扬州作贵人,动转不得。路行开车幔,小人辄言不可。闭置车中如三日新妇。'"

〔10〕"空目送"二句:目送友人远去。

贺　新　郎

九　　日[1]

湛湛长空黑[2],更那堪、斜风细雨,乱愁如织。老眼平生空四海,赖有高楼百尺。看浩荡、千崖秋色[3]。白发书生神州泪,尽凄凉,不向牛山滴[4]。追往事,去无迹。
少年自负凌云笔。到而今、春华落尽,满怀萧瑟[5]。常恨世人新意少,爱说南朝狂客。把破帽年年拈出[6]。若对黄花孤负酒,怕黄花、也笑人岑寂〔7〕。鸿北去,日西匿〔8〕。

〔1〕九日:即农历九月九日重阳节,世有登高、饮酒、赏菊、佩茱萸诸风俗。此登楼对景咏怀之作。逢节应景,最易流为平庸。"常恨世人新意少",词人确能自出新意:将节日风物、有关故实和伤时忧国之情融成一片。"老眼"三句突然振起,气豪笔健。"白发"以下,以"牛山滴"反衬"神州泪",由慷慨激昂转向沉郁悲壮。下片今昔对比,叹老来情怀萧瑟,但宁呼酒赏菊,绝不笔涉世俗。此词景起景结,中间抒怀,既跌宕顿挫,又流转自如,善用对比陪衬和九日故实,使满腹勃郁萧瑟之情跃然纸上。

〔2〕湛湛(zhàn战):形容天色昏暗。

〔3〕"老眼"三句:登楼远眺,秋色盈眼,豪情满怀。空四海,目空天下,有顾盼自雄之意。高楼百尺,借用《三国志·陈登传》中刘备语:"如小人(刘备自称),欲卧百尺楼上,卧君(指不恤国事而求田问舍的许汜)于地,何但上下床之间邪!"此一语双关:明言登楼远眺,暗谓胸怀忘家忧国之志。

〔4〕"白发"三句:为中原沦丧而忧伤,不为个人生死而落泪。白发书生,作者自指。牛山,在山东临淄,春秋时属齐地。《晏子春秋·内篇谏上》:"(齐)景公游于牛山,北临其国城而流涕曰:'若何滂滂去此而死乎?'"此为忧个人生死而悲痛。杜牧《九日齐山登高》,则代之以旷达:"古往今来只如此,牛山何必泪沾衣。"由此可见,词人这几句用事而自出新意。

〔5〕"少年"三句:少年健笔凌云,老来情怀萧瑟。凌云笔,杜甫《戏为六绝句》:"庾信文章老更成,凌云健笔意纵横。"

〔6〕"常恨"三句:谓世人拾人牙慧,爱用重阳龙山落帽典故而缺少自创新意。南朝狂客,指孟嘉。《晋书·孟嘉传》谓九月九日,孟嘉随桓温游宴龙山,风吹帽落,孟嘉不觉,意态犹自从容洒脱,后世传为佳话。破帽,语出苏轼《南乡子》:"破帽多情却恋头。"按:苏词用事能自见新意。

〔7〕"若对"二句:化用杜甫《九日》诗意:"竹叶(酒名)于人既无份,菊花从此不须开。"谓对菊必须呼酒,方能尽兴。孤负,同"辜负"。

〔8〕"鸿北去"二句:夕阳西下,鸿雁北去,隐寓国运衰微。匿,隐藏,此指日落。

贺 新 郎

席上闻歌有感[1]

妾出于微贱。少年时、朱弦弹绝,玉笙吹遍[2]。粗识《国风·关雎》乱,羞学流莺百啭,总不涉、闺情春怨[3]。谁向西邻公子说,要珠鞍迎入梨花院[4]。身未动,意先懒。

主家十二楼连苑。那人人、靓妆按曲,绣帘初卷[5]。道是华堂箫管唱,笑杀街坊拍衮[6]。回首望、侯门天远[7]。我有平生《离鸾操》,颇哀而不愠微而婉[8]。聊一奏,更三叹[9]。

〔1〕词纯用比兴,借席上歌女之口,自抒怀抱,表现其不趋流俗、高洁自守的词品和人品,在后村词中,堪谓别具一格。词首述其少年身世及精湛的技艺、良好的艺术修养。"粗识"两句,不惟艺品,亦创作观之自我形象表达。"谁向"以下,具言其于豪华府第甫入旋出的人生经历,以靓妆歌女陪衬,突出自身不附流俗的品格。末章"我有"以下,自谓曲高和寡,知音难觅。除坚守节操之外,也不无怀才不遇之叹。

〔2〕"少年"二句:谓精通吹弹乐器。

〔3〕"粗识"三句:谓自少师学传统正声雅乐,不喜专写男女情爱的丽辞艳曲。《国风·关雎》,《诗经》的首章,代表正统诗乐。乱,古乐的尾曲部分,可泛指乐章。

〔4〕珠鞍:以珠玉为饰的马鞍,借谓华丽的车马。

〔5〕"主家"三句:谓主家(即上文西邻公子之府第)豪华,楼阁众多,有

歌女弹奏演唱。人人,对宠爱歌女的爱昵称谓。靓(jìng静)妆,浓妆,盛妆。按曲,指按拍奏乐。

〔6〕"道是"二句:以为华堂箫管定奏高雅之音,不想竟是街头流行俗曲,令人笑煞。拍衮(gǔn滚),慢曲中的乐曲名称,此泛指乐曲。

〔7〕"回首望"句:谓被逐出主家府第。

〔8〕"我有"二句:谓能操高雅乐曲,符合传统的诗教。《离鸾操》,乐曲名。《西京杂记》:"庆安世年十五为成帝侍郎,善鼓琴,能为《双凤》《离鸾》之曲。"哀而不愠(yùn韵),哀而不怒。微而婉,托意精微而语多委婉。

〔9〕三叹:《荀子·礼论》:"《清庙》之歌,一倡而三叹也。"杨倞注:"一人倡,三人叹,言和之者寡也。"倡,同"唱"。后世常以一唱三叹形容诗文情深意远,耐人寻味。

贺　新　郎

实之三和有忧边之语,走笔答之[1]

国脉微如缕[2]。问长缨何时入手,缚将戎主[3]?未必人间无好汉,谁与宽些尺度?试看取当年韩五,岂有谷城公付授,也不干曾遇骊山母;谈笑起,两河路[4]。　少时棋栻曾联句,叹而今登楼揽镜,事机频误[5]。闻说北风吹面急,边上冲梯屡舞,君莫道投鞭虚语[6]。自古一贤能制难,有金汤便可无张许[7]?快投笔,莫题柱[8]。

〔1〕词作于淳祐四年(1244)。实之,即作者友人王实之,名迈。作者曾赞他"天壤王郎,数人物方今第一"(《满江红·送王实之》)。两人常以词唱和,

这是作者第三次的和词。时金国虽亡,元军崛起,不断南侵,故实之原词中有"忧边之语"。词劈首发问:国运维艰,问何以请缨缚敌,以纾国忧? 颇有振聋发聩之势。以下就此展开议论,论点有二:一,"自古一贤能制难",欲挽狂澜,当以人才为先。二,用人才应"宽些尺度",不拘一格,破格任贤。后村为词,有意师辛,此词以议论为词,以文为词,好用事,即为明证。然识见卓越,用事贴切,文笔流畅而不乏形象和情韵。

〔2〕"国脉"句:国运千钧一发,危在旦夕。

〔3〕"问长缨"二句:问何时出征擒获敌酋。《汉书·终军传》谓:"军自请,愿受长缨,必羁南越王而致之阙下。"

〔4〕"试看取"五句:谓抗金名将韩世忠出身低微,并不凭借名师传授与神仙指点,却能驰骋疆场,抗金立功。韩五,韩世忠排行第五,"嗜酒豪纵,不治绳检,人呼泼韩五"(朱熹《名臣言行录》)。谷城公,也称黄石公,曾授张良兵法书,辅助刘邦以成帝业。事见《史记·留侯世家》。骊山母,传说中的神仙,曾为唐将李筌解说《阴符经》,使其建功立勋。事见《太平广记·骊山姥》引《集仙传》。两河路,指河北东路和河北西路。

〔5〕"少时"三句:叹少时志在从军报国,而今老来一事无成。棋柝联句,李正封、韩愈《晚秋郾城夜会联句》:"从军古云乐,谈笑青油幕。灯明夜观棋,月暗秋城柝。"柝(tuò拓),巡夜时敲击的木梆。揽镜,持镜而照。杜甫《江上》:"勋业频看镜。"

〔6〕"闻说"三句:谓边防告急,敌军强大,不可等闲视之。北风吹面急,喻元军南犯。冲梯屡舞,谓敌军屡屡凶猛攻我边城。冲梯,即攻城用的云梯。《后汉书·公孙瓒传》:"袁氏之攻,状若鬼神,梯冲舞吾城上,鼓角鸣于地中。"投鞭,即投鞭断流,此谓元军强盛,不可只凭长江天险。语出《晋书·苻坚传》,苻坚伐晋,曰:"以吾之众旅,投鞭于江,足断其流。"

〔7〕"自古"二句:谓纾忧解难当以人才为先,不能纯恃金汤之固。一贤制难,《旧唐书·突厥传》载卢俌上唐中宗疏中语:"地方千里,制在一贤。"金汤,金城汤池,喻城防坚固莫摧。张许,唐代名将张巡、许远,在安史之乱中,死守睢阳,屡退敌兵。事见《旧唐书·忠义传》。

〔8〕"快投笔"二句:呼吁爱国志士不计个人名利,投笔从戎报国。投笔,

刘克庄《沁园春》(何处相逢)

用班超不甘久事笔砚而投笔从戎事,事见《后汉书·班超传》。题柱,《华阳国志·蜀志》谓司马相如初入长安时,曾于成都升仙桥送客观门题辞曰:"不乘赤车驷马,不过汝下也。"意谓功名不就,决不返乡。

玉 楼 春

戏呈林节推乡兄[1]

年年跃马长安市,客舍似家家似寄[2]。青钱唤酒日无何,红烛呼卢宵不寐[3]。 易挑锦妇机中字,难得玉人心下事[4]。男儿西北有神州,莫滴水西桥畔泪[5]。

〔1〕林节推:作者同乡友人。节推即节度推官(安抚司幕职)。题曰"戏呈",实是诙谐戏谑其外,严肃庄重其内,略无轻佻浮滑之弊。上片写友人在都城豪纵放浪生涯,貌似赞赏,实为惋惜。下片妻情真与妓女意假对举,虽出语委婉,但箴规之意甚明。走笔至此,无非烘托铺垫,结拍始画龙点睛,勉以国事,揭出一篇主旨,词格也由此得以升华。

〔2〕"年年"二句:谓友人跃马闹市,以客舍为家,以家室为旅,亲疏倒置。长安,借指南宋都城临安。客舍,实指酒楼妓馆。

〔3〕"青钱"二句:谓友人放浪形骸,日夜豪饮狂赌。青钱唤酒,化用杜甫《偪侧行赠毕四曜》诗意:"速宜相就饮一斗,恰有三百青铜钱。"无何,无所事事。红烛呼卢,晏几道《浣溪沙》词:"户外绿杨春系马,床前红烛夜呼卢。"呼卢,即掷骰,赌博的一种。

〔4〕"易挑"二句:谓友人不该舍妻子易得之真情,而取妓女难凭之心意。锦妇,借指妻子。《晋书·窦滔妻苏氏传》载:"滔,苻坚时为秦州刺史,被徙流沙。苏氏思之,织锦为回文旋图诗以赠滔,宛转循环以读之,词甚凄惋。"玉人,

指妓女。

〔5〕"男儿"二句:勉励友人应以国事为重,勿为妓女轻抛无聊之泪。水西桥,当时妓女集聚地。

卜 算 子^{〔1〕}

片片蝶衣轻,点点猩红小^{〔2〕}。道是天公不惜花,百种千般巧^{〔3〕}。　朝见树头繁,暮见枝头少^{〔4〕}。道是天公果惜花,雨洗风吹了^{〔5〕}。

〔1〕周密《绝妙好词》本题作"海棠为风雨所损"。又,词人同调词两首,另一首题为"惜海棠"。由此可知,此词亦为海棠词。词构思巧妙新颖而暗含哲理。上下片前两句直赋海棠的娇艳和开落,后两句则是即景咏叹,又各以"天公"惜花与否发问,更用正话反诘,以增添其思辨色彩。通篇写来既轻快自然,又含蓄深婉。至若花外寓意,或谓自抒怀才不遇之愤。疑求之过实。或谓花开花落,皆自然客观运行之理,本与"天公"惜花与否无涉,当以平常心态视。此说差或近之。窃谓或转换视角:花开花谢,成也天公,败也天公,爱耶？恨耶？爱恨兼融？人生世事为斯者不鲜,正可从中获得启迪。

〔2〕"片片"二句:言花瓣轻盈如蝶翅,花朵细密而呈猩红色。

〔3〕"道是"二句:如说天公不惜花,则海棠何以如此千娇百媚。

〔4〕"朝见"二句:谓朝夕之间,海棠已由盛开而凋零。

〔5〕"道是"二句:如说天公惜花,则何以风雨摧花。

刘克庄

清 平 乐

五月十五夜玩月[1]

风高浪快,万里骑蟾背[2]。曾识姮娥真体态,素面原无粉黛[3]。　　身游银阙珠宫,俯看积气濛濛[4]。醉里偶摇桂树,人间唤作凉风[5]。

〔1〕词咏月,却幻想飞越太空,身游月宫情景,后村词中另树一帜,其浪漫奇逸处,直压苏辛。结拍月中醉摇桂树,人间一片凉风,将天上人间融汇一气,奇思丽想,真乃神来之笔。

〔2〕"风高"二句:谓乘长风破万里浪,飞入月宫。蟾,蟾蜍,月中精灵,代指月。

〔3〕"曾识"二句:以嫦娥素面,喻月光皎洁。姮娥,即嫦娥。嫦娥亦称素娥。《文选·月赋》李周翰注:"月色白,故云素娥。"

〔4〕银阙珠宫:即指月宫。积气濛濛:指天地间层层云雾迷茫。《列子·天瑞》谓杞人忧天将倾,寝食不安。人劝晓曰:"天,积气耳,亡(无)处亡(无)气。"

〔5〕"醉里"二句:醉摇桂树,人间生风。桂树,传说月中有桂,高五百丈,并有吴刚者常年伐桂不止。见段成式《酉阳杂俎》。

忆 秦 娥[1]

梅谢了,塞垣冻解鸿归早[2]。鸿归早,凭伊问讯,大梁遗老[3]。　　浙河西面边声悄[4],淮河北去炊烟少[5]。炊烟少,宣和宫殿[6],冷烟衰草。

〔1〕 梅谢冰融,大地春回;词人即借鸿雁北归,捎去对中原遗老的亲切问候。下片承上词脉,仍藉雁之北飞,以鸟瞰大地、"尺幅千里"手法,迭现三幅惨淡景象:浙西一派寂静;淮河北人烟稀少;故宫冷烟衰草;从而展示出词人一片赤诚忧国之心。

〔2〕 塞垣(yuán原):边塞城墙。此泛指北方沦陷区。

〔3〕 "凭伊"二句:托雁问候中原遗老。大梁,战国时魏国都城称大梁,即今河南开封,亦北宋都城东京所在。即以代指东京。

〔4〕 浙河西面:指当时的浙江西路,包括镇江一带地域,地近宋金边界。边声悄:边境无战事,暗谓南宋无意北伐。

〔5〕 淮河北去:指淮河以北沦陷区。炊烟少:指人烟稀少,一片荒凉。

〔6〕 宣和宫殿:指北宋东京的故宫。宣和,北宋徽宗年号。徽宗父子被俘北去,北宋遂亡。

赵以夫

赵以夫(1189—1256),字用父,号虚斋,长乐(今属福建福州市长乐区)人。嘉定十年进士。累官同知枢密院事、吏部尚书。曾与刘克庄同修国史。著有《虚斋乐府》,存词六十八首,颇工丽。

鹊桥仙

富沙七夕为友人赋[1]

翠绡心事,红楼欢宴,深夜沉沉无暑[2]。竹边荷外再相逢,又还是、浮云飞去[3]。　　锦笺尚湿,珠香未歇[4],空惹闲愁千缕。寻思不似鹊桥人,犹自得、一年一度[5]。

〔1〕富沙:未详所在。词以"七夕"兴起离愁别恨,正切词调《鹊桥仙》本意。词的上片追忆当年初会与再逢场景:红楼赠绡,情意缠绵;竹韵荷风,环境幽绝。歇拍作转,"浮云飞去",往事不再。下片自然过渡到七夕今宵,抒发别后离恨。意分两层:睹物伤情,一层。妙在二层,以牛、女二星犹得一年一会反衬,既切题,亦自强化了离恨的深度和力度。

〔2〕翠绡:绿色丝巾,女子常用以赠别情侣。无暑:指初秋天气凉爽。

〔3〕浮云飞去:喻往事无踪。

〔4〕"锦笺"二句:书信墨迹未干,珠饰馀香犹在。

〔5〕"寻思"二句:人间别后难逢,不如牛郎织女犹能一年一度七夕鹊桥相会。

吴渊

吴渊(1190—1257),字道夫,号退庵,德清(今属浙江)人,原籍宣州宁国(今属安徽)。嘉定七年进士。累官至兵部尚书、参知政事,主抗金,有政绩。著有《退庵集》,存词仅六首,词风近辛,慷慨悲壮。

念奴娇[1]

我来牛渚,聊登眺、客里襟怀如豁[2]。谁着危亭当此处[3],占断古今愁绝。江势鲸奔,山形虎踞,天险非人设。向来舟舰,曾扫百万胡羯[4]。　　追念照水燃犀[5],男儿当似此,英雄豪杰。岁月匆匆留不住,鬓已星星堪镊[6]。云暗江天,烟昏淮地,是魂断时节。栏干捶碎,酒狂忠愤俱发。

〔1〕词写牛渚登眺有感,通篇将绘景、咏史、议论、抒情水乳交融。上片继描绘采石矶鲸奔虎踞山川形势之胜,更即景怀古,追慕当世英雄抗金之光辉勋业,写来气势雄浑奔放。下片承上"危亭",赞颂古代豪杰抵御外敌之丰功伟绩。以下自抒怀抱,叹老来壮志难酬。结拍醉酒捶栏,忠愤迸发,词情跌宕,由激昂奋扬转为悲壮苍凉。

〔2〕"我来"二句:登高远眺,胸怀豁然开朗。牛渚(zhǔ主),山名,在今安徽当涂县西北,下临长江,其山脚实出江中处,名采石矶,形势险峻,为兵家必争之地。

〔3〕危亭:指燃犀亭。参见注〔5〕。

〔4〕"向来"二句:忆采石矶之役。绍兴三十一年(1161),金兵大肆南侵,虞允文犒师至此,激励将士水上迎敌,大捷,朝野同庆。事见《宋史·虞允文传》。胡羯(jié节),指金兵。

〔5〕照水燃犀:据《晋书·温峤传》,"至牛渚矶,水深不可测,世云其下多怪物,峤遂燃犀角而照之,须臾见水族覆火,奇形异状,或乘马车着赤衣者。"后人常以燃犀形容洞察奸邪。本词对亭怀古,旨在歌颂温峤御外平内之英雄业绩。

〔6〕"鬓已"句:谓鬓发花白,已堪摘除。镊(niè聂),摘除。

吴潜

吴潜(1196—1262),字毅夫,号履斋,德清(今属浙江)人,吴渊之弟。嘉定十年进士第一。累官参知政事,拜右丞相兼枢密使。为人刚直,以忤贾似道贬循州,并被害身死。与姜夔、吴文英等词人颇有交往。著有《履斋诗馀》,存词二百五十馀首,内容多涉国事,词风豪迈悲壮。

满江红

送李御带珙[1]

红玉阶前,问何事、翩然引去[2]?湖海上,一汀鸥鹭,半帆烟雨。报国无门空自怨,济时有策从谁吐?过垂虹亭下系扁舟,鲈堪煮[3]。　　拚一醉,留君住;歌一曲,送君路。遍江南江北,欲归何处。世事悠悠浑未了,年光冉冉今如许[4]。试举头、一笑问青天,天无语。

[1] 词作于嘉熙元年(1237)八月,时吴潜任平江(今苏州)知府。友人李珙引退返乡,途经平江,词人作词以送。御带:即"带御器械",为武将荣誉职衔。此送别词。词从远处开笔,问友人何事辞官引退,以下不答自答。湖海逍遥是虚,是宾;报国无路为实,为主。歇拍点明途经平江小驻事。过变折入送别本意。欲送还留,盖此去天涯,相聚无期。"世事"两句遥应上片"报国"两句,叹年华易逝,而国事未了。结韵问天无语,悲愤不已。

〔2〕红玉阶:指朝堂。引去:引退,归隐。

〔3〕垂虹亭:在今苏州吴江区垂虹桥头,为当时名胜游览之地。鲈堪煮:谓共食吴中名菜鲈鱼脍。晋人张翰因思家乡鲈鱼脍而弃官南归。见《世说新语·识鉴》。

〔4〕"世事"二句:言国事未了,人却变老了。《离骚》:"老冉冉其将至兮。"冉冉,缓缓消逝。

满　江　红

豫章滕王阁[1]

万里西风,吹我上、滕王高阁[2]。正槛外、楚山云涨,楚江涛作[3]。何处征帆木末去[4],有时野鸟沙边落。近帘钩、暮雨掩空来[5],今犹昨[6]。　　秋渐紧,添离索;天正远,伤漂泊。叹十年心事,休休莫莫[7]。岁月无情人易老,乾坤虽大愁难着。向黄昏、断送客魂消,城头角[8]。

〔1〕词作于淳祐七年(1247),是年作者被劾罢相,改任福建安抚使。赴任途中经南昌,作此词。豫章,即今江西南昌。滕王阁为唐初滕王李元婴都督洪州时所建,故址在南昌城西,层台耸翠,飞阁流丹,下临赣江。韩愈《新修滕王阁记》许为江南第一。王勃作《滕王阁序》,益使其名播四海。词上片写登楼所见,重在咏景,由远而近:山云江涛,征帆野鸟,帘卷暮雨,于一派秋色中,隐隐流出一丝怅惘悲凉意绪。起结处暗用滕王阁事与诗,贴切自然。下片由景而情,自抒愁怀。由眼前漂泊,而十年沉浮,而人生易老,层层深入,愁怀难遣,勃郁悲愤。篇末融情入景,以景结情,哀思如缕。

〔2〕"万里"二句:传说当年神助风力,王勃一夕舟至南昌,登阁挥毫,作《滕王阁序》,民谚遂谓"时来风送滕王阁"。

〔3〕槛:阑干。楚山:即西山。楚江:指赣江。

〔4〕木末:树梢。

〔5〕"近帘钩"句:化用王勃《滕王阁》诗意:"珠帘暮卷西山雨。"

〔6〕今犹昨:谓眼前情景与王勃当年所见相仿佛。

〔7〕十年心事:指十年来宦海沉浮事。休休莫莫:犹言算了,罢了。语出唐人司空图《耐辱居士歌》:"休休休,莫莫莫。"

〔8〕"向黄昏"二句:此倒装句,谓黄昏时分,城头号角鸣咽,令客子黯然销魂。

水 调 歌 头

焦　　山[1]

铁瓮古形势,相对立金焦[2]。长江万里东注,晓吹卷惊涛。天际孤云来去,水际孤帆上下,天共水相邀。远岫忽明晦[3],好景画难描。　　混隋陈,分宋魏,战孙曹[4]。回头千载陈迹,痴绝倚亭皋[5]。惟有汀边鸥鹭,不管人间兴废,一抹度青霄。安得身飞去,举手谢尘嚣[6]。

〔1〕焦山:位于镇江东北长江之中。吴潜于嘉熙二、三年(1238—1239)间任镇江知府,词当作于此时。题曰"焦山",但词并不咏山。上片写登山览胜。起笔总写,一城二山,概括有力。以下远眺江天,既雄伟奔放,又广阔浩渺,亦明丽奇幻。下片起处因地怀古,寓今日国运难测于历朝兴废分合之中。忧愤

难遣,遂借鸥鹭起兴,生超越尘世之想。通篇咏景、怀古、抒情有机融合,于豪放沉郁中见清旷超然之思,颇类苏轼词风。

〔2〕铁瓮:指镇江古城,三国时孙权所建,极坚固,故有铁瓮之称。金焦:指镇江城外相对屹立于长江中的金山和焦山。

〔3〕"远岫"句:写远山山色明灭。

〔4〕"混隋陈"三句:因地怀古,叹历朝兴废分合。隋灭陈,一统天下,即先破镇江,后克金陵。南朝刘宋曾与北魏隔江对峙。三国时孙权凭长江天堑与曹操抗衡。

〔5〕亭皋:水边平地,此指江岸。

〔6〕尘嚣:指喧嚣纷扰的人世。

淮上女

淮上女,名姓不详。宋宁宗嘉定年间为金人掳掠北上。

减字木兰花[1]

淮山隐隐,千里云峰千里恨。淮水悠悠,万顷烟波万顷愁。

山长水远,遮断行人东望眼。恨旧愁新,有泪无言对晚春。

〔1〕据元好问《续夷坚志》"泗州题壁词"条载:宋宁宗嘉定末年,金兵南侵,掳淮上良家女北归。有一淮上女题此词于泗州。词上片以隔句对写景,寓情于景。云山含恨,恨长千里;淮水带愁,愁广万顷;生动形象,情景交融。下片叙事抒情。频频回首,不忍离别家乡山水,有泪无言,难诉心中愁恨。山水、愁恨,遥应上文,使通篇融为一体。全词明白如话,悲苦凄恻,感人至深。

黄孝迈

黄孝迈,字德父,号雪舟,尝从刘克庄游,著有《雪舟长短句》,已佚,今仅见四首。

湘春夜月[1]

近清明,翠禽枝上消魂[2]。可惜一片清歌,都付与黄昏。欲共柳花低诉,怕柳花轻薄,不解伤春。念楚乡旅宿,柔情别绪,谁与温存。　　空樽夜泣[3],青山不语,残月当门。翠玉楼前,惟是有、一江湘水,摇荡湘云。天长梦短,问甚时、重见桃根[4]。这次第、算人间没个并刀,剪断心上愁痕[5]。

〔1〕清人万树《词律》谓此乃自度曲,"风度婉秀,真佳词也"。词即以"湘春夜月"为背景,抒发作者的离恨别怨。起处翠禽清歌、柳花照眼,皆正面提笔,而复以"可惜""怕"字反手承接,文情起伏,益增知音难觅、孤寂凄清之悲。然则,以上又无非陪衬烘托,歇拍三句,始点明"伤春"之由:客中怀远。过变承"楚乡旅宿",转入月夜情景。以"空樽夜泣"唤出青山残月,云水摇荡,融情入景,纯以境界胜。"天长"三句是"楚乡"三句情事的延伸。结拍言并刀难断,足见离愁之强烈和浓重。或谓此词托寓国忧。

〔2〕翠禽:绿色小鸟。消魂:谓啼声宛转动人。

〔3〕空樽夜泣:形容夜来相思流泪。樽,酒杯。

〔4〕桃根:晋王献之妾名桃叶,其妹称桃根。此代指作者情侣。

〔5〕"这次第"二句:谓心愁难剪。姜夔《长亭怨慢》结句:"算空有并刀,

难剪离愁千缕。"李煜《相见欢》词:"剪不断,理还乱,是离愁,别是一般滋味在心头。"并刀,古时并州所产的剪刀,以锋利著称。

陈东甫

陈东甫,生平事迹不详,今存词三首。

长相思[1]

花深深,柳阴阴,度柳穿花觅信音,君心负妾心! 怨鸣琴,恨孤衾,钿誓钗盟何处寻[2],当初谁料今!

[1] 此弃妇词。上片写花柳深处,无觅情人音讯,下片写钿钗犹在,难寻情人盟誓。通篇出以弃妇声口,如诉如泣,痴绝而怨而恨,明白如话而不失温婉敦厚。

[2] 钿誓钗盟:以钿钗誓盟,表示此情不变。

李曾伯

李曾伯(1198—1268),字长孺,号可斋,覃怀(今河南沁阳市附近)人,寓居嘉兴。历官湖南安抚使、庆元知府兼沿海制置使、四川宣抚使,主抗金,知军事。著有《可斋诗馀》,存词二百馀首。词学稼轩,喜为长调,不作艳语。

青玉案

癸未道间[1]

栖鸦啼破烟林暝,把旅梦、俄惊醒。猛拍征鞍登小岭。峰回路转,月明人静,幻出清凉境[2]。　　马蹄踏碎琼瑶影[3],任露压巾纱未攲整[4]。贪看前山云隐隐。翠微深处,有人家否,试击柴扃问[5]。

〔1〕词作于癸未年,即宋宁宗嘉定十六年(1223),时作者二十六岁。词写夜行所见所感。一起黄昏梦回,为题前之笔,以日间无聊困乏,陪衬夜里山行之美妙可意。"峰回"三句,月下清凉胜境,疑非人间,故曰"幻出"。马碎琼瑶,露湿头巾,境佳人悦。翠微深处,月下轻叩柴门,更别具情趣。通篇自然清新,境界幽美,令人陶醉。

〔2〕清凉境:苏轼《念奴娇》:"玉宇琼楼,乘鸾来去,人在清凉国。"

〔3〕"马蹄"句:谓马蹄踏碎月影。琼瑶,喻月色。语从苏轼《西江月》词化出:"可惜一溪风月,莫教踏破琼瑶。"

〔4〕未忺(xiān先)整:尚未高兴地整理。忺,高兴,适意。

〔5〕翠微:轻淡青葱的山色,亦指青山。紫扃(jiōng坰):柴门。

方岳

方岳(1199—1262),字巨山,号秋崖,祁门(今属安徽)人。绍定五年进士。累官至吏部侍郎,历知饶州、抚州、袁州,加朝散大夫。有诗名,亦工词,著有《秋崖词》,存词九十馀首。况周颐《秋崖词跋》称其词"疏浑中有名句,不坠宋人风格"。

水调歌头

平山堂用东坡韵[1]

秋雨一何碧,山色依晴空[2]。江南江北愁思,分付酒螺红[3]。芦叶蓬舟千里,菰菜莼羹一梦[4],无语寄归鸿。醉眼渺河洛,遗恨夕阳中[5]。　蘋洲外,山欲暝,敛眉峰[6]。人间俯仰陈迹,叹息两仙翁[7]。不见当时杨柳,只是从前烟雨,磨灭几英雄[8]。天地一孤啸,匹马又西风[9]。

〔1〕平山堂:位于扬州西北蜀岗上,北宋欧阳修庆历八年(1048)知扬州,建此堂。叶梦得《避暑录话》许以"壮丽淮南第一"。登堂遥望,江南金、焦、北固诸山尽收眼底,以视与堂平,取名"平山堂"。欧阳修宴饮之馀,尝作《朝中措》咏之。三十二年后苏轼三过平山堂,作《西江月》词悼之,有"十年不见老仙翁,壁上龙飞蛇动"诸句。用东坡韵:指苏轼《水调歌头·黄州快哉亭》词,盖其词语涉平山堂及欧阳修。方岳此词上片开端以丽景衬哀愁,益增其哀。"江

南"句点明"愁思",以下分述层进:"芦叶"两句,归梦难成,是乡愁;"醉眼"两句,河洛渺远,是国愁。过变起处寓情于景,以下缅怀欧、苏两位仙翁,兴人世沧桑之叹。结拍展念前程飘泊,遥应上片"愁思";"匹马西风",生动形象,而不胜孤寂悲凉。

〔2〕"秋雨"二句:雨后天晴,山色碧丽。欧阳修《朝中措》词:"平山阑槛倚晴空,山色有无中。"方词正由此化出,但明丽过之。

〔3〕"江南"二句:行遍大江南北,唯以酒解愁。酒螺红,指红螺酒杯。

〔4〕"芦叶"二句:飘泊千里,归梦难成。菰菜纯羹,皆吴中名菜,此用张翰因思吴中菰菜、鲈鱼脍而弃官返乡事,见《晋书·张翰传》。

〔5〕"醉眼"二句:言遥望中原,遗恨无限。河洛,黄河、洛水,代指沦丧中的中原。

〔6〕"山欲暝"二句:山色渐暗,似眉峰之欲敛。

〔7〕两仙翁:指欧阳修与苏轼,参见注〔1〕。

〔8〕"不见"三句:由景在人非,引出英雄无觅的人生感叹。杨柳,欧阳修《朝中措》:"手种堂前杨柳,别来几度春风。"苏轼《西江月》词:"欲吊文章太守,仍歌杨柳春风。"烟雨,苏轼《水调歌头·黄州快哉亭》:"长记平山堂上,欹枕江南烟雨,杳杳没孤鸿。"

〔9〕"天地"二句:展念今后飘泊情景。

萧泰来

萧泰来,字则阳,号小山,临江(今江西樟树)人。理宗绍定二年(1229)进士。淳祐间为御史,宝祐元年以起居郎出知隆兴府。著有《小山集》,今佚,存词二首。

霜天晓角

梅[1]

千霜万雪,受尽寒磨折。赖是生来瘦硬,浑不怕、角吹彻[2]。　　清绝,影也别,知心唯有月。原没春风情性,如何共、海棠说[3]。

[1] 词咏梅。不摹其形,但摄其神。既傲霜凌雪,铮铮铁骨,又羞于群芳争春,超凡脱俗。通篇以霜雪、吹角、明月、海棠,陪衬烘托梅品,纯用比兴。

[2] 赖是:幸亏。角:号角,其声凄凉哀怨。

[3] "原没"二句:写梅品性高洁,孤芳自赏,羞与百花争艳。

许棐

许棐(？—1249),字忱父,海盐(今属浙江)人。嘉熙中隐居秦溪,广植梅树,自号梅屋,著有《梅屋诗馀》,今存词二十首。

喜迁莺[1]

鸠雨细,燕风斜,春悄谢娘家[2]。一重帘外即天涯,何必暮云遮。　　钏金寒,钗玉冷[3],薄醉欲成还醒。一春梳洗不簪花,辜负几韶华。

〔1〕此闺怨词。词以景起,点出暮春季节。春光虽好,但帘隔云遮,咫尺天涯,那人难见。于是闲置金钏玉钗,一春疏慵簪花,更以醉酒遣愁。无奈薄醉还醒,徒自辜负美好年华。

〔2〕鸠:即鹁鸠,又名鹁鸪,即布谷鸟。将雨时鸣声急,故古有"鸠呼雨"之俗说。陆游《喜晴》:"正厌鸠呼雨,俄闻鹊噪晴。"燕风斜:杜甫《水槛遣兴二首》:"细雨鱼儿出,微风燕子斜。"谢娘:原指东晋才女谢道韫,此借指闺中人。

〔3〕"钏金"二句:金钏玉钗弃置不用,无心修饰,故谓"寒""冷"。

吴文英

吴文英(约1212—1272),字君特,号梦窗,晚号觉翁,四明(今浙江宁波)人。本姓翁,后过继吴氏而改姓。未登科第,布衣终生。尝为苏州仓台幕僚、浙江安抚使吴潜幕僚、荣王赵与芮门客。一生常居苏州、杭州,交友颇广,多为文人词客和公卿显贵。精通音律,能自度曲,为南宋词坛大家。著有《梦窗词》,存词三百四十首,于姜夔独标"清空"一帜外,别创密丽一派,影响深远。

霜叶飞

重 九[1]

断烟离绪。关心事,斜阳红隐霜树[2]。半壶秋水荐黄花,香噀西风雨[3]。纵玉勒、轻飞迅羽,凄凉谁吊荒台古[4]?记醉踏南屏,彩扇咽寒蝉,倦梦不知蛮素[5]。　　聊对旧节传杯[6],尘笺蠹管,断阕经岁慵赋[7]。小蟾斜影转东篱,夜冷残蛩语[8]。早白发、缘愁万缕,惊飙从卷乌纱去[9]。谩细将、茱萸看,但约明年,翠微高处[10]。

〔1〕此重阳怀去妾之词。开篇七句,写景赋事,题前盘旋,铺垫陪衬之笔,而"离绪""关心事",则为下文怀人伏笔。"记"字以下,唤出回忆,忆昔重九

去妾执扇清歌场景,但伊人而今安在?下片承"不知蛮素",正面抒写今日"离绪":白日无心赋词;夜晚愁听蛩诉;年来白发频添;层层推进,愈转愈深。一结应题,明年重阳或可登高赴约,以虚想自宽,倍见沉痛。

〔2〕"斜阳"句:斜阳隐没不见,有风雨重阳之意。

〔3〕"半壶"二句:插壶赏菊,花香四溢。苏轼《书林逋诗后》:"一盏寒泉荐秋菊。"噀(xùn讯),喷。

〔4〕"纵玉勒"二句:无心走马荒台吊古。玉勒,玉饰的马勒,代指马。迅羽,快飞的鸟,此形容纵马如飞。荒台,指戏马台,在江苏徐州铜山区南,项羽所建。《南齐书》谓宋武帝刘裕曾于重九日登项羽戏马台。

〔5〕"记醉踏"三句:忆昔重九乘醉登高,去妾执扇而歌,声咽寒蝉,而今游情既倦,伊人不见,一切皆成梦幻。南屏,南屏山,在杭州西南,群峰环立如屏,"南屏晚钟"为西湖十景之一。蛮素,小蛮、樊素,为唐诗人白居易侍妾,一善歌,一善舞。尝为诗曰:"樱桃樊素口,杨柳小蛮腰。"见孟棨《本事诗》。此借指词人的去妾。

〔6〕"聊对"句:姑且传杯饮酒,聊应节景。

〔7〕"尘笺"二句:无心续写歌词。尘笺,诗笺为尘土封盖。蠹(dù 肚)管,毛笔为蠹虫蛀蚀。断阕,未完成的残缺歌词。

〔8〕"小蟾"二句:愁听月夜蛩语。蟾,蟾蜍,月中神物,借指月亮。东篱,植菊之处。陶潜《饮酒》:"采菊东篱下,悠然见南山。"映带上文黄花。蛩(qióng穷),蟋蟀。

〔9〕"早白发"三句:任风吹帽落,白发满头。李白《秋浦歌》:"白发三千丈,缘愁似个长。"惊飙(biāo标)卷乌纱,狂风吹帽,用晋人孟嘉重阳登高风吹帽落事。杜甫《九日蓝田崔氏庄》:"羞将短发还吹帽,笑倩旁人为正冠。"吴词反用杜诗之意。

〔10〕"谩细将"三句:期待明年重九登高赴约。杜甫《九日蓝田崔氏庄》:"明年此会知谁健,笑把茱萸仔细看。"茱萸,植物名,香味浓烈,古人重九佩茱萸以避邪。翠微,指青山。

瑞 鹤 仙[1]

晴丝牵绪乱,对沧江斜日,花飞人远。垂杨暗吴苑[2],正旗亭烟冷[3],河桥风暖。兰情蕙盼,惹相思、春根酒畔[4]。又争知、吟骨萦消,渐把旧衫重剪[5]。　　凄断。流红千浪,缺月孤楼,总难留燕。歌尘凝扇,待凭信,拌分钿[6]。试挑灯欲写,还依不忍,笺幅偷和泪卷。寄残云剩雨蓬莱,也应梦见[7]。

〔1〕 此寒食怀人词,作法颇类《霜叶飞·重九》。劈首情景双起,笼罩全篇。"对沧江"五句,描摹寒食风物,而以"花飞人远"为以下怀人张本。"兰情蕙盼",闪出去妾幻影,引出一己怀人情思。"吟骨"二句,极言相思蚀骨。过变"凄断"承上启下,抒"绪乱"怀人之苦。"流红"句映带上片"花飞","缺月"二句回应上片"人远",红流燕去,寓情于景,语精美而意含蓄。"歌尘"句物是人非,睹物伤情。以下情思起伏,缠绵宛转,待永诀而情不舍,欲致函而心不忍,唯寄续欢于梦,"凄断"之至。或谓下片从女方思己着笔。

〔2〕 吴苑:春秋时吴王阖闾所建苑林,故址在今苏州。

〔3〕 旗亭:酒楼。

〔4〕 兰情蕙盼:谓女子美目顾盼传情。周邦彦《拜星月慢》:"水盼兰情,总平生稀见。"按:此指词人去妾情态。或谓指旗亭歌女,似亦可通。总之,由此引起一段相思之情。春根:即春末。

〔5〕 "又争知"二句:因相思而骨体日瘦,旧日衣衫已嫌肥大,不再称身。争知,怎知。

〔6〕 "待凭信"二句:待分钿为凭,以作永诀留念。分钿,将金饰之盒分开

各执一半,以作长别信物。语出白居易《长恨歌》:"钗留一股合一扇,钗擘黄金合分钿。"拌,判(割舍),拚。

〔7〕"寄残云"二句:谓人虽遥在蓬莱,渺茫难求,也应梦中续我欢情。蓬莱,仙岛神山,此谓伊人居处。

宴 清 都

连 理 海 棠[1]

绣幄鸳鸯柱,红情密,腻云低护秦树[2]。芳根兼倚,花梢钿合,锦屏人妒[3]。东风睡足交枝,正梦枕、瑶钗燕股[4]。障滟蜡、满照欢丛,嫠蟾冷落羞度[5]。　　人间万感幽单,华清惯浴,春盎风露。连鬟并暖,同心共结,向承恩处[6]。凭谁为歌长恨?暗殿锁、秋灯夜雨[7]。叙旧期、不负春盟,红朝翠暮[8]。

〔1〕词咏物言情,颂海棠之连理成双,叹人间之离多聚少,或不无哀去妾之意寓焉。就作法言,因明皇于醉酒杨妃有"海棠睡未足"之语,《长恨歌》有"在地愿作连理枝"之盟,遂以李杨情事贯穿全词。上片咏海棠,以人拟花;下片叙事言情,又处处扣应海棠;一结总收,物情交融,花人合一。咏物既不离于物,又不滞于物,形神兼胜。"锦屏人妒""嫠蟾羞度""人间万感幽单",皆反衬海棠连理之幸。词亦能"令无数丽字一一生动飞舞,如万花为春"(况周颐《蕙风词话》评梦窗词语)。

〔2〕"绣幄"三句:谓连理海棠花繁叶茂。绣幄,彩绣帷幄,用以护花,遮避风雨。鸳鸯柱,指连理海棠,形容贴切。红情密,红花繁盛似人情意绵密。腻

云,女子云鬟,喻绿叶护花。秦树,指海棠。《阅耕录》谓秦中有双株海棠,高数十丈,翛然在众花之上。

〔3〕"芳根"三句:谓花根互倚,花梢交合,令闺中独处女子生出羡妒之心。鹣(jiān肩),比翼鸟。钿,金饰之盒,有上下两扇,可分可合。锦屏人,指独处深闺女子。

〔4〕"东风"二句:言海棠似美人,酣睡正稳。东风睡足,据《明皇实录》:玄宗于沉香亭召杨妃,适杨妃酒醉未醒,侍儿扶至,玄宗笑曰:"岂是妃子醉耶?海棠睡未足也。"苏轼《寓居定惠院……》咏海棠诗:"日暖风轻花睡去。"瑶钗燕股,指燕状的玉钗,其分股如燕尾。

〔5〕"障滟蜡"二句:人们秉烛赏花,令嫦娥羞见海棠。上句化用苏轼《海棠》诗意:"只恐夜深花睡去,故烧高烛照红妆。"滟蜡,溶溶的烛光。障,指护烛避风。欢丛,合欢之丛,指海棠枝叶交合。嫠(lí离)蟾,指月亮,曰"嫠"(寡妇),突出无夫嫦娥的冷清孤独,从而反衬海棠的连理交欢。

〔6〕"人间"六句:叹人间离多合少,咏杨妃承恩专宠,与明皇共结同心,即歌海棠连理之幸。华清惯浴,白居易《长恨歌》:"春寒赐浴华清池,温泉水滑洗凝脂。"春盎风露,既谓贵妃承宠,亦谓海棠沐春风雨露。连鬟、同心,妇女嫁后,合双鬟为一鬟,并绾结同心罗带,以示恩爱,永不分离。仍是花人并写。承恩,《长恨歌》:"侍儿扶起娇无力,始是新承恩泽时。"

〔7〕"凭谁"二句:谓安禄山兵变,李杨爱情毁灭,明皇独对秋雨梧桐。此化用《长恨歌》诗意:"春风桃李花开夜,秋雨梧桐叶落时。""夕殿萤飞思悄然,孤灯挑尽未成眠。"歌长恨,即指《长恨歌》。

〔8〕"叙旧期"二句:花人合一。愿李杨旧期重叙,永结连理,冀海棠不负春盟,红花绿叶朝暮相对。《长恨歌》:"临别殷勤重寄词,词中有誓两心知。七月七日长生殿,夜半无人私语时。在天愿作比翼鸟,在地愿为连理枝。"

齐 天 乐

与冯深居登禹陵[1]

三千年事残鸦外,无言倦凭秋树[2]。逝水移川,高陵变谷,那识当时神禹[3]。幽云怪雨,翠萍湿空梁,夜深飞去[4]。雁起青天,数行书似旧藏处[5]。　　寂寥西窗久坐,故人悭会遇,同剪灯语[6]。积藓残碑,零圭断璧,重拂人间尘土[7]。霜红罢舞,漫山色青青,雾朝烟暮。岸锁春船,画旗喧赛鼓[8]。

〔1〕冯深居:冯去非号深居,淳祐元年进士,宝祐元年,召为宗学谕。《宋史》有传。禹陵:在今浙江绍兴东南会稽山。词写登禹陵所见所慨,颂禹王千秋功绩而兴人世沧桑之慨。词缘情赋景,时空错杂。起句倒卷之笔,总言登临感受,糅合古今时空,感叹人世沧桑,深沉有力。"逝水"三句,颂禹王功绩,正面入题。以下谓禹王千古英灵犹在,由昼凭秋树而深夜风雨,忽又雁起青天,时空转换,变幻莫测。过变时空再换,人在西窗,剪灯夜语,忽又闪出零圭断璧,雾朝烟暮,皆白日登临所见。结处尤出人意表,宕开眼前秋色,幻出一幅欢快热烈禹庙春祀丽景。既奇丽,又切题。

〔2〕"三千年"二句:倒装句式,言古今时空之悠远广阔。

〔3〕"逝水"三句:江河改道,高山变深谷,颂禹王治水千秋功绩,也隐含世事沧桑之意。

〔4〕"幽云"三句:用禹庙梁木神异传说。据《四明图经》载,鄞县大梅山顶有梅木,伐为会稽禹庙之梁。张僧繇画龙其上,夜或风雨,飞入镜湖与龙斗。

后人见梁上水淋漓而萍藻满焉,始骇异之,以铁索锁于柱。又据南宋嘉泰《会稽志·禹庙》载,"梁时修庙,唯欠一梁,俄风雨大至,湖中得一木,取以为梁,即梅梁也。夜或大雷雨,梁辄失去,比复归,水草被其上,人以为神,縻以大铁绳,然犹时一失之。"吴词合用二书所载,以发怀古幽思。

〔5〕"雁起"二句:由雁飞排行如字,想及传说中的大禹藏书处。据《大明一统志·绍兴府志》:"石匮山在府城东南一十五里,山形如匮。相传禹治水毕,藏书于此。"旧藏处,即指大禹藏书处。

〔6〕"寂寥"三句:与友人深居西窗剪灯夜语。此化用李商隐《夜雨寄北》:"何当共剪西窗烛,却话巴山夜雨时。"悭,稀少。

〔7〕"积藓"三句:凭吊昔年之物。积藓,积满藓苔。残碑,禹陵之窆石(古时引棺下隧之石)。据《大明一统志·绍兴府志》:"窆石,在禹陵。旧经云:禹葬会稽,取此石为窆,上有古隶,不可读,今以亭覆之。"零圭断璧,禹庙发现之文物。据《大明一统志·绍兴府志》:"宋绍兴间,庙前一夕忽光焰闪烁,即其处劚之,得古珪璧佩环藏于庙。"

〔8〕"岸锁"二句:想象禹庙春祀欢快热闹场景。

齐 天 乐[1]

烟波桃叶西陵路,十年断魂潮尾[2]。古柳重攀,轻鸥聚别,陈迹危亭独倚。凉飔乍起[3],渺烟碛飞帆,暮山横翠。但有江花,共临秋镜照憔悴[4]。　　华堂烛暗送客[5],眼波回盼处,芳艳流水[6]。素骨凝冰,柔葱蘸雪,犹忆分瓜深意[7]。清尊未洗,梦不湿行云,漫沾残泪[8]。可惜秋宵,乱蛩疏雨里。

〔1〕伤今感昔,怀人之作。上片危亭独倚所见,下片秋雨孤眠所思。起首五句点明十年后旧地重游,因物是人非,而感伤无限。以下不言怀人,却将怀人情思融入眼前之景,遂收虚实相间、疏浓有致之效。换头追忆当年初识,描摹细微。"清尊"三句,残酒消愁,欢梦难成。篇末蛩鸣秋雨,以景结情,别是一种凄清冷落境界。

〔2〕"烟波"二句:言经历十年离别之苦,今又来到当年分手渡口。桃叶,王献之妾,献之曾作《桃叶歌》相送:"桃叶复桃叶,渡江不用楫。"后以桃叶渡泛指情侣分手处。西陵,即杭州西泠桥,在西湖孤山下,传说苏小小葬于此。古乐府《苏小小墓》:"何处结同心,西陵松柏下。"

〔3〕飔(sī 斯):凉风。

〔4〕"但有"二句:谓无人陪伴,唯与江花相与憔悴。秋镜,秋水如镜。

〔5〕"华堂"句:谓初识见留。此用《史记·滑稽列传》淳于髡语:"堂上烛灭,主人留髡而送客。"词以淳于髡自况。

〔6〕"眼波"二句:伊人眼波传情,光艳芳香。

〔7〕"素骨"三句:忆昔伊人玉腕纤指分瓜情景。苏轼《洞仙歌》:"冰肌玉骨。"方干《采莲》:"指剥春葱腕似雪。"皆形容腕指之洁白。分瓜:意类周邦彦《少年游》:"并刀如水,吴盐胜雪,纤指破新橙。"

〔8〕"清尊"三句:谓残酒消愁,欢梦难成,唯馀残泪。行云,暗用《高唐赋》巫山神女事。

花　　犯

郭希道送水仙索赋〔1〕

小娉婷〔2〕,清铅素靥,蜂黄暗偷晕,翠翘欹鬓〔3〕。昨夜冷中庭,月下相认,睡浓更苦凄风紧。惊回心未稳,送晓色、一壶葱蒨^[4],才知花梦准。　　湘娥化作此幽芳,凌波路,古岸云沙遗恨^[5]。临砌影,寒香乱、冻梅藏韵。熏炉畔、旋移傍枕,还又见、玉人垂绀鬌^[6]。料唤赏、清华池馆,台杯须满引^[7]。

〔1〕郭希道:梦窗友人,词中屡见,但生平不详。此咏物怀人词。起首七句以拟人手法明写水仙,暗寓与伊人魂魄相遇,故有"月下相认"之语。但犹未知是写梦境,直至"睡浓""惊回"始点破以上皆梦,用笔奇幻。以下勾转现实,由夜梦转昼见"一壶葱蒨",人花合一。上片状水仙之形,下片则摄水仙之神,纯从虚处着笔。时而凌波湘娥,时而玉人垂鬌,无不隐约闪现梦中伊人身影。通篇奇幻迷离,空灵哀艳。

〔2〕娉婷:姿态美好。

〔3〕"清铅"三句:描摹水仙之形态。清铅素靥,白色的花瓣。铅,铅粉。靥(yè夜),妇女脸颊饰品。蜂黄,黄色的花蕊。翠翘,翠玉装饰,指水仙的绿叶。

〔4〕葱蒨:花叶翠绿繁茂。

〔5〕"湘娥"三句:谓水仙乃湘娥幻化。湘娥,舜妃娥皇、女英,舜崩苍梧,二妃追至,恸哭不已,传说死后化为湘水之神。故下文谓"云沙遗恨"。凌波,谓步履轻盈,语出曹植《洛神赋》"凌波微步"。按:湘娥凌波,正切水仙生于水中。

〔6〕"还又见"句:玉人垂发,遥应上片梦中伊人,故曰"还又见"。绀鬌(gànzhěn赣枕):稠美的黑发。

〔7〕"料唤赏"二句:想必友人也在家园对花畅饮。清华池馆,友人郭希道家园。台杯,既谓下有托盘的酒杯,又状水仙花形似杯。据《山堂肆考》:"世以水仙为金盏银台,盖单叶者,其中似一酒盏,深黄而金色。"满引,酌满酒杯。

吴文英

浣 溪 沙[1]

门隔花深梦旧游,夕阳无语燕归愁,玉纤香动小帘钩[2]。落絮无声春堕泪,行云有影月含羞,东风临夜冷于秋。

〔1〕 词为怀人之作,极富朦胧感和神秘美。要之,一,不言忆昔,却谓梦游,而梦境自有虚幻迷离氛围。二,通篇不用直笔,上片"燕归愁"即人归愁,而香动帘钩,似幻如梦,亦纯出想象。下片"落絮"一联,更是比兴兼具,凄艳入骨。"春堕泪""月含羞",不言怀人而怀人之意自在其中。结句亦佳,陈廷焯《白雨斋词话》谓"情于言外,含蓄不尽"。

〔2〕 玉纤:指美人如玉纤手。

玉 楼 春

市 井 舞 女[1]

茸茸狸帽遮梅额,金蝉罗剪胡衫窄[2]。乘肩争看小腰身[3],倦态强随闲鼓笛。　　问称家住城东陌[4],欲买千金应不惜。归来困顿殢春眠,犹梦婆娑斜趁拍[5]。

〔1〕 市井舞女:指京城临安以街头卖艺为生的年少舞女。据周密《武林旧事》卷二"元夕"条:"都城自旧岁孟冬驾回,则已有乘肩小女,鼓吹舞绾者数

十队,以供贵邸豪家幕次之玩。""三桥等处,客邸最盛,舞者往来最多。每夕楼灯初上,则箫鼓已纷然自献于下。酒边一笑,所费殊不多,往往至四鼓乃还。"吴词本此。上片描述其过街献艺场景,盛妆丽服,鼓笛声喧,行人争看,热闹非凡,但歇拍点出舞女身心已倦。篇末"困顿"即承此意脉,谓其梦里犹自婆娑起舞,则其辛劳可知,词人怜惜之情也就自在其中。

〔2〕"茸茸"二句:言市井舞女之穿着与妆饰。梅额,即梅花妆。《太平御览·时序部》引《杂五行书》:"宋武帝女寿阳公主人日卧于含章殿檐下。梅花落公主额上,成五色花,拂之不去。皇后留之,看得几时。经三日,洗之乃落。宫女奇其异,竞效之。今梅花妆是也。"金蝉罗,一种薄如蝉翼的金丝罗。胡衫,胡地衣衫。

〔3〕乘肩:年少舞女立于大人肩上作舞,即《武林旧事》所称"乘肩小女。"

〔4〕"问称"句:问家居何处,答称城东街陌。城东陌,指城东的瓦舍勾栏,是市井艺人集居之地。

〔5〕"归来"二句:谓舞女虽困顿春眠,梦中犹自按拍起舞,足见其卖艺辛劳。按:或谓此观赏者所梦,以陪衬手法,突出小女舞技之高,令人难忘。可备一说。殢(tì替)春眠,贪恋春睡。婆娑,此指起舞貌。趁拍,就着舞曲的节拍。

点　绛　唇

试灯夜初晴[1]

卷尽愁云,素娥临夜新梳洗[2]。暗尘不起,酥润凌波地[3]。　　辇路重来[4],仿佛灯前事。情如水,小楼熏被,春梦笙歌里。

〔1〕试灯:元宵节前,都城临安有试灯习俗。据《百城烟水》:"吴俗十三日为试灯日。"词写试灯夜游。上片即题赋景,云散月明,天街无尘,咏"初晴"二字。下片即景抒情:旧地重来,灯市如昔,而伊人无觅,唯小楼独卧,而梦中犹觉笙歌回荡。怀人情思,写来含蓄空灵。

〔2〕"素娥"句:谓雨后月出。素娥,指月。

〔3〕"暗尘"二句:化用唐诗。苏味道《正月十五日夜》:"暗尘随马去,明月逐人来。"韩愈《早春呈水部张十八员外》:"天街小雨润如酥。"酥润,酥软滋润。凌波地,犹言观灯仕女嬉游之地。

〔4〕辇(niǎn 捻)路:帝王车驾所经之路。此指都城天街。

祝英台近

春日客龟溪,游废园〔1〕

采幽香,巡古苑,竹冷翠微路〔2〕。斗草溪根,沙印小莲步〔3〕。自怜两鬓清霜,一年寒食,又身在、云山深处。

昼闲度,因甚天也悭春〔4〕,轻阴便成雨。绿暗长亭,归梦趁风絮〔5〕。有情花影阑干,莺声门径,解留我、霎时凝伫〔6〕。

〔1〕龟溪:在浙江德清。《德清县志》:"龟溪古名孔愉泽,即余石溪之上流。昔孔愉见渔者得白龟溪上,买而放之。"词人晚年客游废园而抒思乡之情、身世之慨。开篇五句写游园所经所见。"幽""古""冷",扣园之"废","斗草"两句切寒食风情,由此引出三层"自怜"感叹:流光飞逝,人生易老,独处深山。换头叹昼长无聊,春阴多雨,逗出缕缕乡思。"绿暗"两句宕开,神游园外。结

拍三句勾转,另辟新径,绾收"游"字。花鸟有情留客,虽聊可欣慰,却也"霎时"而已,是以"凝伫"二字含无限情思。

〔2〕 翠微路:山间苍翠小路。

〔3〕 "斗草"二句:溪边留下斗草少女的脚印。斗草,古时少女于寒食期间所做的一种游戏。莲印,女子脚印。典出《南史·齐东昏侯记》:"凿金为莲花以帖地,令潘妃行其上,曰:'此步步生莲花也。'"

〔4〕 悭(qiān 铅)春:吝惜春光。

〔5〕 "绿暗"二句:谓思乡之梦如柳絮随风飞扬。长亭,作归程的象征。

〔6〕 解留我:指花鸟有情,犹懂得留我。凝伫:伫立凝思。

祝英台近

除夜立春[1]

剪红情,裁绿意,花信上钗股[2]。残日东风,不放年华去[3]。有人添烛西窗,不眠侵晓,笑声转、新年莺语[4]。

旧尊俎,玉纤曾擘黄柑,柔香系幽素[5]。归梦湖边,还迷镜中路[6]。可怜千点吴霜[7],寒消不尽,又相对、落梅如雨。

〔1〕 此节日客居思乡之作,但通篇不直笔言怀。上片描摹节令风俗景象,更着意写出邻家守岁迎春之乐,则词人客居孤寂之悲自在言外得之。换头忆昔家人宴饮擘柑之欢,则今日离乡独居之愁可想而知。"归梦"两句逼出思乡梦境,但乍即旋离,且用笔轻灵空幻。结拍霜发对玉梅,既切立春犹寒节令,更以凄冷之境传凄冷之情,总不肯流于呆滞质实。

〔2〕"剪红情"三句:立春风俗,妇女以彩纸剪裁红花绿叶插于鬓发,以示迎春。赵彦昭《奉和圣制立春日侍宴内殿出剪彩花应制》:"花随红意发,叶就绿情新。"花信,花开的信息,即指花信风。古有二十四番花信风之说,表示二十四种花期。

〔3〕"不放"句:虽是立春,但一年未尽,故有此语,切除夜。

〔4〕"有人"三句:写邻家不眠守岁,笑语迎春。添烛西窗,化用李商隐《夜雨寄北》诗意:"何当共剪西窗烛,却话巴山夜雨时。"新年莺语,用杜甫《伤春》诗意:"莺入新年语。"

〔5〕"旧尊俎"三句:忆昔家中立春欢聚情景。尊俎,古代盛酒肉的器皿,代指宴席。擘(bò 簸),分剖。玉纤,如玉的纤手。周邦彦《少年游》:"纤手破新橙。"柔香,指玉纤所发出的香气。幽素,幽郁的情怀。

〔6〕"归梦"二句:月夜梦归,湖边迷路,谓归梦难成。镜,指湖。

〔7〕吴霜:指白发。李贺《还自会稽歌》:"吴霜点归鬓。"

澡兰香

淮安重午[1]

盘丝系腕,巧篆垂簪[2],玉隐绀纱睡觉[3]。银瓶露井,彩箑云窗[4],往事少年依约。为当时、曾写榴裙,伤心红绡褪萼[5]。黍梦光阴,渐老汀洲烟箬[6]。　　莫唱江南古调,怨抑难招,楚江沉魄[7]。薰风燕乳,暗雨梅黄,午镜澡兰帘幕[8]。念秦楼、也拟人归,应剪菖蒲自酌[9]。但怅望、一缕新蟾,随人天角[10]。

〔1〕淮安:在今江苏。重午:农历五月五日,即端午节。此端午怀人思归之作。词赋事咏景,时空转换,既切端午节令,又全凭一己情之所到。一起五句,忆昔重午伊人睡起及歌舞欢宴情景。"为当时"两句,由昔而今,昔事今情。歇拍勾转眼前蒲草,伤时光迅速,人生易老。过变时空转换,或古调招魂,或帘垂兰浴,或菖蒲独酌,皆设想家人端午情景,不言己怀归,却言家人盼归。结拍拍自身,相聚不能,唯新月伴人,以景结而孤寂怀人之情自在其中。

〔2〕"盘丝"二句:系盘曲五色彩丝于腕上,佩符箓小纸于发簪,用以避邪,切端午风俗。

〔3〕玉:指玉人。绀纱:天青色纱帐。

〔4〕银瓶:酒器,代指宴饮。露井:本指无盖之井。乐府古辞:"桃生露井上。"遂泛指花前树下,此即指宴饮之处。彩箑(shà沙):彩扇,代指歌舞。

〔5〕"为当时"二句:当时曾榴裙题诗,而今花谢色褪,人物两非,令人感伤。写裙,《宋书·羊欣传》:"欣着新绢裙昼寝,(王)献之书裙数幅而去。"今改"绢裙"为"榴裙",既贴睡中玉人,复切五月榴花节令。

〔6〕"黍梦"二句:叹时光飞逝,水蒲渐老。黍梦,即黄粱梦,典出唐传奇《枕中记》。本意人生如梦,今指时光飞逝,并暗切端午食角黍(粽子)的风俗。蒻(ruò弱),嫩蒲。

〔7〕"莫唱"三句:劝家人莫唱《招魂》曲,因楚魂难招(喻行人难归)。江南古调,《楚辞·招魂》:"魂兮归来哀江南。"楚江沉魄,指屈原沉江。仍暗切端午悼屈风俗。

〔8〕"薰风"三句:设想家中重午情景。薰风,和风,指初夏时的东南风。燕乳,初生的乳燕。暗雨梅黄:五月雨后梅熟。午镜,重午悬镜以驱鬼避邪,亦当时风俗。据白居易新乐府《百炼镜》,五月五日午时所铸之镜特见灵效。澡兰,即以兰汤沐浴,亦重午风俗,故重午节亦称浴兰令节。

〔9〕"念秦楼"二句:设想家人盼我归去。秦楼,女子所居,此代指姬人。菖蒲,一种有香气的水草。端午以菖蒲泡酒以避瘟。

〔10〕"但怅望"二句:归家不得,唯明月伴我。新蟾,新月,仍切端午节令。

风 入 松[1]

听风听雨过清明,愁草瘗花铭[2]。楼前绿暗分携路,一丝柳、一寸柔情。料峭春寒中酒,交加晓梦啼莺[3]。　　西园日日扫林亭,依旧赏新晴[4]。黄蜂频扑秋千索,有当时、纤手香凝[5]。惆怅双鸳不到,幽阶一夜苔生[6]。

〔1〕此思去妾之词。起笔风雨葬花,点出清明时节,此伤春。因"楼前绿暗"而念及当年折柳送别情事,丝柳寸情,语浑朴而意深厚,此伤别。歇拍直承风雨清明,醉酒入梦,而被晓莺啼破,怅恨无限。下片转笔回忆昔日与伊人共赏新晴之时,"黄蜂"两句,睹物生情,妙在奇思丽想,既出人意表,又入乎情理。陈洵《海绡说词》谓"纯是痴望神理"。谭献《词综偶评》则称"痴语""深语"。结拍谓伊人不至,但出语含蓄温厚。

〔2〕草:动词,起草。瘗花铭:庾信有《瘗花铭》。瘗(yì忆),埋葬。铭,文体的一种。

〔3〕料峭:寒冷貌,此双声词。中酒:醉酒。交加:纷多杂乱貌,指莺啼声,此双声词。

〔4〕西园:即与伊人分手处,亦昔日共赏新晴处。伊人已去,今唯独赏。

〔5〕"黄蜂"二句:奇思丽想。见秋千而思纤手,见蜂扑而念及秋千上有纤手香凝。实即睹物怀人,不肯正面实写,而从侧面烘托。

〔6〕"惆怅"二句:谓情人不至。双鸳,喻美人鞋。赵师侠《菩萨蛮》:"娇花柳媚新妆靓,裙边微露双鸳并。"幽阶苔生,庾肩吾《咏长信宫中草》:"全由履迹少,并欲上阶生。"李白《长干行》:"门前迟行迹,一一生绿苔。"说"一夜",夸张用语,仿佛分手就在昨日。

莺　啼　序[1]

残寒正欺病酒,掩沉香绣户[2]。燕来晚、飞入西城,似说春事迟暮。画船载、清明过却,晴烟冉冉吴宫树[3]。念羁情、游荡随风,化为轻絮。　　十载西湖,傍柳系马,趁娇尘软雾。溯红渐、招入仙溪,锦儿偷寄幽素[4]。倚银屏、春宽梦窄,断红湿、歌纨金缕[5]。暝堤空,轻把斜阳,总还鸥鹭[6]。　　幽兰旋老,杜若还生,水乡尚寄旅[7]。别后访、六桥无信,事往花委,瘗玉埋香,几番风雨[8]。长波妒盼,遥山羞黛,渔灯分影春江宿[9]。记当时、短楫桃根渡[10]。青楼仿佛,临分败壁题诗,泪墨惨淡尘土[11]。

危亭望极,草色天涯,叹鬓侵半苎[12]。暗点检、离痕欢唾,尚染鲛绡,亸凤迷归,破鸾慵舞[13]。殷勤待写,书中长恨,蓝霞辽海沉过雁[14]。漫相思、弹入哀筝柱[15]。伤心千里江南,怨曲重招,断魂在否[16]?

〔1〕《莺啼序》为词中最长之调,二百四十字,分四叠。词为西湖重游、忆旧悼亡之作,而融入一己漂泊流离之情。一叠以伤春起兴,引出"羁情"如随风轻絮,含思绵邈,笼罩全篇。二叠追忆往昔情事,由湖上艳遇,而乍聚旋散,人去堤空。三叠别后访旧。"瘗玉埋香",痛伊人仙去。春江夜宿,忆伊人明眸丽目。青楼题诗,伤物人两非。四叠悼亡。鲛绡遗痕,睹物伤怀;拟书长恨,海天茫茫无凭;哀曲招魂,无奈断魂难招。陈洵《海绡说词》评曰:"通体离合变幻,一片凄迷,细绎之,字字有脉络。"

〔２〕沉香:沉香木。

〔３〕吴宫:泛指临安宫苑。临安旧属吴地,故有此称。

〔４〕"溯红"二句:沿花溪被引入仙境,有侍婢暗通情意。王维《桃源行》:"坐看红树不知远,行尽青溪忽值人。"刘义庆《幽明录》载有刘晨、阮肇入天台山遇仙女事。吴词本此。锦儿,钱塘倡家杨爱爱侍女,见《侍儿小名录》,此借指仙女侍婢。

〔５〕"倚银屏"二句:谓春长梦短,相聚短暂;别时泪湿歌扇舞衫。歌纨,歌时所用纨扇。金缕,金线织绣的舞衣。

〔６〕"暝堤"三句:言人去堤空,残阳景色唯归鸥鹭领受。

〔７〕"幽兰"三句:言花老草长,岁月流逝,我却水乡漂泊依旧。杜若,香草。

〔８〕"别后"四句:别后寻访,风雨葬花,伊人已逝。六桥,西湖外湖有映波、锁澜、望山、压堤、东浦、跨虹六桥,北宋苏轼建造。

〔９〕"长波"三句:春江夜宿,追忆伊人丽目秀眉。流水含妒,远山羞对,是陪衬夸张手法。

〔10〕桃根渡:泛指离别渡口。用王献之渡口送别桃叶事,桃根为桃叶之妹。

〔11〕"青楼"三句:楼在人亡,临别泪墨题壁,而今也尘封色暗。

〔12〕鬓侵半苎:谓鬓发半白。苎,白色苎麻,喻白发。

〔13〕"暗点检"四句:写睹物怀人。离痕欢唾,离别的泪痕和欢笑的唾迹。李煜《一斛珠》:"烂嚼红茸,笑向檀郎唾。"鲛绡,女子所用极为细薄的丝帕。軃(duǒ 朵)凤迷归,凤钗垂翅,似迷失归路。破鸾慵舞,鸾镜破碎,再无心起舞。两者皆喻失侣后的孤独与痛苦。

〔14〕"殷勤"三句:欲书长恨托雁捎去,奈海天茫茫,云沉雁杳。

〔15〕"漫相思"句:谓徒把相思之苦谱入哀筝。筝,古乐器,以其声哀,称哀筝。柱,用以系筝弦。

〔16〕"伤心"三句:言怅望江南,哀曲招魂,未知伊人游魂在否。《楚辞·招魂》:"目极千里兮伤春心,魂兮归来哀江南。"

高 阳 台

丰乐楼分韵得"如"字[1]

修竹凝妆[2],垂杨驻马,凭阑浅画成图。山色谁题?楼前有雁斜书[3]。东风紧送斜阳下,弄旧寒、晚酒醒馀。自销凝,能几花前,顿老相如[4]。　　伤春不在高楼上,在灯前欹枕,雨外熏炉。怕舣游船,临流可奈清臞[5]?飞红若到西湖底,搅翠澜、总是愁鱼[6]。莫重来,吹尽香绵[7],泪满平芜。

〔1〕 丰乐楼:在杭州涌金门外。据《淳祐临安志》,谓此楼"据西湖之会,千峰连环,一碧万顷"。淳祐九年,临安府尹赵德渊重建此楼,豪华宏丽为西湖之冠,缙绅多于此宴饮高会。分韵:限定以某字为韵,"如"字属"鱼"韵。起首五句,楼头景色。以下跃过宴饮之盛,空际转身,陡接春寒斜阳、酒醒伤春。过变既岭断云连,又异军突起。曰"伤春"承上,曰"不在高楼",开宕有力,神思飞越楼头,纯从虚处想象着笔,推出系列新境:由灯前雨外,孤寂无侣,推向游舟临流,自伤清臞;更由湖上推向湖底,飞红搅波,游鱼生愁,堪谓奇思丽想;一结又推想未来,愁见柳絮吹尽。总之,时空屡转,在在伤春。或谓词有寄托:"以身言则美人迟暮也,以世言则国势日危也。"(刘永济《微睇室说词》)

〔2〕 修竹凝妆:修竹似盛妆佳人。

〔3〕 "山色"二句:鸿雁横斜,如为山色题字。按:雁飞时队形多呈"人"字。

〔4〕 "自销凝"三句:花前伤春,自叹衰老。相如,司马相如,西汉著名辞

赋家,多病。词人借以自况。

〔5〕舣(yì义):船靠岸曰舣,此作"乘坐"讲。清癯(qú渠):清瘦。

〔6〕"飞红"二句:碧波摇动,飞红飘落湖底,游鱼也为之生愁。愁鱼,寓情于物,词人自铸新词、生词。

〔7〕香绵:指柳絮。

高　阳　台〔1〕

宫粉雕痕,仙云堕影,无人野水荒湾〔2〕。古石埋香,金沙锁骨连环〔3〕。南楼不恨吹横笛,恨晓风、千里关山〔4〕。半飘零,庭上黄昏,月冷阑干〔5〕。　　寿阳空理愁鸾,问谁调玉髓,暗补香瘢〔6〕?细雨归鸿,孤山无限春寒〔7〕。离魂难倩招清些,梦缟衣、解佩溪边〔8〕。最愁人,啼鸟晴明,叶底清圆〔9〕。

〔1〕词不咏盛开之梅,却咏飘落之梅。一则咏梅即咏人,吊落梅,即以悼亡姬。二则,词人爱好残缺美,是这一审美情趣使然。就创作特色言,通篇首起尾结之外,几乎句句用事,虽结体清虚,并适于表现幽谧深邃之情事,颇为词家称道,但毕竟有融化不力、晦涩不畅之嫌。

〔2〕"宫粉"三句:写荒野之梅。宫粉、仙云,状梅之色与形。苏轼《松风亭下梅花盛开》:"海南仙云娇堕砌。"雕痕、堕影,言其飘落。

〔3〕"古石"二句:言梅花落被埋葬。金沙锁骨连环,典出《续玄怪录》:"昔延州有妇人,颇有姿貌,少年子悉与之狎昵。数岁而殁,人共葬之道左。大历中,有胡僧敬礼其墓,曰:'斯乃大圣,慈悲喜舍,世俗之欲,无不徇焉。此即锁骨菩萨,顺缘已尽尔。'众人开墓以视其骨,钩结皆如锁状,为起塔焉。"黄庭

坚《戏答陈季常寄黄州山中连理松枝》诗亦云："金沙滩头锁子骨,不妨随俗暂婵娟。"吴词则借指葬后落梅。

〔4〕"南楼"二句:谓关山阻隔,难以相见,亦花亦人。吹横笛,指吹奏笛曲《梅花落》。语本李白《与李郎中饮听黄楼鹤楼上吹笛》:"黄鹤楼中吹玉笛,江城五月落梅花。"

〔5〕"半飘零"三句:写月下庭中落梅。语从林逋《山园小梅》"暗香浮动月黄昏"化出。

〔6〕"寿阳"三句:谓寿阳公主空自对镜理妆,已无落梅为之增色添香。此合用二事。寿阳公主卧含章殿下,有梅花落其额上,成五出花,拂之不去,称"梅花妆"。事见《太平御览·时序部》引《杂五行书》。鸾,鸾镜,女子所用妆镜。据《酉阳杂俎》引《拾遗记》:"孙和月下舞水晶如意,误伤邓夫人颊,召太医视之。医以獭髓杂玉与琥珀合药敷之。愈后无瘢痕。"

〔7〕"细雨"二句:写孤山落梅。孤山,位于杭州西湖。北宋林逋曾隐于此,植梅养鹤,人称"梅妻鹤子"。

〔8〕"离魂"二句:谓往昔情事如梦,而今离魂难招,依然亦梅亦人。楚辞有《招魂》。清,凄清。些(读 suò),楚语尾助词,无义。楚辞中常用。缟衣,白衣,此指白衣女子。据《龙城录》谓赵师雄"见一美人淡妆素服,因与诣酒家共饮。师雄醉寝起视在大梅树下,月落参横。"是谓淡妆素服者即梅仙。解佩,解下玉佩赠人。典出刘向《列仙传》:"江妃二女者,不知何许人也,出游于江汉之滨,逢郑交甫。见而悦之,不知其神人也,谓其仆曰:'我欲下请其佩。'……遂手解佩与交甫。"

〔9〕"最愁人"三句:愁听叶底鸟鸣。叶底清圆,指梅花落后,唯见绿叶满枝。此用杜牧《叹花》"绿叶成阴子满枝"诗意,略见岁月蹉跎之悔。

三　姝　媚

过都城旧居有感[1]

湖山经醉惯[2]，渍春衫，啼痕酒痕无限[3]。又客长安，叹断襟零袂，浣尘谁浣[4]？紫曲门荒[5]，沿败井、风摇青蔓。对语东邻，犹是曾巢，谢堂双燕[6]。　　春梦人间须断，但怪得当年，梦缘能短[7]。绣屋秦筝，傍海棠偏爱，夜深开宴[8]。舞歇歌沉，花未减、红颜先变[9]。伫立河桥欲去，斜阳泪满。

〔1〕都城：指南宋都城临安。此访旧怀人之作。起笔忆昔当年"啼痕酒痕"，定一篇怀人主旨。"浣尘谁浣"，伤伊人之去。"紫曲"以下，"旧居"所见，一片荒芜，借燕传情，燕在人非，燕双人独。下片意承双燕，而从感叹入手。不怪春梦应断，怪梦缘太短，情意自是透进一层。"绣屋"三句，忆昔欢聚；"舞歇"二句，叹"人面"不再。一结勾转，泪洒"旧居"，眷恋不舍。

〔2〕"湖山"句：忆当年屡屡醉饮湖山。

〔3〕渍(zì字)：染。啼痕酒痕：隐指悲欢离合情事。

〔4〕长安：即指临安。浣(wò沃)尘谁浣：衣上尘土有谁来洗。

〔5〕紫曲：旧指妓女所居坊曲。

〔6〕谢堂双燕：语从刘禹锡《乌衣巷》诗句化出："旧时王谢堂前燕，飞入寻常百姓家。"

〔7〕须断：应断。能短：恁短，太短。

〔8〕"绣屋"三句：忆昔相聚之乐：绣屋弹筝，夜深宴饮赏花。秦筝，古

乐器。

〔9〕"舞歇"二句:叹今人去之悲。化用唐人崔护《游城南》诗意:"人面不知何处去,桃花依旧笑春风。"但易桃花为海棠。

八声甘州

灵岩陪庾幕诸公游〔1〕

渺空烟四远,是何年、青天坠长星〔2〕?幻苍崖云树,名娃金屋,残霸宫城〔3〕。箭径酸风射眼,腻水染花腥〔4〕。时靸双鸳响,廊叶秋声〔5〕。　　宫里吴王沉醉,倩五湖倦客,独钓醒醒〔6〕。问苍波无语,华发奈山青〔7〕。水涵空、阑干高处,送乱鸦、斜日落渔汀。连呼酒,上琴台去,秋与云平〔8〕。

〔1〕灵岩:山名,在苏州西南,其上多有春秋时代吴国的遗迹。庾幕:此指苏州仓台幕府。词人也曾一度入幕。此游灵岩而怀古叹今之作。上片写景吊古,下片感慨历史人生。词破空而起,又奇想天外。一"幻"字接"青天坠长星"而来,似意贯三句,实则统摄上片乃至全篇。以下无论自然物象,或历史古迹,皆化实为虚,幻真莫辨,表现出对宇宙的迷惘和对历史的感叹。下片承上古迹有感。"宫里"三句,一醉一醒,自有古今盛衰安危之慨。"问苍波"二句,问古今兴亡之理,发人生短促之叹。"水涵空"三句,融情于景,情境悲怆。结拍遥应开首,突然奋起,更上顶峰,"秋与云平",境阔大而气豪爽。

〔2〕青天坠长星:谓灵岩山是长星陨落幻化而成。

〔3〕名娃金屋:指馆娃宫,吴王为西施所建。名娃,即指西施,吴楚间美

色曰娃。金屋,用汉武帝"金屋藏娇"事,后泛指美女居处。残霸,指吴王夫差,一度称霸,后为越国所灭,故云。

〔4〕箭径:即采香径。"吴王种香于香山,使美人泛舟于溪以采香。今自灵岩望之,一水直如矢,故俗又名箭径。"(范成大《吴郡志·古迹》)酸风:冷风。李贺《金铜仙人辞汉歌》:"东关酸风射眸子。"腻水:语出杜牧《阿房宫赋》:"渭流涨腻,弃脂水也。"此借指花草因弃脂腻水而染上脂粉香味。

〔5〕"时靸"二句:吊响屧廊。据《吴郡志》:"响屧廊在灵岩山寺。相传吴王令西施辈步屧,廊虚而响,故名。"此谓听廊下落叶秋声,似闻当年西施辈步屧作响。靸(sǎ 洒),拖鞋,此作动词。双鸳,指妇女的绣鞋。

〔6〕"宫里"二句:兴历史感叹:吴王因沉醉而亡国,范蠡因独醒而全身。李白《乌栖曲》:"吴王宫里醉西施。"五湖倦客,指越国大夫范蠡。他助越灭吴后,功成身退,泛舟垂钓五湖。独钓醒醒,化用《楚辞·渔父》句意:"众人皆醉我独醒。"

〔7〕"华发"句:山色青青依旧,人却已生白发。叹自然永恒,人生短促。

〔8〕琴台:灵岩胜景之一。秋与云平:秋云与眼界持平。将"秋云"二字拆开用。

夜合花

自鹤江入京,泊葑门外有感〔1〕

柳暝河桥,莺晴台苑,短策频惹春香〔2〕。当时夜泊,温柔便入深乡〔3〕。词韵窄,酒杯长,剪烛花、壶箭催忙〔4〕。共追游处,凌波翠陌,连棹横塘〔5〕。　　十年一梦凄凉。似西湖燕去,吴馆巢荒〔6〕。重来万感,依前唤酒银罂〔7〕。溪雨急,岸花狂,趁残鸦、飞过苍茫。故人楼上[8],凭谁指与,芳草斜阳。

〔1〕鹤江:即白鹤江,在苏州之西。苕门:在苏州东南。词写泊舟苕门有感。上片忆往昔相聚共游之欢。从策马河桥到泊舟岸边,剪烛赋词,长夜欢饮,进而推及翠陌横塘水陆之游,一路轻快飞动,密丽中自见疏宕之气。下片叹今日离索之苦,笔转情移。"十年"句将往昔欢乐一笔扫尽,燕去巢荒,补足"凄凉"二字。"重来"呼应"当时","唤酒"绾合"酒杯长"。以下融情入景,一片凄凉苍茫,亦客子思念"故人"幽怀。

〔2〕策:马鞭。

〔3〕温柔乡:典出《飞燕外传》:"是夜进合德,帝大悦,以辅属体,无所不靡,谓为温柔乡。"此指两情缠绵之夜。

〔4〕词韵窄:犹言难赋欢洽之情。酒杯长:饮久斟深。壶箭催忙:犹言欢洽忘时。壶箭,古时计时器。以铜壶盛水,立箭壶中以计时。

〔5〕"共追"三句:追忆漫步翠陌泛舟横塘之游。横塘,在苏州西南。

〔6〕"似西湖"二句:燕去巢空,喻人去楼空。

〔7〕银罂(yīng 婴):盛酒器。

〔8〕故人:即指所怀之人。

踏 莎 行[1]

润玉笼绡,檀樱倚扇,绣圈犹带脂香浅[2]。榴心空叠舞裙红,艾枝应压愁鬟乱[3]。　　午梦千山,窗阴一箭[4],香瘢新褪红丝腕[5]。隔江人在雨声中,晚风菰叶生秋怨[6]。

〔1〕此端午怀姬词。时空跳跃奇异,颇具朦胧美。上片写人,真切细腻,一如人在眼前。换头始点明以上纯属梦境。午梦甫回,"香瘢"句忽地折回梦中伊人消瘦情态。"隔江"两句旋又钩转现实,以景结情,临初夏之景,却生悲秋之意,凄清心境使然。

〔2〕"润玉"三句:软绡轻笼玉肤,罗扇半遮红唇,绣花圈饰散发脂粉幽香。

〔3〕"榴心"二句:舞裙空置,鬓发散乱,谓伊人无心梳理歌舞。榴心、艾枝,切端午节令。

〔4〕"午梦"二句:点出上片为午梦所见,即梦境。午梦千山,谓梦境悠远,飞越千山。窗阴一箭,谓窗外日影仅移一箭之地,言时短。

〔5〕"香瘢"句:谓梦中伊人近来消瘦。红丝腕,以五色彩线系腕以避邪,亦切端午风俗。香瘢(bān 般),指腕上的红丝印痕。香瘢新褪,是暗言手腕变细了。

〔6〕菰:水生植物,可作蔬菜,亦名茭白。

望　江　南〔1〕

三月暮,花落更情浓。人去秋千闲挂月,马停杨柳倦嘶风,堤畔画船空。　　恹恹醉〔2〕,尽日小帘栊。宿燕夜归银烛外〔3〕,流莺声在绿阴中,无处觅残红。

〔1〕词写西湖暮春。通篇以写景为主,词人伤春之情自在其中。开篇点明时令,"花落""情浓",情景互见。"人去"三句,西湖三月静谧空寂之景。过变两句承"情浓",言其醉酒独处情怀。以下宿燕归来、夜莺啼唱,无不触动帘内人伤春愁思。结拍近承"绿阴",遥应"花落",情景凄然。此词意境极类欧阳修《采桑子》(群芳过后西湖好),可参读。

〔2〕恹恹(yān烟):精神不振貌。

〔3〕"宿燕"句:借用温庭筠《七夕》"银烛有光妨宿燕"诗意。

唐 多 令[1]

何处合成愁？离人心上秋[2]。纵芭蕉、不雨也飕飕[3]。都道晚凉天气好,有明月、怕登楼[4]。　年事梦中休,花空烟水流。燕辞归、客尚淹留[5]。垂柳不萦裙带住,漫长是、系行舟[6]。

〔1〕此客中伤别思归之作。词以问答开篇,揭出离思伤秋之愁情。以下承一"秋"字而写一"愁"字,主要以秋声秋月来烘托渲染。换头直谓美好往事如梦似烟,一去不再。随即归燕、垂柳传情。张炎称"此词疏快,却不质实"。芭蕉、垂柳诸句,也能化陈词而出新意。通篇疏快明畅,颇具民歌风情。

〔2〕"何处"二句:用"离合"字法,或谓拆字法。"心"上着一"秋"字,合成一个"愁"字。

〔3〕"纵芭蕉"句:雨打芭蕉,令人生愁,诗词多见。今谓纵然不雨,秋风吹动蕉叶沙沙作响,也足以使人愁思黯然。

〔4〕"有明月"句:因秋月皎皎,易动归思,故曰"怕登楼"赏月。

〔5〕"燕辞归"句:既化用曹丕《燕歌行》"群燕辞归鹄南翔"与"何为淹留寄他方"句意,谓燕归而己在客中难归,又隐喻伊人离去,自己客居无侣。淹留,久留。

〔6〕"垂柳"二句:怨垂柳不缠伊人裙带(指任她离去),却系我客中行舟(谓不能归去)。

金 缕 歌

陪履斋先生沧浪看梅[1]

乔木生云气[2],访中兴、英雄陈迹,暗追前事。战舰东风悭借便,梦断神州故里[3]。旋小筑、吴宫闲地[4]。华表月明归夜鹤,叹当时、花竹今如此[5]。枝上露,溅清泪。

遨头小簇行春队[6],步苍苔、寻幽别坞,问梅开未?重唱梅边新度曲,催发寒梢冻蕊。此心与、东君同意[7]。后不如今今非昔[8],两无言、相对沧浪水。怀此恨,寄残醉。

〔1〕《金缕歌》:即《贺新郎》。履斋:吴潜号履斋,曾于理宗嘉熙元年(1237)知平江府(今苏州)。梦窗陪履斋看梅,当在此时。沧浪:沧浪亭,在苏州之东。五代末年,此处为吴越吴节度使孙承祐池馆。北宋时,为苏舜钦所得,并建亭命名。南宋时,则成为抗金名将韩世忠的别墅。梦窗词中略无直赋国事之作,曲笔达意者偶或有之,此即其一。词借沧浪看梅凭吊韩世忠以抒国忧。词以寻访英雄陈迹开笔,"战舰"二句,颂其业绩,哀其闲置。"华表"四句,韩王英灵夜归,叹花竹如故;"露"与"泪",花人绾合。换头寻幽问梅,催发寒蕊;冀春来花开,国事日新。但今非昔比,国事难为,两人面对沧浪,唯怀恨寄醉。陈洵《海绡说词》评曰:"前阕沧浪起,看梅结;后阕看梅起,沧浪结,章法一丝不走。"

〔2〕"乔木"句:谓树木高大葱郁,云气环罩。

〔3〕"战舰"二句:高宗建炎四年,韩世忠抗金,黄天荡一战大捷。此反用赤壁破曹事,谓东风不与方便,使韩王当年未能一鼓直下黄龙,光复中原。杜牧

《赤壁》:"东风不与周郎便,铜雀春深锁二乔。"吴词借用其字面。悭(qiān牵),吝惜。

〔4〕"旋小筑"句:指韩世忠受秦桧排斥,来到沧浪筑屋闲居。旋,不久。

〔5〕"华表"二句:谓韩王英灵归来,感叹花竹如故,江山日非。据《搜神后记》,汉时辽东人丁令威学道成仙后,化鹤归来,落城门华表,作人言:"去家千年今始归,城郭如故人民非。"吴词用以指韩王英魂。华表,城垣石柱。

〔6〕"邀头"句:谓众人陪太守游春。据《成都记》:"太守出游,士女则于木床观之,谓之遨床,故太守称遨头。自正月出游,至四月浣花乃止。"此借指吴潜。

〔7〕东君:春神,兼指吴潜。同意:即指催梅花开放。

〔8〕"后不如今"句:谓国事日非,每下愈况。

潘牥

潘牥(1204—1246),字庭坚,号紫岩,闽县(今福建闽侯)人。理宗端平二年进士,累官太学正,通判潭州。词存五首,近人辑为《紫岩词》。

南乡子

题南剑州妓馆[1]

生怕倚阑干,阁下溪声阁外山。惟有旧时山共水,依然;暮雨朝云去不还[2]。　　应是蹑飞鸾,月下时时整佩环[3]。月又渐低霜又下,更阑;折得梅花独自看。

[1] 南剑州:州名,今福建南平市。词写访人不遇孤独无侣之慨。词虽小令,语意却婉曲层深。起云怕见山水,次言山水依然,伊人不见,不惟补足上文怕见之由,更将词意推进一层。下片忽宕开一笔,设想伊人乘鸾化仙,聊以自慰。但月落霜降,伊人仙魂未还,仍归惆怅。一结意尤层深:忆昔共赏,一层;欲寄无凭,二层;唯折梅独看,三层。黄蓼园《蓼园词选》评曰:"按溪山句,梅花句,似非忆妓所能,当或亦别有寄托,题或误耳。"可聊备一说。

[2] "暮雨朝云"句:暗用宋玉《高唐赋》巫山神女事,谓所怀之人一去不返。

[3] "应是"二句:想象伊人化为仙女,或能月下归来。"月下"句化用杜甫《咏怀古迹》之三(咏昭君):"画图省识春风面,环佩空归月夜魂。"蹑(niè聂),踩,乘。

李彭老

李彭老,字商隐,号筼房,淳祐中曾为沿江制置司属官。与弟李莱老同为宋遗民词社中重要作家,合著《龟溪二隐词》。彭老今存词二十二首,佳作以工秀见长。

四 字 令[1]

兰汤晚凉,鸾钗半妆,红巾腻雪初香。擘莲房赌双[2]。

罗纨素珰,冰壶露床[3],月移花影西厢。数流萤过墙。

〔1〕词写一闺中女子心态流程。上下片均以前三句铺垫作势,结句始全力一搏,却又含而不露,意在其中。上片以兰汤晚浴、着意梳妆前导,歇拍揭出一篇主旨:擘莲赌双,即以其心有所待也。下片月移花影,时光推移,所待落空,唯"数流萤过墙",足见其心境空虚孤寂。

〔2〕"擘莲房"句:擘开莲房数莲子,以双数为佳,即占卜是否"成双"。

〔3〕珰:耳珠。露床:无帷幕之床席。

黄昇

黄昇,字叔旸,号玉林,建安(今福建建瓯)人。早弃科举,吟咏自适。游九功称其诗为晴空冰柱,楼秋房品其人为泉石清士。编选《唐宋诸贤绝妙词选》十卷、《中兴以来绝妙词选》十卷,合称《花庵词选》。自著《散花庵词》,存词三十九首。

南乡子

冬　　夜[1]

万籁寂无声,衾铁棱棱近五更[2]。香断灯昏吟未稳,凄清。只有霜华伴月明。　　应是夜寒凝,恼得梅花睡不成。我念梅花花念我,关情。起看清冰满玉瓶。

〔1〕词写冬夜不眠情状,上片着意渲染一派寂静冷清氛围,从而突出词人夜寒苦吟,以展现其吟而忘忧的清高洒脱情怀。下片承此意绪,由寒凝大地而念及梅之无眠。"我念"二句,不唯我念梅,更设想梅亦念我,互为知己,堪谓"幻思幻调"(沈际飞《草堂诗馀》评)。一结清冰满瓶,含蓄蕴藉,启人想象。

〔2〕衾铁:被子冷硬似铁。杜甫《茅屋为秋风所破歌》:"布衾多年冷似铁。"棱棱:严寒貌。鲍照《芜城赋》:"棱棱霜气,蔌蔌风威。"

陈郁

陈郁(1184—1275),字仲文,号藏一,临川(今江西抚州市临川区)人。理宗朝充缉熙殿应制,后又充东宫讲堂掌书。著有《藏一话腴》。今存词仅四首。

念奴娇

雪[1]

没巴没鼻,霎时间、做出漫天漫地[2]。不论高低并上下,平白都教一例[3]。鼓动滕六,招邀巽二,一任张威势[4]。识他不破,只今道是祥瑞。　　却恨鹅鸭池边,三更半夜,误了吴元济[5]。东郭先生都不管,关上门儿稳睡[6]。一夜东风,三竿暖日,万事随流水。东皇笑道,山河原是我底[7]。

〔1〕据宋元间人刘一清《钱塘遗事》:"贾相(似道)当国,陈藏一作雪词讥之。"当可信。上片言飞雪满天,覆盖大地,一片皆白;讥贾似道一手遮天,挟权弄势,骄横肆虐,朝廷不察,反以"暴雪"为"祥瑞"。下片用事,责贾似道误国,正直之士不屑迎合。"一夜"以下,谓冬去春来,冰雪消融,喻奸相必然败亡。词如讽刺小品,外谐内庄,语俗意深,更充溢乐观气息。

〔2〕"没巴"二句:谓无端漫天飞雪。没巴没鼻,宋时俗语,犹云没来由,

平白无故。做出,指下雪。

〔3〕"不论"二句:谓大雪覆盖一切。平白,地无高低,一切皆平,色无二致,一律皆白;状雪。

〔4〕"鼓动"三句:谓飞雪任意暴虐。滕六,指雪神。巽(xùn汛)二,指风神。范成大《正月六日风雪大作》诗:"滕六无端巽二痴,翻天作恶破春迟。"

〔5〕"却恨"三句:据《资治通鉴》,唐朝中期,唐邓节度使李愬雪夜攻蔡州,命士兵惊鹅鸭,以其鸣叫声掩盖行军,从而攻入蔡州,生擒叛乱的蔡州节度使吴元济。

〔6〕"东郭"二句:据《初学记》,东郭先生"贫寒,衣履不完,行雪中,履有上无下,足尽践地。"此以不畏冰雪,喻不屑迎合奸相。或谓此用周代谏官东郭牙事,喻当时谏官失职,不弹劾贾似道。

〔7〕"东皇"二句:谓春回大地,冰雪消融,山河恢复本来面目。东皇,司春之神。

张绍文

张绍文,字庶成,南徐(今江苏镇江)人。馀不详。今存词四首,见《江湖后集》。

酹江月

淮城感兴[1]

举杯呼月[2],问神京何在?淮山隐隐。抚剑频看勋业,惟有孤忠挺挺[3]。宫阙腥膻,衣冠沦没[4],天地凭谁整?一枰棋坏,救时着数宜紧。　　虽是幕府文书,玉关烽火,暂送平安信。满地干戈犹未戢[5],毕竟中原谁定?便欲凌空,飘然直上,拂拭山河影[6]。倚风长啸,夜深霜露凄冷。

[1]《酹江月》即《念奴娇》。淮城:濒临淮水的城市。蒙古灭金后,不时南侵,两淮仍为当时前线。故词人北望有感。词以"神京何在"发问开篇,警动有力。"抚剑"二句,自叹壮志难酬。天地谁整?二次发问,悲愤填膺。歇拍呼吁挽回时局,比喻生动。换头平起,言边境暂无战事。中原谁定?三次发问,震人心魄。欲待奔月拭影,词情扬至顶峰。但毕竟国事难为,面对"霜露凄冷",唯"倚风长啸"而已。词以三个发句为主骨,枢纽全篇,其间起伏开合,亦颇见章法。

[2] 举杯呼月:语从李白《月下独酌》"举杯邀明月,对影成三人"化出,可见词人孤狂之态。

[3]"抚剑"二句:谓空有复国壮志。杜甫《江上》:"勋业频看镜,行藏独

倚楼。"挺挺,正直貌。

〔4〕"宫阙"二句:言神京(汴京开封)沦丧,叹无人收复山河。衣冠,此代指中原文明。

〔5〕"满地"句:谓遍地战事未息。戢(jí集),止息。

〔6〕"便欲"三句:欲飞上九天,拂拭月中阴影。传说月中阴影是地上山河之影。句喻重整河山。辛弃疾《太常引》:"乘风好去,长空万里,直下看山河。斫去桂婆娑,人道是、清光更多。"

陈人杰

陈人杰(1218—1243),一名经国,字刚父,号龟峰,长乐(今福建福州市长乐区)人。应试不第,浪游两淮、荆、湘等地,后流寓临安。著有《龟峰词》,存词三十一首,一式《沁园春》词,风格近辛。

沁 园 春[1]

诗不穷人[2],人道得诗,胜如得官[3]。有山川草木,纵横纸上;虫鱼鸟兽,飞动毫端[4]。水到渠成,风来帆速,廿四中书考不难[5]。惟诗也,是乾坤清气,造物须悭[6]。
金张许史浑闲[7],未必有功名久后看。算南朝将相,到今几姓[8];西湖名胜,只说孤山[9]。象笏堆床,蝉冠满座[10],无此新诗传世间。杜陵老,向年时也自,井冻衣寒[11]。

[1] 词犹一篇文学论,论诗文自有不朽价值,非功名富贵、世俗荣华所可比拟。词以"诗不穷人"立论。"山川"四句,正面形象论述。"水到"三句,以"二十四考"得之不难陪衬,引出歇拍结论,诗乃乾坤清气所钟,得之不易。下片用层层对照法。无论金张许史、南朝将相、历代贵要,纵能显赫一时,但无不人去名灭。而西湖孤山能成名胜,全凭高隐林逋的优美诗篇;杜甫虽贫困潦倒,却以一代诗圣享誉千秋。苏轼以词说哲理,稼轩以词为政论,人杰以词论文学,当以创新目之。

[2] 诗不穷人:源自欧阳修《梅圣俞诗集序》:"盖愈穷则愈工;然则非诗

〔3〕"人道"二句：唐人郑谷《静吟》诗："得句胜于得好官。"

〔4〕"有山川"四句：谓诗人胸怀大千世界，笔端能驱宇宙万象。此借用欧阳修《梅圣俞诗集序》语："凡士之蕴其所有，而不得施于世者，多喜自放于山颠水涯，外见虫鱼草木、风云鸟兽之状类，往往探其奇怪。"

〔5〕"水到"三句：因时就势，高官久居并不难得。二十四考，唐代官吏每年考绩一次，而郭子仪曾以中书令身份主持官吏考绩，前后共二十四次。见《旧唐书·郭子仪传》。后即以此指官高久居。

〔6〕"惟诗也"三句：谓诗乃乾坤清气所独钟，造物者不肯轻易相许。曹丕《典论·论文》："文以气为主，气之清浊有体，不可力强而致。"悭（qiān牵），吝惜。

〔7〕金张许史：西汉宣帝时的四大家族，显赫当时。浑闲：浑然等闲，即平常得很。

〔8〕"南朝"二句：南朝豪门贵族无数，至今尚存几家。南朝，指晋、宋、齐、梁、陈。当时将相大都出于高门望族。

〔9〕"西湖"二句：谓北宋林逋隐居孤山，梅妻鹤子，作诗清丽，为湖山增色添彩。

〔10〕"象笏"二句：指举家高官的府第。象笏（hù互），象牙手版，高官执以奏事。象笏满床，唐开元中，崔神庆子弟多至高官，每逢时节家宴，以一床堆笏。事见《旧唐书·崔义玄传》附崔神庆。

〔11〕"杜陵老"三句：一代诗圣杜甫当年也曾饥寒交困。杜陵老，指杜甫。其《空囊》诗云："不爨井晨冻，无衣床夜寒。"

沁　园　春〔1〕

予弱冠之年，随牒江东漕闱，尝与友人暇日命酒层楼〔2〕。

不惟钟阜、石城之胜,班班在目,而平淮如席,亦横陈樽俎间[3]。既而北历淮山,自齐安溯江泛湖,薄游巴陵,又得登岳阳楼[4],以尽荆州之伟观。孙刘虎视[5],遗迹依然。山川草木,差强人意[6]。洎回京师,日诣丰乐楼以观西湖[7]。因诵友人"东南妩媚,雌了男儿"之句[8],叹息者久之。酒酣,大书东壁,以写胸中之勃郁。时嘉熙庚子秋季下浣也[9]。

记上层楼,与岳阳楼,酾酒赋诗[10]。望长山远水,荆州形胜;夕阳枯木,六代兴衰[11]。扶起仲谋,唤回玄德,笑杀景升豚犬儿[12]。归来也,对西湖叹息,是梦耶非[13]?诸君傅粉涂脂[14],问南北战争都不知。恨孤山霜重,梅凋老叶;平堤急雨,柳泣残丝。玉垒腾烟,珠淮飞浪,万里腥风吹鼓鼙[15]。原夫辈,算事今至此,安用毛锥[16]。

〔1〕词感慨国事。一起总叙弱冠之游,以下分承荆州山水和金陵兴衰,引出对古英雄的仰慕,就中隐寓世无英雄之叹。歇拍回归临安,总上启下。下片谴责京师中文恬武嬉,不恤国事。"孤山"四句宕开,借景传恨,国运黯淡。"玉垒"三句,直赋时局艰危。结拍叹书生无用,于自嘲中见悲愤。

〔2〕弱冠:年二十称弱冠。"随牒"句:指参加江南东路漕司(在建康)的牒试(较州郡考试略宽)。闱:试院。命酒:置酒。

〔3〕钟阜、石城:钟山与石头城,均在建康(今南京)。班班:清晰。平淮如席:谓淮水平静如席。樽俎间:形容近在眼前。樽俎:泛指盛酒食的器具。

〔4〕齐安:黄州的古称,治所在今湖北麻城。溯江泛湖:逆长江而行,泛舟洞庭湖。薄游巴陵:小游岳阳。岳阳楼:在岳阳西北。

〔5〕孙刘虎视:指三国时孙权、刘备曾在荆州一带争雄。

〔6〕差强人意:尚能令人满意。

〔7〕洎(jì记):及,到。诣:往。

〔8〕雌了男儿：谓男儿缺乏阳刚之气，柔弱犹如女子。

〔9〕嘉熙庚子：理宗嘉熙四年(1240)。下浣：下旬。

〔10〕釃(shī师)酒：斟酒。苏轼《前赤壁赋》："釃酒临江，横槊赋诗。"

〔11〕六代：即吴、东晋、宋、齐、梁、陈六朝，俱建都建康。

〔12〕仲谋：孙权字仲谋。玄德：刘备字玄德。景升：刘表字景升。豚(tún屯)犬：猪狗。刘表之子刘琮无能，降曹献荆州，为曹操所不齿，曰："生子当如孙仲谋，刘景升儿子若豚犬耳。"(《三国志·吴主传》裴松之注引《吴历》)

〔13〕是梦耶非：是梦还是非梦。

〔14〕傅粉涂脂：男子涂脂抹粉，即序文所称"雌了男儿"。

〔15〕"玉垒"三句：谓蒙古不断南侵，时局艰危。玉垒，山名，在今四川灌县西。珠淮，淮水因产贡珠，故有此称。鼙(pí皮)，战鼓。

〔16〕"原夫辈"三句：谓书生无用，于时局无补。原夫，泛指舞文弄墨之士。安用毛锥，《五代史·史弘肇传》："安朝廷，定祸乱，直须长枪大剑，至如毛锥子，焉足用哉！"毛锥，毛笔。

沁园春

丁酉岁感事[1]

谁使神州，百年陆沉，青毡未还[2]？怅晨星残月，北州豪杰，西风斜日，东帝江山[3]。刘表坐谈，深源轻进，机会失之弹指间[4]。伤心事，是年年冰合，在在风寒。　　说和说战都难，算未必江沱堪宴安[5]。叹封侯心在，鳣鲸失水；平戎策就，虎豹当关[6]。渠自无谋[7]，事犹可做，更别残灯抽剑看。麒麟阁，岂中兴人物，不画儒冠[8]。

〔１〕丁酉岁：理宗嘉熙元年（1237）。蒙古灭金后，矛头转向南宋，连连南侵，南宋形势危急。词人忧虑国事，作此词，时年仅二十余岁。词劈首载指而问：谁使神州百年陆沉？深沉有力。以下纵论形势，或用景喻，指出时局危在旦夕，或用典故，谴责朝廷误失良机。歇拍以国势严峻，如冰合风寒，总收上文。换头以朝廷和战难定，时光蹉跎，引出词人深沉浩叹：空有凌云壮志，无奈报国无门。然则，词人血气方刚，挑灯看剑，犹有待也。结拍更以画图麒麟阁自勉，激扬昂奋，充满乐观进取精神。

〔２〕"谁使"三句：问谁使中原沦丧，百年未复。《晋书·桓温传》载桓温语："谁使神州陆沉，百年丘墟，王夷甫（王衍）诸人不得不任其责。"陆沉，无水而沉，喻国土被人占领。青毡，《晋书·王献之传》载，有人夜入卧斋偷物，献之徐曰："偷儿，青毡我家旧物，可特置之。"此以"我家旧物"喻中原失地。

〔３〕"怅晨星"四句：四言偶句，均用倒装句式，谓北土豪杰寥若晨星，南宋江山前景黯淡。东帝，战国时齐湣王称东帝，不思振奋，燕国乐毅破临淄后，于出奔中被杀。此喻南宋。

〔４〕"刘表"三句：谓当权者或坐论空谈，或草率进兵，误了复国良机。刘表，三国时荆州刺史，曾坐失攻曹良机。郭嘉谓其"坐谈客耳"。（《三国志·魏志·郭嘉传》）深源，东晋殷浩字深源，曾兵出中原，但前锋叛变，全军败归。事见《晋书·殷浩传》。

〔５〕江沱：指江南。沱，江的支流。

〔６〕"叹封侯"四句：自叹奸佞当道，报国无路。鳣（zhān毡）鲸：两种大鱼。语本贾谊《吊屈原文》："横江湖之鳣鲸兮，固将制于蝼蚁。"李善注引《庄子》："吞舟之鱼，砀而失水，则蝼蚁能苦之。"虎豹当关，宋玉《招魂》："虎豹九关，啄害下人些。"此借喻奸佞当道。

〔７〕渠：他，指当政者。

〔８〕"麒麟阁"三句：谓书生犹可建功立业，画图于麒麟阁上。麒麟阁，西汉萧何建。后汉宣帝命画十一位功臣肖像于阁上，以彰其勋绩。儒冠，泛指书生。

陈允平

陈允平,字君衡,号西麓,四明(今浙江宁波)人。德祐时授沿海制置参议。宋亡,因涉嫌图谋恢复而入狱。后曾应诏至大都。词有《西麓继周集》一卷,《日湖渔唱》一卷,存词二百有九首,作词崇尚周邦彦(和周词近半),风格清婉绵丽。

唐多令

秋暮有感[1]

休去采芙蓉[2],秋江烟水空。带斜阳、一片征鸿。欲顿闲愁无顿处[3],都着在眉峰。　　心事寄题红[4],画桥流水东。断肠人、无奈秋浓。回首层楼归去懒,早新月,挂梧桐。

〔1〕此闺怨词。起三句切"秋暮",由秋江寥落、斜阳征鸿引出悲秋闲愁。一结自为开合,聚愁眉峰,饶有情致。下片"心事"两句承"征鸿"而来,奈题红有意,流水无情,唯于新月梧桐、一片秋浓中,体味断肠之痛。通篇清婉疏快。或谓词借闺情而寓身世之感。

〔2〕芙蓉:指水芙蓉,即荷花。《古诗十九首》之一:"涉江采芙蓉,兰泽多芳草。"此反用其意。

〔3〕顿:安顿、安置。

〔4〕题红:用红叶题诗事。唐宫人红叶题诗使从御沟流出,后终于和拾叶文士结为美眷。事见孟棨《本事诗》。

文及翁

文及翁,字时学,号本心,绵州(今四川绵阳)人,移居吴兴。宝祐初进士,官至签书枢密院。元兵将至,弃官而走。宋亡不仕。有文集二十卷,不传。今存词仅一首。

贺新郎

游西湖有感[1]

一勺西湖水,渡江来,百年歌舞,百年酣醉[2]。回首洛阳花石尽,烟渺黍离之地[3],更不复、新亭堕泪[4]。簇乐红妆摇画舫,问中流击楫谁人是[5]?千古恨,几时洗?
余生自负澄清志[6]。更有谁、磻溪未遇,傅岩未起[7]!国事如今谁倚仗?衣带一江而已[8]。便都道、江神堪恃。借问孤山林处士[9],但掉头、笑指梅花蕊。天下事,可知矣。

〔1〕据李有《古杭杂记》:"蜀人文及翁登第后,期集游西湖,一同年戏之曰:'西蜀有此景否?'及翁即席赋《贺新郎》。"词以针砭时局著称。开端"一勺""百年",对照强烈,讽刺犀利。以下遥念神京黍离,叹新亭堕泪无人;近视西湖游舫,哀中流击楫无人;末以"千古恨,几时洗"总收上文。下片承"千古恨"意绪而议时论政:由一己有志难酬,而推及当世贤才沉埋;由天堑不足恃,

而忧及一般士大夫之清高无为,最后结以深深浩叹。词受稼轩影响,有明显议论化、散文化倾向。

〔2〕"一勺"四句:谓朝野沉醉西湖歌舞,一味偏安,不思恢复。

〔3〕"回首"二句:往昔洛阳繁花似锦,而今化作一片黍离。西京洛阳多园林胜景,以名花奇石著称。李格非《洛阳名园记》云:"天下之治乱,候于洛阳之盛衰而知,洛阳之盛衰,候于园林之废兴。"洛阳也可借指东京开封。宋徽宗曾命人赴江南搜罗奇花异石以建寿山艮岳。

〔4〕"更不复"句:谓不再思念中原故土。此用东晋士大夫于新亭"相视流泪",共伤中原沦丧事。事见《世说新语·言语》。

〔5〕"问中流"句:谓渡江击楫、北伐无人。《晋书·祖逖传》谓祖逖北伐,渡江中流,击楫而誓:"祖逖不能清中原而复济者,有如江水。"

〔6〕澄清志:指光复中原之志。《后汉书·范滂传》:"滂登车揽辔,慨然有澄清天下之志。"

〔7〕"更有谁"二句:指责朝廷不重视招纳贤才。磻溪,在陕西宝鸡。相传吕望(姜太公)于此钓鱼,后为周文王礼聘,成就周王朝建国大业。傅岩,在山西平陆,傅说曾于此为筑墙工,后为殷高宗识拔,成为一代贤相。

〔8〕"衣带"句:谓长江窄如衣带,难御北兵进犯。《南史·陈后主纪》载,隋将伐陈,文帝曰:"我为百姓父母,岂可限一衣带水,不拯之乎?"

〔9〕林处士:即北宋林逋,他隐居孤山,梅妻鹤子,清高自守。此借指当时不恤国事的士大夫。

李好古

李好古,字仲敏。馀皆不详。今存词《谒金门》一首,见《阳春白雪》卷七。按:名李好古者不止一人,另有作《碎锦词》之李好古。又,朱彝尊《词综》以为《谒金门》词为卫元卿所作,而《花草粹编》卷三,则又作李好义词。

谒 金 门[1]

花过雨,又是一番红素[2]。燕子归来愁不语,旧巢无觅处。　谁在玉关劳苦?谁在玉楼歌舞[3]?若使胡尘吹得去,东风侯万户[4]。

[1] 此忧时伤乱词。发端写燕子归来,燕巢无觅,跌宕含蓄,深寓家国破碎、人民流离之悲。过变两句,对照强烈,戟指直斥。一结幻想东风吹去胡尘,实指御敌无人。通篇或曲笔,或直赋,或跌宕,或想象,颇具艺术感染力。

[2] "花过雨"二句:春雨催花,红白争妍。

[3] "谁在"二句:意类高适《燕歌行》:"战士军前半死生,美人帐下犹歌舞。"

[4] "若使"二句:谓东风若能吹尽胡尘,则功可封得万户侯。

刘辰翁

刘辰翁(1232—1297),字会孟,号须溪,庐陵(今江西吉安)人。少从陆九渊学,补太学生。景定三年廷试对策,因忤贾似道,列入丙等。后任濂溪书院山长。宋亡不仕。著有《须溪词》,存词三百五十馀首,况周颐《蕙风词话》谓"须溪词风格遒上,似稼轩。"

忆 秦 娥

中斋上元客散,感旧赋《忆秦娥》见属。一读凄然。随韵寄情,不觉悲甚[1]。

烧灯节[2],朝京道上风和雪。风和雪,江山如旧,朝京人绝。 百年短短兴亡别[3],与君犹对当时月。当时月,照人烛泪,照人梅发[4]。

〔1〕中斋:邓剡号中斋,曾入文天祥幕府,宋亡后不仕,与刘辰翁时有唱和,其《忆秦娥》原唱不传。上元:即正月十五元宵节。词写宋室遗民的家国身世之痛。换头"百年"句,一篇词眼所在。若谓邓作原唱以"感旧"为主,则刘作和唱重在"慨今",而隐"感旧"于言外。上片但言今日朝京路上风雪人绝,而昔日上元盛况自在不言对照中。下片只说月色依旧,人却烛泪白发,寄家国身世沧桑于言外。

〔2〕烧灯节:即元宵上灯节。

〔3〕"百年"句:短短人生百年却经历了兴与亡两个时代,指遭遇南宋亡国之痛。

〔4〕烛泪:象征遗民泣血。梅发:谓鬓发花白。

西 江 月

新 秋 写 兴[1]

天上低昂似旧[2],人间儿女成狂。夜来处处试新妆[3],却是人间天上。　　不觉新凉似水,相思两鬓如霜。梦从海底跨枯桑,阅尽银河风浪[4]。

〔1〕新秋,此指七夕。词写七夕感怀。上片写世间儿女七夕之夜欢狂似旧。下片写一己独自悲凉。结拍两句,一篇主旨,借诸梦境,婉曲传出深沉的故国之思。上下片形成鲜明对照,上片是宾,下片为主,有众人皆醉我独醒之意。

〔2〕低昂:起伏升降,指日落月升、星转斗移诸天象。

〔3〕"夜来"句:吴自牧《梦粱录·七夕》:"其日晚晡时,倾城儿童女子,不论贫富,皆着新衣。"

〔4〕"梦从"二句:上句用《神仙传》沧海变桑田事,下句"银河"切七夕新秋;谓历尽世事沧桑和人生风浪,暗指家国兴亡。

山 花 子[1]

此处情怀欲问天,相期相就复何年。行过章江三十里[2],

泪依然。　　早宿半程芳草路[3]，犹寒欲雨暮春天。小小桃花三两处，得人怜。

〔1〕 词写男女离别情怀，说明词人并非一味慷慨，也自有其柔婉一面。起句突兀而至，"欲问天"，激情呼吁。次句平接，点明缘由：再逢无期。歇拍补出时在别后，舟行三十里，泪犹不干，足见离恨之深。下片由抒情转写舟行景色。芳草暮春，分明景中隐含离情。一结尤佳，小小桃花，显然伊人幻影再现。

〔2〕 章江：即章水，源出大庾岭，到赣州和贡江合流，称赣江。

〔3〕 早宿半程：因怕远行，仅走半程即求早宿。

柳　梢　青

春　感[1]

铁马蒙毡，银花洒泪，春入愁城[2]。笛里番腔，街头戍鼓，不是歌声[3]。　　那堪独坐青灯，想故国、高台月明[4]。辇下风光，山中岁月，海上心情[5]。

〔1〕 题曰"春感"，实是元宵有感。时宋亡，词人隐遁深山。是以上片写临安元宵景象，全凭想象落笔。起句写元军铁骑戒备森严，点出时代特色，故承以"洒泪""愁城"，说明今非昔比。至若番笛戍鼓"不是歌声"，则义愤填膺，直言其非了。下片勾转现实中的深山自我，青灯明月，不堪回首故国。结拍三组排比，三幅画面，联贯而下，有力展示词人此时的特定心态。

〔2〕 "铁马"三句：谓临安沦丧，元宵之夜今非昔比。铁马，指元军铁骑戒备森严。蒙毡，马匹蒙上一层毛毡以御寒冷。银花，指元宵之夜灿烂的花灯。

苏味道《正月十五夜》:"火树银花合。"愁城,指临安城一片哀愁。庾信《愁赋》:"攻许愁城终不破,荡许愁门终不开。"(见《海碎录事》卷九下)。

〔3〕 番腔:此指元人蒙古唱腔。戎鼓:指蒙古鼓吹杂戏。不是歌声:指与汉民族传统歌曲不合,有轻视、不屑一听之意。

〔4〕 "想故国"句:化用李煜《虞美人》词"故国不堪回首月明中"句意。

〔5〕 辇下风光:谓宋亡前临安元宵繁华风光,此表现词人故国之思。辇下,皇帝车驾之下,即指京都。山中岁月,谓宋亡后词人在深山的隐居生涯,此表现词人孤寂凄凉心境。海上心情:用苏武北海牧羊、矢志守节事。《汉书·苏武传》谓苏武既至北海,"杖汉节牧羊,卧起操持,节旄尽落。"此词人以民族气节自许。或谓此遥念宋亡后在海上与元军周旋的爱国志士。

兰 陵 王

丙 子 送 春[1]

送春去,春去人间无路。秋千外、芳草连天,谁遣风沙暗南浦[2]。依依甚意绪?漫忆海门飞絮[3]。乱鸦过,斗转城荒,不见来时试灯处[4]。　　春去,最谁苦?但箭雁沉边,梁燕无主。杜鹃声里长门暮[5]。想玉树凋土,泪盘如露。咸阳送客屡回顾,斜日未能度[6]。　　春去,尚来否?正江令恨别,庾信愁赋[7]。苏堤尽日风和雨[8]。叹神游故国,花记前度[9]。人生流落,顾孺子,共夜语[10]。

〔1〕 丙子:即宋恭帝德祐二年(1276)。是年正月,元军破临安。三月,伯颜掳恭帝及太后北去,南宋宣告灭亡。陈廷焯《白雨斋词话》云:"题是送春,词

是悲宋,曲折说来,有多少眼泪。"即词人以比兴手法,借送春表现这一巨大的历史悲剧。词分三叠,紧扣题面,均以"春去"冠领。第一叠以"春去人间无路"领起,描摹暮春黯淡景色,象征宋亡后临安满目残败,往昔试灯繁华一去不再。第二叠以"春去,最谁苦"发问领起,箭雁、梁燕、杜鹃,无不哀诉亡国之痛。"想"字以下,不堪去国离家之悲。第三叠以"春去,尚来否"发问领起,自抒故国之思。春来无望,唯"神游故国",或共孺子山中夜语,其情何堪!通篇融伤春与悲宋于一炉,委婉尽情,悲痛欲绝,催人泪下。

〔2〕芳草连天:是暮春初夏特有景象,也是对上文"春去人间无路"的形象说明,意类辛弃疾《摸鱼儿》之"春且住,见说道、天涯芳草无归路。"南浦:本指送别处所,此指送春水滨,并暗指江南水乡。风沙:喻入侵的元兵。

〔3〕海门飞絮:临安失陷,宰相陈宜中护卫部分皇室由海路逃亡。海门飞絮即指此。海门,海边。飞絮,本暮春景象。比喻逃亡中的宋室君臣飘摇无依。

〔4〕"乱鸦过"三句:谓劫后临安失却往昔繁华,但见一片荒凉。乱鸦,喻入侵元军。斗转,北斗星移位,喻时代巨变。试灯,元宵前张灯预赏,称试灯。

〔5〕"但箭雁"三句:以"但"字领起三句,承上"春去,最谁苦"作答。箭雁沉边,喻被俘北去的宋室君臣。梁燕无主,喻国土沦丧后的南宋臣民。长门,汉宫名,此指南宋临安宫室。句谓人去空空,唯闻杜鹃泣血哀鸣。

〔6〕"想玉树"四句:谓南宋被俘北去君臣念及玉树凋残,铜仙落泪,频频回顾故国,不忍遽然离去。玉树,汉宫之物。《汉书·扬雄传》:"翠玉树之青葱兮。"颜师古注云:"玉树者,武帝所作,集众宝为之,用供神也。"此代指宋室宫廷文物,以玉树凋残喻王朝覆灭。泪盘,汉武帝于建章殿前铸铜人,手托承露盘,称捧露仙人。魏明帝时,诏命移铜仙至洛阳,临载,铜仙"潸然泪下"。此借喻南宋灭亡。咸阳送客,李贺《金铜仙人辞汉歌》:"衰兰送客咸阳道,天若有情天亦老。"

〔7〕"正江令"二句:原注:"二人皆北去。"江令,指江总,因官尚书令,人称江令。陈亡,入隋北去。庾信,梁朝人,出使北周,被羁不还。著有《愁赋》。

〔8〕苏堤:在杭州西湖,北宋苏轼知杭时筑。

〔9〕"叹神游"二句:唯梦返故国,而京城往昔繁华也只能成为美好的记

忆。花记前度:刘禹锡贬后重回长安,作《再游玄都观》诗:"百亩庭中半是苔,桃花净尽菜花开。种桃道士何处去,前度刘郎今又来。"此用其意。

〔10〕"顾孺子"二句:唯与儿孙辈夜诉故国之思。

宝鼎现

春 月[1]

红妆春骑,踏月影、竿旗穿市[2]。望不尽、楼台歌舞,习习香尘莲步底[3]。箫声断、约彩鸾归去,未怕金吾呵醉[4]。甚辇路、喧阗且止,听得念奴歌起[5]。　　父老犹记宣和事,抱铜仙、清泪如水[6]。还转盼、沙河多丽[7]。滉漾明光连邸第[8],帘影动、散红光成绮。月浸葡萄十里[9]。看往来、神仙才子,肯把菱花扑碎[10]。　　肠断竹马儿童,空见说、三千乐指[11]。等多时、春不归来,到春时欲睡[12]。又说向、灯前拥髻,暗滴鲛珠坠[13]。便当日、亲见霓裳,天上人间梦里[14]。

〔1〕春月:据《历代诗馀》引张孟浩语:"刘辰翁作《宝鼎现》词,时为元成宗大德元年(1297),自题曰'丁酉元夕'。如是,则此词当为词人绝笔之作。词分三叠,依次分写北宋汴京、南宋临安和眼前现实的元夕。前二叠是回忆往昔元夕繁华热闹气象,后一叠则是眼前"春不归来"的萧索景况,两者自然形成鲜明对比。再者,通篇以客观描述为主,仅于换头、结尾处以数语提掇。二叠换头以"父老犹记"点出宣和遗恨,收止汴京元夕,并以"还转盼"启下临安元夕美景。三叠换头以竹马儿童不识前代元夕繁华,总收以上两叠文字。结尾承此意

绪,谓即便目睹前朝清歌艳舞,一切也都化为梦境。全词赖以一气融贯,黍离之悲也深深自见。

〔2〕春骑:指春游车马。红妆春骑化用沈佺期咏元夕《夜游》诗:"南陌青丝骑,东邻红粉妆。"竿旗穿市:指官员或士兵街市巡行。苏轼《上元夜》:"牙旗穿夜市。"

〔3〕"习习"句:美女步履所至,尘土生香。莲步,用潘妃"步步生莲"事,见《南史·废帝东昏侯本纪》。

〔4〕"箫声断"二句:谓男女青年元夕相会,不怕金吾阻拦。据《唐人传奇集》,太和末年,有书生文箫遇仙女彩鸾,后相约登仙而去。金吾,即执金吾,负责京城守卫。平日禁夜,唯元夕例外。苏味道《观灯》诗:"金吾不禁夜,玉漏莫相催。"呵醉,李广夜饮归来,被霸陵醉尉呵斥扣留,见《史记·李将军列传》,此用其事。

〔5〕"甚辇路"二句:喧闹中止,只因美妙歌声扬起。甚,为什么。辇路,犹言御街,天子车驾行经之路。喧阗(tián田),杂声喧闹。念奴,唐代玄宗天宝年间善歌之名娼。此代指歌女。

〔6〕宣和:北宋宋徽宗年号。铜仙:即金铜仙人,用李贺《金铜仙人辞汉歌》诗意,隐指北宋亡国之痛。

〔7〕沙河:即沙河塘,在钱塘南五里。据田汝成《西湖游览志馀》:"沙河宋时居民甚盛,碧瓦红檐,歌管不绝。"

〔8〕"滉漾"句:周密《武林旧事·元夕》:"邸第好事者,如清河张府,蒋御药家,间设雅戏烟火,花边水际,灯烛灿然。"滉漾明光,灯烛之光倒映水中,随波荡漾。邸第,富贵之家的府第。

〔9〕"月浸"句:写月下西湖的波光水色。葡萄:形容水色深碧。苏轼《南乡子》:"认得岷峨春雪浪,初来,万顷葡萄涨绿醅。"

〔10〕"看往来"二句:谓人们怎肯自毁美满生涯。神仙,指美女。周密《武林旧事·元夕》:"靓妆笑语,望之若神仙。"菱花扑碎,陈亡后,乐昌公主与丈夫徐德言"乃破镜各执其半",以作日后相会凭信。事见孟棨《本事诗》。此暗用其事,隐寓亡国之悲。

〔11〕"肠断"二句:谓今之儿童不晓前朝盛事。三千乐指,三百人组成的

乐队。指,用以计数,以一人十指计。

〔12〕春不归来:象征复国无望。到春时欲睡:春天到时昏然欲睡,表示无心欣赏。

〔13〕"又说向"二句:人们唯有灯前含泪,诉说往昔旧事。灯前拥髻,愁苦貌。《飞燕外传·伶玄自叙》:"通德(伶玄妾)占袖顾视烛影,以手拥髻,凄然泪下,不胜其悲。"鲛珠,谓泪下如珍珠。据《述异记》,南海有鲛人,"其眼能泣,则出珠。"

〔14〕"便当日"二句:即便当日亲见前朝盛事,也无非恍如梦境。《霓裳》,即《霓裳羽衣曲》,唐代著名乐曲,借指宋代歌舞。天上人间,化用李煜《浪淘沙》"流水落花春去也,天上人间"句意,谓复国无望。

唐多令

丙子中秋前,闻歌此词者,即席借"芦叶满汀洲"韵[1]。

明月满沧洲,长江一意流。更何人、横笛危楼[2]。天地不管兴废事,三十万、八千秋[3]。　　落叶女墙头[4],铜驼无恙否[5]?看青山、白骨堆愁。除却月宫花树下,尘埃莽、欲何游[6]?

〔1〕丙子:宋恭帝德祐二年(1276),是年正月,元军破临安,俘三宫北去。芦叶满汀洲:刘过《唐多令》词首句,刘辰翁次其韵。刘过词有"旧江山、浑是新愁"句,叹国事日非。时至今日,江山易帜,生灵涂炭,刘辰翁感慨益深,作此词。词以景起,月明江流,点"中秋"时令。歌拍哀叹人间兴废无常。下片承此意绪,问询铜驼,暗暗逗出亡国之痛。白骨堆愁,直赋人间浩劫。一结河山蒙

尘,何以容身,语极悲怆。

〔2〕横笛危楼:高楼吹笛,即词序"闻歌此词"。

〔3〕"天地"二句:谓天地不管兴废,人间历劫久长。

〔4〕女墙:城头上呈凹凸形的小墙。

〔5〕铜驼:铜铸骆驼。《太平寰宇记·洛阳县》引晋人陆机《洛阳记》:"汉铸铜驼二枚,在宫之南四会道,夹路相对。"晋书《索靖传》:"靖有先识远量,知天下将乱,指洛阳宫门铜驼,叹曰:'会见汝在荆棘中耳!'"借指有亡国预见。刘词"铜驼无恙否",即谓铜驼荆棘,指南宋覆灭。

〔6〕"除却"二句:除却月宫无恙,人间大地尘土弥漫,欲游何去?刘过原唱结拍:"欲买桂花同载酒,终不似、少年游。"故次韵有"欲何游"之句。尘坱(yǎng养)莽,尘土弥漫。

永　遇　乐

余自乙亥上元诵李易安《永遇乐》,为之涕下。今三年矣,每闻此词,辄不自堪。遂依其声,又托之易安自喻。虽辞情不及,而悲苦过之〔1〕。

璧月初晴,黛云远淡〔2〕,春事谁主？禁苑娇寒,湖堤倦暖,前度遽如许〔3〕！香尘暗陌,华灯明昼,长是懒携手去〔4〕。谁知道,断烟禁夜,满城似愁风雨〔5〕。　　宣和旧日,临安南渡,芳景犹自如故〔6〕。缃帙流离,风鬟三五,能赋词最苦〔7〕。江南无路,鄜州今夜〔8〕,此苦又谁知否？空相对,残釭无寐,满村社鼓〔9〕。

〔１〕 乙亥:即宋恭宗德祐元年(1275)。词人读李清照《永遇乐》元夕词,不胜感慨。三年后(即宋亡后两年)再读此词,情更不堪。乃依李词声韵,作词以和。词"托之易安而自喻",即借清照身世,自抒哀思。词的上片写临安元夕今昔变化。一起是今,璧月黛云虽美,但"春事谁主",一笔扫去,奠定全词哀伤基调。以下忆昔临安元夕,歇拍再由昔返今,昔年懒游,而今却欲游不得,自是"悲苦过之"。下片前六句,就清照身世着笔,后六句又勾转自身,谓国破无路,有家难归,唯独对残灯,忧恨难平。此又似李而"悲苦过之"。

〔２〕 璧月:满月如玉璧洁白晶莹。黛云:淡云似美人眉黛飘浮天际。

〔３〕 "前度"句:暗刘禹锡"前度刘郎今又来"(《再游玄都观》)诗意,惊叹临安变化之巨。

〔４〕 "香尘"三句:谓昔日临安元夕虽喧闹繁华,却常是懒于携手出游。李清照《永遇乐》:"来相召,香车宝马,谢他酒朋诗侣。"

〔５〕 "谁知"三句:返身今天临安元夕,元军宵禁,满城凄愁,竟是欲游而不能。

〔６〕 "宣和"三句:谓宋室南渡临安,虽景象如故,但山河已非。此暗用东晋士大夫语:"风景不殊,举目有河山之异。"(《世说新语·言语》)宣和,北宋宋徽宗年号。

〔７〕 缃帙(zhì志)流离:指李清照在流亡中大批贵重图书散失。见其《金石录后序》。缃帙,浅黄色书衣,代指书卷。风鬟三五:元夕日发髻蓬乱,无心梳理。李清照《永遇乐》词:"如今憔悴,风鬟雾鬓,怕见夜间出去。"赋词最苦:既指《永遇乐》元夕词,也可泛指其晚年自苦身世之作。

〔８〕 江南无路:指南宋灭亡,无处安身。鄜(fū肤)州今夜:暗用杜甫《月夜》诗意:"今夜鄜州月,闺中只独看。"谓怀念家乡妻子,不得团聚。

〔９〕 残釭(gāng冈):残灯。社鼓:社日祭神的鼓声。

刘辰翁

沁园春

送　春[1]

春汝归欤[2]？风雨蔽江,烟尘暗天。况雁门阨塞,龙沙渺莽,东连吴会,西至秦川[3]。芳草迷津,飞花拥道,小为蓬壶借百年。江南好,问夫君何事,不少留连[4]？　　江南正是堪怜,但满眼杨花化白毡[5]。看兔葵燕麦,华清宫里;蜂黄蝶粉,凝碧池边[6]。我已无家,君归何里,中路徘徊七宝鞭[7]。风回处,寄一声珍重,两地潸然[8]。

〔1〕词以"春汝归欤"发问领起,貌似送春,实是留春。以下即紧扣留春落笔。"风雨"六句,从反面立意,谓春归无路。"芳草"六句,则从正面取势,谓江南美好,何不留连。下片起处,"春"承上作答:谓江南非不堪怜,奈而今百花凋零,一派荒凉。以下"我"与"春"对举,分明春无归路,又不得不去,唯道"珍重"而泪别,此暗寓深深的亡国之痛。

〔2〕春汝归欤:辛弃疾《沁园春》戒酒词首句:"杯汝来前!"

〔3〕"风雨"六句:谓辽阔大地,山河易色,一片风雨烟尘,春归何处?雁门,雁门关,在山西。阨塞,险塞。龙沙,即白龙堆沙漠,在新疆境内。吴会,六朝时吴郡与会稽郡合称吴会,今江浙部分地区。秦川,指今陕西一带。

〔4〕"芳草"六句:以"江南好"留春。蓬壶,神话中的三座神山之一蓬莱山。此以仙境赞江南。夫君,"夫"(音 fú 扶)为虚字,君指春。《楚辞·九歌·湘君》:"望夫君兮未来。"

〔5〕"江南"二句:江南虽令人爱怜,但眼下已是杨花飘零暮春光景。杜

甫《绝句漫兴》九首之七:"糁径杨花铺白毡。"

〔6〕"看兔葵"四句:言昔日宫室园池而今萧疏凄凉。华清宫,唐代的宫名,玄宗时建于骊山。凝碧池,在唐代东都洛阳。以上皆借指宋室宫苑。兔葵燕麦,野菜野麦。语出刘禹锡《再游玄都观》诗序,谓十年后旧地重游,当年灿烂桃花荡然无存,"唯兔葵燕麦动摇于春风。"蜂黄蝶粉,此谓春花零落,只有蜂蝶留下的痕迹。

〔7〕七宝鞭:多种珍宝嵌饰,极言鞭之贵重。

〔8〕潸(shān 山)然:流泪貌。

摸 鱼 儿

酒边留同年徐云屋[1]

怎知他、春归何处,相逢且尽樽酒。少年裊裊天涯恨,长结西湖烟柳。休回首,但细雨断桥,憔悴人归后[2]。东风似旧,问前度桃花,刘郎能记,花复认郎否[3]？　君且住,草草留君剪韭[4]。前宵正恁时候,深杯欲共歌声滑,翻湿春衫半袖[5]。空眉皱,看白发樽前,已似人人有[6]。临分把手,叹一笑论文,清狂顾曲,此会几时又[7]？

〔1〕词饯别当年同榜进士徐云屋,同调词共三首,此为第一首。一起以春去陪衬,点出客里相逢,客中送客。以下或以昔日少年应试和如今憔悴人归对比,或以旧地重游、人记桃花,问桃花认人否忆旧,皆抒一己不胜今昔、天涯沦落之慨。下片由自抒客地愁思转笔饯别,其间时空转换,由今日而昨宵,再勾转眼前,写足饯饮之久、友谊之深。"白发"两句,伤年华虚度,功业无成。结尾以

一"叹"字领起,叹今一别,何日再期论文听曲之会。通篇于友情惜别中,融入几多人生感慨,故觉意蕴深厚。

〔2〕"少年"五句:故地重游,往事不堪回首:当初少年应试以来,长期天涯沦落;今日人归,已是身心十分憔悴。

〔3〕"东风"四句:兼用刘禹锡《再游玄都观》诗意和刘晨、阮肇入桃源遇仙女故事,不胜今昔人事变迁之感。

〔4〕"君且住"二句:谓用家常便饭待客。剪韭,语出杜甫《赠卫八处士》:"夜雨剪春韭,新炊间黄粱。"

〔5〕"前宵"三句:忆昨宵宴别情景。正恁,宋时口语,如此,这样。

〔6〕人人:此指主客二人。

〔7〕临分把手:临别握手,不忍骤去。论文:评点文章,语出杜甫《春日忆李白》:"何时一樽酒,重与细论文。"顾曲:此指宴会听曲。《三国志·吴志·周瑜传》:"瑜少精意于音乐,虽三爵之后,其有阙误,瑜必知之,知之必顾。故时人谣曰:'曲有误,周郎顾。'"

张林

张林,字去非,号樗岩。宋末为池州守。今存词二首,见《绝妙好词》卷六。

柳梢青

灯　花[1]

白玉枝头,忽看蓓蕾,金粟珠垂[2]。半颗安榴,一枝秋杏,五色蔷薇[3]。　　何须羯鼓声催,银釭里、春工四时[4]。却笑灯蛾,学他蝴蝶,照影频飞[5]。

[1] 此咏物小令。词咏灯花,并无深意,但表现手法新颖别致。通篇以鲜花拟灯花。上片用博喻,连设五喻,描摹堪谓穷形尽相。下片用虚笔烘托,赞其开谢有时,结处嘲灯蛾效蝶,幽默俏皮。

[2] "白玉"三句:谓灯蕊结花,似花蕊含苞,金桂垂枝。白玉枝,指白色的灯芯草。金粟,桂花。

[3] "半颗"三句:连用三花——石榴、秋杏、蔷薇作喻,描摹灯花不断变化的形态。

[4] "何须"二句:谓灯花一如四时中的鲜花,自有其开谢过程,无须人工催促。羯鼓,一种胡地所用之鼓,状如漆桶,两头蒙皮,用双鼓锤敲击,亦称两杖鼓。据唐南卓《羯鼓录》载,唐玄宗曾击羯鼓以催柳杏开放。此反用其意。

[5] "却笑"三句:蝴蝶戏花,灯蛾扑火,一虚一实,虚实结合。

周密

周密(1232—1298),字公瑾,号草窗,祖籍济南(今属山东),流寓吴兴(今浙江湖州),居弁山,自号弁阳啸翁、四水潜夫。宋末曾任义乌令,宋亡不仕。善诗词书画,与史达祖、王沂孙、张炎等人相互酬唱。著有《齐东野语》、《武林旧事》诸书,曾编选《绝妙好词》。词集有《草窗词》(又名《蘋洲渔笛谱》),今存词一百五十馀首。词与王沂孙、张炎齐名,又与梦窗(吴文英)并称"二窗"。词学周邦彦、吴文英而自成家数,清丽绵渺,时寓亡国之痛。

木兰花慢

断桥残雪[1]

觅梅花信息,拥吟袖、暮鞭寒[2]。自放鹤人归,月香水影,诗冷孤山[3]。等闲。泮寒睍暖,看融城、御水到人间[4]。瓦陇竹根更好,柳边小驻游鞍[5]。　　琅玕[6]。半倚云湾。孤棹晚,载诗还。是醉魂醒处,画桥第二,夜月初三[7]。东阑。有人步玉,怪冰泥、沁湿锦鸳斑[8]。还见晴波涨绿,谢池梦草相关[9]。

〔1〕周密作《木兰花慢》共十首,分别咏西湖十景。十首词因歌咏对象不一,艺术手法也各自见异。本词为第三首,咏"断桥残雪",艺术特征有三。其一,咏雪而不着一"雪"字,但处处隐含"雪"意。其二,非单纯客观咏雪,而是融入词人一路踏雪寻梅的身影和观赏情趣,物我交会,诗意浓郁。其三,不唯写实,上片"泮寒"三句及下片结处,更托诸想象,虚实结合,灵动有致。

〔2〕"觅梅花"二句:谓词人挥鞭拥袖,踏雪寻梅。

〔3〕"自放鹤人归"三句:北宋林逋隐居孤山,植梅养鹤,吟咏自适。放鹤人,即指林逋。月香水影,化用林逋《山园小梅》著名诗句:"疏影横斜水清浅,暗香浮动月黄昏。"

〔4〕"泮寒"二句:想象春到雪融、人间美好情景。泮,冰化曰泮。睍(xiàn献),日气、阳气。

〔5〕"瓦陇"二句:谓竹篱茅舍,上下皆雪,超尘绝俗,令人流连。小驻游鞍,下马稍住。

〔6〕琅玕:美玉,此指翠竹。

〔7〕奁(lián连)月:指一钩玲珑新月。奁,镜匣。

〔8〕"东阑"三句:谓佳人踏雪,怪泥雪湿鞋,是为词人途中所见。东阑,犹言东园。阑通栏。步玉,踏雪。锦鹓斑,指绣有鹓雏(鸾凤类)图案的锦鞋。

〔9〕"还见"二句:想象春回大地,冰雪消融,绿水涨波,启发诗兴。谢池梦草,据《南史·谢惠连传》,谢灵运梦见其弟谢惠连,文思大畅,得"池塘生春草"之句。

玉 京 秋

长安独客,又见西风,素月丹枫,凄然其为秋也,因调夹钟羽一解[1]。

烟水阔,高林弄残照,晚蜩凄切[2]。碧砧度韵,银床飘叶[3]。衣湿桐阴露冷,采凉花、时赋秋雪[4]。叹轻别,一襟幽事,砌蛩能说[5]。　　客思吟商还怯。怨歌长、琼壶暗缺[6]。翠扇恩疏,红衣香褪[7],翻成消歇。玉骨西风[8],恨最恨,闲却新凉时节。楚箫咽,谁倚西楼淡月。

〔1〕夹钟羽:唐宋时曲调名。解:乐曲的章节。一解犹言一曲。此客中悲秋感怀词。上片起写秋景,摹形绘声,冷落凄清。"衣湿"两句,闪出词人身影,由眼前芦花自然引出怀人意绪。下片承"一襟幽事"抒怀。"客思"两句,不耐独客孤怀。"翠扇"两句,恨往事消歇。"玉骨"三句,时光虚度,髀肉之叹。结拍月夜闻箫,凄寂幽怨,情景两得。词云"叹轻别",但内容似不限于一己之别恨,尚融入几多人生感慨。

〔2〕蜩(tiáo条):即蝉,俗谓知了。

〔3〕碧砧:碧水映砧。度韵:砧上捣衣发出有节奏的声响。银床:银饰的井栏。庾肩吾《侍宴九日》:"银床落井桐。"

〔4〕秋雪:指芦花。张炎《甘州》:"折芦花赠远,零落一身秋。"

〔5〕砌蛩(qióng琼):墙边蟋蟀。

〔6〕商:指秋。按阴阳五行说,商、秋均属金,故称秋为商。吟商,即悲秋。怨歌:古乐府有《怨歌行》,汉班婕妤亦有《怨歌行》。琼壶暗缺:击壶助歌,以致敲碎壶口。典出《世说新语·豪爽》:"王处仲(王敦)每酒后,辄咏'老骥伏枥,志在千里,烈士暮年,壮心不已,'以如意打唾壶,壶口尽缺。"

〔7〕翠扇恩疏:此用班婕妤《怨歌行》诗意,谓秋风一起,团扇见弃,君恩断绝。红衣:指荷花。陆龟蒙《芙蓉》:"莫引西风动,红衣不耐秋。"贺铸《踏莎行·荷花》:"红衣脱尽芳心苦。"

〔8〕玉骨:言其隽爽高洁。杜甫《徐卿二子歌》:"大儿九龄色清澈,秋水为神玉为骨。"

曲　游　春

禁烟湖上薄游,施中山赋词甚佳,余因次其韵。盖平时游舫,至午后则尽入里湖,抵暮始出,断桥小驻而归,非习于游者不知也。故中山亟击节余"闲却半湖春色"之句,谓能道人之所未云[1]。

禁苑东风外,飏暖丝晴絮[2],春思如织。燕约莺期[3],恼芳情偏在,翠深红隙。漠漠香尘隔,沸十里、乱弦丛笛[4]。看画船,尽入西泠[5],闲却半湖春色。　　柳陌,新烟凝碧,映帘底宫眉,堤上游勒[6]。轻暝笼寒,怕梨云梦冷,杏香愁幂。歌管酬寒食,奈蝶怨、良宵岑寂[7]。正满湖、碎月摇花,怎生去得?

〔1〕薄游:小游。施中山:施岳字中山,号梅川。能词,精于律吕。与周密交游唱酬。作《曲游春·清明湖上》,周密次韵和之,作此词。中山激赏其"闲却半湖春色"之句。据周密《武林旧事》卷三记禁烟时节游湖盛况:"都人士女,两堤骈集……水面画楫,栉比如鱼鳞……歌欢箫鼓之声,振动远近。……若游之次第,则先南而后北,至午便尽入西泠桥里湖,其外几无一舸矣。弁阳老人有词云:'看画船尽入西泠,闲却半湖春色。'盖纪实也。"本词以景起,引出"春思",撩拨"芳情",遂生游湖之兴。以下全方位、多层次写游湖盛况。地由湖面而堤上而湖水,景由喧嚣而宁静而幽谧,时由白昼而黄昏而月夜;时空转换,次序从容,正是一天游程。手法则或直笔描摹,或借燕莺梨杏曲笔传情。"闲却"句虽纪实,实亦词人审美情趣使然。结拍流连"碎月摇花",不忍骤归,亦可

印证。

〔2〕暖丝晴絮:丝絮与思绪,谐音双关语。

〔3〕燕约莺期:亦语意双关,既谓燕莺软语娇啼,亦以拟人,谓仕女相约游春。

〔4〕"沸十里"句:极写湖上歌乐之盛。

〔5〕西泠(líng零):桥名,在西湖白堤上。

〔6〕"柳陌"四句:谓堤上柳行新碧,映衬着众多车帘内的仕女和马鞍上的公子。宫眉,宫式眉妆,代指佳人。游勒,游春者的马笼头,代指马上游人。

〔7〕"轻暝"五句:谓薄暮轻寒,想必梨冷杏愁,蝶怨湖上岑寂。梨云,梨花。愁幂(mì密),愁云覆盖。

乳　燕　飞

辛未首夏,以书舫载客游苏湾。徙倚危亭,极登览之趣。所谓浮玉山、碧浪湖者,皆横陈于前,特吾几席中一物耳。遥望具区,渺如烟云;洞庭、缥缈诸峰,矗矗献状,盖王右丞、李将军着色画也。松风怒号,暝色四起,使人浩然忘归。慨然怀古,高歌举白,不知身世为何如也。溪山不老,临赏无穷,后之视今,当有契余言者。因大书山楹,以纪来游[1]。

波影摇涟漪[2],趁熏风、一舸来时,翠阴清昼。去郭轩楹才数里,薜磴松关云岫[3]。快屐齿、筇枝先后[4]。空半危亭堪聚远,看洞庭、缥缈争奇秀。人自老,景如旧。　来帆去棹还知否,问古今、几度斜阳,几番回首?晚色一川谁管领,都付雨荷烟柳[5]。知我者、燕朋鸥友[6]。笑拍阑干呼范蠡,甚平吴、却倩垂纶手[7]?吁万古,付卮酒[8]。

〔1〕宋度宗咸淳七年(1271)夏,词人偕词社盟友游于乌程苏湾。据词人《癸辛杂识》,苏湾"去南关三里,而近碧浪湖,浮玉山在其前,景物殊胜。山椒有雄跨亭,尽见太湖诸山"。于是高歌举杯,作词以纪此游。具区为太湖。洞庭、缥缈,皆湖中山名。王右丞即唐代诗人兼画家王维。李将军为唐代画家李思训。此山水纪游词。上片写景,人由乘船而登山,视角由平视、仰视而俯瞰,景则先山后水,由近及远,从小至大。其间以"快屐齿"句过渡,次序井然。末以景旧人老叹喟作结。下片即承此叹喟抒怀。人生几何?岁月匆匆,自应把握眼前,充分领略山水之美,此一层。以范蠡泛舟五湖自况,山水终老,此二层。本词词序甚美,与正文互为辉映,相得益彰。

〔2〕甃(zhòu昼):此指石砌的湖堤。

〔3〕郭:城郭,指乌程县城。轩楹:亭台。藓磴:藓苔丛生的石阶。松关:即万松关,在吴兴境内。

〔4〕屐齿:一种装有木齿便于登山的鞋,为谢灵运创制。筇(qióng琼)枝:一种竹制的手杖。

〔5〕"晚色"二句:一派美好晚景无人领略,雨荷烟柳唯自我欣赏。姜夔《八归》:"最可惜一片江山,总付与啼鴂。"

〔6〕燕朋鸥友:既实指燕鸥,也可兼指同游知己。

〔7〕"笑拍"二句:笑越王用隐逸江湖之人平吴兴国。范蠡,越国大夫,曾助越灭吴,后泛舟五湖。此词人自嘲无补于国,愿山水终老。倩,请。垂纶手,钓鱼人。代指隐士。

〔8〕"吁万古"二句:慨叹古今,且进杯中之酒。卮(zhī枝),酒器,代指酒。

闻 鹊 喜

吴 山 观 涛 [1]

天水碧,染就一江秋色[2]。鳌戴雪山龙起蛰[3],快风吹海立[4]。　数点烟鬟青滴,一杼霞绡红湿[5]。白鸟明边帆影直[6],隔江闻夜笛。

〔1〕《闻鹊喜》:即《谒金门》,以冯延巳《谒金门》结句"举头闻鹊喜"而名。吴山:在杭州城南,一面临西湖,一面临钱塘江。春秋时代是吴国和越国的分界山。观涛:即指观钱塘江大潮。词写观潮由白昼而黄昏而夜晚的全过程。一起两句,潮之将至。"鳌戴"两句正面咏潮,比喻形象,描摹生动,气势雄伟。下片潮去后景象,青山、红霞、白鸟、帆影,明丽淡远。隔江闻笛,时已入夜,以静结动,馀韵不绝。

〔2〕"天水"二句:语从前人诗句化出。王勃《滕王阁序》:"秋水共长天一色。"韦庄《谒金门》:"染就一溪新绿。"

〔3〕"鳌戴"句:谓江潮挟浪汹涌而至,似巨鳌背驼雪山,蛰龙奋起。《列子·汤问》谓渤海之东有五座大山,"使巨鳌十五,举首而戴之。"蛰(zhé 哲),潜伏。

〔4〕"快风"句:苏轼《有美堂暴雨》:"天外黑风吹海立。"快风,疾速的巨风。

〔5〕烟鬟:烟雾中的山峦。青滴:苍翠欲滴。一杼霞绡:谓天边一抹云霞如机杼织就的一幅彩绡。因远处水天相接,故生"红湿"之感。杜甫《春夜喜

雨》:"晓看红湿处,花重锦官城。"

〔6〕"白鸟"句:杜甫《雨》四首之一:"白鸟去边明。"明边,指天边帆影与白鸟红霞相映。

一 萼 红

登蓬莱阁有感[1]

步深幽[2],正云黄天淡,雪意未全休。鉴曲寒沙,茂林烟草,俯仰千古悠悠[3]。岁华晚、漂零渐远,谁念我、同载五湖舟[4]。磴古松斜[5],崖阴苔老,一片清愁。　　回首天涯归梦,几魂飞西浦,泪洒东州[6]。故国山川,故园心眼,还似王粲登楼[7]。最怜他、秦鬟妆镜[8],好江山、何事此时游。为唤狂吟老监,共赋销忧[9]。

〔1〕蓬莱阁:旧址在今绍兴卧龙山上,吴越王钱镠所建。据王沂孙《淡黄柳》词序,知此词作于恭宗德祐二年(1276)冬。是年春,元军破临安,周密南下流亡,过绍兴,登蓬莱阁作此词,是《草窗词》中较早的一首亡国悲歌。上片重在写景,阴冷荒古,而以"一片清愁"总领,更融入今古之思和一己湖海飘零之悲怆。下片重在抒怀。"故园""故国"二句,题旨所在。欲归无计,唯登楼怀乡。眼前山水纵美,奈国破家亡,游非其时。唯唤起古人,吟诗销忧而已。

〔2〕深幽:指曲折幽深的山间小路。

〔3〕鉴曲:鉴湖一曲。鉴湖,本名镜湖。《新唐书·贺知章传》:"有诏赐镜湖剡川一曲。"茂林:借指兰亭。王羲之《兰亭集序》:"此地有崇山峻岭,茂林修竹。"俯仰:即俯仰,《兰亭序》:"俯仰之间,已为陈迹。"

〔4〕"谁念我"句:谓己只身飘零遁世,亦如当年范蠡泛舟五湖。

〔5〕磴:山间石阶。

〔6〕"回首"三句:谓天涯飘零,念念不忘会稽(绍兴)。作者自注:"阁(指蓬莱阁)在绍兴,西浦、东州皆其地。"

〔7〕王粲登楼:东汉末年诗人王粲避乱荆州,寄人篱下,尝作《登楼赋》以抒怀乡之情:"虽信美而非故土兮,曾何足以少留。"

〔8〕秦鬟:指美如发髻的秦望山。妆镜:指明澈似妆镜的鉴湖。

〔9〕"为唤"二句:唤起前贤,吟咏销忧。狂吟老监,指唐代著名诗人贺知章。贺曾任秘书监,晚号四明狂客,故有是称,亦切鉴湖本地风光。

献 仙 音

吊雪香亭梅[1]

松雪飘寒,岭云吹冻,红破数椒春浅[2]。衬舞台荒,浣妆池冷,凄凉市朝轻换[3]。叹花与人凋谢,依依岁华晚。

共凄黯。问东风、几番吹梦,应惯识当年,翠屏金辇[4]。一片古今愁,但废绿、平烟空远。无语消魂,对斜阳、衰草泪满。又西泠残笛,低送数声春怨[5]。

〔1〕雪香亭:在杭州集芳园内。据作者《武林旧事》:"集芳园在葛岭,原系张婉仪园,后归太后,殿内有古梅老松甚多。理宗朝赐贾平章。旧有清胜堂、望江亭、雪香亭等。"因集芳园曾是皇家御园,"翠屏金辇"临幸之地,是以咏园亭之梅,即吊南宋。起笔三句正面咏梅,以下由园中台荒、池冷,引出"市朝轻换"、花人共凋之叹,隐寓亡国之恨。下片起处仍借梅抒怀,写梅花所经历的昔

日繁华,即惯识当年"翠屏金辇"盛况,而今繁华已逝,但满眼废绿,笼罩"一片古今愁"。斜阳衰草,已令人黯然销魂,一结西泠笛怨,回扣吊梅题面,尤觉悲怆凄婉。

〔2〕"松雪"三句:谓雪寒云冻,红梅初放。梅花含苞未放时,其状如花椒,数椒,犹云数点梅花。春浅,指初春时分。

〔3〕"衬舞台荒"三句:由园中荒冷情状引出兴亡之叹。衬舞台、浣妆池,应是园中名胜或供当年后妃观舞、浣妆之用。朝市轻换,谓市朝轻易换主,即指家国覆灭。

〔4〕"问东风"三句:问梅经历几多春秋,看惯了多少当年"翠屏金辇"游幸盛况。东风吹梦,东风吹醒梅梦,谓红梅初放。翠屏金辇,帝王后妃乘坐的车辇。

〔5〕"又西泠"两句:西泠送来哀怨的笛声。西泠,在杭州西湖。此暗用《梅花落》乐曲,以绾合吊梅题面。

高 阳 台

送 陈 君 衡 被 召 [1]

照野旌旗,朝天车马,平沙万里天低[2]。宝带金章,尊前茸帽风欹[3]。秦关汴水经行地,想登临、都付新诗[4]。纵英游,叠鼓清笳,骏马名姬[5]。　　酒酣应对燕山雪,正冰河月冻,晓陇云飞[6]。投老残年,江南谁念方回[7]? 东风渐绿西湖柳,雁已还、人未南归。最关情、折尽梅花[8],难寄相思。

〔1〕陈君衡:陈允平字君衡,号西麓。宋亡后,元朝召其入都。词人作此词送行。开篇五句写友人北上盛况,气概颇胜。"秦关"以下,设想途经中原故土春风得意情状。换头进而设想燕山风光及友人应召答对情景。"投老"以下,拍转自身,抒写不胜离别之悲。风烛残年,独居江南,无人念我,一层;西湖新绿,雁归友人不还,二层;相思情深,奈天南地北,欲寄无凭,三层。词人以不仕之身对友人此行不加褒贬,唯诉别后相念之苦,不言劝归,而劝归之意深寓其中。

〔2〕"照野"三句:写友人赴召的车马仪仗,并点明此行方向。照野,照亮郊野。朝天,朝拜元朝皇帝。

〔3〕"宝带"二句:写友人行时装束。宝带,绶带。金章,印章。苴帽风欹,风吹帽侧。《北史·独孤信传》谓独孤信出猎,"骑马入城,其帽微侧。"时人争效"侧帽"之风。

〔4〕"秦关"二句:设想友人途经中原,登临有感,每赋新诗。秦关,秦地(今陕西一带)关塞。汴水,在河南,流经开封。

〔5〕"纵英游"三句:设想友人于鼓笳声中,纵马携姬,尽情游赏。

〔6〕"酒酣"三句:设想友人燕地应对情景。应对,指皇帝召见答对。

〔7〕"投老"二句:谓己垂老,谁还念我独居江南。方回,北宋词人贺铸。黄庭坚《寄方回》:"解道江南肠断句,世间唯有贺方回。"此处词人以方回自况。

〔8〕折尽梅花:化用陆凯《寄赠范晔》诗意:"折梅逢驿使,寄与陇头人。江南无所有,聊赠一枝春。"

高 阳 台

寄越中诸友[1]

小雨分江,残寒迷浦,春容浅入蒹葭[2]。雪霁空城,燕归何处人家[3]？梦魂欲渡苍茫去,怕梦轻、还被愁遮[4]。感流年,夜汐东还,冷照西斜[5]。　　萋萋望极王孙草,认云中烟树,鸥外春沙[6]。白发青山,可怜相对苍华[7]。归鸿自趁潮回去,笑倦游、犹是天涯[8]。问东风,先到垂杨,后到梅花[9]？

[1] 越中诸友:指在绍兴的知己词友,他们多为守节不仕者。起笔江边初春景象。"雪霁"二句,回望都城,归燕无觅人家,点出空城萧索,并由此引出思友情结。"梦魂"二句,"语意精警,未经人道"(《冰簃词话》)。歇拍叹时光易逝,暗惜词友难聚。换头承此意绪,遥望天际芳草、烟树、春沙,企盼友人到来。"白发"以下,复归自身,自伤年老飘零,孤独寂寥。结拍落题,总收上文,盼友春来相聚,但出语新奇,不落窠臼。

[2] "春容"句:谓春意尚浅,唯蒹葭抽芽微露生机。蒹葭(jiān jiā 肩加),初生的芦苇。

[3] 空城:姜夔《扬州慢》:"渐黄昏,清角吹寒,都在空城。"燕归何处人家:化用刘禹锡《乌衣巷》诗意:"旧时王谢堂前燕,飞入寻常百姓家。"而今则连寻常百姓家也难寻觅,更进一层,旨在突出"空城"二字。

[4] "梦魂"二句:谓梦魂欲渡江赴越中会友,但怕梦轻愁重,难以飞越。

[5] "感流年"三句:感叹流年似水,光阴易逝。汐,潮水。冷照,月亮。

[6] "萋萋"三句:遥望天际,盼友人来会。萋萋王孙,淮南小山《招隐士》:"王孙游兮不归,芳草生兮萋萋。"王孙,代指越中诸友。认云中烟树,化用谢朓《之宣城郡出新林浦向板桥》句意:"天际识归舟,云中辨江树。"

[7] "白发"二句:青山依旧,人已白发,不堪相对。此亦吴文英《八声甘州》"华发奈山青"之意。苍,指青山。华,指白发。

[8] "归鸿"二句:谓归鸿犹自随潮东归,而己却依然飘泊天涯,点明客中思友。

[9] "问东风"三句:问东风先绿垂杨,抑或先发梅花？古人有折柳惜别、和折梅寄相思的习俗,词人此问,意在先柳后梅,期盼友人来会,免却自己思念之苦。

周密

花　犯

赋　水　仙[1]

楚江湄,湘娥乍见,无言洒清泪[2]。淡然春意。空独倚东风,芳思谁寄。凌波路冷秋无际,香云随步起[3]。谩记得、汉宫仙掌,亭亭明月底[4]。　　冰弦写怨更多情[5],骚人恨,枉赋芳兰幽芷[6]。春思远,谁叹赏、国香风味[7]。相将共、岁寒伴侣,小窗静,沉烟熏翠袂[8]。幽梦觉,涓涓清露,一枝灯影里。

〔1〕此咏水仙词,颇受吴文英《花犯·郭希道送水仙索赋》影响。上片以拟人手法写水仙。一起化实为虚,谓水仙乃由湘水女神幻化而来。以下"无言洒清泪",摹其出水姿态。"独倚"二句,度其孤寂高洁情思。"凌波"二句,状其凌波丰神。下片抒怀,为水仙作不平之鸣,怪骚人不赋此花,恨无人赏识此花。以下拍归自身,谓唯我赏赋。视水仙为岁寒伴侣,窗前知己,梦觉更爱一枝灯影。词咏物而不滞于物,花人交融,境界清远,自是咏水仙之佳作。

〔2〕"楚江"三句:谓水仙乃湘水女神所幻化。湄,水边。湘娥,湘水女神。吴文英《花犯》咏水仙:"湘娥化作此幽芳。"

〔3〕凌波:曹植《洛神赋》:"凌波微步,罗袜生尘。"香云:即指香尘,香气。

〔4〕"谩记得"二句:用汉宫金铜仙人月下捧露盘身影,烘托水仙。

〔5〕"冰弦"句:谓水仙多情,弹瑟抒怨。此用湘灵鼓瑟事。《楚辞·远游》:"使湘灵鼓瑟兮,令海若舞冯夷。"湘灵,即湘水女神。唐诗人钱起有《湘灵

鼓瑟》诗。卢祖皋《卜算子·水仙》:"弦冷湘江渺。"冰弦,即冷弦。

〔6〕"骚人"二句:谓屈原作《离骚》,虽言及诸种芳草,却无水仙在内。李清照《鹧鸪天》咏桂花,结句云:"骚人可煞无情思,何事当年不见收?"语同此意,怪屈原《离骚》言不及桂花。

〔7〕"谁叹赏"句:谓水仙尚少知音赏识。国香,通常指兰花,此指水仙。王沂孙《庆宫春·水仙花》:"国香到此谁怜,烟冷沙昏,顿成愁绝。"

〔8〕沉烟:沉香焚蒸所散发的香烟。翠袂:翠袖,此借指水仙绿叶。

朱嗣发

朱嗣发（1234—1304），字士荣，号雪崖，乌程（今浙江湖州）人。宋亡前，未仕。宋亡后，举充提学学官，不受。今存词仅一词，见《阳春白雪》卷八。

摸鱼儿[1]

对西风、鬓摇烟碧，参差前事流水。紫丝罗带鸳鸯结，的的镜盟钗誓[2]。浑不记、漫手织回文[3]，几度欲心碎。安花着蒂，奈雨覆云翻[4]，情宽分窄，石上玉簪脆[5]。　　朱楼外，愁压空云欲坠，月痕犹照无寐[6]。阴晴也只随天意，枉了玉消香碎。君且醉，君不见、长门青草春风泪[7]。一时左计，悔不早荆钗，暮天修竹，头白倚寒翠[8]。

〔1〕此弃妇词。上片以西风吹鬓引起对如水往事的辛酸回忆。以下即自叙由盟誓结合到石上簪碎的破裂过程。换头起遥应篇首，点明时地。人在楼头，时已入夜。以下或嗟叹天意，或自我宽慰，或悔不当初，一路道来，如泣如诉，字字血泪。词善用比喻，融化典故和前人诗词也颇见工力。

〔2〕"紫丝"二句：谓双方恩爱结合。的的，非常明确。镜盟，合镜之盟。此话用徐德言与乐昌公主"合镜"重圆事（见孟棨《本事诗》）。钗誓，以钗为誓。语从陈鸿《长恨传》"定情之夕，授金钗钿合以固之"化出。

〔3〕手织回文：用苏蕙织回文诗寄窦滔事，见《晋书·列女传》。后以回文诗（颠倒循环皆可读的一种诗体）指男女相思特殊文体。

〔4〕安花着蒂:将落花重新安上花蒂,喻徒劳无功。雨覆云翻:此喻男方心态变化莫测。语本杜甫《贫交行》:"翻手作云覆手雨,纷纷轻薄何须数。"

〔5〕情宽分窄:谓情意虽宽,缘分却窄。石上玉簪脆:喻爱情易破裂。此化用白居易《井底引银瓶》诗意:"石上磨玉簪,玉簪欲成中央折。"

〔6〕无寐:无寐之人,指弃妇。

〔7〕"君且醉"二句:以陈皇后失宠,犹幽居长门宫以自我开解。春到长门,薛昭蕴《小重山》:"春到长门春草青。"春风泪,用王安石《明妃曲》字面:"泪湿春风鬓脚垂。"春风,指面。

〔8〕"一时"四句:追悔当初何不清贫高洁自守。左计,谓处理不当。荆钗,指朴素衣着。《列女传》:"梁鸿妻孟光,荆钗布衣。""暮天"二句,化用杜甫《佳人》诗意:"天寒翠袖薄,日暮倚修竹。"

文天祥《酹江月》（乾坤能大）

文天祥

文天祥(1236—1283),字履善,一字宋瑞,号文山,庐陵(今江西吉安)人。宝祐四年进士第一。德祐初,除右丞相兼枢密使,出使元军被拘。后逃脱,组织兵力抗元,转战浙江、江西、福建。祥兴元年,兵败被俘,囚禁大都四年,坚贞不屈,终慷慨就义。著有《文山集》和《文山乐府》,今存词八首。

酹江月

和邓光荐[1]

乾坤能大,算蛟龙、元不是池中物[2]。风雨牢愁无着处,那更寒虫四壁。横槊题诗,登楼作赋,万事空中雪[3]。江流如此,方来还有英杰[4]。　　堪笑一叶漂零,重来淮水,正凉风新发[5]。镜里朱颜都变尽,只有丹心难灭[6]。去去龙沙,江山回首,一线青如发[7]。故人应念,杜鹃枝上残月[8]。

[1]邓光荐:邓剡字光荐,是文天祥的同乡好友。祥兴元年(1278)文天祥被俘后,次年与邓剡同时押送大都,途经金陵,邓剡因病留医,作《念奴娇·驿中言别》以送文天祥,文天祥作此词以和。两词皆用苏轼《念奴娇·赤壁怀古》韵。身囚心雄,犹思奋飞,词一起便豪情满怀,气势磅礴,笼罩全篇。"风

雨"二句,囚俘凄苦境遇实录。以下回顾往昔,"横槊""登楼",报国、怀乡,一壮一悲。往事不可追,来日犹可待,歇拍绾合篇首,寄厚望于后来英杰。下片紧扣北行抒怀,一叶飘零、朱颜变尽,反面提引,逼出"丹心难灭"一篇主旨。回首江山,更化啼血杜鹃南归,皆恋国情深。通篇慷慨悲壮,英雄本色,堪谓宋末词坛之最强音。

〔2〕"乾坤"二句:语出《三国志·吴志·周瑜传》:"恐蛟龙得云雨,终非池中物也。"谓虽暂时屈居,终有风云际会腾飞而上之时。能大,如许之大。蛟龙,喻英豪之士。元,通"原"。

〔3〕"横槊"三句:回忆往事如雪飘逝。横槊题诗,苏轼《前赤壁赋》谓曹操破荆州、下江陵时,"酾酒临江,横槊赋诗,固一世之雄也。"此文天祥借谓自己素有报国之志。登楼作赋,指东汉末年王粲曾避乱荆州,作《登楼赋》,寄托离乱之感和怀乡之思。文天祥即以自况。

〔4〕"江流"二句:有长江后浪推前浪之意,寄希望于后起的英雄豪杰。

〔5〕"堪笑"三句:谓己一生飘零,于初秋之际又来淮水。文天祥当年在元营中逃脱后,曾在长淮一带与敌人周旋脱险,故云"重来"。

〔6〕"镜里"二句:朱颜虽改,丹心不变。作者《过零丁洋》诗:"人生自古谁无死,留取丹心照汗青。"

〔7〕"去去"三句:谓此去北塞,回望故国,青山隐约似发。苏轼《澄迈驿通潮阁》:"杳杳天际鹘没处,青山一发是中原。"龙沙,即白龙堆沙漠,在新疆境内,此指北塞。

〔8〕"故人"二句:谓故人念我,我必魂化杜鹃月夜归来故国。文天祥《金陵驿》:"从今别却江南日,化作啼鹃带血归。"故人,指友人邓剡。

满 江 红

代王夫人作[1]

试问琵琶,胡沙外、怎生风色[2]。最苦是、姚黄一朵,移根仙阙[3]。王母欢阑琼宴罢,仙人泪满金盘侧[4]。听行宫、半夜雨淋铃,声声歇[5]。　　彩云散,香尘灭[6];铜驼恨[7],那堪说。想男儿慷慨,嚼穿龈血[8]。回首昭阳离落日,伤心铜雀迎新月[9]。算妾身、不愿似天家,金瓯缺[10]。

〔1〕王夫人:王清惠,南宋度宗昭仪(宫中女官)。宋亡后,随宋室帝后北行。途中,题《满江红》词于驿站壁间,抒写亡国哀痛,传诵中原。文天祥以为王词结句欠商量,作和韵词二首。此其一。全以王夫人声口出之,故云"代王夫人作"。词通篇借典叙事抒情。一起琵琶出塞,姚黄移根,正切王清惠自身。以下"王母"隐喻太后,"行宫"暗谓恭帝,言亡国之痛和北行之恨。下片云散香歇,铜驼荆棘,昭阳落日,铜雀新月,俱盛世不再,江山易主之悲,结拍点出主旨:国家虽亡,但节操自守,宁作玉碎,不为瓦全。此一笔两到,既代王夫人立言,又是文天祥的铮铮誓言。

〔2〕"试问"二句:用昭君出塞事,喻王夫人被俘北行。

〔3〕"最苦是"二句:谓牡丹连根迁移,远离仙阙,喻王夫人离宫北去。

〔4〕"王母"二句:用传说中西王母瑶池美宴散去及金铜仙人落泪事,喻南宋覆灭。

〔5〕"听行宫"二句:安史乱起,唐玄宗避乱逃蜀。马嵬坡兵变,杨玉环

死。入蜀后,听栈道上雨声和风吹檐铃声相应和,因思念杨玉环,采其声作《雨霖铃》一曲以寄恨。此喻恭帝北行之恨。

〔6〕"彩云"二句:谓美好生活不再。白居易《简简吟》:"大都好物不坚牢,彩云易散琉璃脆。"杜牧《金谷园》:"繁华事散逐香尘。"

〔7〕铜驼恨:即指亡国之恨。《晋书·索靖传》谓索靖预知天下将乱,指洛阳宫门铜驼,叹曰:"会见汝在荆棘中耳。"

〔8〕"想男儿"二句:想象爱国志士慷慨悲愤情状。嚼穿龈血,唐将张巡守睢阳,抗安禄山,每战"辄眦裂血面,嚼齿皆碎"。见《新唐书·张巡传》。文天祥《正气歌》亦有"为张睢阳齿"句。

〔9〕"回首"二句:谓家国破灭,江山易主。昭阳,汉代宫名,借指宋宫。铜雀,铜雀台,在邺城,为曹操所建。

〔10〕"算妾身"二句:不因国亡而丧失节操。天家,指赵宋王室。金瓯缺,喻山河破碎,国家灭亡。

邓剡

邓剡（1232—1303），字光荐，一字中甫，号中斋，庐陵（今江西吉安）人。理宗景定三年进士。临安陷落，流亡海上，坚持抗元，祥兴时，任崖山行朝兵部侍郎。崖山兵败，跳海未死，俘后，与文天祥一同北遣，至南京被放还，终不屈。著有《中斋集》，存词十三首。

酹江月

驿中言别[1]

水天空阔，恨东风不借世间英物[2]。蜀鸟吴花残照里[3]，忍见荒城颓壁。铜雀春情[4]，金人秋泪[5]，此恨凭谁雪？堂堂剑气，斗牛空认奇杰[6]。　　那信江海馀生，南行万里，属扁舟齐发[7]。正为鸥盟留醉眼，细看涛生云灭[8]。睨柱吞嬴[9]，回旗走懿[10]，千古冲冠发。伴人无寐，秦淮应是孤月[11]。

〔1〕祥兴二年(1279)，邓剡与文天祥同被押送大都，至金陵，邓因病暂留，文天祥继续北行。临行，邓剡作此词以别。词用苏轼《念奴娇·赤壁怀古》韵。《酹江月》，即《念奴娇》的别名。词起笔痛惜友人不得天助，抗元失败，导致宋室覆灭。"蜀鸟"四句，或借眼前景物，或用历史故实，抒发亡国之痛。歇

拍回应篇首,奇杰回天无力。下片就自身海上经历切入。"正为"两句,重友情,恤国事,犹寄希望于未来。"睨柱"三句,激励友人,气压强敌。结拍归到别后一己之孤独,紧扣"言别"题旨。通篇充满对友人文天祥尊崇、颂扬、痛惜、期许、激励之情,血泪写就,慷慨悲壮。

〔2〕"恨东风"句:恨友人盖世英才而不得天助。孙权、刘备赤壁抗曹,用火攻之计,幸得天助东风,一战成功。此反用其意,谓抗元失败。

〔3〕蜀鸟:即杜鹃,啼声凄厉,相传为亡国之君蜀帝杜宇精魂所化,故有是称。吴花:吴宫花草。吴国为越国所灭。李白《登金陵凤凰台》:"吴宫花草埋幽径。"蜀鸟、吴花,都是能触发亡国哀思的物象。

〔4〕铜雀春情:铜雀台为曹操所建,杜牧《赤壁》诗:"东风不与周郎便,铜雀春深锁二乔。"二乔为吴国佳丽,一嫁孙策,一嫁周瑜。此喻宋宫嫔妃被掳北行。

〔5〕金人秋泪:用金铜仙人迁出汉宫流泪事,喻临安失陷后宫廷文物被劫掠。

〔6〕"堂堂"二句:谓友人英杰虽识斗牛剑气,但已无回天之力。据《晋书·张华传》及《拾遗记》,张华见天上斗牛之间常有紫气,问雷焕,雷焕称宝剑神光冲天。张华令雷焕为丰城令,后焕果于丰城地下觅得两剑,一名"龙泉",一名"太阿"。

〔7〕"那信"三句:谓己蹈海未死,万里飘流后,又得与友人同舟北行。

〔8〕"正为"二句:言为友人暂留不死之身,以观时局风云变幻。鸥盟,与鸥鸟结盟为友,喻与文天祥结交。

〔9〕睨柱吞嬴:用蔺相如奉璧使秦事。据《史记·廉颇蔺相如列传》载,蔺相如奉和氏璧使秦,见秦王嬴政无意以城换璧,"因持璧却立倚柱,怒发上冲冠""睨柱,欲以击柱。秦王恐其破璧,乃辞谢固请。"最终得以完璧归赵。

〔10〕回旗走懿:用三国诸葛亮、司马懿事。据《三国志·蜀志·诸葛亮传》,诸葛亮与魏将司马懿对垒,诸葛病卒,蜀军乃退。又据裴松之注引《汉晋春秋》,司马懿挥兵追赶,蜀将姜维令"反旗鸣鼓",作反击状。司马懿惊退。百姓谚曰:"死诸葛走生仲达。"

〔11〕秦淮:秦淮河,流经南京。

邓　剡

唐　多　令[1]

雨过水明霞,潮回岸带沙[2]。叶声寒,飞透窗纱。堪恨西风吹世换[3],更吹我,落天涯。　　寂寞占豪华,乌衣日又斜。说兴亡,燕入谁家[4]？惟有南来无数雁,和明月,宿芦花[5]。

〔1〕祥兴二年(1279)秋,词人被俘北上,流落金陵,吊古伤今,作此词。词着意写出秋风落叶中的萧瑟古城,充盈其间的则是西风换世之痛和流亡飘零之悲。词善融化前人诗句,通篇寓情于景,一切含而不露,故尤显沉郁凄婉。

〔2〕潮回:暗用刘禹锡《石头城》"潮打空城寂寞回"诗意。

〔3〕"堪恨"句:双关,既谓秋风改变季节,又隐喻人世江山易主。

〔4〕"寂寞"四句:化用刘禹锡《乌衣巷》诗意:"朱雀桥边野草花,乌衣巷口夕阳斜。旧时王谢堂前燕,飞入寻常百姓家。"谓昔日豪华金陵,今日寂寞荒凉,写沧海桑田、亡国之痛。又,周邦彦《西河·金陵》:"想依稀,王谢邻里。燕子不知何世,向寻常巷陌人家相对,如说兴亡斜阳里。"

〔5〕"惟有"三句:上文燕有情似说兴亡,此处雁无知,不知已换人世,依然年年南归。

杨佥判

杨佥判,其人不详。佥判,官名,为"佥书判官厅公事"之简称。度宗时人。存词一首,见陈世崇《随隐漫录》卷二。

一 剪 梅[1]

襄樊四载弄干戈,不见渔歌,不见樵歌[2]。试问如今事若何?金也消磨,谷也消磨[3]。　柘枝不用舞婆娑,丑也能多,恶也能多[4]。朱门日日买朱娥[5],军事如何?民事如何?

〔1〕此政治讽刺词,矛头直指权臣贾似道。襄阳被围告急,贾似道一味向敌进贡求和,更朱门高楼,日日轻歌曼舞,哪管军事民生。词文字质朴,以鲜明对照法揭露时弊,亦善用重叠词组强化语意,颇具民歌特色。

〔2〕"襄樊"三句:襄樊被困四载,和平生活不再。按:度宗咸淳四年(1268),元军围困襄樊。九年,城破。

〔3〕"金也"二句:谓贾似道以大量钱粮向元军乞和。

〔4〕柘枝:舞曲名,宋时盛行,官乐有《柘枝》队。能:如许。

〔5〕朱娥:年轻貌美女子。

汪元量

汪元量(1241—?),字大有,号水云,钱塘(今浙江杭州)人。度宗时为宫廷琴师,临安沦陷后,随谢太后北行。在燕京期间,曾赴狱探望文天祥。后以黄冠放归江南,浪迹江湖,曾结诗社,与逸民唱和。著有《湖山类稿》《水云词》,今存词五十馀首。

传言玉女

钱塘元夕[1]

一片风流,今夕与谁同乐?月台花馆,慨尘埃漠漠。豪华荡尽,只有青山如洛[2]。钱塘依旧,潮生潮落[3]。　　万点灯光,羞照舞钿歌箔[4]。玉梅消瘦,恨东皇命薄[5]。昭君泪流,手撚琵琶弦索[6]。离愁聊寄,画楼哀角。

〔1〕词作于德祐二年(1276)元夕,即元军破临安前夕,为南宋国都最后一个元宵佳节。词开笔凄婉,国之将亡,谁与同乐?定下一篇亡国哀音基调。以下分别就台馆蒙尘、青山如洛、江潮依旧三层渲染,补出无人同乐缘由,抒发兴亡之感。下片不言宫中歌舞不再,却言灯光"羞照",倍感哀痛。"玉梅"托喻后妃,"昭君"暗指昭仪,彼等不只"消瘦""泪流",而"手撚琵琶",尤切来日被俘北行事。结以画楼哀角总收"离愁",此乃将去家离国之愁。通篇哀怨凄切,令人不堪卒读。

〔2〕"豪华"二句:化用唐人许浑《金陵怀古》诗:"英雄一去豪华尽,惟有青山似洛中。"洛,指河南洛阳。

〔3〕"钱塘"二句:怨江潮不知兴废,涨落如故。

〔4〕羞照:灯光以照见盛歌艳舞为羞,即言"灯光"也以沉溺歌舞不管国家兴亡为羞。歌箔:歌帘。

〔5〕玉梅:喻后妃。东皇:春神。

〔6〕昭君:喻宫嫔。词人后在北方作《幽州秋日听王昭仪琴》:"雪深沙碛王嫱怨,月满关山蔡琰悲。"撚:弹奏琵琶指法之一。

水 龙 吟

淮河舟中夜闻宫人琴声[1]

鼓鼙惊破霓裳,海棠亭北多风雨[2]。歌阑酒罢,玉啼金泣,此行良苦[3]。驼背模糊,马头匼匝[4],朝朝暮暮。自都门宴别,龙艘锦缆,空载得、春归去[5]。　　目断东南半壁,怅长淮、已非吾土[6]。受降城下,草如霜白,凄凉酸楚[7]。粉阵红围,夜深人静,谁宾谁主[8]?对渔灯一点,羁愁一搦,谱琴中语[9]。

〔1〕德祐二年(1276)二月,元军破临安,俘三宫北去,随行者三千馀人,词人亦在其中。行经淮河,夜闻舟中宫女琴奏幽怨,触发词人亡国哀思,作此词。词人亦工诗,有《醉歌》十首,记亡国史实,更有《湖州歌》九十八首,纪三宫北上事,向有"诗史"之誉。此词亦是纪实之笔,虽立足淮河舟中,却融入往事的回忆和前程的展望,是以时空多变,容量颇大。上片以回忆为主,从时局巨

变、风雨临安,至繁华消歇,玉啼金泣,至都门宴别,乘舟北行,而以"春归去"象征宋亡作结。下片淮上纪实,由长淮易帜而念及北地酸楚生涯。"粉阵"三句,囚徒处境真实写照。一结拍归题目,一曲琴音,哀怨悠长。

〔2〕"鼙鼓"二句:借唐朝安史乱起,明皇出逃,喻元军破临安,宋亡。白居易《长恨歌》:"渔阳鼙鼓动地来,惊破霓裳羽衣曲。"鼙鼓,军中战鼓。霓裳:舞曲名,即《霓裳羽衣曲》,杨贵妃善此舞。又,汪元量《醉歌》:"鼙鼓喧天入古杭。"海棠亭,即唐宫内的沉香亭。玄宗曾于此亭召杨贵妃,贵妃酒醉,玄宗曰:"真海棠睡未足耳。"见《太真外传》。

〔3〕玉啼:指宫妃落泪。金泣:魏拆迁汉金铜仙人,临载,仙人泣泪。此用其事,切易代被遣之悲。此行:即被俘北行。良苦:极苦。

〔4〕"驼背"二句:化用杜甫《送蔡希曾还陇右》诗:"马头金匼匝,驼背锦模糊。"匼匝(kē zā科扎),周绕、重叠貌。此写押送的元军骑兵众多。

〔5〕"都门"三句:写三宫告别临安,乘舟北上情景。都门,指临安。龙艘锦缆,龙形为船,织绵为缆,极言船之豪华,用隋炀帝乘舟下江南事。《开河记》:"龙舟既成,泛江沿淮而下。""锦帆过处,香闻千里。"此借谓南宋帝妃所乘之舟。春归,既切时令,也暗喻宋亡。

〔6〕"怅长淮"句:谓长淮地区为元军占领,已非南宋国土。非吾土,王粲《登楼赋》:"虽信美而非吾土兮。"

〔7〕"受降"二句:设想人抵北地后凄楚生涯。唐人李益《夜上受降城闻笛》:"受降城外月如霜。"受降城,汉、唐均有受降城,多在西北边塞。此借用其意,非实指某地。汪元量《湖州歌》亦有"受降城下草离离"之句。

〔8〕"粉阵"三句:谓宫中女子不分主奴,后妃宫女同处一舟。

〔9〕"对渔灯"三句:切"夜闻宫人琴声"题面。一搦(nuò诺),一把。李百药《少年行》:"一搦掌中腰。"

莺啼序

重过金陵[1]

金陵故都最好,有朱楼迢递[2]。嗟倦客、又此凭高,槛外已少佳致。更落尽梨花,飞尽杨花,春也成憔悴。问青山、三国英雄,六朝奇伟[3]。　　麦甸葵丘[4],荒台败垒,鹿豕衔枯荠。正潮打孤城,寂寞斜阳影里[5]。听楼头、哀笳怨角,未把酒、愁心先醉。渐夜深,月满秦淮,烟笼寒水[6]。　　凄凄惨惨,冷冷清清,灯火渡头市[7]。慨商女不知兴废。隔江犹唱后庭花,馀音亹亹[8]。伤心千古,泪痕如洗。乌衣巷口青芜路,认依稀、王谢旧邻里[9]。临春结绮,可怜红粉成灰,萧索白杨风起[10]。　　因思畴昔,铁索千寻,漫沉江底[11]。挥羽扇、障西尘,便好角巾私第[12]。清谈到底成何事[13]?回首新亭,风景今如此!楚囚对泣何时已[14]。叹人间、今古真儿戏!东风岁岁还来,吹入钟山,几重苍翠[15]。

[1] 本篇为作者由燕京南归后重过金陵时作。全词共四叠。首叠总写金陵今昔之变和重访心情。往日"朱楼迢递",而今春也憔悴,故此来"已少佳致"。次叠三叠,融化前人诗句,尽情铺叙金陵荒凉、冷落,从荒野到孤城,由寒水、渡头到巷口,由白昼到夜深,满目今昔之变、黍离之悲。"临春结绮""红粉成灰",点化六朝史事,引发兴亡之感。四叠转入评史,用西晋清谈、东晋苟安、

南渡士大夫无心团结御敌,隐喻南宋失国历史。末以自然界永恒,反衬人世沧桑,无限感怆。放眼山川景物,层层铺叙。紧扣金陵掌故,借古讽今。融化前人诗句,浑然一体。仿佛抒情小赋,放笔铺陈,而亡国之恨,自寓其中。

〔2〕朱楼迢递:红楼高耸。谢朓《入朝曲》其十四:"江南佳丽地,金陵帝王州。逶迤带绿水,迢递起朱楼。"

〔3〕"问青山"二句:请问青山,这就是三国英雄辈出、六朝伟人崛起的金陵吗?

〔4〕麦甸葵丘:长满燕麦的郊野,一片兔葵的荒丘。

〔5〕"正潮打"二句:刘禹锡《石头城》诗:"山围故国周遭在,潮打空城寂寞回。"为此句所本。

〔6〕"渐夜深"三句:这里与下文"商女"二句系隐括杜牧《泊秦淮》诗,诗云:"烟笼寒水月笼沙,夜泊秦淮近酒家。商女不知亡国恨,隔江犹唱后庭花。"

〔7〕"凄凄"三句:这里系檃括李清照、周邦彦词而成。周邦彦《夜游宫》有"看黄昏,灯火市"之句。

〔8〕亹亹:同娓娓,形容袅袅不止。

〔9〕"乌衣巷"二句:化用刘禹锡"旧时王谢堂前燕,飞入寻常百姓家"(《乌衣巷》),周邦彦"想依稀王谢邻里"(《西河》)等诗词句意。

〔10〕"临春"三句:临春阁、结绮阁,是陈后主和宠妃张丽华所居宫殿。刘禹锡《台城》有"台城六代竞豪华,结绮临春事最奢"之句。白居易《燕子楼》诗有"见说白杨堪作柱,争教红粉不成灰"之句。古诗《去者日以疏》有"白杨多悲风,萧萧愁杀人"之句。古墓地多植松柏白杨。这里融化古人诗,说楼阁佳丽,当日繁华,尽皆化灰化烟。

〔11〕"因思畴昔"三句:谓想当年东吴以铁索加固江防,结果被西晋王濬用烈火烧断,沉入江底,晋军抵达金陵,迫使孙皓投降。刘禹锡《西塞山怀古》有"千寻铁锁沉江底"之句。

〔12〕"挥羽扇"二句:借用东晋王导与庾亮事,喻指南宋士大夫不能戮力同心共却大敌。《世说新语·轻诋》篇载,庾亮权重,定倾王导,庾在石城,王在谷城。一日:"大风扬尘,王以扇拂尘曰:'元规(庾亮的字)尘污人。'"又,《世说新语·雅量》篇载,有人传话给王导,说庾亮东来京都有夺取辅臣大权之意,

劝王导稍加防范。王导说:"若欲东来,吾角巾径还乌衣。"

〔13〕"清谈"句:谓清谈误国。《晋书·王衍传》载,王衍"终日清谈","妙善玄言,唯谈老庄为事。"

〔14〕"回首新亭"三句:借东晋士大夫"新亭对泣"事,讽刺南宋士大夫对强敌束手无策。《世说新语·言语》篇载,过江士大夫常"相邀新亭,藉卉饮宴。周侯(指周颛)中坐而叹曰:'风景不殊,正自有山河之异。'皆相视流泪。唯王丞相(指王导)愀然变色曰:'当共戮力王室,克复神州,何至作楚囚相对!'"

〔15〕"东风"三句:感叹江山如旧、人事已非。钟山,南京的紫金山。

王清惠

王清惠,南京度宗赵禥宫中昭仪。恭宗德祐二年(1276),临安沦陷,被元军俘往大都,后自请为女道士,号冲华。

满江红[1]

太液芙蓉,浑不似、旧时颜色[2]。曾记得、春风雨露,玉楼金阙[3]。名播兰馨妃后里,晕潮莲脸君王侧[4]。忽一声、鼙鼓揭天来,繁华歇[5]。　　龙虎散,风云灭[6]。千古恨,凭谁说。对山河百二,泪盈襟血[7]。驿馆夜惊尘土梦,宫车晓辗关山月[8]。问姮娥、于我肯从容,同圆缺[9]。

〔1〕此篇为临安沦陷作者被元军押解北进之后所作。《浩然斋雅谈》卷下载:"宋谢太后北觐,有王夫人题一词于汴京夷山驿中。"词基于被掳的悲剧遭遇,真切地抒写出国破家亡的哀愁酸楚,当年传诵一时,文天祥、邓剡、汪元量都有和作。前阕写事变前的宫廷生活。开端以"太液芙蓉"自拟,感叹容颜衰减。继以"曾记得"提领四句,追忆往日宫廷中荣幸经历。以"春风雨露"喻承受皇恩;以"晕潮莲脸"写容颜光彩妩媚,以花比人,句句切荷花下笔,美人名花,浑融为一,构思恰切得体。收尾笔锋陡转,风云突变。后阕写国破被掳的悲剧经历。过片承上,写国破人散,历史巨变,面对故土,血泪满襟,一腔悲恨,倾口而出。驿馆惊梦,宫车辗月,写尽此行一路屈辱折磨,收拍乞天仙怜悯,允其遁身冷宫。走投无路,凄楚欲绝。

〔2〕"太液"二句:感叹容颜衰老。唐代大明宫有"太液池"。《长恨歌》

有"太液芙蓉未央柳,芙蓉如面柳如眉"之句。

〔3〕"曾记得"二句:比喻在宫殿中曾承受君恩。

〔4〕"名播"二句:谓自己在后妃中芳名远扬,陪侍君王,容貌如莲花一样泛着红润。

〔5〕"忽一声"二句:谓忽然战鼓震天,元军攻陷临安,繁华顿时消歇。《长恨歌》有"渔阳鼙鼓动地来,惊破霓裳羽衣曲"之句。

〔6〕"龙虎散"二句:比喻君臣离散,王朝崩溃。《易·乾·文言》:"云从龙,风从虎,圣人作而万物睹。"

〔7〕"对山河"二句:面对大好河山,血泪满衣。《史记·高祖本纪》:秦带山河之险,"持戟百万,秦得百二焉"。言山河险固,秦以二万之众可抵百万敌军。

〔8〕"驿馆"二句:写自己和其他宫妃被押解北行情况。一路烟尘滚滚,住在旅站中时为噩梦惊醒,宫车拂晓即辗着月光翻山越岭赶路。

〔9〕"问姮娥"二句:询问天宫嫦娥,命运能否对我宽容一些,使我到月宫过上寂寞清净的生活呢。

王沂孙

王沂孙,字圣与,号碧山,又号中仙,会稽(今浙江绍兴)人,与周密、张炎等有交游。宋亡时他大约三十岁左右,入元过了十几年遗民生活。他虽做过元朝的庆元路学正,但也曾参与遗民的秘密集会,写了不少怀思故国的词章。有《花外集》,又名《碧山乐府》,存词六十馀首。

天　香

龙　涎　香[1]

孤峤蟠烟,层涛蜕月[2],骊宫夜采铅水[3]。汛远槎风[4],梦深薇露[5],化作断魂心字[6]。红瓷候火[7],还乍识、冰环玉指[8]。一缕萦帘翠影,依稀海天云气[9]。　　几回殢娇半醉。剪春灯、夜寒花碎[10]。更好故溪飞雪,小窗深闭。荀令如今顿老,总忘却、尊前旧风味[11]。谩惜馀熏,空篝素被[12]。

〔1〕龙涎香,古代一种名贵香料。据《岭南杂记》载:"龙涎于香品中最贵重,出大食国西海之中,上有云气罩护,则下有龙蟠洋中大石,卧而吐涎。"此香古人传说为海龙吐涎水,凝结而成。实际是抹香鲸肠胃的分泌物。本篇为王沂孙著名的咏物寄意词,所寓何意历来说法不一,一说指谢太后北迁事,一说寓

杨琏发陵事。据《癸辛杂志》载,元初胡僧杨琏真伽,盗发会稽南宋诸帝陵墓,将理宗尸体倒挂树间,沥取水银。有人考证,谢后无北迁事,故多从后说。《乐府补题》谓:宛委山房调寄《天香》同赋龙涎香者有周密、王沂孙等八人,"盖有所寄托而作也"。按词大意当为入元逸民借咏物寓沧桑之变、故国之思,不必逐句落实所指,读者各以意会可也。起六句写龙涎香的采集、制作,由产地景观到采制过程,"心字"则香已成形。继四句写燃香情景,由容器到点香人,结以香云之状。上阕体物,下阕志感。下阕前四句忆当年春闺同玉人燃香度夜之温馨,"如今"以下叹当前人老香销,往事成空,一派今昔之感。以奇幻之景、微妙之物,隐喻陵谷之变、时代之悲。寓托幽邃,耐人测想寻绎。是篇被置于《碧山乐府》和《乐府补题》卷首,当年颇受推重。

〔2〕"孤峤"二句:写海山仙岛奇景。孤岛烟云蟠绕,涛浪吐出月影。峤,指山小而高。

〔3〕骊宫:骊龙之宫。铅水:喻指龙涎。

〔4〕汛远槎风:言鲛人乘槎至海上采取龙涎,随风趁潮而远去。槎(chá查),用竹木编成的筏。

〔5〕"梦深"句:指用蔷薇露水连夜拌和从水路运来的龙涎。

〔6〕"化作"句:成为心字形状的名香。杨慎《词品》:"所谓心字香者,以香末萦篆成心字也。"

〔7〕红瓷:耐火的红瓷香盒。

〔8〕冰环玉指:燃香女的手指。

〔9〕"一缕"二句:形容香烟荡漾,带有仙岛云烟之状。

〔10〕"几回"二句:写玉人半醉,剪灯夜话。殢(tì替)娇:指醉酒女郎的慵倦情态。

〔11〕"荀令"二句:自叹年华已老,无复旧日风情。荀令,指三国时代做过尚书令的荀彧。荀彧,字文若,习凿齿《襄阳记》载:"荀令君至人家坐幕,三日香气不歇。"昭明太子《博山香炉赋》:"闻文若之留香。"盖荀彧以爱熏香著称。

〔12〕"谩惜"二句:谓徒然怜念馀香,而香炉已空,素被徒陈。篝,熏香所用篝笼。周邦彦《花犯》词:"香篝熏素被。"素被,白色的被子。

媚　妩

新　月[1]

渐新痕悬柳,淡彩穿花,依约破初暝[2]。便有团圆意,深深拜,相逢谁在香径[3]。画眉未稳,料素娥、犹带离恨[4]。最堪爱、一曲银钩小[5],宝帘挂秋冷。　　千古盈亏休问。叹慢磨玉斧,难补金镜[6]。太液池犹在,凄凉处,何人重赋清景[7]。故山夜永,试待他、窥户端正[8]。看云外山河,还老尽、桂花影[9]。

〔1〕词借咏新月寓托故国之思,悲悼金瓯之缺。起写新月初升,"悬柳""穿花",仰观俯视所见。日落月升,故曰"破初暝"。"团圆意",拜月人内心祝愿。"画眉未稳"与"新痕"遥应,引出"离恨",借天上月寓人间愁。"银钩""秋冷",怅触悲凉情悰,播散人间世界。上片句句写新月,处处盼月圆。下片放开笔势,立足于宇宙历史视角,纵论盈亏圆缺的演变。"盈亏休问",含凄楚难言之痛;"难补金镜",吐无力回天之恨;"何人重赋",抒无限今昔之感。"夜永""试待",写出遗民心中长夜漫漫、祈盼殷殷的忧思。收拍又作顿宕,含月轮盈虚有时,而山河旧影复现无期之慨。绵绵君国之思,全借咏月写出,托物寄怀,耐人寻味。

〔2〕"渐新痕"三句:言新月悬挂柳梢,淡光穿过花丛,隐约冲破了黄昏的阴暗。

〔3〕"便有"三句:谓弯弯新月将有团圆的迹象,对之深深一拜。李端《拜新月词》:"开帘见新月,便即下阶拜。"

〔4〕"画眉"二句:想象月中嫦娥未画好眉黛,是由心中充满幽恨。吴文英《声声慢》:"新弯画眉未稳。"

〔5〕银钩:指一弯新月。秦观《浣溪沙》:"宝帘闲挂小银钩。"

〔6〕"叹慢磨"二句:感叹月轮纵亏,无力回天。慢,同谩,徒然。玉斧,据《酉阳杂俎》载,唐代郑生及王秀才游嵩山遇一人,云:月是七宝合成,其凸处,常有八万二千户,以斧凿修补之,他也参加了这项工程。李贺《七夕》诗:"天上分金镜,人间望玉斧。"

〔7〕"太液池"三句:忆念赵宋承平时掌故,感叹时移世变,旧事难再。陈师道《后山诗话》载,宋太祖夜幸后池,对新月置酒,召学士卢多逊作咏月诗云:"太液池头月上时,晚风吹动万年枝。何人玉匣开金镜,露出清光些子儿。"周密《武林旧事》载,淳熙九年中秋,宋高宗与宋孝宗于后苑大池赏月,曾觐献《壶中天慢》词,有"云海尘清,山河影满,桂冷吹香雪。何劳玉斧,金瓯千古无缺"之句。

〔8〕"故山"二句:谓故国夜长,要等待圆月照入窗户。韩愈《和崔舍人咏月二十韵》:"三秋端正月,今夜出东溟。"端正,指月光直射。

〔9〕"看云外"二句:言他日月儿虽圆,江山难复,看月光照射下的云外故国应是一派苍老景象。

水 龙 吟

落 叶[1]

晓霜初着青林,望中故国凄凉早。萧萧渐积[2],纷纷犹坠[3],门荒径悄。渭水风生[4],洞庭波起[5],几番秋杪。想重厓半没[6],千峰尽出,山中路,无人到。　　前度题红杳杳,溯宫沟、暗流空绕[7]。啼螀未歇,飞鸿欲过,此时怀抱[8]。乱影翻窗,碎声敲砌,愁人多少!望吾庐甚处?只应今夜,满庭谁扫[9]?

〔1〕本篇借咏落叶抒发亡国之恨。南宋祥兴二年(1279),辗转东南沿海的抵抗派为元军追击,战败于厓山(广东江门市新会区),陆秀夫负幼帝赵昺蹈海死,南宋灭亡。此词作于宋亡之后。陈廷焯《词则》眉批云:"笔意幽冷,寒芒刺骨,其有慨于厓山乎。"指出了全章意蕴。上阕侧重写景。起笔切题,由郊原景带出故国思。"萧萧""纷纷""秋""坠",刻画落叶。"渭水""洞庭""重厓",驰骋想象,补足"故国凄凉"。下阕侧重抒情。换头三句,用红叶故事暗示故宫凄冷,以下实写自我感受,又落脚到念家,回应望国。句句写落叶,在在浸透幽冷的家国之思。

〔2〕"萧萧"句:言落叶渐多。此"萧萧"指落叶。

〔3〕"纷纷"句:化用范仲淹《御街行》:"纷纷坠叶飘香砌"。

〔4〕"渭水"句:贾岛《忆江上吴处士》:"秋风吹渭水,落叶满长安。"

〔5〕"洞庭"句:《楚辞·湘夫人》:"洞庭波兮木叶下"。

〔6〕重厓:当指帝昺沉海的厓山。

〔7〕"前度题红"二句:暗示宫中空寂无人。据《云溪友议》载,唐时卢渥应试时偶临御沟,拾一红叶,上题一绝云:"流水何太急,深宫尽日闲。殷勤谢红叶,好去到人间。"后卢渥得一遣放宫女,正是题叶之人。

〔8〕"啼螀"三句:写眼前凄冷况味。螀,寒蝉。

〔9〕"望吾庐"三句:怅望故园遥远、冷落无人,当会满庭落叶堆积。白居易《长恨歌》:"落叶满阶红不扫。"

绮罗香

红　叶[1]

玉杵馀丹[2],金刀剩彩[3],重染吴江孤树[4]。几点朱铅,几度怨啼秋暮[5]。惊旧梦、绿鬟轻凋,诉新恨、绛唇微注[6]。最堪怜,同拂新霜,绣蓉一镜晚妆妒[7]。　　千林摇落渐少,何事西风老色,争妍如许[8]。二月残花,空误小车山路[9]。重认取、流水荒沟,怕犹有、寄情芳语[10]。但凄凉、秋苑斜阳,冷枝留醉舞[11]。

〔1〕红叶,指枫叶,枫树入秋树叶变成红色。此词融化前人诗词和有关掌故,且用拟人化手法,极写枫叶之美,寄托词人对美好事物的爱怜。起笔以仙人捣丹砂、春节剪红绡隐喻红叶形成,并化用前人诗句暗中点题。接写"朱铅""怨啼""绿鬟""绛唇",以佳人风姿拟枫叶之美。末又以"绣蓉"烘托。如果说上片刻画红叶之美,那么下片则就惜字着墨。先惜其争妍一时,次惜其徒然引人爱赏,再惜漂流荒沟,末以凄凉境况收拢。在惜红怜艳的情思中,蕴含着对美好事物消逝的深长忆念。

〔2〕"玉杵"句:仙人捣药玉棒下存留的丹砂,言其红色。玉杵,见《传奇·裴航传》。裴航过蓝桥,口渴,求浆于老妪,遇少女云英,欲娶为妻,妪提出条件,需得玉杵臼捣药若干天,方可许嫁。

〔3〕"金刀"句:谓如金刀剪裁彩绢而成,言其形。古代立春时有制作彩树风俗。北周宗懔《春日》诗:"剪彩作新梅。"欧阳修《蝶恋花》:"金刀剪裁成纤巧。"

〔4〕吴江孤树:指枫树。唐崔信明有"枫落吴江冷"诗句,名传一时,见

《新唐书·崔信明传》。

〔5〕"几点"二句:形容枫叶点染了红色,经历了几番秋雨。朱铅,指胭脂。

〔6〕"惊旧梦"二句:喻指饱经新愁旧恨,青枫开始凋谢,枫叶微现绛红。

〔7〕"同拂新霜"二句:谓枫叶与荷花同经秋霜,如镜的水面上锦绣般的荷花对娇艳的枫叶不免产生妒意。温庭筠《兰塘词》有"小姑归晚红妆浅,镜里芙蓉照水鲜"之句。蓉,芙蓉,荷花的别称。

〔8〕"千林"三句:意谓万木凋落,为何枫叶偏以深红色而如此争艳呢?

〔9〕"二月"二句:化用杜牧《山行》诗:"停车坐爱枫林晚,霜叶红于二月花。"意谓枫叶犹如二月之花,引人驱车观赏。

〔10〕"重认取"二句:化用唐宣宗时宫女《题红叶》诗:"流水何太急,深宫尽日闲。殷勤谢红叶,好去到人间。"意谓红叶凋落、漂流沟渠,要仔细辨认,看上面有无题诗。

〔11〕"冷枝"句:形容枫树在冷风中摆动。姜夔《法曲献仙音》词:"谁念我重见冷枫红舞。"

齐 天 乐

萤[1]

碧痕初化池塘草,荧荧野光相趁[2]。扇薄星流[3],盘明露滴[4],零落秋原飞燐[5]。练裳暗近[6]。记穿柳生凉,度荷分暝[7]。误我残编,翠囊空叹梦无准[8]。　　楼阴时过数点,倚阑人未睡,曾赋幽恨。汉苑飘苔,秦陵坠叶,千古凄凉不尽[9]。何人为省[10]?但隔水馀晖,傍林残影〔11〕。已觉萧疏,更堪秋夜永!

〔1〕词借咏秋萤寄伤时之慨、亡国之恨。起由秋萤生地,写到萤之闪光,次写流萤秋原飞跃,暗旁人衣;再由"记"字引入作者自我,写柳林荷塘所见萤飞;结以囊萤照读,梦想成虚。换头由倚阑见萤写到不眠赋恨,接下由恨字铺展,叹秦、汉旧迹,兴亡国之慨。"何人"呼唤思国逸民,"隔水""傍林"既指人又指萤,以萤写人,物我合一,末以凄凉夜景挽结。"感慨苍茫"(陈廷焯《词则》),寓意凄惋。

〔2〕"碧痕"二句:写秋萤初生和在郊野发光。萤于野塘草地产卵孵化。古人认为是腐草所化。《礼记·月令》:"季夏之月,腐草为萤。"

〔3〕"扇薄"句:轻薄的小扇扑不着流星似的萤虫。化用杜牧《秋夕》"轻罗小扇扑流萤"诗句。

〔4〕"盘明"句:以明盘滴露喻指飞萤点点。《汉武故事》载,武帝制承露盘,"上有仙人掌,擎玉盘以承云表之露"。

〔5〕"零落"句:形容原野萤虫点点好像燐火。飞燐,俗名鬼火。骆宾王《萤火赋》:"知战场之化燐。"

〔6〕"练裳"句:写萤虫飞近人衣。化用杜甫《萤火》"时能点客衣"、《见萤火》"帘疏巧入坐人衣"诗句。

〔7〕"记穿柳"二句:写记忆中萤虫的飞行意象。

〔8〕"误我"二句:言囊萤照读,徒然用功,可叹用世之好梦无凭。《晋书·车胤传》载,胤读书,"家贫不能得油,夏月则用练囊盛数十萤火以照书,以夜继日焉。"

〔9〕"汉苑"三句:言汉代苑囿飘浮青苔,秦朝陵墓飞坠落叶,亡国现象由来不断。刘禹锡《秋萤引》:"汉陵秦苑遥苍苍,陈根腐叶秋萤光。夜空寂寥金气净,千门九陌飞悠扬。"此处化用其意。

〔10〕何人为省:犹言何人痛心于此。

〔11〕"但隔水"二句:意谓唯有隔水闪光、傍林留影的秋萤。杜甫《萤火》诗有"随风隔幔小,带雨傍林微"之句。

齐 天 乐

蝉[1]

一襟馀恨宫魂断[2],年年翠阴庭树。乍咽凉柯,还移暗叶,重把离愁深诉[3]。西窗过雨。怪瑶佩流空,玉筝调柱[4]。镜暗妆残,为谁娇鬓尚如许[5]。　铜仙铅泪似洗,叹携盘去远,难贮零露[6]。病翼惊秋,枯形阅世,消得斜阳几度[7]。馀音更苦。甚独抱清高,顿成凄楚[8]。谩想薰风,柳丝千万缕[9]。

[1] 词借咏秋蝉寓托亡国穷途哀思。起笔以"宫魂"点题,谓蝉为妃魂幻化,长恨难消,年年攀树悲鸣,为全章笼罩悲剧氛围。接写蝉鸣寒枝暗叶间,"离愁深诉",以蝉拟人,借蝉写人。"瑶佩""玉筝"刻画雨后蝉声清脆宛转,声声不已。"秋蝉"来日无多,因以美人"妆残"相拟,以"为谁娇鬓"反结,与"怪"字呼应,不胜悯惜。"铜仙铅泪",既为衰世沧桑象征,又写秋蝉缺露,生活无托。承以"病翼""枯形",足见残年馀生,危苦憔悴。再加经受秋寒、阅历世变,情何以堪?故以岁月无几为问。以下写蝉声"更苦""凄楚",悲楚递进一层。收结忽作顿宕,向往畴昔。"漫想"二字,一笔将希望抹去,酸楚至极。通篇以人拟蝉,以蝉写人。刻画蝉声,精妙入微,艰厄凄苦,愈转愈深。秋蝉处境,正为逸民身世写照,词人哀吟,宛如寒蝉悲鸣。寒蝉与词人浑化为一。

[2] "一襟"句:谓蝉由宫中齐后孤魂幻化,长恨不销。马缟《中华古今注》:"昔齐后忿而死,尸变为蝉,登庭树嘒唳而鸣,王悔恨。故世名蝉为齐女焉。"

〔3〕"乍咽"三句:忽哽咽在寒枝,又移到繁叶浓密之处,声声倾诉离愁。

〔4〕"怪瑶佩"二句:形容蝉鸣如佩玉声在空中流动,如玉筝声回旋,宛转动听。使人惊怪。

〔5〕娇鬟:形容蝉翼娇嫩。崔豹《古今注》载,魏文帝时宫人"制蝉鬓,缥缈如蝉"。

〔6〕"铜仙"三句:意谓捧盘承露的金铜仙人洒泪远去,以饮露为生的秋蝉将何以维持。汉武帝铸手捧承露盘的金铜仙人于长安建章宫,魏明帝诏令拆迁,运往洛阳,仙人临行,潸然泪下。李贺《金铜仙人辞汉歌》有"空将汉月出宫门,忆君清泪如铅水"之句。

〔7〕"病翼"三句:残病的羽翼,禁不住秋霜的侵袭;枯槁的形骸,饱经人世沧桑,还能经得起几多岁月呢!

〔8〕"甚独抱"二句:谓正独抱清高操守,顿时化为凄楚的悲鸣。甚,正。

〔9〕"谩想"二句:徒然向往那夏风吹暖,绿柳摇曳的过去,然而这美好的岁月已经一去不复返了。

庆宫春

水仙花[1]

明玉擎金,纤罗飘带,为君起舞回雪[2]。柔影参差,幽芳零乱,翠围腰瘦一捻[3]。岁华相误,记前度湘皋怨别[4]。哀弦重听[5],都是凄凉,未须弹彻。　　国香到此谁怜[6]?烟冷沙昏,顿成愁绝。花恼难禁,酒销欲尽,门外冰澌初结[7]。试招仙魄,怕今夜瑶簪冻折[8]。携盘独出,空想咸阳,故宫落月[9]。

〔１〕 水仙花,有人认为是"花中之伯夷"(高似孙《水仙赋》序),即具有隐逸君子之清操。此词借咏花寄逸民情怀。南宋临安陷落时宫妃被俘北行,度宗妃王清惠途中曾作《满江红》词题于汴京夷山驿壁,凄楚动人。有人认为此词或感于此事而发。上片先写水仙花的形态美风姿柔。次写岁月误人,感别伤离,哀叹花之凋落。换头感叹国香悲苦遭遇,进而延伸到环境氛围凄冷,以下收结到独自寒夜为花招魂,思绪万千。以人写花,借花抒感,委婉曲折地吐露亡国之痛。

〔２〕 "明玉"三句:写水仙花白瓣黄心、长叶纷披、临风摆动,仿佛玉腕捧金盘、身披罗衫绸带的天仙美女在为你翩翩起舞。回雪,雪片回旋,张衡《观舞赋》:"裾似飞鸾,袖如回雪。"

〔３〕 "柔影"三句:形容花枝错落、花朵凋零、枝干犹如美女细腰清瘦。一捻,一束,一把。毛滂《粉蝶儿》:"楚腰一捻。"

〔４〕 "岁华"二句:言岁月误人,好景已逝,湘水滨怨别情事,在忆念中。湘皋怨别,传说舜帝二妃娥皇女英死后为湘水之神,湘水滨一向为怨别之地。

〔５〕 哀弦:李贺《帝子歌》:"九节菖蒲石上死,湘神弹琴迎帝子。"

〔６〕 国香:指水仙花。黄庭坚《王充道送水仙》诗:"可惜国香天不管,随缘流落野人家。"

〔７〕 "花恼"三句:谓对花添愁、饮酒不止,门外一派冰冷。黄庭坚《水仙》诗:"坐对真成被花恼。"

〔８〕 "试招"二句:谓拟为水仙招魂,仙花将被冻折。瑶簪,喻指水仙花。《群芳谱》:"水仙花大如簪头。"

〔９〕 "携盘"三句:化用李贺《金铜仙人辞汉歌》"携盘独出月荒凉"诗句,借抒思念故国之情。咸阳,指长安,代指宋都汴京。

扫 花 游

秋 声[1]

商飙乍发,渐浙浙初闻,萧萧还住[2]。顿惊倦旅,背青灯吊影,起吟愁赋[3]。断续无凭,试立荒庭听取。在何许?但落叶满阶,惟有高树[4]。 迢递归梦阻。正老耳难禁,病怀凄楚。故山院宇,想边鸿孤唳,砌蛩私语[5]。数点相和,更着芭蕉细雨[6]。避无处。这闲愁,夜深尤苦。

〔1〕 此词咏秋声,感发羁旅之苦,抒写了词人身世漂流、故乡阻隔的戚怆悲愁。仿佛是一篇凄凉的秋声赋。起笔描写秋风,"顿惊"以下引发一己旅愁,进而从自我视听和感受多角度描绘秋声。下片从"倦旅"生发,想象故乡鸿唳、蛩鸣、细雨淅沥,末以愁情无边、夜深尤甚收结,处处扣合秋声,层层深化愁情,倾尽词人凄苦思绪。

〔2〕 "商飙"三句:写秋风乍起的声响。欧阳修《秋声赋》形容秋风"初淅沥以萧飒,忽奔腾而砰湃",这几句由此化来。商飙,秋风。古以五音和方位配春、夏、秋、冬四时,商声主西方属秋季,故曰商飙。

〔3〕 "顿惊"三句:写羁旅倦息中为秋风惊动,无限孤独愁苦。吊影,对着身影自我怜惜。吟愁赋,吟咏愁怀。姜夔《齐天乐》词:"庾郎先自吟愁赋。"

〔4〕 "在何许"三句:谓风在哪儿?只见高树挺立落叶满地。白居易《长恨歌》:"落叶满阶红不扫。"

〔5〕 砌蛩私语:形容阶下寒蛩鸣叫声。蛩,蟋蟀。

〔6〕 "数点"二句:形容雨洒芭蕉与秋风相和。欧阳修《生查子》词:"深

院锁黄昏,阵阵芭蕉雨。"

醉 蓬 莱

归 故 山[1]

扫西风门径,黄叶凋零,白云萧散[2]。柳换枯阴,赋归来何晚[3]!爽气霏霏,翠娥眉妩,聊慰登临眼[4]。故国如尘,故人如梦,登高还懒。　　数点寒英,为谁零落,楚魂难招,暮寒堪揽[5]。步屟荒篱,谁念幽芳远[6]。一室秋灯,一庭秋雨,更一声秋雁。试引芳樽,不知消得几多依黯[7]。

〔1〕作者于元世祖至元十七年(1280)至至元二十一年(1284),曾任庆元路学正,此词当为解职后归返故里绍兴隐居时作。开端写深秋归山,赋闲悔晚。但气清山翠,聊足悦目,然世移人非,无心游赏。上片写物换星移,归来落寞。下片承上意脉,写生活寂寞及勉为排解情景。落英稀疏,无人共采,闲步荒篱,独赏幽花。孤灯、秋雨、雁鸣,连用三个"一"字,写尽氛围的一派凄冷。只可引樽自酌,打发黯淡岁月。笔墨清疏,意象空灵,情韵凄冷,思绪抑扬顿宕,伤时怀旧之思,绵绵不尽。

〔2〕"扫西风"三句:写深秋归来,西风扫落叶,门庭清净,天际白云舒卷。

〔3〕"柳换"二句:陶潜隐居宅第植柳,撰《五柳先生传》。这里说词人归来,园柳已枯,含悔恨归来过晚之意。

〔4〕"爽气"三句:谓家山爽气纷扬,远山如眉黛,聊足自慰。《世说新语·简傲》载王子猷语:"西山朝来,致有爽气。"

〔5〕"数点"四句:屈原《离骚》有"餐秋菊之落英"句。这里意谓屈原难以复生,秋日寒菊为谁零落,只有晚寒袭人。

〔6〕"步屟"二句:谓独自荒篱散步,寻赏幽独野花,不觉行行已远。

〔7〕"试引"二句:谓只好以独酌饮酒消磨寥落黯淡的时光。依黯,是"依依"和"黯黯"的结合和简缩,表达复杂、隐微的情感意绪。

醴陵士人

生平及姓名均不详,仅存词一首,见于《花草粹编》卷七。

一剪梅[1]

宰相巍巍坐庙堂,说着经量,便要经量[2]。那个臣僚上一章,头说经量,尾说经量[3]。　　轻狂太守在吾邦,闻说经量,星夜经量[4]。山东河北久抛荒[5],好去经量,胡不经量?

[1] 此词原有题云:"咸淳甲子又复经量湖南。"按,甲子年应为理宗景定五年(1264),次年乙丑为度宗咸淳元年。据《续资治通鉴》卷一百七十七载,景定五年九月,"贾似道请行经界推排法于诸路,由是江南之地尺寸皆有税,而民力益竭。"经界推排法,即丈量土地、重定税额的措施。当时贾似道当权,南宋统治集团不思收复北方领土,却加紧地盘剥南方人民,上下层官僚一味附和媚上,加重了人民的负担。醴陵士人这首词,就是针对现实对封建官僚集团进行了辛辣的嘲讽。全章以直白锐利的笔触,描摹宰相独断专横、臣僚一味附和、太守媚上迎合的情况。末尾发一反问,犹如利剑出鞘,直刺南宋小朝廷的要害。篇中"经量"一辞,叠用八次,修辞手法独特,嘲讽意味浓烈,堪称为一篇风调别致的政治讽刺词。

[2] "宰相"三句:形容贾似道高高在上、独断专行。贾似道,字师宪,宋理宗时的宰相,权倾中外,威福肆行。当时太学生萧规、叶李等即曾上书弹劾,受到打击报复。(见《宋史》本传)

〔3〕"那个"三句:写臣僚议政随声附和。

〔4〕"轻狂"三句:写太守迎合上司,昼夜贯彻贾似道的损民措施。吾邦,指湖南醴陵县所隶属的潭州(今长沙)。

〔5〕"山东"句:言北方广大地区陷入敌手、良田荒芜。

徐君宝妻

徐君宝妻,岳州(今湖南岳阳)人,是被元军虏掠而能矢志殉节的一位刚烈女性。《辍耕录》卷三云:"岳州徐君宝妻某氏,亦同时被虏来杭,居韩蕲王府。自岳至杭,相从数千里,其主者数欲犯之,而终以巧计脱。盖某氏有令姿,主者弗忍杀之也。一日,主者怒甚,将即强焉。因告曰:'俟妾祭谢先夫,然后乃为君妇不迟也,君奚用怒哉!'主者喜诺。即严妆焚香,再拜默祝,南向饮泣,题《满庭芳》词一阕于壁上已,投大池中以死。"

满 庭 芳[1]

汉上繁华,江南人物,尚遗宣政风流[2]。绿窗朱户,十里烂银钩[3]。一旦刀兵齐举,旌旗拥、百万貔貅[4]。长驱入,歌楼舞榭,风卷落花愁。　　清平三百载,典章人物,扫地俱休[5]。幸此身未北,犹客南州[6]。破鉴徐郎何在?空惆怅、相见无由[7]。从今后,断魂千里,夜夜岳阳楼[8]。

〔1〕本篇为作者殉国死节前所写的一首绝命词。开篇从江南故乡繁华和前朝风流遗韵着笔,时空兼及,眼界宏阔。"绿窗""银钩"承"繁华"三字略事渲染,当年承平气象宛然在目。"一旦"以下数句笔锋陡转,谷陵变幻,以"风卷落花"概括繁华毁灭,情哀辞丽,出语不凡。换头宕开,一笔扫掉有宋三百年历史行程,继而由国到家,由时代劫难写到个人悲剧。"身未北"心系故国,正气

凛然。"破鉴徐郎"命运相似，姓氏相同，用典精切。末从容诀别，以魂归故土、心向夫君自誓。殉国殉情，万劫不渝，浩气干云，字字血泪。千古杰构，以生命谱成，足以感天动地。

〔2〕"汉上"三句：谓江汉流域、江南一带，物华人杰，保留着政和、宣和年间的风流馀韵。汉上，汉水至长江一带。宣政，指宣和、政和，都是宋徽宗的年号。

〔3〕"绿窗"二句：谓岳州一带十里长街，绿窗朱户，帘钩银光灿烂。

〔4〕"一旦"二句：写元军大举入侵，敌人势如洪水猛兽。貔貅，猛兽名，代指入侵军队。

〔5〕"清平"三句：谓赵宋三百年承平，创造出典章制度，产生各路人才，均扫地以尽。

〔6〕"幸此身"二句：幸好自身未被掳往北地，尚得留在故都杭州。

〔7〕"破鉴"二句：谓与丈夫离散，再无破镜重圆之日。破鉴，用南朝徐德言与其妻乐昌公主故事。陈朝将亡，徐德言与妻破镜各执一半，作为信物，以求乱后相寻团圆。事见《本事诗》。

〔8〕"从今后"三句：自誓死后精魂渡越千里，飞回岳阳故乡，夜夜与丈夫相随。

唐珏

唐珏(1247—?),字玉潜,号菊山,越州(今浙江绍兴)人。至元间,与林景熙同为采药之行,潜瘗南宋帝后诸陵遗骨。谢翱作《冬青引》纪其事。唐珏存词四首,见于《乐府补题》。

水 龙 吟

浮翠山房拟赋白莲[1]

淡妆人更婵娟,晚奁净洗铅华腻[2]。泠泠月色,萧萧风度,娇红敛避。太液池空,霓裳舞倦,不堪重记[3]。叹冰魂犹在[4],翠舆难驻[5],玉簪为谁轻坠[6]。　　别有凌空一叶,泛清寒、素波千里[7]。珠房泪湿,明珰恨远,旧游梦里[8]。羽扇生秋,琼楼不夜,尚遗仙意[9]。奈香云易散,绡衣半脱,露凉如水[10]。

〔1〕此词是咏白色荷花的一篇佳作。全章用拟人手法,把白莲当成淡妆美女来描写。上片起写姿容淡雅、风度清凉,使娇红避席。次以唐代太液芙蓉烘染其丽姿动人。再叹其好境难驻,品格独存。下片承上写白莲凋落情状。先写莲叶冒寒,再写莲子陨落,"仙意"呼应"冰魂",见其精神不灭。末以花谢香消、境界凄凉收结。词写白莲,全篇不露"白莲"字面,然句句紧切白莲,下字如"淡""泠""冰""寒""素"等,无不与白莲关联,含凄凉风致。盖晚宋逸民咏物

词大都托物寄情,尤其《乐府补题》中咏物诸篇,学界考证,多与元军发帝陵、逸民收散骸有关。即不必篇篇坐实其事,亦可从悲惋琼花素叶的字里间,体味到念旧悼亡麦秀黍离之思。

〔2〕"晚奁"句:谓晚妆更趋雅淡。铅华,搽脸的粉。曹植《洛神赋》:"芳泽无加,铅华不御。"

〔3〕"太液"三句:谓当年白莲最辉煌的一幕已成烟云。《天宝遗事》载,唐时太液池千叶白莲盛开,唐明皇与善跳"霓裳羽衣舞"的杨贵妃曾快意共赏。

〔4〕冰魂:指白莲纯洁的精魂。

〔5〕翠舆:精美的车驾,代指枝叶纷披的白莲。

〔6〕玉簪:白玉的发簪,代指莲花。

〔7〕"别有"二句:写凋落的荷叶漂浮于清寒的水波之上。

〔8〕"珠房"三句:写莲蓬萎落,昔日繁荣已成梦寐。珠房,指莲蓬,因其实如珠,故云。明珰,妇女的玉制耳饰,代指莲子。

〔9〕"羽扇"三句:写入秋气爽,月宫皎洁,仙意尚留。

〔10〕"奈香云"三句:感叹秋气肃杀,夜境凄冷。绡衣,绸织衣衫。

蒋捷

蒋捷,字胜欲,阳羡(今江苏宜兴)人。度宗咸淳十年(1274)进士,宋亡后遁迹山林不仕,自号竹山。有《竹山词》,多写乱世苦况,黍离忧思,洗练缜密,语多创获。存词九十馀首。

贺新郎

秋　晓[1]

渺渺啼鸦了。亘鱼天,寒生峭屿,五湖秋晓[2]。竹几一灯人做梦,嘶马谁行古道。起搔首、窥星多少。月有微黄篱无影,挂牵牛数朵青花小[3]。秋太淡,添红枣。　　愁恨倚赖西风扫。被西风、翻催鬓鬓[4],与秋俱老。旧院隔霜帘不卷,金粉屏边醉倒。计无此、中年怀抱[5]。万里江南吹箫恨,恨参差白雁横天杪[6]。烟未敛,楚山杳[7]。

〔1〕此词当为南宋亡后,作者流寓苏州,秋晓感怀而作。起写初醒感受,兼点时地。"嘶马"乃耳闻所引起的想象。"起搔首"以下写起床步出院庭所见,由天空到地面,一派凄清况味。换头勾起愁恨,下片就愁怀着墨。西风吹不走愁恨,偏要促成鬓衰人老。"旧院"三句抚今追昔,向往当年豪纵潇洒。"万里江南"以下折转到当今沦落各地的现实处境,末以迷茫远景收结,扣合秋晓词题。上片侧重写景,景中含情,下片侧重抒情,以情带景,字里行间浸染着失

国逸民的凄迷情悰。

〔２〕"渺渺"四句：描述晓鸦声稀、远天泛白、寒气袭人的秋晓景象。亘鱼天，指天边泛起鱼肚白色。峭屿，陡峭的山岛。五湖，指太湖，在江苏南部。

〔３〕"月有"二句：写月色浅淡，篱笆照不见影，只挂着数朵牵牛花。牵牛，花名，夏秋季开花，多呈蓝青色或白色。

〔４〕鬒鬒：犹言鬒发。鬒（zhěn 诊），黑发。《诗经·鄘风·君子偕老》："鬒发如云。"

〔５〕"旧院"三句：回想往日在旧宅中霜天垂帘，痛饮美酒，醉倒锦屏边，想象那时襟怀何等潇洒。中年怀抱，指人到中年，时有沉重感受和感伤心绪。《世说新语·言语》载："谢太傅语王右军曰：'中年伤于哀乐，与亲友别，辄作数日恶。'"

〔６〕"万里"二句：意谓目前为流落江南潦倒谋生的愁苦所困扰，满含愁苦的眼神凝望着天边列队南归的白雁。吹箫恨，《史记·范雎列传》载，伍子胥由楚逃往吴国："鼓腹吹箫，乞食于吴市。"此处用此事典。横天杪（miǎo 秒），横亘天边。

〔７〕楚山杳：谓远山迷茫。苏州一带，古属楚地，故曰楚山。

贺　新　郎[1]

梦冷黄金屋。叹秦筝、斜鸿阵里，素弦尘扑[2]。化作娇莺飞归去，犹认纱窗旧绿[3]。正过雨、荆桃如菽[4]。此恨难平君知否，似琼台、涌起弹棋局[5]。消瘦影，嫌明烛[6]。

鸳楼碎泻东西玉，问芳踪、何时再展，翠钗难卜[7]。待把宫眉横云样，描上生绡画幅，怕不是新来妆束[8]。彩扇红牙今都在，恨无人、解听开元曲[9]。空掩袖，倚寒竹[10]。

〔１〕本篇用香草美人比兴手法摅写亡国遗恨,全章以美人自拟。"黄金屋"隐喻往日繁华。佳人梦萦神往,倍觉凄冷。素弦蒙尘,无心弹奏。神魂幻化为娇莺,依然谙熟旧时绿窗。无奈冷雨潇潇,樱桃如豆大,满目荒凉,怅触幽恨。"弹棋局"补足幽恨内容,感伤兴亡不定。瘦影怕烛,足见愁思凝重,无限顾影自伤之意。换头宕开,喻指往日美好踪影无从展现,前程难卜。旧日的妆束打扮已不合时宜,当年旧曲,再无人赏识。唯有独守孤寒、自持晚节而已。辞丽情哀,隐曲深微。失落、孤寂、伤亡国、思旧景,无限复杂情绪,全借失时佳人写出,耐人寻绎。

〔２〕"梦冷"三句:写一高贵佳人梦绕魂牵的华贵楼阁冷落清寂,素弦上蒙满灰尘。秦筝,古弦乐器,弦柱斜列犹如飞雁成行。

〔３〕"化作"二句:言美人化作娇莺飞归故宫,还熟悉旧时的环境。

〔４〕"正过雨"句:谓冷雨潇潇,樱桃长得如豆大,满目荒凉。荆桃,即樱桃。见《尔雅·释木》郭璞注。

〔５〕"此恨"二句:谓心中幽恨难平,人世兴亡犹如下棋,变幻无常。琼台,指玉制棋盘。

〔６〕"消瘦影"二句:谓骨瘦形消,不愿在烛光下照见身影。

〔７〕"鸳楼"三句:谓鸳鸯楼上杯碎酒倾,亲旧云飞星散,芳踪何时再现,无法预卜。东西玉,酒杯名。杨万里《送叶叔羽寺丞持节淮东》诗,"呼酒东西玉,探梅南北枝。"

〔８〕"待把"三句:谓要把那妩媚容颜画到锦绢画幅之上,恐怕也不是时兴的打扮吧。

〔９〕"彩扇"二句:谓旧时彩扇俱在、牙板犹存,只是没有人懂得聆听当年的旧曲了。开元曲,盛唐开元年间流行的乐曲。

〔10〕"空掩袖"二句:化用杜甫《佳人》中"天寒翠袖薄,日暮倚修竹"诗句,表达佳人孤寒自守,持节不渝之意。

贺 新 郎

兵 后 寓 吴[1]

深阁帘垂绣,记家人、软语灯边、笑涡红透。万叠城头哀怨角,吹落霜花满袖。影厮伴、东奔西走[2]。望断乡关知何处,羡寒鸦、到着黄昏后。一点点,归杨柳。　　相看只有山如旧。叹浮云、本是无心,也成苍狗[3]。明日枯荷包冷饭,又过前头小阜[4]。趁未发、且尝村酒。醉探枵囊毛锥在,问邻翁、要写牛经否[5]。翁不应,但摇手。

〔1〕 词为德祐事变中作者流亡生活的纪实。起笔写乱前家庭生活的安乐温馨,深阁绣帘内,燃灯夜话,柔声笑语,写出天伦乐趣。"万叠"二句气氛陡转,悲角声声,兵祸来临;霜花满袖,连夜逃亡,形影相吊,家人离散。以寒鸦归栖杨柳,反衬难民无家可归,词人离乡背井的潦倒情况,可以想见。换头总括一笔,感叹世事变化急遽。以下再写流亡生涯,将"东奔西走"具体化。"枯荷包冷饭",情景愈平常,愈自然,愈真切。末写谋生救急,欲替人抄书,但无人接纳,困苦至极。以词反映离乱生活,善以日常意象、典型细节,写非常经历,出语自然,情景真切,贴近生活。足称离乱生活的典型实录,在词中殊为难得。兵后寓吴:指德祐二年(1276)元军占领蒋捷家乡宜兴、常州等地,词人孤身逃难、流寓吴门(今苏州)。

〔2〕 "影厮伴"句:写孤身逃难,只有身影相伴。

〔3〕 "叹浮云"二句:感叹世道变化巨大和迅速。陶潜《归去来分辞》:"云无心以出岫。"杜甫《可叹》诗:"天上浮云如白衣,斯须改变如苍狗。"

〔4〕 小阜:小土丘。

〔5〕 "醉探"二句:酒后探手空囊中,幸有一支毛笔,想替邻翁抄写《牛经》,换点报酬。毛锥,毛笔。牛经,关于养牛知识的书。

女 冠 子

元 夕〔1〕

蕙花香也〔2〕。雪晴池馆如画。春风飞到,宝钗楼上,一片笙箫,琉璃光射〔3〕。而今灯漫挂。不是暗尘明月,那时元夜〔4〕。况年来,心懒意怯,羞与蛾儿争耍〔5〕。　　江城人悄初更打〔6〕。问繁华谁解,再向天公借。剔残红烛〔7〕。但梦里隐隐,钿车罗帕〔8〕。吴笺银粉砑〔9〕。待把旧家风景,写成闲话。笑绿鬟邻女,倚窗犹唱,夕阳西下〔10〕。

〔1〕 本篇是宋亡之后蒋捷于元宵佳节忆念抒怀之作。起首六句追忆往年元宵节的景象迷人。花香、雪晴、风暖、笙箫充耳、彩灯夺目,光景如画。"而今"以下写当今元夕的冷清暗淡,并进一步表达人们的心灰意懒、无心戏耍。下片承上,继续铺叙都城的清寂,指明往日繁华无复再现,只有向梦中重温。末以吴笺记旧家风景,邻女唱往日曲词收煞,忆旧情悰,绵绵不绝。全篇以抚今追昔、今昔对比、虚实交错的手法,倾诉了作者每逢佳节倍忆昔的凄楚情怀。

〔2〕 蕙花:蕙兰,春季开花,有香味。

〔3〕 "春风"四句:写春光到来歌楼舞台乐器齐鸣,彩灯耀眼。宝钗楼,泛指华贵的酒楼。琉璃,指元宵的彩灯。《武林旧事》载,"禁中尝令作琉璃灯山,其高五丈,人物皆用机关活动"。

〔4〕"而今"三句:言而今随便挂几盏灯,不能与往年的元宵节相比拟。暗尘明月,暗用苏味道《上元》"暗尘随马去,明月逐人来"诗意。

〔5〕"羞与"句:言懒得观灯戏耍。蛾儿,元宵花灯的一种。陈元靓《岁时广记》十一引《岁时杂记》:"都城仕女有插戴灯毬灯笼……又卖玉梅、雪梅、雪柳、菩提叶及蛾蜂儿等,皆缯楮为之。"

〔6〕江城:指南宋都城临安。

〔7〕红炧(xiè谢):红烛。炧,亦作炮,指残烛。

〔8〕"但梦里"二句:只有梦中闪现繁华景观。周邦彦《解语花》写上元佳节,有云:"钿车罗帕,相逢处,自有暗尘随马。"钿车,金饰华美车子。罗帕,佩带的香罗手帕。

〔9〕"吴笺"句:指吴地出产的碾压上银粉的光洁纸笺。

〔10〕夕阳西下:范周《宝鼎现》词描写元夕繁华景象,其首句为"夕阳西下"。

声　声　慢

秋　　声[1]

黄花深巷,红叶低窗,凄凉一片秋声。豆雨声来[2],中间夹带风声。疏疏二十五点,丽谯门、不锁更声[3]。故人远、问谁摇玉佩,檐底铃声。　　彩角声吹月堕,渐连营马动,四起笳声。闪烁邻灯,灯前尚有砧声[4]。知他诉愁到晓,碎哝哝多少蛩声[5]!诉未了,把一半、分与雁声。

〔1〕此词专赋秋声。开端点明题面并听者时、地、环境,且以"凄凉"二字

笼罩全章。以下写秋雨秋风声、更鼓声、檐铃声、画角声、胡笳声、砧杵声、蟋蟀声、夜雁声等。通过不同的声响,渲染凄凉况味,传达词人感秋、愁夜、怀人、感伤兵灾、悯惜农家的复杂情思,末以愁蛩、夜雁诉苦收结。"连营马动,四起笳声",充满离乱之感,隐含江山易主之悲。以排比结构铺陈描绘,以独木桥体全章统用一"声"字韵脚,形式上亦颇为别致。

〔2〕豆雨:八月豆子开花时雨,称"豆花雨"。

〔3〕"疏疏"二句:谓鼓楼把一夜二十五点更鼓声传得很远。旧时一夜分为五更,一更分为五点,故称二十五点。丽谯,城上的更鼓楼。

〔4〕砧声:捣衣石声。杜甫《捣衣》:"秋至拭清砧。"

〔5〕"碎哝哝"句:形容蛩声唧唧。哝哝,犹唧唧。蛩(qióng穷),蟋蟀。

梅 花 引

荆 溪 阻 雪[1]

白鸥问我泊孤舟,是身留,是心留[2]?心若留时,何事锁眉头[3]?风拍小帘灯晕舞[4],对闲影,冷清清,忆旧游。

旧游旧游今在否?花外楼,柳下舟[5]。梦也梦也,梦不到,寒水空流。漠漠黄云,湿透木棉裘[6]。都道无人愁似我,今夜雪,有梅花,似我愁。

〔1〕荆溪是江苏宜兴的一条溪水,下游流入太湖。此词是蒋捷舟行家乡荆溪为冰雪所阻,孤身停泊荒郊时所作。一层虚拟与白鸥对话,表现阻雪滞留出于无奈并带出愁情;二层写舟中挑灯吊影,冷清中触发忆念旧游襟绪;三层写旧游潇洒开心,可惜烟消云散,梦魂难觅;四层写当下阴沉凄冷,自身愁苦凝重,

只有面对雪里寒梅,引为同调。全篇以爽畅的语言、流动自然的笔调,抒发了身为逸民的词人旧境难觅的凄苦和孤高自赏的落寞。

〔2〕"是身留"二句:意谓是身不由己被迫滞留,还是出于游兴乐意停留。

〔3〕锁眉头:眉头紧锁,形容内心愁苦。

〔4〕"风拍"句:风吹动船帘,昏黄的灯光不停地跳动。

〔5〕"花外楼"二句:往年坐落于鲜花丛中的阁楼,穿行于柳阴下的画舟,不免浮现于脑际。

〔6〕"漠漠"二句:言密布的阴云、袭人的潮气,湿透了身上的棉衣。

一 剪 梅

舟 过 吴 江[1]

一片春愁待酒浇。江上舟摇,楼上帘招。秋娘渡与泰娘桥[2]。风又飘飘,雨又萧萧。　　何日归家洗客袍。银字笙调,心字香烧[3]。流光容易把人抛,红了樱桃,绿了芭蕉。

〔1〕吴江,指江苏南部的吴江区,西滨太湖。此词写作者乘船漂流途中倦游思归心情。上片以白描笔法写途中景。起笔"春愁"兼点时序和心情,接写江中舟、岸上楼、当地名胜、风雨天象,突现"舟过吴江"景观。下片直抒情怀以情带景。洗征袍、调银笙、燃心香,想象归家后的生活温馨。收拍感叹时光流逝,以植物色彩变化显示岁月奔驰,手法别致。逐句叶韵,声调悠扬。

〔2〕"秋娘渡"句:秋娘渡、泰娘桥,作者旅船所经行的景点,以唐代著名歌女命名,均在吴江。

〔3〕"银字"二句:调奏银饰的笙箫,点燃心字形的薰香。

虞 美 人

听 雨[1]

少年听雨歌楼上,红烛昏罗帐。壮年听雨客舟中,江阔云低断雁叫西风[2]。　　而今听雨僧庐下,鬓已星星也[3]。悲欢离合总无情,一任阶前点滴到天明。

〔1〕本篇写词人晚年在凄雨淅沥的不眠之夜,回忆少年、壮年、老年三个时期的经历、遭遇和心情。少年听雨歌楼,灯红帐暖;壮年听雨客舟,孤雁哀鸣;老年听雨僧舍,一生悲欢汇聚心头,彻夜不寐。蒋捷生当宋元易代之际,早年于度宗朝高中进士,不久即逃避战乱东奔西走,晚年更遁迹山林潦倒凄苦。小词以简短篇幅,截取不同阶段的听雨画面,反映了他饱尝忧患的经历和人生道路的坎坷,寄寓了品味不尽的沧桑之感、身世之愁。跨度大、内涵广、概括力强,是本篇的显著特色。

〔2〕断雁:失群孤单的大雁。

〔3〕星星:形容衰鬓花白。左思《白发赋》:"星星白发,生于鬓垂。"

贺 新 郎

乡士以狂得罪,赋此饯行[1]

甚矣君狂矣。想胸中、些儿磊魄,酒浇不去[2]。据我看来何所似,一似韩家五鬼[3]。又一似、杨家风子[4]。怪鸟啾啾鸣未了,被天公、捉在樊笼里。这一错,铁难铸。　　濯溪雨涨荆溪水[5]。送君归、斩蛟桥外[6],水光清处。世上恨无楼百尺,装着许多俊气[7]。做弄得、栖栖如此[8]。临别赠言朋友事,有殷勤、六字君听取:节饮食,慎言语。

〔1〕蒋捷的同乡士人刚直豪放,敢于向腐朽的南宋统治集团慷慨陈辞、针砭时弊,因此得罪,被放逐出临安。本篇系为这位友人饯行而作。上阕写其人性格狂直,不满时政,积愤难销,言行怪诞,因此不为当政所容,受到无端迫害。下阕点明其人归去之地,抒写自我同情之怀,并临别赠言,表示安慰衷情。全章以狂放不羁的手法,写狂放不羁的人物,寓激愤痛惜于戏谑调侃之中,风调很为特殊。

〔2〕"想胸中"二句:想来他胸中的积愤用酒也消解不去。《世说新语·任诞》篇:"阮籍胸中垒块,故须酒浇之。"

〔3〕韩家五鬼:指韩愈《送穷文》中的"五鬼":即"智穷"(恶圆喜方)、"学穷"(摘抉杳微)、"文穷"(怪怪奇奇,不可时施)、"命穷"(利居众后,责在人先)、"交穷"(吐出心肝,企足以待)。又称"五穷",喻指境遇不顺利。

〔4〕杨家风子:指五代杨凝式,其行为纵诞,有"风子"之号。

〔5〕"濯溪"句:指行人所去之地。濯溪,荆溪的支流,均为宜兴境内的水名。

〔6〕斩蛟桥:在城南荆溪之上,相传为古代周处斩蛟为民除害之地。

〔7〕"世上"二句:感叹当时政界没有容纳人才的气度,使英俊之士无地容身。

〔8〕"做弄得"句:造成有志之士栖遑不安。栖栖,奔波不安貌。

霜天晓角[1]

人影窗纱,是谁来折花?折则从他折去,知折去、向谁家?

檐牙,枝最佳[2]。折时高折些。说与折花人道:须插向、鬓边斜。

〔1〕这首小令纯用通俗口语和白描手法,写出一段日常生活小景,反映了一位闺阁女性的宽厚、善良和爱美,风调轻灵活泼。

〔2〕"檐牙"二句:谓靠近屋檐的枝条上的花朵最好。檐牙,屋檐边的建筑装饰。

陈德武

陈德武,三山(今福建福州市)人,生平不详。有《白雪遗音》,存词六十馀首。

水龙吟

西湖怀古[1]

东南第一名州,西湖自古多佳丽[2]。临堤台榭,画船楼阁,游人歌吹。十里荷花,三秋桂子[3],四山晴翠。使百年南渡,一时豪杰,都忘却、平生志[4]。　　可惜天旋时异[5],藉何人、雪当年耻。登临形胜,感伤今古,发挥英气。力士推山,天吴移水,作农桑地[6]。借钱塘潮汐,为君洗尽,岳将军泪[7]。

〔1〕此词为作者于南宋覆灭后徘徊西湖、感喟时事、抚今追昔、悼惜亡国而作。前阕追怀南宋西湖繁华、歌舞兴盛、山水秀美,叹息南渡君臣沉溺宴安,忘却抗敌兴国之志。后阕怅惋谷陵巨变、无人雪耻,拍合到题旨,而后突发奇想,希望借助神力天相陡转乾坤,洗雪国耻、告慰英灵。词由忆昔到伤今,以虚拟的幻景,填补现实的遗恨,寄寓了爱国臣民怀思故国的苍凉心绪。

〔2〕"东南"二句:总括杭州在当年的地位和繁华景象。

〔3〕"十里"二句:移用柳永《望海潮》(东南形胜)词中句。

〔4〕"使百年"三句:意谓宋室南渡百年来多朝君臣沉湎于宴乐,泯没了复国之志。自宋室南渡到临安沦陷凡一百五十年,此举其成数。

〔5〕 天旋时异:犹言天翻地覆。

〔6〕 "力士"三句:犹言移山填海,把西湖变成有利于民的耕桑之地。力士、天吴,神话中的人物。《蜀王本纪》:"天为蜀生五丁力士,能徙山。"《山海经·海外东经》:"朝阳之谷,神曰天吴,是为水伯。"

〔7〕 "借钱塘"三句:意谓借钱塘江潮水洗刷掉国耻遗恨。岳将军,指岳飞。岳飞精忠报国,惨遭迫害,成为千古冤案。

张炎

张炎(1248—约1320),字叔夏,号玉田,又号乐笑翁。先世陕西凤翔人,后移家临安。南宋大将张俊是其六世祖。张炎生于理宗淳祐八年(1248),宋亡时三十二岁,入元后,经历四十年左右的漂泊生涯,曾到过大都,后郁郁南归,因人作客,落拓漫游。与王沂孙、周密、仇远等有唱酬。约死于元仁宗延祐七年(1320)。他精通音律,著有《词源》,专论词乐词艺。所作词激楚苍凉,多寓身世之感、麦秀之思。有《山中白云词》,存词三百馀首。

高 阳 台

西 湖 春 感[1]

接叶巢莺,平波卷絮,断桥斜日归船[2]。能几番游?看花又是明年。东风且伴蔷薇住,到蔷薇、春已堪怜[3]。更凄然,万绿西泠[4],一抹荒烟。　　当年燕子知何处,但苔深韦曲,草暗斜川[5]。见说新愁,如今也到鸥边[6]。无心再续笙歌梦,掩重门、浅醉闲眠。莫开帘,怕见花飞,怕听啼鹃。

〔1〕 本篇为南宋亡国后词人重游西湖感怀而作。开端写西湖晚景,莺、

絮、日、船,物物暗藏晚春气氛。紧接以发问点明花事已晚。呼唤东风伴蔷薇,无奈蔷薇花开,春日将尽,故曰"可怜"。末写西泠荒凉,笔墨如画。过片承上意脉,以问句振起。梁燕改投门户,繁华地、人文景,一派凄冷。白鸥也愁,人何以堪,翻进一层,转写自我襟绪。飞花、啼鹃,发人哀思,着两"怕"字,写尽江山易主、人事全非、目不忍睹、耳不忍闻之痛。全章清虚骚雅,融情入景,赋物以情,极凄怆缠绵之致。

〔2〕"接叶"三句:谓在密集的叶丛中黄莺筑巢,在平缓的湖水上飘卷飞絮,断桥间太阳斜照归船离去。杜甫《陪郑广文游何将军山林》诗"卑枝低结子,接叶暗巢莺",为"接叶"句所本。断桥,在孤山侧面,地处里湖外湖之间,为西湖著名景点。

〔3〕"东风"二句:呼唤东风陪伴蔷薇,但蔷薇花开,春事将尽,故曰"堪怜"。

〔4〕万绿西泠:谓西泠桥间绿叶触目。西泠(灵)桥,在孤山下,原为南宋繁华热闹游人填塞之地。

〔5〕"当年"三句:暗用刘禹锡"旧时王谢堂前燕"(《乌衣巷》)诗意。借古代韦曲、斜川旧地,抒今昔盛衰之感。韦曲,在长安城南,为唐代望族韦氏世代居住之地。斜川,在江西星子县,为历代文人雅集盛地,陶潜写过《游斜川》诗。

〔6〕"见说"二句:谓悠闲如白鸥也为新愁萦绕。辛弃疾《菩萨蛮》:"拍手笑沙鸥,一身都是愁。"

壶 中 天

夜渡古黄河,与沈尧道、曾子敬同赋[1]

扬舲万里,笑当年底事,中分南北[2]。须信平生无梦到,却向而今游历^[3]。老柳官河,斜阳古道,风定波犹直^[4]。野人惊问,泛槎何处狂客^[5]？　　迎面落叶萧萧,水流沙共远,都无行迹^[6]。衰草凄迷秋更绿,唯有闲鸥独立。浪挟天浮,山邀云去,银浦横空碧^[7]。扣舷歌断,海蟾飞上孤白^[8]。

〔1〕据《元史·世祖本纪》,世祖至元二十七年(1290),元统治者为给徽仁皇后祈福扬名,曾下诏强征各地能书善画士人赶赴大都缮写金字藏经。词序中所云沈尧道(名钦)、曾子敬(名遇),即被征写经之人。张炎这次北上渡黄河,当即应征赴大都写经之行。此词为途中纪行抒怀之作。起写大江南北,分隔万里,北渡黄河,实出意外。继言船至黄河,景象古朴。末言急流夜渡,引起野人惊讶。下片重点描述夜渡所见黄河景观。由眼前落叶流水、岸边衰草闲鸥,到远郊白云银浦,末以海月飞白收结。视线由近而远,由水面而郊原而天空。意象宏阔,风物萧索,气韵苍凉,在纪游写景中流露了作者被迫北行的凄迷怅惘情愫。

〔2〕"扬舲"三句:谓当年为何以长江为限分隔江南、江北,而今北上须泛舟行经万里。

〔3〕"须信"二句:意谓从未意想到北游黄河。

〔4〕"风定"句:描写黄河流水湍急。

〔5〕泛槎:乘坐木筏。

〔6〕"水流沙"二句:云黄河奔流挟带泥沙,一去无踪。

〔7〕"浪挟"三句:形容大浪涛天、乌云归山、白色河岸伸展到碧空长天。

〔8〕"扣舷"二句:言敲击船舷浩歌长叹渐渐停止,月轮向宇宙洒遍凄冷的白光。海蟾,指月,古传说月中有蟾蜍,故以蟾指月。

甘　　州^[1]

辛卯岁,沈尧道同余北归,各处杭、越。逾岁,尧道来问寂寰,语笑数日,又复别去。赋此曲,并寄赵学舟[2]。

记玉关、踏雪事清游,寒气脆貂裘[3]。傍枯林古道,长河饮马,此意悠悠[4]。短梦依然江表,老泪洒西州[5]。一字无题处,落叶都愁[6]。　　载取白云归去,问谁留楚佩,弄影中洲[7]?折芦花赠远,零落一身秋[8]。向寻常野桥流水,待招来,不是旧沙鸥[9]。空怀感,有斜阳处,却怕登楼[10]。

〔1〕甘州曲,上下阕共八韵,又称"八声甘州"。词写北游归来的失意惆怅,和别友独处的离愁,反映遗民对故国沦丧的隐痛。开端由"记"字领起五句,追忆北行情景和心态。踏雪冒寒,皮袭冻裂,匹马劳顿,心神恍惚。"短梦"四句,转为归来情怀的陈述。燕都写经,俨然噩梦,身归江南,泪洒故土,欲倾苦恨,无从下笔。足见失国遗民,南去北来,俱无佳致。下片写独处念友之情。友人来访,又复归卧白云。留佩、折芦,化用历史掌故写惜别情,寓留别意,一就行者言,一就居者说。招沙鸥非旧鸟,喻知己难得。末以"怕登楼"收结,无限失国恨、怀友情,曲折宣出,最耐体味。

〔2〕"辛卯岁"云云:小序记此词原委。元世祖至元二十七年(1290),张炎与友人沈尧道同赴燕京为元朝书写藏经,次年为辛卯年,两人又一道从北方回归南方,沈尧道居杭州,张炎住越州(今绍兴)。一年后沈尧道来访,别后,张炎作此词。赵学舟,名与仁,亦曾参与写经。

〔3〕"记玉关"二句:写他们一同赴北,一路踏雪冒寒,貂皮裘都冻破了。玉关,玉门关,泛指北方。

〔4〕悠悠:遥远无际。《诗经·王风·黍离》:"悠悠苍天,此何人哉。"

〔5〕"短梦"二句:谓一场噩梦过去依然回到江南,老泪洒向西州。西州,古城名,在今南京西。此泛指江南。

〔6〕"一字"二句:谓有感无处抒发,悲愁浸染了宇宙万象。

〔7〕"载取"三句:谓友人归隐旧居,临行时依依不舍。《楚辞·湘君》:

"捐余玦兮江中,遗余佩兮澧浦。""君不行兮夷犹,蹇谁留兮中洲。"此化用其意,写友人不忍离去。

〔8〕"折芦花"二句:谓折芦花赠友表示忆念,自身飘零一如秋叶。

〔9〕"向寻常"三句:谓向寻常山林寻求伙伴,招来的难得有知心而真纯的旧交。杜甫《旅夜书怀》:"飘飘何所似,天地一沙鸥。"杜甫以沙鸥自喻身世飘零。这里以沙鸥代指林泉隐士,意谓当今所谓隐士,也往往希图进身,怀有机心,不像沈、赵那样的知音老友了。

〔10〕"空怀感"三句:谓徒然怀有无限感触,想登楼望乡盼友,可是夕阳凄迷,山河全非,又怕倚危楼了。

解 连 环

孤 雁[1]

楚江空晚。怅离群万里,恍然惊散。自顾影、欲下寒塘,正沙净草枯,水平天远[2]。写不成书,只寄得、相思一点[3]。料因循误了,残毡拥雪,故人心眼[4]。　　谁怜旅愁荏苒[5]。谩长门夜悄,锦筝弹怨[6]。想伴侣、犹宿芦花,也曾念春前,去程应转[7]。暮雨相呼,怕蓦地、玉关重见[8]。未羞他、双燕归来,画帘半卷[9]。

〔1〕本篇借咏孤雁寄寓家国之痛、身世之感。开篇写楚天空阔,孤雁失群,惊魂不定。在零丁飞行中下视沙平草枯、水天寥落。单飞不能成字,只可挑逗相思,构思精巧。化用苏武啮雪餐毡事,耐人寻绎。换头"旅愁"承"离群", "万里"就空间说,"荏苒"就时间说。"长门""锦筝"融化掌故,渲染形单影只。

"想伴侣"三句,写孤雁想象伴侣,进而推想伴侣正望转程北来。若果如此,当会在北地相逢,那么比起画帘中双栖燕子,当不自感羞涩。全篇以人为雁,以雁写人,雁即是人,物我为一。曲折委婉地抒发了词人孤寂心境、流浪身世。"写不成书"二句,出语新警,别具匠心,由此作者获"张孤雁"之称。

〔2〕"自顾影"三句:描写离群孤雁徘徊欲下,眼前一片枯草平沙、水天杳冥。唐崔涂《孤雁》诗有"暮雨相呼失,寒塘欲下迟"之句。

〔3〕"写不成书"二句:群雁飞翔,常排成"一"字形或"人"字形,称雁字,古有鸿雁传书之说。苏轼《虚飘飘》诗,有"雁字一行书绛霄"之句。这里说孤雁排不成字,只能挑逗人相思之情。

〔4〕"料因循"三句:顾虑孤雁误了传书,使啮雪吞毡的故人望穿心眼。《汉书·苏武传》载,苏武出使匈奴被扣留,断绝饮食。"啮雪与旃毛并咽之,数日不死"。汉寻求苏武下落,匈奴诈称苏武已死。汉使诡言,"天子射上林中,得雁,足有系帛书,说武等在某泽中。"以此苏武得释归汉。这里化用其事,寄托对北行故旧的思念。

〔5〕荏苒:指时光迁延流逝。

〔6〕"谩长门"二句:谓长门徒然悄悄,锦筝弹出了幽怨之声。长门,指汉武帝陈皇后幽居长门宫事。杜牧《早雁》诗:"仙掌月明孤影过,长门灯暗数声来。"钱起《孤雁》诗:"二十五弦弹夜月,不胜清怨却飞来。"作者融合前人诗意,想象北行友人凄苦境况。

〔7〕"想伴侣"三句:想象孤雁旧时的伴侣仍寄宿芦丛,也会想到孤雁春前将要飞来北地。

〔8〕"暮雨"二句:谓飞回北方时,会在暮雨中忽然相遇,故地重逢。玉关,玉门关,泛指北方。

〔9〕"未羞他"二句:谓故友若能相逢,也无愧于画栋珠帘的对对双燕了。

月　下　笛

孤游万竹山中,闲门落叶,愁思黯然,因动黍离之感。时寓甬东积翠山舍[1]。

万里孤云[2],清游渐远,故人何处。寒窗梦里,犹记经行旧时路。连昌约略无多柳,第一是、难听夜雨[3]。漫惊回凄悄,相看烛影,拥衾谁语[4]。　　张绪,归何暮[5]。半零落,依依断桥鸥鹭[6]。天涯倦旅,此时心事良苦。只愁重洒西州泪,问杜曲、人家在否[7]。恐翠袖、正天寒,犹倚梅花那树[8]。

〔1〕此为元成宗大德二年(1298),作者寓居浙江宁波时游万竹山感怀而作。万竹山:在天台县西南。甬东:今浙江宁波。起处自比孤云,怅望故人迢遥。"寒窗"以下写梦中经行故地,钱塘柳残,故宫萧索。"惊回"以下写梦后凄寂,唯烛影相看,无人对语。换头以张绪自拟,"归何暮"与首句呼应。以下倾摅内心积愫。一以零落鸥鹭喻故旧星散,一叹天涯倦旅心绪沉重,一写家族夷灭谷陵变幻。环环相扣,层层深入,破国亡家之感,痛彻灵台。煞尾化用杜诗,佳人与冬梅辉映,恰是遗民化身,且对"故人何处"作一呼应。笔法曲折,意蕴深厚,写出一代遗民心声。

〔2〕孤云:自喻身世。陶潜《咏贫士》:"万族各有托,孤云独无依。"

〔3〕"连昌"二句:谓梦中记忆犹新的是旧宫杨柳衰残、夜雨潇潇。连昌宫,唐行宫名,在今河南宜阳县西。元稹《连昌宫词》反映了安史乱后行宫的荒凉残破。这里借指南宋旧时宫苑。

〔4〕"漫惊回"三句:无端从梦中惊醒,一派凄凉,烛影相伴,无人共语。

〔5〕"张绪"二句:自比张绪,感叹投老未归。张绪,字思曼,南齐吴郡人,少有文才,丰姿清雅,《南齐书》有传。《艺文类聚·木部》载,南齐武帝萧赜植蜀柳于太昌灵和殿前,条长如丝缕,常叹赏之曰:"杨柳风流可爱,似张绪当年!"张炎常以张绪自比。戴表元《送张叔夏西游序》称他"风神散郎,自以为承平故家贵游少年不啻也"。

〔6〕"半零落"二句:谓自己如零落过半的西湖断桥间的鸥鹭,依恋低徊

〔7〕"只愁"二句:言前朝故家望族均已湮灭,自己不忍重经故地。西州泪,《晋书·谢安传》载,羊昙受到谢安爱重,谢安病重时曾行经西州(今南京西)门。谢安死后,羊昙"行不由西州路",怕触景伤情。杜曲,唐代长安高门大族聚居之地,这里代指临安繁华街巷。周密《武林旧事》卷五"湖山胜概"载有张炎祖父张濡的别墅名"松窗",为杭州景点之一。元军攻占临安后张濡被杀,张家遭受抄家之难。

〔8〕"恐翠袖"二句:称扬故人洁身自持,保持民族气节,与梅花品格相互辉映。杜甫《佳人》诗写佳人"天寒翠袖薄,日暮倚修竹",这里用以比拟故人。

绮 罗 香

红 叶[1]

万里飞霜,千林落木,寒艳不招春妒[2]。枫冷吴江,独客又吟愁句[3]。正船舣、流水孤村,似花绕、斜阳归路[4]。甚荒沟、一片凄凉,载情不去载愁去[5]。　　长安谁问倦旅? 羞见衰颜借酒,飘零如许[6]。谩倚新妆,不入洛阳花谱[7]。为回风、起舞尊前,尽化作、断霞千缕[8]。记阴阴、绿遍江南,夜窗听暗雨。

〔1〕词借咏寒秋红叶,寄托亡国遗民的飘零身世和高洁情操。上片起笔由寒秋天象收缩到红叶,接写独客舣舟吟愁,再从舟中扫视红叶,末化用红叶故事,叹其如今只能载愁而不去载情。下片换头由自叹带出红叶,"衰颜借酒"巧用烘托,物我兼写。进而承"飘零",写红叶虽美难入花谱,唯可随风飘落,变为

千缕红霞。末以忆念盛夏江南景象收束。通篇未见红叶字面,处处扣紧红叶下笔,从"倦旅"流落客观察红叶,红叶的飘零、凄冷、光洁、绯红,一如保持清节的遗民。巧用象征、隐喻,主客映照,物我交融,倾尽遗民悲凉坚贞襟绪。

〔2〕"寒艳"句:谓红叶冷艳而孤独。

〔3〕"枫冷"二句:写自身旅况凄苦。唐诗人崔信明有"枫落吴江冷"诗句。

〔4〕"正船舣"二句:谓旅船停泊处,斜阳照射下红叶环绕犹如春花。

〔5〕"甚荒沟"二句:化用红叶题诗掌故,叹息如今红叶只撩拨愁情。

〔6〕"长安"三句:叹息身世飘零容颜衰老。长安,代指南宋都城临安。郑谷《乖慵》诗:"愁颜酒借红。"此处化用其句,语义双关,既以自叹,又关联红叶。

〔7〕"谩倚"二句:言红叶徒然换上新妆,涂上艳红,但不能像牡丹载入洛阳花谱。

〔8〕"为回风"二句:写红叶在秋风回旋中飘落,变成缕缕霞光。

清　平　乐[1]

候蛩凄断,人语西风岸。月落沙平江似练,望尽芦花无雁。

暗教愁损兰成[2],可怜夜夜关情。只有一枝梧叶,不知多少秋声。

〔1〕吴则虞校辑《山中白云词》此篇校语引《珊瑚网》云:"姑苏汾湖居士陆行直辅之有家妓名卿卿,以才色见称,友人张叔夏为作古《清平乐》以赠之。"据此则此词原为张炎写赠给友人陆行直的家妓的。《珊瑚网》所引本词下片头两句为"可怜瘦损兰成,多情应为卿卿",与赠妓内容正合。也许作者在收编词集时文字有所改动。以此这篇小词亦可理解为秋夜怀人之作。上片写秋郊夜

景,景中含情。蛩声凄咽,人声遥远,在沙平水静、芦花无际原野中,望不到传书的雁行。从景象中流露出寂落、期盼、怀思的情悰。下片抒怀人思绪,以情带景。词人为愁绪所苦,夜不成眠,一枝梧叶,撩拨起无边无际的秋声。下语自然清空,而抒情沉挚苍凉。

〔2〕兰成:北周文学家庾信小字兰成,这里作者以庾信自拟。

南 楼 令

有怀西湖,且叹客游之漂泊[1]

湖上景消磨,飘零有梦过。问堤边、春事如何[2]。可是而今张绪老,见说道、柳无多[3]。　　客里醉时歌,寻思安乐窝[4]。买扁舟、重缉渔蓑。欲趁桃花流水去,又却怕、有风波[5]。

〔1〕杭州是南宋京城,又是词人故乡。宋亡后张炎漂泊异乡,常借怀念西湖,寄托伤时怀旧之思。这篇小词正体现出此种情怀。上片写梦游西湖,寻春观景,无奈人老柳枯,世事大变,故地已不堪回首。下片言浪迹外乡,欲寻藏身之地,避入仙境,又怕遭遇风波。体现出词人思乡怀旧、无地藏身和遗民处新朝时常惴惴不安的心态。

〔2〕春事:农事,这里代指春光。李白《寄东鲁二稚子》:"春事已不及,江行复茫然。"

〔3〕"可是"二句:这里以张绪自拟,感叹人老神疲,风度比当年大减。湖堤多杨柳,如今摇曳如丝的垂柳也都枯萎了。化用齐武帝赞张绪"杨柳风流可爱,似张绪当年"(《艺文类聚·木部》)之语。

〔4〕安乐窝:安全藏身之地。邵雍自号安乐先生,称其住宅为安乐窝。戴复古《访赵东野》诗,有"四山便是清凉国,一室可为安乐窝"之句。

〔5〕"欲趁"二句:谓欲避世隐身,又怕遭遇风波。王维《桃源行》:"春来遍是桃花水,不辨仙源何处寻"。

清　平　乐[1]

采芳人杳,顿觉游情少。客里看春多草草,总被诗愁分了[2]。　　去年燕子天涯,今年燕子谁家？三月休听夜雨,如今不是催花。

〔1〕小词借感春抒发了词人身世飘零、游乐无趣的襟怀,体现了身居异朝孤独寂落的遗民心态。前片直倾情怀,由采花人稀到游兴顿少,进一步点明客中经春,愁情凝重,吐露了苦涩难耐的滋味。后片借景寄情,燕子飘泊天涯,无家可依,既是眼中景物,又是自我身世象征。如今三月春雨,不是滋润花卉,而是摧残草木,自然物象描写中含蕴着家国之感、时代之悲。

〔2〕"客里"二句:言飘泊中无心赏春,愁思占据了自己的胸襟。

思　佳　客

题周草窗《武林旧事》[1]

梦里蕃腾说梦华,莺莺燕燕已天涯[2]。蕉中覆处应无鹿,汉上从来不见花[3]。　　今古事,古今嗟,西湖流水响琵

张炎《解连环》(楚江空晚)

琶[4]。铜驼烟雨栖芳草,休向江南问故家[5]。

〔1〕《武林旧事》:周密于宋亡之后回忆南宋旧事而写的一本笔记,共十卷,是有关杭州地方文献掌故的重要著作。其中第九卷,记述了绍兴二十一年(1151)十月,宋高宗驾幸张俊府第,张府供进御筵、隆重接驾的盛况。南宋中兴名将张俊是张炎的六世祖。张炎与周密为好友。张炎读到《武林旧事》,自然百感交集,撰为此词。寄寓家国兴亡之感。上片重温往日盛事,犹如梦中说梦,追寻失落荣华,何异镜月水花。一派往事不堪回首之感。下片言铜驼荆棘,王朝覆灭,江南故家,无需问询。西湖流水涓涓,徒发悼古伤心之悲。江南故家,涵盖词人家世悲剧,谷陵变幻、华屋山丘之痛,溢于纸背。小词尺幅千里,含纳古今,哲思深邃,哀婉沉痛,足为一代兴亡作一收拢。

〔2〕"梦里"二句:谓临安往事已成梦影,阅读此书回忆昨梦前尘如梦中说梦,往日歌女舞姬已经流散各地,锦玉生活消失。瞢(méng萌)腾,同懵腾,迷糊,半睡半醒之意。范成大《睡觉》诗:"寻思断梦半瞢腾,渐见天窗纸瓦明。"梦华,梦境。《列子·黄帝》载,黄帝"昼寝而梦,游于华胥氏之国"。周密《武林旧事》自序亦云:"时移物换,忧患飘零,追想昔游,殆如梦寐。"莺莺燕燕,代指歌女。苏轼《张子野年八十五尚闻买妾,述古令作诗》中有"诗人老去莺莺在,公子归来燕燕忙"之句。

〔3〕"蕉中"二句:这里用郑人失鹿、汉上遇仙的故事,说明往事难寻,失去的东西不可复得;欢情易泯,人间的艳遇原本虚无。《列子·周穆王》载,郑人在郊外打柴,遇到一只惊恐而逃的鹿,把它击毙。"恐人见之也,遽而藏诸隍中,覆之以蕉,不胜其喜。俄而遗其所藏之处,遂以为梦焉。"《韩诗外传》载,周人郑交甫在汉水上遇二神女,解佩赠珠,转眼珠亡,人也不见。周密《木兰花慢·三潭印月》词有云:"念汉皋遗佩……空想仙游。"即用此事。

〔4〕"西湖"句:谓西湖水声犹如人间弹奏琵琶,传出一种吊古伤今的消魂之曲。

〔5〕"铜驼"二句:谓故宫铜驼都已废弃于烟雨草丛之中,天下动乱,国家沦亡,更不用问江南的大家旧族,早已变成荒草瓦砾了。《晋书·索靖传》载,

"靖有先识远量,知天下将乱,指洛阳宫门前铜驼叹曰:'会见汝在荆棘中耳'。"铜驼弃置荆棘,代指时代丧乱。周密《武林旧事》序,亦有"予曩于故家遗老得其梗概"语,谓从故家遗老处听到"先朝旧事"。

刘将孙

刘将孙(1257—?),字尚友,庐陵(今江西吉安)人。刘辰翁之子,宋末进士,做过延平教官。入元后主讲临汀书院。有《养吾斋集》。存词二十余首。

踏莎行

闲　游[1]

水际轻烟,沙边微雨。荷花芳草垂杨渡。多情移徙忽成愁[2],依稀恰是西湖路。　　血染红笺,泪题锦句。西湖岂忆相思苦?只应幽梦解重来,梦中不识从何去。

[1] 小词借闲游中深情地追怀南宋都城临安,表达了遗民的故国之思。起首三句描绘了一幅沙边水际烟雨迷茫的自然小景,其间荷花、芳草、垂杨、渡口,物象倩丽,与西湖景观颇有某些相似之点。由是枨触起一腔愁绪。"血染""泪题",足见愁情切骨,"西湖岂忆"反诘一句,将忆念临安的襟绪挑明,收尾言重见西湖只能借助梦寐,而梦中又不识去路。忆念西湖的情怀之切,可以想见。全章写景如画,表情含蓄,言简意深,耐人品味。

[2] 移徙:犹言徘徊。

无名氏

无名氏。宋代存留不少佚名词作,有的也颇有艺术品位,兹酌选数首,附于卷末。

浣 溪 沙[1]

剪碎香罗浥泪痕[2],鹧鸪声断不堪闻[3],马嘶人去近黄昏。　　整整斜斜杨柳陌,疏疏密密杏花村,一番风月更消魂。

[1] 这首未留作者姓名的小令,见于吴曾《能改斋漫录》,该书卷十六据友人所述记云:"往年蔡州(今河南汝南)瓜陂铺,有用篦刀刻清泥壁,为《浣溪沙》词……"这是一首男女恋人之间的别离词。前片记临别时情景,起句一笔写出分手时的极度悲伤,接着以鸟鸣、马嘶渲染,既显示离去之难,又描绘出拖到黄昏不得不乘马而去的场面。后片写男主角别去后一路旅途风光,风月愈倩丽,愈触动失去爱情温馨的痛苦,环境与心境的反差,加剧了词人"消魂"之感。

[2] "剪碎"句:剪碎香罗帕来揩拭情人的眼泪,极写离别痛楚。

[3] 鹧鸪声断:鹧鸪鸣声断续不止。据《本草纲目》谓鹧鸪夜栖,多对鸣,"俗谓其鸣曰'行不得也哥哥'。"人们多以其鸣声暗寓世路艰难。

无名氏

水调歌头[1]

平生太湖上[2],短棹几经过[3]。如今重到,何事愁与水云多。拟把匣中长剑,换取扁舟一叶,归去老渔蓑[4]。银艾非吾事,丘壑已蹉跎[5]。　　脍新鲈[6],斟美酒,起悲歌。太平生长,岂谓今日识兵戈[7]。欲泻三江雪浪,净洗胡尘千里,不用挽天河[8]。回首望霄汉,双泪堕清波。

〔1〕 这首词是南宋初期心怀复国壮志而无路请缨的正直人士隐去姓名题写在吴江长桥上的爱国佳作。龚明之《中吴纪闻》卷六收载此词,并谓:建炎庚戌(1130)两浙蒙受金军灾祸,"有题《水调歌头》于吴江者,不知其姓氏,意极悲壮。"又曾敏行《独醒杂志》卷六云:绍兴中有人于吴江(即吴淞江)长桥上题此词,不题姓氏,"后其词传入禁中,上命询访其人甚力,秦丞相乃请降黄榜招之,其人竟不至。"当时有人推测秦桧黄榜招请,乃别有用心。因词系题于江桥,故全篇多扣合江水立意。上片先从往日轻松地经游太湖,说到当今重到愁多;次以弃剑换舟,申明无路报国,只好归隐;进而补足愁苦非关求取富贵。换头承归隐写烹鱼饮酒,突然引出悲歌,与上文愁字呼应。以下阐明悲歌因由,生于干戈扰攘之时,心怀光复中原壮志,然而宿愿难展,徒唤奈何。泪洒清波,将忧国情推向高峰,且紧扣江水挽结。心潮起伏,情感愤激,格调悲壮,倾吐出南渡初期爱国人士的共同心声。

〔2〕 太湖:在江苏省南部,太湖东与吴淞江相通。

〔3〕 短棹:指小船。

〔4〕 "归去"句:谓归老江湖。

〔5〕 "银艾"二句:意谓无意求官,而归休山林虚度岁月。银艾,指银印和

用艾草染成的青绿色拴印的绶带。汉官秩比二千石以上皆银印青绶。《后汉书·张奂传》:"吾前后仕进,十要银艾,不能和光同尘,为谗邪所忌。"

〔6〕 脍新鲈:把吴淞江特产鲈鱼切成细片烹调。

〔7〕 "太平"二句:意谓少时太平,当今备历战乱兵灾。

〔8〕 "欲泻"三句:意谓怀有清洗胡尘平定中原的志愿。杜甫《洗兵马》诗,有"安得壮士挽天河,洗净甲兵长不用"句,表达平定兵乱的愿望,南宋爱国诗词多用"挽天河"掌故,表达平乱的祈望,此处融化其意而代之以"泻三江",更贴切现境。三江,指流入太湖的吴淞江、娄江、东江。

眼 儿 媚〔1〕

萧萧江上荻花秋,做弄许多愁〔2〕。半竿落日,两行新雁,一叶扁舟。　　惜分长怕君先去,直待醉时休。今宵眼底,明朝心上,后日眉头。

〔1〕 此词作者说法不一,据《词综》卷二十四为无名氏之作,今暂从之。小词写秋夕别筵离愁。上片写景,先就环境物象着笔,顾望窗外,江边芦花萧瑟,触目生愁,"落日"见光阴紧迫,"新雁"见飞禽归巢,"扁舟"见行色匆促。下片倾吐别时心绪,怕情人离去,期一醉消愁,然离思愈切,且随时光推移,而"眼底""心上""眉头",离愁愈益深重。通篇用白描手法、家常口语,颇具民歌风情。

〔2〕 做弄:意为有意制造。

无名氏

青玉案[1]

年年社日停针线[2]。怎忍见,双飞燕。今日江城春已半。一身犹在,乱山深处,寂寞溪桥畔。　　春衫着破谁针线[3],点点行行泪痕满。落日解鞍芳草岸。花无人戴,酒无人劝,醉也无人管。

〔1〕词写远离乡土的游子思家怀人的情怀。起笔回忆往年社日携伴游赏,之后转入眼前处境,不忍见双飞燕,映衬离开闺人之孤独,接点时序后,描述自我孤身羁游行踪。过片二句回应发端"针线"二字,表明离家之久、与伊人分隔之远,游子离愁之深,"落日解鞍"再点画行人现况。连用三个"无人",将孤寂之感渲发到极致。

〔2〕"年年"句:古俗春社祭土地神,举行迎神赛会,男女出门看热闹,妇女也停止做针线活。张籍《吴楚歌词》:"今朝社日停针线,起向朱樱树下行。"

〔3〕谁针线:谁来缝补之意。

一剪梅[1]

漠漠春阴酒半酣,风透春衫,雨透春衫。人家蚕事欲眠三[2]。桑满筐篮,柘满筐篮[3]。　　先自离怀百不堪。檐燕呢喃[4],梁燕呢喃。篝灯强把锦书看[5]。人在江南,心在江南。

929

〔1〕 小词写江南游子的怀乡思家之情。上片写游子的意中景。以白描手法,绘出了江南暮春风雨连绵、桑蚕丰收、生机盎然的景象,为下文铺垫。下片转入眼下情。先由一句点题总领,次以"樯燕""梁燕"亲切对语反衬,突现个人旅船和客馆中的孤独,再以点灯笼、读家书动作,展示思念情切,末以心随伊人将感情浓挚倾口吐露。全篇语简意深,虚实相生。

〔2〕 "人家"句:谓农家蚕近三眠。

〔3〕 柘(zhè这):指黄桑,叶可饲蚕。

〔4〕 樯燕:船樯上的燕。

〔5〕 "篝灯"句:谓点燃灯笼勉强翻出家信来看,不看又想重看,看到伊人手书又会加重思念,故曰"强看"。锦书,用前秦苏蕙织锦为回文旋图诗寄丈夫典故,指闺人的来信。

采 桑 子〔1〕

年年才到花时候,风雨成旬。不肯开晴,误却寻花陌上人。

今朝报道天晴也,花已成尘〔2〕。寄语花神,何似当初莫做春。

〔1〕 小词题面写出外寻花无缘的失落怨春情怀。在芳花竞放的季候,阴雨连绵,误却上路寻花人,而且天不作美"年年"如此。及到老天放晴,花已凋零,错过机缘。末以痴语埋怨,倾泄无限感伤。平常的题材,明畅的语言,寄寓了深沉的人生感喟:在漫长的人世里程中,有才情者偏偏生不逢时,得不到实现追求的机遇,而难免怀有某种憾恨。

〔2〕 花已成尘:谓历经风雨摧残,花已凋落化为泥土。

长 相 思[1]

去年秋,今年秋。湖上人家乐复忧,西湖依旧流。　　吴循州[2],贾循州[3]。十五年间一转头,人生放下休。

〔1〕 这是一首政治讽刺词。《东南纪闻》卷一云:"贾似道当国,京师亦有童谣云:'满头青,都是假。这回来,不作耍。'盖时京妆竞尚假玉,以假为贾,喻似道之专权,而丙子之事,非复庚申之役矣。因记似道贬时,有人题壁。"词如上。可见此词为讽刺贾似道而发。按理宗景定元年庚申(1260),右相贾似道授意下属弹劾左相吴潜,吴潜被贬安置循州(今广东惠州),贾似道遂独揽大权,且命循州知州刘宗申将吴潜毒死。不料到十五年后的恭宗德祐二年丙子(1276)贾似道因与元军作战失利逃跑被贬循州,途中为人杀死。十五年前后事情如此巧合,贾似道得到应有的报应。作者针对当时的时事,对贾似道给予尖锐的嘲讽。前片言时光交替,忧乐无常,唯有湖水常流依旧,以自然变化舒缓,反衬人事沧桑急剧。后片言吴潜忠直遭迫害,贾氏弄权也无好下场,转头间祸福相寻,人生不超拔难以逃脱苦恼。全词以回环复沓手法,含蓄的语句,既嘲弄权臣,又感喟世道人生。

〔2〕 吴循州:指遭贬安置循州的吴潜,潜字毅夫,嘉定十年进士,官至左丞相。

〔3〕 贾循州:指贾似道,其人权倾一时,排斥忠良,后被谪贬,安置循州,在赴贬所途中为郑虎臣杀于漳州木绵庵。

御 街 行[1]

霜风渐紧寒侵被。听孤雁、声嘹唳[2]。一声声送一声悲,云淡碧天如水。披衣告语:雁儿略住,听我些儿事。塔儿南畔城儿里,第三个桥儿外,濒河西岸小红楼,门外梧桐雕砌[3]。请教且与,低声飞过,那里有、人人无寐[4]。

〔1〕这是一首羁旅外乡的游子秋夜怀念闺人的词。写法很为别致,通篇借孤雁寄怀,先写孤雁悲鸣,烘染孤独凄苦氛围,进而通过向孤雁告语,述说伊人居处环境,交代孤雁放低鸣声,以免更加怅触对方的念己之情。由自己拥被听雁,想象对方深夜无寐,由思念伊人,体贴到伊人念己,不必出现相思字面,而怀思之殷切深沉溢于纸背。构思新颖,口语自然,颇有小说特点和民歌风致。

〔2〕嘹唳:形容鸣声响亮曼长。

〔3〕"门外"句:言门外有梧桐树和雕花的石阶。

〔4〕人人:指称亲昵者。柳永《两同心》:"那人人,昨夜分明,许伊偕老。"

鹧 鸪 天

上　元[1]

真个亲曾见太平,元宵且说景龙灯[2]。四方同奏升平曲,天下都无叹息声。　　长月好,定天晴。人人五夜到天明[3]。如今一把伤心泪,犹恨江南过此生。

〔1〕《芦浦笔记》卷十,载十五首无名氏《鹧鸪天》上元词,缅怀北宋元宵节热闹欢快盛况。笔记作者谓:备述往日之盛,"非想象者所能道,当与《梦华录》并行也。"这是第十五首。此首总括太平时元宵佳节的普天同庆、通宵欢游情况,煞拍陡然转到如今,以伤心洒泪、流浪江南收结,抒发了词人痛惜偏安、感伤时势的襟怀。

〔2〕"元宵"句:谓正值元宵述说一下往年龙灯辉煌的盛景。

〔3〕五夜:犹通宵。旧时一夜分甲、乙、丙、丁、戊五段,称五夜。

后　　记

宋词与唐诗,可说是中华文学苑囿中前后媲美的艺术峰峦。自宋以降,品评研讨宋词的论著代有增益。进入二十世纪,经由夏承焘、唐圭璋等词学大师开发奠基,宋词的研究氛围日渐浓郁。但比起唐诗来,宋词这片园野大有开发馀地,而普及传播工作更需加强。在经济战线突飞猛进,社会主义文化建设日益升温,发扬中华优秀精神传统的要求逐渐提高的形势下,人民文学出版社策划出版新编宋词选本,与新版精选唐诗配套,这是出版家富有识度的举措。正由于此,我们不揣浅陋,匆然应命,愿为传播中华文化精品略效绵力。

《宋词选》这本书是1996年年底拟定选题,次年初春开始着手操作的。经过商酌,议定出选注体式和规范,我和朱德才先生分工执笔,我选注北宋部分,他承担南宋部分。在教学工作之馀,我们各自闭门伏案、突击初稿。历经寒暑,到1998年夏间,初稿大体草就。正拟细阅核校,整理呈交,适有出国赴美之行,为不致延误时日,"前言"部分只好携往海外抽暇起草。来美先后寓居芝加哥和辛辛那提。时而与亲人拨灯谈心,驱车观光;时而与海外学者煮茗闲叙,交流学术。空馀时日便屏居寓所,凭栏遐思。面对异国天宇澄澈、碧草如茵、高楼矗天、商厦铺地的醒目景观,深感美国科学技术先进,生态环境良好。然而考察其精神生活品味,人文科学渊源,较之华夏文明,却显然相对单弱。盖因该国系移民之国,文化多元交错,纵然白人主流文化植根于欧洲，但毕竟历史较短、积淀不厚。由此联想起1984年访问哈佛大学时，见其图书资料人员对汉学典籍视如至宝；1994年应邀为马里兰州立大学讲学时，听众对两宋文化兴致勃勃；此次接触外域文教人士，彼等对华文诗词、汉唐学术，亦无不望洋兴叹、深表仰慕。想起这些情景，深切触发了个人作为中华儿女由衷的自豪感。并也因此意识到作为人文学界的普通一兵，应当为传播普及祖国文化宝藏尽一点力所能及的义务。笔者怀着此种心态，反观宋词这一宗国宝文粹，顿觉眼前云烟满纸，浓情溢卷，"絮翻蝶舞，芳思交加"（秦观《望海潮》）。于是搦管疾书，思绪连绵，历时未久，"前言"初稿即沛然草就。

1998年10月自海外归来，惊悉朱德才老友卧病在家，曾多次诣前探访。朱君屡屡谈及书稿宜审慎复核修订，并嘱对宋末诸家词章代为审校增补。朱先生毕生致力于学术，于词学论著丰盛，情趣深浓。每议及词学话题，往往不顾体弱，娓娓忘倦。病重期间，人民文学出版社领导同志曾拨冗专程来济探视，殷殷慰勉，诸公情挚谊重，学者风范令人感佩。惜乎是书即将付梓面世，朱先生已飘然乘鹤仙去，无缘一睹卷轴，思之不胜怃然。爰于卷末略述所感，回顾成书经过，以摅对关心、扶助、匡正拙编的诸位先生无任铭感之怀。

刘乃昌

2000年4月于山东大学